BONNIE GARMUS

Directrice de création, Bonnie Garmus a travaillé dans le secteur médical, éducatif et technologique. Née en Californie, elle vit aujourd'hui à Londres. *Leçons de chimie* est son premier roman, paru en 2022 aux éditions Robert Laffont sous le titre *La Brillante Destinée d'Elizabeth Zott*. Il est un véritable succès à l'international.

Retrouvez toute l'actualité de l'auteure sur :
www.bonniegarmus.com

LEÇONS DE CHIMIE

BONNIE GARMUS

LEÇONS DE CHIMIE

La Brillante Destinée d'Elizabeth Zott

Traduit de l'anglais (États-Unis)
par Christel Gaillard-Paris

Robert Laffont

Titre original :
LESSONS IN CHEMISTRY
(édition originale : Doubleday,
a division of Penguin Random House LLC, New York)

Cet ouvrage a précédemment paru sous le titre :
La Brillante Destinée d'Elizabeth Zott

ISBN 978-2-266-33255-2
Dépôt légal : juin 2023

Pour ma mère, Mary Swallow Garmus

1

Novembre 1961

En 1961, à l'époque où les femmes portaient des robes chemisiers, adhéraient à des clubs de jardinage et conduisaient des voitures aux sièges envahis d'enfants sans ceinture de sécurité, et avant même de savoir que les années 1960 seraient le terreau d'un mouvement culturel qui ferait date dans l'histoire, et encore moins que ses participants passeraient les soixante années qui suivraient à en faire la chronique ; à cette époque où les grandes guerres étaient terminées, où des guerres secrètes étaient sur le point d'éclore et où les gens commençaient à penser différemment et à croire que tout était possible, la mère de Madeline Zott, trente ans, se levait à l'aube tous les matins, certaine d'une seule chose : sa vie était finie.

Malgré cette certitude, elle n'oubliait jamais de passer dans son laboratoire pour préparer le déjeuner de sa fille.

Ce jour-là, Elizabeth Zott écrivit sur une petite feuille de papier, avant de la glisser dans la boîte à lunch de sa fille : *du carburant pour apprendre*. Elle marqua une pause, son crayon en l'air, comme si elle réfléchissait. *Fais du sport à la récréation, mais ne laisse pas les garçons gagner systématiquement,* écrivit-elle sur une autre feuille. Puis, tapotant son crayon contre la table, elle s'empara d'une troisième et y nota : *Ce n'est pas le fruit de ton imagination. La plupart des gens sont affreux.* Elle plaça les deux derniers petits mots sur le dessus.

La plupart des jeunes enfants ne savent pas lire, sauf des mots comme « toutou » et « papa ». Mais Madeline lisait depuis l'âge de trois ans et, à cinq, elle avait déjà lu presque tout Dickens.

Madeline était *de ces* enfants-là – du genre qui pouvait fredonner un concerto de Bach mais ne savait pas lacer ses chaussures, qui pouvait expliquer la rotation de la Terre mais ne savait pas jouer au morpion. Et c'est là que résidait le problème. Car si les prodiges de la musique sont souvent célèbres, ce n'est pas le cas des lecteurs précoces. Et c'est parce que les lecteurs précoces sont bons dans un domaine que les autres finiront aussi par maîtriser. Donc être le premier n'est en rien extraordinaire – c'est juste agaçant.

Madeline l'avait compris. C'est pourquoi elle se faisait un devoir chaque matin – après le départ de sa mère et pendant que Harriet, la voisine qui la gardait, était affairée – de retirer les petits mots de la boîte à lunch, de les lire, puis de les ranger avec tous les autres mots qu'elle gardait dans une boîte à chaussures au fond de sa penderie. Une fois à l'école, elle faisait semblant d'être comme tous les autres enfants : fondamentalement illettrée. Pour Madeline, s'intégrer était plus important que tout. Et elle ne manquait pas d'arguments : sa mère ne s'était jamais intégrée, et voyez ce qui lui est arrivé.

C'est à Commons, au sud de la Californie, où il faisait généralement chaud, mais pas trop, où le ciel était généralement bleu, mais pas trop, et où l'air était pur parce qu'à l'époque l'air l'était, qu'elle était allongée sur son lit, les yeux fermés, et attendait. Bientôt, elle le savait, on déposerait un doux baiser sur son front, une couverture serait soigneusement remontée sur ses épaules et un « *Carpe diem* » serait murmuré à son oreille. Une minute plus tard, elle entendrait une voiture démarrer, le crissement des pneus de la Plymouth dans l'allée, le grincement du passage maladroit de la marche arrière à la première. Et sa mère, irrémédiablement déprimée, se rendrait au studio de télévision où elle enfilerait un tablier et s'avancerait sur le plateau.

L'émission s'appelait « À table ! C'est l'heure du souper », et Elizabeth Zott en était la vedette incontestée.

2

La famille Pine

Elizabeth Zott, qui avait été chercheuse en chimie, était une femme à la peau impeccable et à l'allure caractéristique de quelqu'un qui n'était pas ordinaire et ne le serait jamais.

Comme pour toutes les vraies vedettes, c'est le hasard qui fit d'elle une célébrité. Mais dans le cas d'Elizabeth, on était loin d'une rencontre accidentelle au drugstore, ou sur un banc ; elle n'avait pas non plus eu la chance d'être présentée à la bonne personne au bon moment. Non, ce fut à un larcin, et plus précisément à un vol de nourriture, qu'elle dut d'être repérée.

L'histoire était simple : une enfant nommée Amanda Pine appréciait la nourriture d'une façon que certains thérapeutes auraient pu qualifier d'excessive, et c'était elle qui mangeait le déjeuner de Madeline. Et ce, parce que le déjeuner de Madeline sortait de l'ordinaire. Alors que tous les autres enfants avalaient des tranches empilées de pain de mie au beurre de cacahuète et à la gelée en guise de sandwichs, Madeline ouvrait sa boîte à lunch et y trouvait une grosse part de reste de lasagnes, une portion de courgettes sautées, un kiwi coupé en quartiers, cinq tomates cerises, une minuscule salière Morton, deux cookies aux pépites de chocolat encore chauds et une Thermos à motifs écossais remplie de lait glacé.

Le contenu des boîtes à lunch était la raison pour laquelle tout le monde voulait le déjeuner de Madeline, y compris Madeline. Cependant, cette dernière l'offrait à Amanda parce que l'amitié exige des sacrifices, mais aussi parce qu'Amanda était la seule de toute l'école à ne pas se moquer de l'enfant bizarre que Madeline avait déjà conscience d'être.

Il fallut qu'Elizabeth remarque que les vêtements flottaient sur la maigre silhouette de sa fille, tels des rideaux mal coupés, pour qu'elle commence à s'en inquiéter. D'après ses calculs, l'apport quotidien en calories de Madeline correspondait exactement à ce dont sa fille avait besoin pour un développement optimal, rendant sa perte de poids scientifiquement inconcevable. Une poussée de croissance, alors ? Non. Elle avait pris ce paramètre en compte. Un trouble alimentaire précoce ? Peu probable. Le soir, Madeline mangeait comme quatre. Une leucémie ? Certainement pas. Elizabeth n'était pas alarmiste, elle n'était pas du genre à rester éveillée la nuit en imaginant que sa fille était atteinte d'une maladie incurable. En tant que scientifique, elle cherchait toujours une explication raisonnable ; et dès qu'elle rencontra Amanda Pine, avec ses petites lèvres tachées d'un rouge sauce tomate, elle sut qu'elle avait trouvé l'explication.

Elizabeth fit irruption un mercredi après-midi dans le studio de la chaîne télévisée locale et, passant devant une secrétaire, dit : « Monsieur Pine. Je cherche à vous joindre depuis trois jours, et pas une seule fois vous n'avez eu la courtoisie de me rappeler. Je m'appelle Elizabeth Zott. Je suis la mère de Madeline Zott

– nos enfants sont toutes les deux à l'école élémentaire Woody – et je suis ici pour vous signaler que votre fille offre son amitié à la mienne pour de mauvaises raisons. » Et, comme il avait l'air confus, elle ajouta : « Votre fille mange le déjeuner de ma fille.

— Dé-déjeuner ? » parvint à articuler Walter Pine, tandis qu'il embrassait du regard la femme resplendissante qui se tenait devant lui, et dont la blouse blanche dégageait une aura de lumière sainte – abstraction faite d'un détail : les initiales « E. Z. » brodées en rouge juste au-dessus de la poche de poitrine.

Elizabeth revint à la charge : « Votre fille, Amanda, mange le déjeuner de ma fille. Apparemment, ça dure depuis des mois. »

Walter se contentait de la fixer. Grande et anguleuse, avec des cheveux de la couleur d'un toast beurré brûlé tirés en arrière et retenus par un crayon, elle se tenait droite, les mains sur les hanches, ses lèvres d'un rouge profond, sa peau lumineuse, son nez droit. Elle le regardait tel un toubib sur un champ de bataille, évaluant s'il pouvait, ou non, être sauvé.

« Et le fait qu'elle prétende être amie avec Madeline pour récupérer son déjeuner, ajouta-t-elle, est absolument répréhensible.

— Qui-qui êtes-vous déjà ? balbutia Walter.

— Elizabeth Zott ! fulmina-t-elle. La mère de Madeline Zott ! »

Walter hocha la tête, essayant de comprendre. En tant que producteur d'émissions diffusées l'après-midi, il avait l'habitude des scènes dramatiques. Mais ça ? Elle était ébouriffante. Il était littéralement *époustouflé* par elle. Venait-elle pour une audition ?

« Je suis désolé, finit-il par dire. Mais tous les rôles d'infirmière ont été distribués.

— Je vous demande pardon ? » rétorqua-t-elle sèchement.

Il y eut un long silence.

« Amanda Pine », répéta-t-elle.

Il cligna des yeux. « Ma fille ? Oh ! s'exclama-t-il, soudainement nerveux. Qu'est-ce qu'elle a ? Vous êtes médecin ? C'est l'école qui vous envoie ? » Il se leva d'un bond.

« Mon Dieu, non, répondit Elizabeth. Je suis chimiste. J'ai fait tout ce chemin depuis Hastings pendant ma pause déjeuner parce que vous n'avez pas répondu à mes appels. » Et comme il paraissait toujours aussi ahuri, elle précisa. « L'Institut de recherche Hastings. Où des recherches révolutionnaires révolutionnent la recherche. » Elle soupira en répétant ce slogan vide de sens. « Le problème, c'est que je fais beaucoup d'efforts pour préparer un déjeuner équilibré et nourrissant à Madeline – quelque chose, j'en suis sûre, que vous vous efforcez vous aussi de faire pour votre enfant. » Et comme il continuait à la regarder d'un air absent, elle ajouta : « Parce que vous vous souciez du développement cognitif et physique d'Amanda. Parce que vous savez que ce développement dépend d'un apport nutritif équilibré en vitamines et minéraux.

— Le problème, c'est que Mme Pine est…

— Oui, je sais. Est portée disparue. J'ai essayé de la contacter mais on m'a dit qu'elle vivait à New York.

— Nous sommes divorcés.

— Désolée de l'apprendre, mais le divorce n'a rien à voir avec le déjeuner.

— On pourrait le croire, mais…

— Un homme est *capable* de préparer un déjeuner, monsieur Pine. Ce n'est pas biologiquement impossible.

— Absolument, dit-il en cherchant une chaise. Je vous en prie, madame Zott, asseyez-vous.

— J'ai quelque chose dans le cyclotron, dit-elle avec irritation en jetant un coup d'œil à sa montre. Nous sommes-nous bien compris ?

— Cyclo…

— Accélérateur de particules subatomiques. »

Elizabeth jeta un coup d'œil aux murs de la pièce. Ils étaient recouverts d'affiches de feuilletons mélodramatiques et de jeux télévisés, encadrées.

« Mon travail, déclara Walter, soudainement gêné par leur vulgarité. Vous avez peut-être déjà regardé l'une de ces émissions ? »

Elle se retourna pour lui faire face. « Monsieur Pine, dit-elle sur un ton plus conciliant, je suis désolée de ne pas avoir le temps ni les moyens de préparer le déjeuner de votre fille. Nous savons tous deux que la nourriture est le catalyseur qui déverrouille nos cerveaux, qui crée un lien entre les membres de nos familles et qui détermine notre avenir. Et pourtant… » Elle s'interrompit, fronçant les sourcils devant une affiche de feuilleton où l'on voyait une infirmière prodiguer des soins inhabituels à un patient. « Est-ce que quelqu'un a le temps d'apprendre comment préparer à l'ensemble du pays des plats équilibrés ? J'aimerais bien, mais ce n'est pas le cas. Et vous ? »

Alors qu'elle lui tournait le dos pour partir, Pine, ne voulant pas qu'elle s'en aille ou parfaitement conscient du plan qu'il était sur le point d'échafauder, dit rapidement : « Attendez, s'il vous plaît, arrêtez, *je vous en prie*. Qu'avez-vous dit ? À propos d'apprendre comment préparer des plats *équilibrés* à l'ensemble du pays ? »

L'émission, « À table ! C'est l'heure du souper » fut lancée quatre semaines plus tard. Et si cette idée n'enthousiasma pas vraiment Elizabeth – elle était chercheuse en chimie –, elle accepta le poste pour les raisons habituelles : ça payait mieux et elle avait une enfant à charge.

Dès le premier jour où Elizabeth enfila un tablier et mit un pied sur le plateau, ce fut une évidence : elle avait le « truc », ce « truc » étant cette qualité insaisissable qui attirait les regards sur elle. Mais c'était aussi quelqu'un de sérieux, quelqu'un de si franc, si direct, si sensé, que les gens ne savaient pas quoi penser d'elle. Alors que d'autres émissions de cuisine mettaient en scène des chefs bon enfant qui étanchaient allègrement leur soif de porto sur le plateau, Elizabeth Zott était sérieuse. Elle ne souriait jamais. Elle ne faisait jamais de blagues. Et ses plats étaient aussi honnêtes et terre à terre qu'elle.

En six mois, l'émission d'Elizabeth s'était taillée un franc succès. En un an, c'était devenu une institution. En deux ans, elle avait prouvé son étrange pouvoir, non seulement en unissant les parents à leurs enfants, mais aussi les citoyens à leur pays. Il n'était pas exagéré de dire que lorsque Elizabeth Zott finissait de cuisiner, un pays entier s'asseyait pour manger.

Même le vice-président Lyndon Johnson regardait l'émission. « Vous voulez savoir ce que je *pense* ? avait-il dit en éconduisant un journaliste obstiné. Je pense que vous devriez écrire moins et regarder davantage la télé. Commencez par « À table ! C'est l'heure du souper ». Cette Zott, elle sait ce qu'elle fait. »

Et c'était le cas. Vous n'auriez jamais vu Elizabeth Zott expliquer comment préparer de minuscules sandwichs au concombre ou de délicats soufflés. Ses recettes étaient roboratives : ragoûts, plats mijotés, plats cuits dans de grandes poêles en fonte. Elle mettait l'accent sur les quatre familles d'aliments. Elle croyait aux portions décentes. Et elle insistait sur la nécessité de préparer tout plat digne de ce nom en moins d'une heure. Elle terminait chaque émission par sa phrase fétiche : « Les enfants, mettez le couvert. Votre mère a besoin d'un moment rien que pour elle. »

Mais un journaliste célèbre écrivit un article intitulé « Pourquoi nous mangerons tout ce qu'elle prépare » et, en passant, l'appela « Succulente Lizzie », un surnom qui, parce qu'il était à la fois approprié et appétissant, avait collé à son image aussi vite qu'il avait été imprimé. Depuis ce jour, des inconnus l'appelaient *Succulente*, mais sa fille, Madeline, l'appelait maman, et, bien qu'elle ne fût qu'une enfant, Madeline comprenait que ce surnom dépréciait les talents de sa mère. Elle était chimiste, pas cuisinière pour la télévision. Et Elizabeth, gênée face à son unique enfant, se sentait honteuse.

Le soir, allongée dans son lit, elle se demandait parfois, avec étonnement, comment sa vie en était arrivée là. Mais cela ne durait jamais bien longtemps car elle connaissait déjà la réponse.

Calvin Evans.

3

L'Institut de recherche Hastings

Dix ans auparavant, janvier 1952

Calvin Evans était également chercheur à l'Institut de recherche Hastings mais, contrairement à Elizabeth qui travaillait dans la promiscuité avec d'autres chimistes, il disposait d'un grand laboratoire pour lui tout seul.

Au vu de son parcours, c'était probablement mérité. À dix-neuf ans, il avait déjà contribué à des recherches cruciales qui avaient aidé le célèbre chimiste britannique Frederick Sanger à décrocher le prix Nobel ; à vingt-deux ans, il avait découvert un moyen plus rapide de synthétiser des protéines simples ; dans sa vingt-quatrième année, sa découverte de la réactivité du benzosélénophène lui avait valu la couverture de la revue scientifique *Chemistry Today*. En outre, il avait rédigé seize articles scientifiques, avait reçu des invitations à participer à une dizaine de conférences internationales et s'était vu offrir une bourse de recherche à Harvard. Deux fois. Une offre qu'il avait déclinée. Deux fois. En partie parce que Harvard avait rejeté sa demande d'admission des années auparavant, et en partie parce que – eh bien, en fait, il n'y avait pas d'autre raison. Calvin était un homme brillant, mais s'il avait un défaut, c'était sa capacité à se montrer rancunier.

En plus d'être rancunier, il avait la réputation d'être impatient. Comme beaucoup de gens brillants, Calvin ne comprenait pas pourquoi personne d'autre ne *comprenait*. Il était également introverti, ce qui n'est pas vraiment un défaut mais se manifeste souvent par une attitude distante. Et, pire que tout, il pratiquait l'aviron.

Comme tous les non-rameurs vous le diront, les rameurs ne sont pas amusants. Et ce parce que les rameurs ne veulent jamais parler que d'aviron. Mettez deux rameurs ou plus dans une pièce et la conversation passe de sujets fédérateurs comme le travail ou la météo à de longues histoires sans intérêt sur les bateaux, les ampoules aux mains, les pelles, la position des mains sur les manchons, les ergomètres, comment plumer, les entraînements, les différentes positions du corps, et les récupérations, les sièges, les coups de pelle, les coulisses, les départs, les arrêts, les sprints et si l'eau était vraiment « plate » ou non. À partir de là, on passe généralement à ce qui n'a pas fonctionné lors de la dernière sortie, à ce qui risque de ne pas fonctionner la fois prochaine, et à qui en est ou en sera la faute. À un moment donné, les rameurs tendent leurs mains et comparent leurs callosités. Si vous n'avez vraiment pas de chance, cette discussion peut être suivie de plusieurs minutes de recueillement pendant lesquelles l'un d'entre eux raconte la fameuse sortie sur l'eau où tout s'est passé à la perfection, où tout semblait facile.

En dehors de la chimie, l'aviron était la seule chose pour laquelle Calvin se passionnait vraiment. En fait, cette discipline sportive était la raison pour laquelle Calvin avait, en premier lieu, postulé à Harvard : en 1945, ramer pour Harvard, c'était ramer pour la meilleure équipe – ou plutôt la *deuxième* meilleure équipe. L'équipe de l'université de Washington était *la* meilleure, mais l'université de Washington était à Seattle, et Seattle était réputée pour son taux élevé de pluviométrie. Calvin détestait la pluie. Il était donc allé voir plus loin, vers l'autre Cambridge, en Angleterre, renforçant ainsi un cliché très répandu : les scientifiques sont doués quand il s'agit de faire des recherches.

Le premier jour où Calvin avait ramé sur la Cam, il avait plu. Le deuxième, il avait plu. Troisième jour : pareil. « Est-ce qu'il pleut comme ça *tous* les jours ? » s'était plaint Calvin alors que ses coéquipiers et lui hissaient le lourd bateau en bois sur leurs épaules et se traînaient jusqu'au quai. « Oh jamais, le rassurèrent-ils, le temps à Cambridge est habituellement assez clément. » Ils s'étaient tous regardés pour confirmer ce qu'ils soupçonnaient déjà depuis longtemps : les Américains étaient des idiots.

Malheureusement, son idiotie affectait aussi ses rencontres amoureuses – un gros problème puisque Calvin voulait absolument tomber amoureux. Au cours des six années de solitude qu'il passa à Cambridge, il réussit à inviter cinq femmes à sortir avec lui et, sur ces cinq femmes, une seule consentit à un second rendez-vous, et ce uniquement parce qu'elle l'avait pris pour quelqu'un d'autre lorsqu'elle avait répondu au téléphone. Son handicap principal était l'inexpérience. Il se comportait comme un chien qui, après des années d'efforts, attrape enfin un écureuil et ne sait absolument pas quoi en faire.

« Heu… bonjour », dit-il, le cœur battant à tout rompre, les mains moites, l'esprit soudain complètement vide quand son rendez-vous lui ouvrit la porte. « Debbie ?

— C'est *Deirdre* », soupira la jeune femme, jetant à sa montre le premier regard d'une longue série.

Au cours du dîner, la conversation passa de la dissociation moléculaire des acides aromatiques (Calvin) au film qui venait de sortir (Deirdre), de la synthèse des protéines non réactives (Calvin) à la question de savoir s'il aimait ou non danser (Deirdre), et ils ne cessaient de regarder leur montre. Il était déjà vingt heures trente et il devait ramer le lendemain matin, alors il la ramena directement chez elle.

Il va sans dire qu'il fut très peu question de sexe. En fait, il n'en fut jamais question.

« Je n'arrive pas à croire que tu aies des problèmes, lui disaient ses coéquipiers de Cambridge. Les filles adorent les rameurs. » Ce qui n'était pas vrai. « Et même si tu es américain, tu n'es pas mal. » Ce qui ne l'était pas davantage.

Une partie du problème tenait à la posture de Calvin. Il mesurait 1,92 mètre, était longiligne et penchait vers la droite, sans doute parce qu'il ramait toujours à la nage. Mais le gros du problème était son visage. Il avait l'air solitaire, comme un enfant qui a dû s'élever tout seul, avec de grands yeux gris, des cheveux blonds en bataille et des lèvres violacées, presque toujours gonflées parce qu'il avait tendance à les mordiller. C'était le genre de visage que certains pourraient qualifier de facile à oublier, avec une expressivité inférieure à la moyenne qui ne laissait rien voir de la nostalgie ou de l'intelligence qui se cachaient derrière, à l'exception d'une caractéristique essentielle – seules ses dents, qui étaient droites et blanches, rachetaient tout de son apparence dès qu'il souriait. Et heureusement, surtout après être tombé amoureux d'Elizabeth Zott, Calvin affichait en permanence un grand sourire.

Ils se rencontrèrent – ou, plutôt, échangèrent des mots – pour la première fois un mardi matin à l'Institut de recherche Hastings, le laboratoire de recherche privé de l'ensoleillée Californie du Sud où Calvin, après avoir obtenu un doctorat à Cambridge en un temps record et avec quarante-trois offres d'emploi à considérer, avait accepté un poste en partie à cause de son prestige, mais surtout à cause du taux de pluviométrie. Il ne pleuvait pas beaucoup à Commons. Elizabeth, quant à elle, avait accepté l'offre de Hastings parce que c'était la seule qu'elle avait reçue.

Alors qu'elle se tenait devant la porte du laboratoire de Calvin Evans, elle remarqua un certain nombre de grands panneaux d'avertissement :

DÉFENSE D'ENTRER
EXPÉRIENCE EN COURS
ENTRÉE INTERDITE
PASSEZ VOTRE CHEMIN

Elle ouvrit la porte.

« Bonjour », lança-t-elle en tentant de couvrir la voix de Frank Sinatra qui sortait d'une chaîne hi-fi, incongrue dans ce lieu. « J'ai besoin de parler à un responsable. »

Calvin, surpris d'entendre une voix, sortit la tête de derrière une grande centrifugeuse.

« Excusez-moi, mademoiselle, dit-il agacé, une paire de lunettes de protection préservant ses yeux de ce qui bouillonnait sur sa droite, mais vous êtes dans une zone interdite. Vous n'avez pas vu les panneaux ?

— Si », lui répondit Elizabeth, ignorant le ton sur lequel Calvin s'était adressé à elle alors qu'elle traversait le laboratoire pour éteindre la musique. « Voilà. Maintenant on peut s'entendre. »

Calvin se mordilla les lèvres et pointa un doigt vers la sortie. « Vous n'avez pas le droit d'être ici, dit-il. Les *panneaux*.

— Oui, eh bien, on m'a dit que votre laboratoire avait un surplus de béchers et nous manquons de matériel en bas. Tout est là, ajouta-t-elle en lui montrant une feuille de papier. Le responsable de l'inventaire a donné son accord.

— Je ne suis pas au courant, rétorqua Calvin en examinant le formulaire. Et je suis désolé, mais non. J'ai besoin de tous les béchers. Je ferais peut-être mieux de parler à l'un des chimistes qui travaillent en bas. Dites à votre patron de m'appeler. » Il s'était remis au travail et avait rallumé la chaîne hi-fi.

Elizabeth n'avait pas bougé. « Vous voulez parler à un chimiste ? Quelqu'un d'autre que MOI ? cria-t-elle pour couvrir la voix de Frank.

— Oui, répondit-il avant de légèrement se radoucir. Écoutez, je sais que ce n'est pas votre faute, mais ils ne devraient pas envoyer une secrétaire pour faire leur sale boulot. Je sais que ça peut être difficile à comprendre pour vous, mais je suis en plein travail et c'est important. S'il vous plaît. Dites juste à votre patron de m'appeler. »

Elizabeth plissa les yeux. Elle n'aimait pas les gens qui se livraient à des suppositions basées sur ce qu'elle considérait comme des indices visuels dépassés, et elle n'aimait pas non plus les hommes qui pensaient – même s'il s'était avéré qu'elle était secrétaire – qu'être secrétaire signifiait être incapable de comprendre d'autres mots que : « Tapez ça en trois exemplaires. »

« Quelle coïncidence ! s'écria-t-elle en fonçant sur une étagère et en se servant dans une grande boîte de béchers. Moi aussi, je suis occupée. » Puis elle sortit d'un pas assuré.

Plus de trois mille personnes travaillaient à l'Institut de recherche Hastings, c'est pourquoi il fallut plus d'une semaine à Calvin pour la retrouver et, quand il y parvint enfin, elle ne sembla pas se souvenir de lui.

« Oui ? » dit-elle en se retournant pour voir qui était entré dans le laboratoire, une grosse paire de lunettes de protection grossissant ses yeux, ses mains et ses avant-bras enveloppés dans de longs gants en caoutchouc.

« Bonjour. C'est moi.

— Moi ? demanda-t-elle. Pourriez-vous être plus précis ? » Elle se remit au travail.

« Moi, répéta Calvin. Cinq étages plus haut, vous vous souvenez ? Là où vous avez pris mes béchers.

— Vous feriez mieux de reculer derrière ce rideau, dit-elle en penchant la tête vers la gauche. Nous avons eu un petit accident la semaine dernière.

— Il n'a pas été facile de vous retrouver.

— Vous permettez ? demanda-t-elle. Aujourd'hui, c'est *moi* qui suis en plein travail et c'est important. »

Il attendit patiemment qu'elle ait terminé ses mesures, pris des notes dans son cahier, réexaminé les résultats des tests de la veille et qu'elle soit allée aux toilettes.

« Vous êtes encore là ? fit-elle en revenant. Vous n'avez donc pas de travail ?

— Des tonnes.

— Impossible de récupérer vos béchers.

— Vous vous souvenez donc de moi ?

— Oui. Un souvenir plutôt désagréable, d'ailleurs.

— Je suis venu m'excuser.

— Ce n'était pas la peine.

— Que diriez-vous d'un déjeuner ?

— Non.

— Un dîner ?

— Non.

— Un café ?

— Écoutez, dit Elizabeth, ses mains gantées posées sur ses hanches. Je dois vous dire que vous commencez à m'agacer. »

Calvin détourna le regard, gêné. « Je vous demande sincèrement pardon. Je vais vous laisser. »

« N'était-ce pas Calvin *Evans* ? » demanda un laborantin en regardant Calvin se frayer un chemin parmi quinze scientifiques travaillant au coude-à-coude dans un espace quatre fois plus petit que son laboratoire privé. « Que faisait-il ici ?

— Un petit problème de droits de propriété sur des béchers.

— Des béchers ? » Il hésita. « Attends. » Il prit l'un des nouveaux béchers. « Cette grosse boîte que tu as dit avoir trouvée la semaine dernière… c'était *les siens* ?

— Je n'ai jamais dit que j'avais trouvé des béchers. J'ai dit que *j'étais entrée en possession* de béchers.

— Ceux de Calvin Evans ? Mais tu es folle ?

— Pas à proprement parler.

— Il t'a dit que tu pouvais prendre ses béchers ?

— Pas à proprement parler. Mais j'avais un formulaire.

— Quel formulaire ? Tu sais que tu dois passer par moi. Tu sais que c'est mon boulot de commander des fournitures.

— Je comprends. Mais j'attendais depuis trois mois. Je te l'ai demandé quatre fois, j'ai rempli cinq ordres de réquisition, j'en ai parlé au Dr Donatti. Honnêtement, je ne savais plus quoi faire. Mes recherches dépendent de l'obtention de ces fournitures. *Ce ne sont que des béchers.* »

Le laborantin ferma les yeux. « Écoute, renchérit-il en les rouvrant lentement comme pour souligner la stupidité d'Elizabeth. Je suis ici depuis bien plus longtemps que toi et je sais certaines choses. Tu sais ce pour quoi Calvin Evans est célèbre, n'est-ce pas ? À part la chimie ?

— Oui. Pour être suréquipé.

— Non. Il est célèbre pour être rancunier. Rancunier !

— Vraiment ? » répliqua-t-elle d'un air intéressé.

Elizabeth Zott était rancunière elle aussi. Sauf qu'elle ne faisait principalement preuve de rancune qu'à l'égard d'une société patriarcale fondée sur l'idée que les femmes étaient « moins ». Moins capables. Moins intelligentes. Moins inventives. Une société qui pensait que les hommes seuls allaient travailler et accomplissaient des choses importantes – découvrir des planètes, développer des produits, créer des lois – et que les femmes restaient à la maison et élevaient les enfants. Elle ne voulait pas d'enfants – elle le savait – mais elle savait aussi que beaucoup d'autres femmes *voulaient* avoir des enfants *et* faire carrière. Et qu'y avait-il de mal à vouloir les deux ? Rien. C'était exactement ce que les hommes avaient.

Elle avait récemment lu quelque chose sur un pays où les deux parents travaillaient et participaient ensemble à l'éducation des enfants. Où était-ce déjà ? En Suède ? Elle n'arrivait pas à s'en souvenir. Mais le résultat était que cette organisation fonctionnait très bien. La productivité était plus élevée, les familles étaient plus fortes. Elle se voyait vivre dans une telle société. Un endroit où personne ne la prendrait systématiquement pour une secrétaire, un endroit où, lorsqu'elle présenterait ses conclusions en réunion, elle n'aurait pas à se blinder pour ignorer les hommes qui parlaient en couvrant sa voix, ou pire, qui s'attribuaient le mérite de son travail. Elizabeth secoua la tête. En matière d'égalité, 1952 était une vraie déception.

« Tu vas devoir t'excuser auprès de lui, insista le laborantin. Quand tu lui rapporteras ces foutus béchers, fais profil bas. Tu as mis tout le labo en danger, et ça nuit à mon image.

— Ne t'inquiète pas pour ça, rétorqua Elizabeth. Ce ne sont que des béchers. »

Mais le lendemain matin, les béchers avaient disparu, remplacés par les regards mauvais de quelques-uns de ses collègues chimistes ; eux aussi, désormais, pensaient qu'elle avait pris le risque d'avoir fait des béchers l'objet de la légendaire rancune de Calvin Evans. Elle essaya de leur parler, mais tous la battirent froid, chacun à sa manière et, plus tard, alors qu'elle passait près du foyer de l'institut, elle entendit les mêmes se plaindre d'elle – du fait qu'elle se prenait trop au sérieux, qu'elle pensait être meilleure que n'importe lequel d'entre eux, qu'elle avait toujours refusé de sortir avec eux, même avec ceux qui étaient célibataires. Et que la seule façon pour elle d'avoir obtenu son master en chimie organique à UCLA avait été de travailler *dur* – l'expression étant accompagnée de gestes grossiers et de rires étouffés. Pour qui se prenait-elle de toute façon ?

« Quelqu'un devrait la remettre à sa place, dit l'un d'entre eux.

— Elle n'est même pas si intelligente que ça, insista un autre.

— C'est une salope », déclara une voix familière. Son patron, Donatti.

Elizabeth, habituée aux critiques mais abasourdie par la déclaration finale, se pressa contre le mur et fut prise de nausées. C'était la deuxième fois qu'on la qualifiait ainsi. La première fois – cette horrible première fois – ce fut à l'Université de Californie à Los Angeles, UCLA.

Deux ans plus tôt, étudiante en maîtrise à seulement dix jours de l'obtention du diplôme, elle était encore au laboratoire à neuf heures du soir, certaine d'avoir détecté un problème dans le protocole d'analyses. Alors qu'elle tapotait un crayon 2H fraîchement taillé sur une feuille de papier, évaluant son intuition, elle entendit la porte s'ouvrir.

« Qui est là ? » lança-t-elle. Elle n'attendait personne.

« Vous êtes encore là », commenta une voix dénuée d'étonnement. Celle de son directeur d'études.

« Oh. Bonsoir docteur Meyers, dit-elle en levant les yeux. Oui. Je revoyais juste le protocole d'analyses pour demain. Je crois que j'ai détecté un problème. »

Il ouvrit la porte en grand mais resta sur le seuil. « Je ne vous ai pas demandé de vous occuper de ça, répliqua-t-il agacé. Je vous ai dit que tout était réglé.

— Je sais, insista-t-elle. Mais je voulais y jeter un dernier coup d'œil. »

Elizabeth n'aimait pas avoir recours à la méthode « du dernier coup d'œil », mais c'était ce qu'elle savait *devoir* faire pour conserver sa place dans l'équipe de recherche exclusivement masculine de Meyers. Non pas qu'elle s'intéressait vraiment aux recherches de son directeur d'études : elles étaient inintéressantes sur le plan des découvertes et n'avaient rien de révolutionnaires. Malgré un manque de créativité notable et l'absence alarmante de nouvelles découvertes, Meyers était considéré comme l'un des meilleurs chercheurs en ADN des États-Unis.

Elizabeth n'aimait pas Meyers, personne ne l'aimait. À part, peut-être, UCLA ; l'université l'aimait parce que l'homme publiait plus d'articles que quiconque dans ce domaine. Le secret de Meyers ? Ce n'était pas lui qui les écrivait, mais ses étudiants diplômés. Pour autant, il s'attribuait toujours le crédit de chaque mot rédigé, se contentant parfois de changer le titre et quelques phrases ici et là avant de le faire passer pour un article totalement différent, ce qui lui était facile, car qui lisait un article scientifique jusqu'au bout ? Personne. Ainsi, ses publications s'étaient multipliées et sa réputation avait grandi. La raison pour laquelle Meyers était devenu un chercheur en ADN de premier plan ? La *quantité* d'articles publiés.

Outre son talent pour les articles superflus, Meyers était également connu pour être un débauché. Il n'y avait pas beaucoup de femmes dans les départements scientifiques d'UCLA, mais celles qui étaient là – des secrétaires pour la plupart – devenaient le centre de son indésirable attention. Elles partaient généralement au bout de six mois, leur confiance en elles ébranlée, les yeux gonflés, en invoquant des raisons personnelles. Mais Elizabeth resta – elle ne pouvait pas partir, elle avait besoin de son diplôme. Elle avait donc enduré les humiliations quotidiennes – les attouchements, les commentaires obscènes, les allusions nauséabondes – tout en faisant clairement comprendre qu'elle n'était pas intéressée... Jusqu'au jour où il l'avait convoquée dans son bureau, sous prétexte de lui parler de son admission à son programme de doctorat et qu'il lui avait glissé une main sous sa jupe. Furieuse, elle l'avait repoussé, puis avait menacé de le dénoncer.

« À qui ? » avait-il rétorqué en riant. Il l'avait ensuite réprimandée pour ne « pas être drôle » avant de lui donner une tape sur les fesses et d'exiger qu'elle aille lui chercher son manteau dans l'armoire de son bureau, sachant qu'en ouvrant la porte, elle en trouverait l'intérieur tapissé de photos de femmes aux seins nus, quelques-unes exposées, sans expression, à quatre pattes, la chaussure d'un homme posée triomphalement sur leur dos.

« C'est là, dit-elle au Dr Meyers. Étape quatre-vingt-onze, page deux cent trente-deux. La température. Je suis presque sûre qu'elle est trop élevée, ce qui signifie que l'enzyme sera rendu inactif, faussant les résultats. »

Le Dr Meyers l'observait depuis la porte. « Avez-vous montré ça à quelqu'un d'autre ?

— Non. Je viens juste de m'en apercevoir.

— Vous n'en avez donc pas parlé avec Phillip. » Phillip était le meilleur assistant de recherche de Meyers.

« Non. Il vient de partir. Je suis sûre que je peux encore le rattraper…

— Inutile. » Il l'avait interrompue. « Il y a quelqu'un d'autre ici ?

— Pas que je sache.

— Le protocole est exact, déclara-t-il sèchement. Vous n'êtes pas experte dans ce domaine. Arrêtez de remettre en question mon autorité. Et n'en parlez à personne d'autre. Vous entendez ?

— J'essayais seulement de vous aider, docteur Meyers. »

Il la regarda, comme s'il évaluait la véracité de sa proposition. « Et j'ai besoin de votre aide, en effet. » Puis il était entré et avait verrouillé la porte derrière lui.

Son premier coup fut une gifle à toute volée qui fit tourner la tête d'Elizabeth sur la gauche comme un ballon captif. Elle en eut le souffle coupé, puis réussit à se redresser, la bouche en sang, les yeux écarquillés d'incrédulité. Il grimaça, comme s'il n'était pas satisfait du résultat, et la frappa à nouveau, la faisant cette fois tomber du tabouret. Meyers était costaud – il pesait près de 110 kilos –, sa force résultant de sa masse, et non d'une authentique forme physique. Il se pencha sur elle et, l'attrapant par la taille, la souleva comme une grue soulèverait une charge de bois de construction, avant de la réinstaller sur le tabouret comme une poupée de chiffon. Il la retourna et, repoussant le tabouret d'un coup de pied, lui plaqua le visage et la poitrine contre la paillasse en acier inoxydable. « Tiens-toi tranquille, salope », lui avait-il ordonné alors qu'elle se débattait pour échapper aux gros doigts qui la griffaient sous sa jupe.

Elizabeth suffoquait, le goût du métal lui emplissait la bouche tandis qu'il la brutalisait, une main remontant sa jupe jusqu'à la taille, l'autre pinçant la peau à l'intérieur de ses cuisses. Le visage écrasé contre la paillasse, elle pouvait à peine respirer, et encore moins crier. Elle ripostait furieusement comme un animal pris au piège, mais son refus de céder ne faisait qu'exaspérer davantage Meyer.

« Laisse-toi faire », la prévint-il alors que la sueur dégoulinait de son ventre sur l'arrière des cuisses d'Elizabeth. Mais quand il bougea, elle put libérer un bras. « Tiens-toi *tranquille* », cria-t-il, furieux. Elle se tortillait, haletant sous le choc, tandis que le ventre rebondi de Meyers l'aplatissait comme une crêpe. Dans un dernier effort pour lui rappeler qui était le chef, il attrapa ses cheveux pour tirer sa tête en arrière. Puis il s'enfonça en elle comme un ivrogne débraillé, grognant de satisfaction avant de pousser un cri de douleur.

« Putain ! » Meyers hurla, et recula, la libérant. « Merde ! Putain, c'était quoi ça !? » Il la repoussa, déconcerté par la douleur fulgurante traversant son flanc droit. Il baissa les yeux sur son gros ventre, essayant de trouver une explication, mais tout ce qu'il vit fut une petite gomme rose sortant de sa région iliaque droite, au milieu d'une tache de sang.

Le crayon 2H. De sa main libre, Elizabeth l'avait trouvé, s'en était emparé et l'avait planté dans le flanc droit de Meyer. Pas seulement la pointe mais tout le crayon. Sa mine pointue, son bois jaune et agréable, sa bande dorée brillante – dix-sept centimètres de crayon versus dix-sept centimètres de graisse. Et, ce faisant, elle avait ruiné non seulement le gros et le petit intestins de Meyer, mais aussi sa carrière universitaire.

« Où allez-vous comme ça ? » demanda l'officier de police du campus après qu'une ambulance avait emmené le Dr Meyers. « J'ai besoin de voir votre carte d'étudiante. »

Elizabeth, les vêtements déchirés, les mains tremblantes, un gros bleu commençant à fleurir sur son front, se retourna, incrédule.

« C'est une question légitime, dit l'officier. Qu'est censée faire une femme dans un laboratoire à une heure aussi tardive ?

— Je suis une étu… étudiante de trois… troisième cycle, bégaya-t-elle comme si elle s'apprêtait à vomir. En chimie. »

Le policier soupira comme s'il n'avait pas le temps pour ce genre de bêtises, puis sortit un petit bloc-notes. « Pourquoi ne pas me raconter ce que vous *croyez* qu'il s'est passé. »

Elizabeth lui fournit les détails, la voix altérée par le choc. Il avait l'air de prendre des notes, mais lorsqu'il se retourna pour dire à un autre policier qu'il avait « la situation en main », elle remarqua que la feuille était vierge.

« Je vous en prie. Je… J'ai besoin de voir un médecin. »

Il referma son bloc-notes. « Voulez-vous faire une déclaration pour exprimer vos regrets ? » Puis il jeta un coup d'œil à sa jupe comme si le tissu à lui seul était une incitation évidente. « Vous avez poignardé cet homme. Vous vous en sortirez mieux si vous affichez des remords. »

Elle leva les yeux vers lui, le regard vide. « Vous… vous vous méprenez. Il m'a attaquée. Je… Je me suis défendue. J'ai besoin de voir un médecin. »

L'officier soupira. « Pas de déclaration pour exprimer vos regrets, donc », conclut-il, appuyant d'un coup sec sur la pointe rétractable du stylo.

Elle le fixait, la bouche légèrement entrouverte, le corps tremblant. Elle baissa les yeux sur sa cuisse, là où la main de Meyers avait laissé une empreinte violine. Elle ravala son envie de vomir.

Elle vit le policier regarder sa montre. Ce petit geste fut suffisant. Elle tendit le bras et arracha sa carte d'identité d'entre ses doigts. « Oui, monsieur l'agent, dit-elle d'une voix aussi tranchante qu'une lame aiguisée. Maintenant que j'y pense, j'ai un regret.

— Voilà qui est mieux. On arrive enfin à quelque chose. » Il ré-appuya sur la pointe de son stylo. « Je vous écoute.

— Des crayons…, dit-elle.

— Des crayons… », reprit-il en écrivant.

Elle leva la tête pour croiser son regard, alors qu'un filet de sang coulait depuis sa tempe. « Je regrette de ne pas en avoir plus. »

L'agression, ou « événement malheureux », comme la qualifia le service des inscriptions juste avant d'annuler officiellement son admission au programme de doctorat, était de son fait. Le Dr Meyers l'avait surprise en train de tricher. Elle avait essayé de changer un protocole d'analyses pour fausser les résultats de l'expérience – il en avait la preuve ici même – et, quand il l'avait confrontée, elle s'était jetée sur lui, s'offrant à lui, sexuellement parlant. Comme il l'avait éconduite, une bagarre s'était ensuivie et, soudain, il s'était retrouvé avec un crayon planté dans les boyaux. Il avait de la chance d'être encore en vie.

Presque personne ne crut à cette histoire, le Dr Meyers avait une sale réputation. Mais c'était une personnalité importante, et UCLA n'avait pas l'intention de perdre un chercheur d'un tel renom. Elizabeth avait été mise sur la touche. C'en était fini de son diplôme. Ses hématomes disparaîtraient. Quelqu'un lui écrirait une lettre de recommandation. À dégager.

C'est ainsi qu'elle avait atterri à l'Institut de recherche Hastings. Et maintenant, elle était là, à l'extérieur du foyer, le dos appuyé contre un mur, ayant la nausée.

Quand elle releva la tête, elle se trouva nez à nez avec le laborantin qui la scrutait. « Tu vas bien, Zott ? Tu as l'air un peu bizarre. »

Elle ne répondit pas.

« C'est ma faute, Zott, avoua-t-il. Je n'aurais pas dû faire une telle histoire avec les béchers. Quant à eux, dit-il en tournant la tête en direction du foyer, car il était clair qu'il avait entendu la conversation, ils cherchent juste à se faire valoir entre eux. Ignore-les. »

Mais elle ne put les ignorer. Dès le lendemain, son patron, le Dr Donatti – celui qui l'avait traitée de salope –, la réaffecta à un nouveau projet. « Ce sera beaucoup plus facile. Plus adapté à votre célérité intellectuelle.

— Pourquoi, docteur Donatti ? Quelque chose ne va pas dans mon travail ? » Elle était la force motrice de son groupe dans le dernier projet de recherche et, par conséquent, ils étaient sur le point de publier des résultats. Mais Donatti lui montra la porte du doigt. Le jour suivant, elle était affectée à une simple étude sur les acides aminés.

Le laborantin, constatant sa frustration croissante, lui demanda pourquoi elle voulait quand même devenir scientifique.

« Je ne veux pas devenir scientifique, répondit-elle. Je *suis* scientifique ! » Et, dans son esprit, elle n'allait pas laisser un gros ponte de UCLA, ou son patron, ou une poignée de collègues à l'esprit étroit l'empêcher d'atteindre son objectif. Elle avait déjà affronté des situations difficiles. Elle résisterait au travail de sape.

Mais rien ne peut lutter contre l'érosion. Au fil des mois, sa force d'âme fut constamment mise à l'épreuve. La seule chose qui lui donnait un peu de répit était le théâtre, et encore, il lui arrivait parfois d'être déçue.

C'était un samedi soir, environ deux semaines après l'incident des béchers. Elle avait acheté un billet pour *Le Mikado*, une opérette prétendument drôle. Bien qu'elle ait désiré ardemment assister à la représentation, elle se rendit compte, à mesure que le spectacle se déroulait, qu'elle ne le trouvait pas drôle du tout. Les paroles étaient racistes, les acteurs étaient blancs et il était évident que le premier rôle féminin serait accusé des méfaits de tous les autres personnages. Tout lui rappelait sa situation au travail. Elle décida d'arrêter les frais et de partir à l'entracte.

Par chance, le destin s'en mêla ; Calvin Evans était également présent ce soir-là, et, s'il avait pu prêter attention au spectacle, il aurait partagé l'opinion d'Elizabeth. Mais il passait la soirée avec une secrétaire de la section biologie, un premier rendez-vous, *et* il avait envie de vomir. Ce rendez-vous était un malentendu : la secrétaire lui avait proposé d'aller au théâtre uniquement parce qu'elle pensait que sa célébrité était synonyme de richesse, et lui, en réaction au parfum de la jeune femme qui lui piquait les yeux, avait cligné de l'œil plusieurs fois, ce qui, avait-elle pensé, signifiait : « Oui, j'aimerais beaucoup vous accompagner. »

Il fut pris de nausées dès l'acte I, et à la fin de l'acte II, son estomac bouillonnait. « Je suis désolé, chuchota-t-il, mais je ne me sens pas bien. Je m'en vais.

— Que voulez-vous dire ? demanda-t-elle, méfiante. Vous m'avez l'air en parfaite santé.

— J'ai envie de vomir, murmura-t-il.

— Eh bien, excusez-moi, mais j'ai acheté cette robe spécialement pour ce soir, et je ne partirai pas avant de l'avoir portée au moins pendant les quatre heures de la soirée. »

En se levant, Calvin lui tendit, brusquement, un peu de l'argent destiné à payer le taxi, puis il se précipita dans le hall, une main sur son ventre, et se dirigea directement vers les toilettes, prenant soin de ne pas trop secouer son estomac très sensible.

Comme par hasard de nouveau, Elizabeth arriva dans le hall au même moment et, comme Calvin, elle se dirigeait vers les toilettes. Mais quand elle vit la longue file l'attente, elle fit brusquement demi-tour, agacée et, ce faisant, entra en collision avec Calvin, qui lui vomit immédiatement dessus.

« Oh, mon Dieu ! dit-il entre deux vomissements, oh, mon Dieu ! »

D'abord stupéfaite, Elizabeth se reprit et, ignorant les dommages qu'il venait de causer à sa robe, posa une main réconfortante sur le dos plié de l'homme qui se tenait devant elle. « Il est malade, lança Elizabeth dans la file d'attente des toilettes, sans encore réaliser de qui il s'agissait. Quelqu'un pourrait-il appeler un médecin ? »

Mais personne ne bougea. En réaction à l'odeur nauséabonde et au bruit des violents vomissements de Calvin, tous les spectateurs qui se rendaient aux toilettes vidèrent rapidement les lieux.

« Oh, mon Dieu ! ne cessait de répéter Calvin en se tenant le ventre, *oh, mon Dieu !*

— Je vais vous chercher une serviette en papier, proposa gentiment Elizabeth. Et un taxi. » Et, quand il leva la tête, elle ajouta : « Dites, je vous connais, non ? »

Vingt minutes plus tard, elle l'aidait à rentrer chez lui. « Je pense qu'on peut exclure la dispersion en aérosol de la diphénylamine-chloroarsine, dit-elle. Puisque personne d'autre n'a été malade.

— Guerre bactériologique ? s'exclama-t-il en se tenant l'estomac. J'espère que oui.

— C'était probablement juste quelque chose que vous avez mangé. Une intoxication alimentaire.

— Oh, je suis si embarrassé. Je suis vraiment désolé. Votre robe. Je vais payer pour le pressing.

— C'est bon, répondit-elle. Ce ne sont que des éclaboussures. » Elle l'aida à s'installer sur son canapé, où il s'effondra lourdement.

« Je… Je ne me souviens pas de la dernière fois où j'ai vomi. Et encore moins en *public*.

— Ça arrive.

— J'avais un rendez-vous galant, expliqua-t-il. J'ai laissé la fille en rade. Vous vous rendez compte ?

— Non », dit-elle, essayant de se rappeler la dernière fois où elle avait eu un rendez-vous galant.

Ils restèrent silencieux pendant quelques minutes, puis il ferma les yeux. Elle prit ça comme un signal pour partir.

« Encore une fois, je suis désolé », murmura-t-il en l'entendant se diriger vers la porte.

« Je vous en prie. Vous n'avez pas besoin de vous excuser. C'était une réaction chimique, une incompatibilité. Nous sommes des scientifiques. Nous comprenons ces choses-là.

— Non, non », dit-il d'une petite voix voulant clarifier la situation. « Quand j'ai supposé que vous étiez secrétaire ce jour-là et que je vous ai dit de demander à votre patron de m'appeler, expliqua-t-il. Je suis vraiment *désolé*. »

Elle ne sut quoi répondre.

« Nous n'avons jamais été officiellement présentés, poursuivit-il. Je suis Calvin Evans.

— Elizabeth Zott, dit-elle en rassemblant ses affaires.

— Eh bien, Elizabeth Zott, déclara-t-il en esquissant un petit sourire, vous êtes mon sauveur. »

Mais il fut évident qu'elle ne l'entendit pas.

Une semaine plus tard, autour d'un café à la cafétéria de l'Institut de recherche Hastings, Elizabeth expliquait à Calvin : « Mes recherches sur l'ADN portaient sur les acides polyphosphoriques comme agents de déshydratation. Et, jusqu'à maintenant, ça se passait bien. Mais le mois dernier, on m'a changé de poste. J'ai été réaffectée à une étude sur les acides aminés.

— Mais pourquoi ?

— Donatti. Vous aussi vous travaillez pour lui, non ? Bref, il a décidé que mon travail était inutile.

— Mais les recherches sur les agents de déshydratation sont essentielles pour mieux comprendre l'ADN…

— Oui, je sais, je *sais*, acquiesça-t-elle. C'est ce que j'avais prévu d'étudier pour mon doctorat. Mais ce qui m'intéresse vraiment, c'est l'abiogenèse.

— L'abiogenèse ? La théorie selon laquelle la vie est née de formes simplistes, inanimées ? Fascinant. Mais vous n'êtes pas doctorante.

— Non.

— Et l'abiogenèse, c'est du niveau du doctorat.

— J'ai une maîtrise en chimie. Obtenue à UCLA.

— Le monde universitaire…, commenta-t-il d'un ton compatissant. Ils sont à la traîne. Vous vouliez en sortir.

— Pas exactement. »

Un long moment de silence gêné suivit.

« Écoutez, reprit-elle en inspirant profondément, mon hypothèse sur les acides polyphosphoriques est la suivante… »

Et avant même qu'elle s'en rende compte, elle lui parla pendant plus d'une heure, tandis que Calvin, hochant la tête, prenait des notes, l'interrompant de temps en temps avec des questions élaborées auxquelles elle répondait facilement.

« Je devrais être plus avancée, dit-elle mais, comme je l'ai mentionné, j'ai été "réaffectée". Et avant ça, obtenir les fournitures de base pour continuer mon vrai travail s'est avéré presque impossible. » C'est pourquoi, expliqua-t-elle, elle en avait été réduite à voler des équipements et des fournitures dans d'autres laboratoires que le sien.

« Mais pourquoi était-il si difficile d'avoir du matériel ? demanda Calvin. Hastings ne manque pas de moyens. »

Elizabeth le regarda comme s'il venait de lui demander comment, avec toutes les rizières, il pouvait y avoir des enfants mourant de faim en Chine. « La discrimination sexuelle », répondit-elle en prenant le crayon 2H qu'elle coinçait toujours derrière son oreille ou dans ses cheveux, pour tapoter avec insistance sur la table. « Mais aussi la politique, le favoritisme, l'inégalité et l'injustice en général. »

Il se mordilla les lèvres.

« Mais surtout la discrimination sexuelle, insista-t-elle.

— Quelle discrimination sexuelle ? demanda-t-il innocemment. Pourquoi ne voudrait-on pas de femmes dans les sciences ? C'est absurde. Nous avons besoin du plus grand nombre de scientifiques possible. »

Elizabeth le regarda, étonnée. Elle avait eu l'impression que Calvin Evans était un homme intelligent, mais elle réalisait maintenant qu'il était de ceux qui ne possèdent qu'une intelligence partielle. Elle l'observa attentivement comme si elle évaluait ce qu'il lui faudrait pour aller plus loin. Rassemblant ses cheveux à deux mains, elle les enroula avant de les placer en un nœud sur le dessus de sa tête et de les fixer à l'aide de son crayon. « Quand vous étiez à Cambridge, dit-elle prudemment en reposant ses mains sur la table, combien de femmes scientifiques avez-vous connues ?

— Aucune. Mais mon collège à Cambridge était exclusivement masculin.

— Oh, je vois. Mais les femmes avaient sûrement les mêmes opportunités ailleurs, non ? Alors combien de femmes scientifiques connaissez-vous ? Ne dites pas Mme Curie. »

Il se tourna vers elle, sentant qu'il y avait un problème.

« Le problème, Calvin, affirma-t-elle, est que la moitié de la population est gaspillée. Ce n'est pas seulement que je ne peux pas obtenir les fournitures dont j'ai besoin pour terminer mon travail, c'est que les femmes ne peuvent pas bénéficier de la formation dont elles ont besoin pour réaliser ce qu'elles désirent entreprendre. Et même si elles vont à l'université, ce ne sera jamais dans un endroit comme Cambridge. Ce qui signifie qu'on ne leur offrira pas les mêmes opportunités et qu'on ne leur accordera pas le même respect. Elles commenceront au bas de l'échelle et y resteront. Et je ne parle même pas du salaire. Tout ça parce qu'elles n'auront pas pu aller dans une école qui, pour commencer, n'accepte pas leurs candidatures.

— Vous êtes en train de m'expliquer, dit-il lentement, qu'un plus grand nombre de femmes s'intéresse vraiment à la science ? »

Elle écarquilla les yeux. « *Bien évidemment !* La science, la médecine, les affaires, la musique, les mathématiques. Peu importe le domaine. » Puis elle se tut et réfléchit un instant ; en vérité, elle-même n'avait connu qu'une simple poignée de femmes s'intéressant à la science ou aux autres domaines cités. La plupart de celles qu'elle avait rencontrées à l'université déclaraient qu'elles n'étaient là que pour obtenir leur maîtrise. C'était déconcertant ; comme si elles avaient toutes bu quelque chose qui les avait rendues temporairement folles.

« Alors que les femmes sont à la maison, continua-t-elle, à faire des bébés et à nettoyer les tapis. C'est de l'esclavage légalisé. Et même le travail des femmes qui souhaitent rester chez elles à s'occuper de leur foyer est incompris. Les hommes semblent penser que la décision la plus importante qu'une mère de cinq enfants est amenée à prendre au cours de sa journée est de choisir la couleur de son vernis à ongles. »

Calvin imagina les cinq enfants et frissonna.

« À propos de votre travail, dit-il en essayant de changer de sujet, je pense que je peux arranger les choses.

— Je n'ai pas besoin que vous arrangiez quoi que ce soit, rétorqua-t-elle. Je suis parfaitement capable de me débrouiller toute seule.

— Non, ce n'est pas vrai.

— Pardon ?

— Vous ne pouvez pas vous débrouiller toute seule parce que le monde ne fonctionne pas comme ça. La vie n'est pas juste. »

Qu'*il* lui parle à *elle* d'injustice la rendit furieuse. Il n'en savait absolument rien. Elle commença à rétorquer, mais il lui coupa la parole.

« Écoutez, la vie n'a jamais été juste, et pourtant vous continuez à agir comme si elle l'était, comme si, une fois que vous aurez redressé quelques torts, tout le reste se mettra en place. Ce ne sera pas le cas. Vous voulez mon avis ? » Et avant qu'elle ait pu lui répondre non, il ajouta : « Ne luttez pas contre le système. Soyez plus maligne que lui. »

Elle resta assise sans rien dire, pesant chacun des mots qu'elle venait d'entendre. Ils étaient pertinents, ce qui l'agaçait, d'autant que c'était terriblement injuste.

« Voici une heureuse coïncidence : j'essaie de repenser les acides polyphosphoriques depuis un an et je n'arrive à rien. Vos recherches pourraient changer ça. Si j'annonce à Donatti que j'ai besoin de travailler avec vos résultats, vous pourrez reprendre vos recherches dès demain. Et même si je n'avais pas besoin de votre travail, ce qui est le cas, je vous dois bien ça. D'une part, pour me faire pardonner mes remarques sur le statut de secrétaire et, d'autre part, pour vous avoir vomi dessus. »

Elle se sentit revigorée malgré elle. Même si elle ne le souhaitait pas : elle n'aimait pas l'idée selon laquelle il fallait être plus maligne que le système. Pourquoi ne pourrait-on pas être malin dès le départ, en s'attaquant au système lui-même ? Et elle n'aimait certainement pas qu'on lui accorde des faveurs. En recevoir ressemblait à de la triche. Et pourtant, elle avait des objectifs, et d'ailleurs, pourquoi devrait-elle rester sans rien faire ? Ne rien faire n'avait jamais mené personne nulle part.

« Écoutez », dit-elle sèchement, en balayant une mèche de cheveux de son visage. « J'espère que vous ne penserez pas que je tire des conclusions hâtives, mais j'ai eu des problèmes dans le passé et je veux être claire : je ne sors pas avec vous. C'est du travail, rien de plus. Je ne suis pas intéressée par une relation de quelque nature que ce soit.

— Moi non plus. C'est du travail. Rien d'autre.

— Rien d'autre. »

Puis ils rassemblèrent leurs tasses et leurs soucoupes et partirent dans des directions opposées, chacun espérant que l'autre ne pensait pas vraiment ce qui venait d'être dit.

4

Initiation à la chimie

Environ trois semaines plus tard, Calvin et Elizabeth marchaient en direction du parking de l'institut, et le ton montait.

« Votre idée est complètement erronée, dit-elle. Vous négligez la nature fondamentale de la synthèse des protéines.

— Au contraire », rétorqua-t-il, pensant que personne auparavant n'avait jamais qualifié ses idées d'erronées. Maintenant que c'était le cas, que quelqu'un se le permette ne lui plaisait pas vraiment. « Je ne peux pas croire que vous puissiez complètement négliger la structure molé…

— Je *ne néglige pas* la…

— Vous oubliez les deux liaisons covalentes.

— *Trois* liaisons covalentes.

— Oui, mais seulement quand…

— Écoutez, l'interrompit Elizabeth brusquement alors qu'ils s'arrêtaient devant sa voiture. C'est ça le problème.

— Quel est le problème ?

— *Vous*, déclara-t-elle en le pointant du doigt. C'est vous le problème.

— Parce qu'on n'est pas d'accord ?

— Ce n'est pas le problème, répondit-elle.

— Alors, c'est *quoi* ?

— C'est... » Elle fit un geste incertain de la main, puis son regard se perdit au loin.

Calvin soupira et, posant sa main sur le toit de la vieille Plymouth bleue d'Elizabeth, il attendit la rebuffade qui, il le savait, suivrait.

Au cours des dernières semaines, Elizabeth et lui s'étaient revus six fois – deux fois pour déjeuner et quatre fois pour boire un café – et chaque rencontre avait été à la fois le meilleur et le pire moment de la journée. Le meilleur moment parce qu'elle était la femme la plus intelligente, la plus perspicace, la plus intrigante, et – eh oui – la plus dangereusement séduisante qu'il ait jamais rencontrée. Le pire moment parce qu'elle semblait toujours pressée de partir. Et quand elle partait, il se sentait désespéré et déprimé pour le restant de la journée.

« Les récentes découvertes sur les vers à soie, dit-elle, dans le dernier numéro du *Science Journal*. C'est ce à quoi je pensais en parlant de complexité. »

Il hocha la tête comme s'il comprenait, mais ce n'était pas le cas, et pas seulement pour les vers à soie. Chaque fois qu'ils s'étaient rencontrés, il avait fait tout son possible pour prouver qu'il ne s'intéressait absolument pas à elle au-delà de ses capacités professionnelles. Il ne lui avait jamais proposé de lui offrir un café, il ne s'était pas porté volontaire pour l'aider avec son plateau-repas, il ne lui avait pas tenu la porte une seule fois, y compris le jour où elle avait eu les bras si chargés de livres qu'il n'avait même pas pu voir sa tête. Il ne s'était pas non plus évanoui quand elle lui était rentrée dedans accidentellement devant la paillasse du labo et qu'il avait senti l'odeur de ses cheveux. Jusqu'à ce jour, il n'avait même pas su que les cheveux pouvaient être ainsi parfumés, comme s'ils avaient été lavés dans un bassin de fleurs. N'allait-elle lui accorder de crédit que pour son comportement et ses compétences professionnels, et rien d'autre ? C'était exaspérant.

« L'article sur le bombykol, ajouta-t-elle. Dans les vers à soie.

— Certes », répondit-il d'un air maussade en pensant à la stupidité dont il avait fait preuve la première fois qu'il l'avait rencontrée. Il l'avait prise pour une secrétaire. Il l'avait virée de son laboratoire. Et après ? Il lui avait vomi dessus. Elle l'avait rassuré, disant que ce n'était pas grave, mais avait-elle remis cette robe jaune ? Non. Il était évident que même si elle affirmait ne pas être rancunière, elle l'était. Et en tant que champion de la rancune, il savait de quoi il retournait.

« C'est un messager chimique. Dans les vers à soie femelles.

— Des vers, dit-il d'un ton sarcastique. Super. »

Elle recula d'un pas, surprise par sa désinvolture. « Ça ne vous intéresse pas, conclut-elle, la pointe de ses oreilles rougissant.

— Pas du tout. »

Elizabeth prit une courte inspiration et reporta son attention sur son sac à main pour y trouver ses clés de voiture.

Quelle énorme déception. Elle avait enfin rencontré quelqu'un à qui elle pouvait vraiment parler – quelqu'un qu'elle trouvait infiniment intelligent, perspicace, intrigant (et étonnamment séduisant quand il souriait) – et il ne s'intéressait pas à elle.

Absolument pas. Ils s'étaient rencontrés six fois au cours des dernières semaines et, chaque fois, elle n'avait parlé que travail, et lui aussi – au point de s'être montré discourtois. Ainsi, le jour où elle n'avait pas pu voir la porte parce que ses bras étaient chargés de livres, il ne s'était même pas donné la peine de l'aider. Lorsqu'ils étaient ensemble, elle ressentait cette envie presque irrésistible de l'embrasser. Ce qui ne lui ressemblait absolument pas. Et après chaque rencontre – à laquelle elle mettait fin dès qu'elle le pouvait parce qu'elle *avait peur* de l'embrasser –, elle se sentait désespérée et déprimée pour le restant de la journée.

« Je dois y aller, dit-elle.

— Affairée, comme d'habitude », rétorqua-t-il. Mais aucun des deux ne bougea, tournant plutôt la tête dans des directions opposées, comme s'ils cherchaient dans le parking la personne qu'ils étaient censés rencontrer, alors même qu'il était presque sept heures un vendredi soir et que le parking sud ne contenait plus que deux voitures : les leurs.

« De grands projets pour le week-end ? osa-t-il finalement demander.

— Oui, mentit-elle.

— Amusez-vous bien », lança-t-il avant de tourner les talons et de s'en aller.

Elle le regarda partir puis monta dans sa voiture et ferma les yeux. Calvin n'était pas stupide. Il lisait *Science Journal*. Il devait savoir ce qu'elle sous-entendait quand elle avait mentionné le bombykol, la phéromone libérée par les vers à soie femelles pour attirer les partenaires mâles. *Des vers*, avait-il dit presque cruellement. Quelle idiote. Et quelle idiote elle avait été, abordant si ouvertement le sujet de l'amour dans un parking, pour finalement essuyer une rebuffade.

Ça ne vous intéresse pas.

Pas du tout, avait-il répondu.

Elle rouvrit les yeux et tourna la clé de contact. De toute façon, il avait probablement supposé qu'elle ne cherchait qu'à obtenir du matériel de laboratoire. En effet, dans l'esprit d'un homme, pourquoi une femme mentionnerait-elle le bombykol un vendredi soir sur un parking vide alors qu'une douce brise venait de l'ouest, transportant les effluves de son shampoing extrêmement onéreux directement dans ses fosses nasales, si ce n'est pour obtenir plus de béchers ? Aucune autre raison ne lui viendrait à l'esprit. Encore moins la vraie raison. Elle était en train de tomber amoureuse de lui.

Juste à ce moment-là, il y eut un coup sec sur sa gauche. Elle leva les yeux et vit Calvin qui lui faisait signe de baisser sa vitre.

« Je me fiche de votre satané matériel de laboratoire ! cria-t-elle en abaissant la vitre qui les séparait.

— Et moi, je ne suis pas le problème », rétorqua-t-il sèchement en se penchant pour l'affronter de face.

Elizabeth croisa son regard, furieuse. Comment *ose-t-il* ?

Calvin lui rendit son regard. Comment ose-t-*elle* ?

Et cette sensation lui revint, celle qu'elle éprouvait chaque fois qu'elle était avec lui ; mais, cette fois-ci, elle agit en conséquence, et tendit les deux mains pour attirer le visage de Calvin vers le sien, leur premier baiser cimentant un lien permanent que même la chimie ne pouvait expliquer.

5

Des valeurs familiales

Ses collègues de laboratoire pensaient qu'Elizabeth sortait avec Calvin Evans pour une seule raison : sa célébrité. Avec le soutien de Calvin, elle était intouchable. Cependant, la raison était bien plus simple : « Parce que je l'aime », aurait-elle dit si on lui avait posé la question. Mais personne ne la lui posa.

C'était la même chose pour lui. Si on lui avait posé la question, Calvin aurait dit qu'Elizabeth Zott était ce qu'il chérissait le plus au monde, et pas parce qu'elle était jolie, ni parce qu'elle était intelligente, mais parce qu'elle l'aimait et qu'il l'aimait, avec une certaine conviction, une certaine foi, qui soulignaient leur attachement mutuel et lui procuraient un sentiment de plénitude. Ils étaient plus que des amis, plus que des confidents, plus que des alliés, et plus que des amants. Si les relations sont une énigme à résoudre, un puzzle, alors la leur avait été résolue dès le départ, comme si quelqu'un avait secoué la boîte et regardé chaque pièce se poser exactement là où il fallait, s'ajuster à une autre, s'imbriquer parfaitement, pour reconstituer une image ordonnée. Leur harmonie rendait les autres couples malades.

Le soir, après avoir fait l'amour, ils s'allongeaient toujours dans la même position sur le dos, sa jambe à lui sur celle d'Elizabeth, son bras à elle sur la cuisse de Calvin, sa tête à lui penchée au-dessus de celle d'Elizabeth, et ils parlaient : parfois de leurs difficultés, parfois de leur avenir, toujours de leur travail. Malgré la fatigue post-coïtale, leurs conversations se prolongeaient souvent jusqu'au petit matin, et chaque fois qu'elles se concluaient par une découverte ou une formule, l'un d'eux, invariablement, finissait par se lever et prendre quelques notes. Alors que l'union de certains couples avait tendance à être affectée malencontreusement par leur travail, pour Elizabeth et Calvin c'était tout le contraire. Ils travaillaient même lorsqu'ils ne *travaillaient pas,* chacun alimentant la créativité et l'inventivité de l'autre avec un nouveau point de vue. Et si la communauté scientifique s'était plus tard émerveillée de leur productivité, elle l'aurait probablement été plus encore si elle avait su que la plupart de leurs travaux avaient été réalisés alors qu'ils reposaient nus sur un lit.

« Tu ne dors pas ? » demanda Calvin en chuchotant d'une voix hésitante, une nuit où ils étaient allongés. « Parce que je voulais te proposer quelque chose. C'est à propos de Thanksgiving.

— Qu'est-ce qu'il y a ?

— Eh bien, c'est dans pas longtemps et je me demandais si tu allais rentrer chez toi, et si, le cas échéant, tu allais m'inviter à t'accompagner et – il fit une pause, puis se lança – à rencontrer ta famille.

— *Quoi* ? Elizabeth chuchota à son tour. *Chez moi* ? Non. Je ne vais pas chez moi. Je pensais qu'on pourrait passer Thanksgiving ici. Ensemble. À moins que. Eh bien… *Et toi,* tu avais l'intention de rentrer chez toi ?

— Absolument pas », répondit-il.

Au cours des derniers mois, Calvin et Elizabeth avaient parlé de presque tout – livres, carrières, croyances, aspirations, films, politique, et même allergies. À l'exception de la famille. Ce n'était pas une décision délibérée, pas au début en tout cas, mais après des mois sans en parler, il était devenu évident que le sujet ne serait peut-être jamais évoqué.

Ce qui ne voulait pas dire qu'ils n'étaient pas au courant des origines de l'autre. Qui n'avait pas envie de plonger dans l'enfance de quelqu'un d'autre et d'en rencontrer tous les suspects habituels – le parent trop strict, la jalousie entre frères et sœurs, la tante folle ? Eux.

Ainsi, le sujet de la famille était comme une pièce dans une demeure historique dont l'entrée était fermée à la visite par un cordon. On pouvait toujours y jeter un coup d'œil pour avoir la vague impression que Calvin avait grandi quelque part (dans le Massachusetts ?) et qu'Elizabeth avait des frères (ou étaient-ce des sœurs ?), mais il était impossible de pénétrer à l'intérieur et de jeter un coup d'œil furtif dans l'armoire à pharmacie. Jusqu'à ce que Calvin évoque Thanksgiving.

« Je m'étonne moi-même de te poser la question, osa-t-il finalement, rompant un épais silence. Mais je réalise que je ne sais pas d'où tu viens.

— Oh, c'est donc ça. Eh bien… de l'Oregon, principalement. Et toi ?

— De l'Iowa.

— Vraiment ? Je croyais que tu étais de Boston.

— Non, répondit-il brièvement. Tu as eu des frères ? Des sœurs ?

— Un frère. Et toi ?

— Personne », répondit-il d'une voix morne.

Elle resta immobile, réfléchissant au ton qu'il avait adopté. « Tu t'es senti seul ? demanda-t-elle.

— Oui, affirma-t-il franchement.

— Je suis désolée, dit-elle en attrapant sa main sous les draps. Tes parents ne voulaient pas d'un autre enfant ?

— Difficile à dire. Ce n'est pas vraiment le genre de chose qu'un enfant demande à ses parents, n'est-ce pas ? Mais si, probablement. Certainement, même.

— Mais alors…

— Ils sont morts quand j'avais cinq ans. Ma mère était enceinte de huit mois à l'époque.

— Oh, mon Dieu. Je suis vraiment désolée Calvin, dit Elizabeth en se redressant brusquement. *Que s'est-il passé* ?

— Un train, répondit-il d'un air détaché. Qui les a percutés de plein fouet.

— Calvin, je suis vraiment désolée. Je ne savais pas.

— C'est bon. C'était il y a longtemps. Je ne me souviens pas vraiment d'eux.

— Mais…

— À ton tour, rétorqua-t-il brusquement.

— Non attends, attends, Calvin, *qui t'a élevé* ?

— Ma tante. Mais elle est morte, elle aussi.

— *Quoi ?* Comment ?

— On était en voiture et elle a eu une crise cardiaque. La voiture a raté un virage et s'est écrasée contre un arbre.

— Mon Dieu.

— Appelons ça une tradition familiale. Mourir dans un accident.

— Ce n'est pas drôle.

— Je n'essayais pas d'être drôle.

— Quel âge tu avais ? insista Elizabeth.

— Six ans. »

Elle ferma les yeux. « Et puis on t'a mis dans un… » Sa voix s'éteignit.

« Un foyer catholique pour garçons.

— Et…, continua-t-elle, tout en se détestant d'insister. C'était comment ? »

Il réfléchit comme s'il essayait de trouver une réponse honnête à cette question d'une simplicité obscène. « Rude », finit-il par répondre d'une voix si basse qu'elle l'entendit à peine.

À cinq cents mètres de là, un train siffla et Elizabeth grimaça. Combien de nuits Calvin s'était-il couché en entendant ce sifflement, et en pensant à ses parents, et à son frère ou sa sœur, morts, sans jamais dire un mot ? À moins, peut-être, qu'il n'ait jamais pensé à eux – il avait dit qu'il pouvait à peine se souvenir d'eux. Mais alors, *de qui* se souvenait-il ? Et comment *étaient*-ils ? Et quand il avait dit « rude », qu'entendait-il par là ? Elle aurait voulu lui demander, mais le timbre de sa voix – si sombre, et étrange – l'empêcha d'insister. Et qu'en avait-il été de sa vie après ça ? Comment avait-il appris à ramer au milieu de l'Iowa, sans parler d'avoir pu aller à Cambridge pour y pratiquer l'aviron ? Et l'université ? Qui l'avait payée ? Et son éducation ? Un foyer pour garçons dans l'Iowa n'avait pas l'air d'offrir beaucoup de possibilités en termes d'éducation. C'est une chose d'être brillant, mais être brillant sans opportunités, c'en est une autre. Si Mozart était né dans une famille pauvre de Mumbai plutôt que dans une famille cultivée de Salzbourg, aurait-il composé la *Symphonie n° 36 en* ut *majeur* ? Aucune chance. Alors comment Calvin était-il parti de rien pour devenir l'un des scientifiques les plus respectés au monde ?

« Tu disais, reprit-il d'une voix raide, l'attirant contre lui, l'Oregon.

— Oui, dit-elle, redoutant de devoir raconter sa propre histoire.

— Tu y vas souvent ? demanda-t-il.

— Jamais.

— *Pourquoi* ? » Calvin avait presque crié, choqué qu'elle puisse rejeter une vraie famille. Tout au moins, une famille dont les parents étaient encore vivants.

« Pour des raisons religieuses. »

Calvin marqua une pause, comme s'il avait raté quelque chose.

« Mon père était un… une sorte d'expert religieux, expliqua-t-elle.

— Un quoi ?

— Une sorte de vendeur, un représentant, de Dieu.

— Je ne comprends pas…

— Quelqu'un qui prêche le pessimisme et le malheur pour faire de l'argent. Tu vois…, dit-elle d'une voix embarrassée, le genre qui clame que la fin est proche mais qui a une solution, disons un baptême spécialisé ou une amulette coûteuse, permettant de repousser le jour du Jugement dernier.

— On peut gagner sa vie ainsi ? »

Elizabeth se tourna vers lui. « Oh oui… »

Il resta silencieux, essayant de comprendre comment c'était possible.

« Bref, on a dû déménager souvent à cause de ça. On ne peut pas continuer à dire à tout le monde que la fin est proche si la fin n'arrive jamais.

— Et ta mère ?

— Elle fabriquait les amulettes.

— Non, je veux dire, était-elle aussi très religieuse ? »

Elizabeth hésita : « Seulement si on considère la cupidité comme une religion. Il y a beaucoup de concurrence dans ce domaine, Calvin, c'est extrêmement lucratif. Mon père était particulièrement doué et la nouvelle Cadillac qu'il achetait chaque année était là pour le prouver. Mais en fin de compte, je pense que c'est le talent qu'avait mon père pour la combustion spontanée qui l'a fait remarquer.

— Attends. *Répète ?*

— C'est vraiment difficile de ne pas prêter attention à quelqu'un qui crie : "Fais-moi un signe", et de voir ensuite une chose prendre feu.

— Attends. Tu es en train de dire…

— Calvin, reprit-elle sur le ton scientifique qui lui était habituel, sais-tu que les pistaches sont naturellement inflammables ? C'est à cause de leur forte teneur en graisse. Normalement, les pistaches sont stockées selon des normes assez strictes d'humidité, de température et de pression, mais si ces conditions sont modifiées, les enzymes de destruction des graisses de la pistache produisent des acides gras libres qui sont décomposés lorsque la graine absorbe de l'oxygène et rejette du dioxyde de carbone. Résultat ? Elles prennent feu. Je reconnais deux compétences à mon père : la première, il pouvait provoquer une combustion spontanée chaque fois qu'il avait besoin que Dieu lui fasse signe. » Elle hocha la tête. « Bon sang, ce qu'on a pu manger comme pistaches.

— Et la seconde ? demanda-t-il curieux.

— C'est lui qui m'a fait découvrir la chimie. » Elle soupira. « Je devrais l'en remercier, je suppose, dit-elle avec amertume. Mais il n'en est pas question. »

Calvin tourna la tête vers la gauche, essayant de masquer sa déception. À ce moment-là, il réalisa à quel point il avait eu envie de rencontrer sa famille, à quel point il avait espéré s'asseoir à une table de Thanksgiving, entouré de gens qui seraient à lui parce qu'il était à elle.

« Où est ton frère ?

— Mort, répondit Elizabeth d'une voix dure. Il s'est suicidé.

— *Suicidé* ? Comment ?

— Il s'est pendu.

— Mais… *pourquoi* ?

— Parce que mon père lui a dit que Dieu le détestait. »

Calvin en resta interdit.

« Comme je l'ai expliqué, mon père était très convaincant. Si mon père disait que Dieu voulait quelque chose, généralement, il l'obtenait. Dieu étant mon père. »

L'estomac de Calvin se crispa.

« Est-ce que… vous étiez proches ? »

Elle prit une profonde inspiration. « Oui.

— Je ne comprends pas, insista-t-il. Pourquoi votre père aurait-il fait une chose pareille ? » Il reporta son attention sur le plafond plongé dans l'obscurité. Il n'avait pas eu beaucoup d'expérience en ce qui concerne la famille, mais il avait toujours supposé qu'en faire partie était important : une condition préalable à la stabilité, ce sur quoi on comptait pour traverser les moments difficiles. Il n'avait jamais vraiment considéré qu'une famille puisse *être* un fardeau.

« John, mon frère, était homosexuel, confia Elizabeth.

— Oh, dit-il, comme s'il avait enfin compris. Je suis désolé. »

Elle prit appui sur un coude et le regarda dans la pénombre de la chambre. « Qu'est-ce que c'est *censé* vouloir dire ?

— Eh bien… euh… mais comment avez-vous su ? Il ne vous a sûrement pas avoué qu'il l'était.

— Je suis une scientifique, Calvin. Tu t'en souviens ? Je le savais. De toute façon, il n'y a rien de mal à être homosexuel, c'est tout à fait normal, c'est une base de la biologie humaine. Je ne sais pas pourquoi tant de gens l'ignorent. Est-ce que plus personne ne lit Margaret Mead ? Toujours est-il que je savais que John était homosexuel, et il savait que je le savais. Nous en parlions. Ce n'était pas un choix ; ça faisait simplement partie de qui il était. Le mieux dans tout ça, dit-elle avec nostalgie, c'est qu'il savait pour moi aussi.

— Il savait que tu étais…

— *Scientifique* ! le coupa sèchement Elizabeth. Écoute, je me rends compte que c'est peut-être difficile pour toi de comprendre étant donné ta propre situation, qui est terrible. Mais naître dans une famille ne signifie pas nécessairement que nous lui appartenons.

— Et nous ?

— Non. Tu dois comprendre ça, Calvin. Les gens comme mon père prêchent l'amour mais sont remplis de haine. Toute personne qui menace leurs croyances étroites ne peut être tolérée. Le jour où ma mère a surpris mon frère tenant la main d'un autre garçon, c'était fini. Après avoir entendu pendant un an qu'il était une aberration et ne méritait pas de vivre, il est parti dans la grange avec une corde. »

Elle parlait d'une voix trop aiguë, comme quand on essaie très fort de ne pas pleurer. Il tendit la main vers elle et elle le laissa la prendre dans ses bras.

« Quel âge tu avais ?

— Dix ans. John en avait dix-sept.

— Parle-moi de lui, l'encouragea-t-il. Comment était-il ?

— Oh, marmonna-t-elle. Gentil. Protecteur. C'est John qui me faisait la lecture tous les soirs, qui pansait mes genoux écorchés, qui m'a appris à lire et à écrire. Nous avons beaucoup déménagé et je n'ai jamais vraiment réussi à me faire des amis, mais j'avais John. Nous passions la plupart de notre temps à la bibliothèque. C'était notre sanctuaire, la seule chose sur laquelle on pouvait compter d'une ville à l'autre. C'est assez drôle, maintenant que j'y pense.

— C'est-à-dire ?

— Mes parents faisaient *commerce* du sanctuaire. »

Il hocha la tête.

« J'ai appris une chose, Calvin : les gens aspireront toujours à trouver une solution simple à leurs problèmes compliqués. Il est beaucoup plus facile d'avoir foi en quelque chose que l'on ne peut ni voir, ni toucher, ni expliquer, ni changer, plutôt que d'avoir foi en quelque chose de vraiment réel. » Elle soupira. « Comme soi-même. » Elle contracta les muscles de son ventre.

Ils restèrent silencieux, englués tous deux dans la misère de leur passé.

« Où sont tes parents maintenant ?

— Mon père est en prison. L'un des signes envoyés par Dieu a fini par tuer trois personnes. Quant à ma mère, elle a divorcé, s'est remariée et a déménagé au Brésil. Pas de lois d'extradition là-bas. Ai-je mentionné que mes parents n'ont jamais payé d'impôts ? »

Calvin laissa échapper un long sifflement. Quand on a grandi en recevant une portion quotidienne de tristesse, il est difficile d'imaginer que d'autres ont pu en recevoir une plus grande part que la sienne.

« Donc, après la mort de ton frère… il ne restait que toi et tes parents…

— Non, l'interrompit-elle. Juste moi. Mes parents étaient souvent absents pendant des semaines et, sans John, j'ai dû devenir autonome. C'est ce que j'ai fait. J'ai appris à cuisiner et à faire de petites réparations dans la maison.

— Et l'école ?

— Je te l'ai déjà dit, j'allais à la bibliothèque.

— C'est tout ? »

Elle se tourna vers lui. « C'est tout. »

Ils restèrent allongés, immobiles, tels des arbres abattus. À plusieurs rues de là, une cloche d'église sonna.

« Quand j'étais enfant, murmura Calvin, je me disais que demain serait un autre jour. Que tout pouvait arriver. »

Elle lui prit de nouveau la main. « Est-ce que ça t'a aidé ? »

En se rappelant ce que l'évêque du foyer pour garçons lui avait révélé au sujet de son père, la bouche de Calvin s'affaissa. « Je pense seulement que nous devrions pouvoir échapper au passé. »

Elle acquiesça, imaginant un tout jeune orphelin essayant de se convaincre d'un avenir meilleur. Endurer le pire et, malgré toutes les lois de l'univers et toutes les preuves du contraire, décider que le jour suivant pourrait être meilleur était, à n'en pas douter, un sacré signe de bravoure pour un enfant.

« Demain sera un autre jour », répéta Calvin comme s'il était encore cet enfant. Mais le souvenir de ce qu'il avait appris sur son père était encore trop vif et il se tut. « Écoute, je suis fatigué. Restons-en là.

— Nous devrions dormir un peu en effet, dit-elle sans bâiller.

— Nous pourrons parler de ça une autre fois, ajouta-t-il déprimé.

— Demain, peut-être », prétendit-elle.

6

La cafétéria de l'Institut de recherche Hastings

Rien n'est plus irritant que d'être témoin de la quantité de bonheur injustement distribuée aux autres. Pour certains de leurs collègues de l'Institut de recherche Hastings, Elizabeth et Calvin en recevaient une quantité injustifiée. Lui, parce qu'il était brillant ; elle, parce qu'elle était belle. Lorsqu'ils se mirent en couple, cette quantité injustement distribuée doubla automatiquement, rendant la situation très injuste.

Le pire, selon ces gens, c'est que Calvin et Elizabeth n'avaient pas mérité leur part – ils étaient tout simplement nés ainsi. Leur part injuste de bonheur provenait donc non pas d'un travail acharné mais d'un hasard génétique. Et le fait que le duo ait décidé de combiner leurs dons immérités dans une relation amoureuse, et probablement très sexuelle, dont les autres devaient être témoins tous les jours au déjeuner, fit empirer la situation.

« Les voilà, dit un géologue du septième étage. Batman et Robin.

— Il paraît qu'ils s'installent ensemble, tu le savais ? demanda l'un de ses collègues.

— *Tout le monde* le sait.

— Je ne le savais pas », dit d'une voix lugubre un troisième larron nommé Eddie.

Les trois compères regardèrent Elizabeth et Calvin choisir une table vide au milieu de la cafétéria, le choc des plateaux et des couverts résonnant autour d'eux comme le bruit d'une fusillade. Alors que les relents du bœuf Stroganoff de la cafétéria menaçaient d'asphyxier le reste du réfectoire, Calvin et Elizabeth posèrent devant eux un ensemble de récipients Tupperware ouverts. Poulet *alla parmigiana.* Gratin de pommes de terre. De la salade.

« Oh, je vois, commenta l'un des géologues. La nourriture ici n'est donc pas assez bonne pour eux.

— Il est vrai que mon chat mange mieux que ça, intervint son collègue en repoussant son plateau.

— Salut les gars ! » pépia mademoiselle Frask, la secrétaire du service du personnel trop guillerette et au derrière imposant. Frask posa son plateau, puis se racla la gorge en attendant qu'Eddie, un technicien du laboratoire de géologie, lui avance une chaise pour qu'elle puisse s'asseoir. Frask sortait avec Eddie depuis trois mois et, alors qu'elle aurait aimé dire que tout se passait très bien, ce n'était pas le cas. Eddie était immature et avait des manières rustres. Il mâchait la bouche ouverte, riait aux blagues qui n'étaient pas drôles, disait des choses comme « Va-va-voom ! ». Pourtant, Eddie avait un atout : il était célibataire. « Eh bien, merci, Eddie, s'exclama-t-elle alors qu'il se penchait vers elle et lui proposait une chaise. C'est si gentil !

— Jette un coup d'œil à ça. Mais attention, à tes risques et périls », prévint l'un des géologues, avec un geste de la tête en direction de Calvin et Elizabeth.

« Pourquoi ? Qu'y a-t-il à voir ? » Elle se retourna sur sa chaise pour suivre son regard. « Nom d'une pipe, dit-elle en apercevant l'heureux couple. *Encore* ? »

Tous les quatre regardèrent en silence Elizabeth sortir un cahier, l'ouvrir et le passer à Calvin. Calvin étudia la page avant d'émettre un commentaire. Elizabeth secoua la tête, puis pointa du doigt quelque chose de précis. Calvin acquiesça et, la tête penchée, se mordilla les lèvres, tout en réfléchissant.

« Il est *si peu* séduisant », constata Frask d'un air dégoûté. Mais comme elle était au service du personnel et que le service du personnel se devait de ne jamais faire de commentaires sur l'apparence physique d'un employé, elle ajouta : « Et par là, je veux seulement dire que le bleu n'est pas sa couleur. »

L'un des géologues prit une bouchée de bœuf Stroganoff mais reposa immédiatement sa fourchette en un geste résigné. « Vous avez entendu les dernières nouvelles ? Evans a encore été nominé pour le Nobel. »

Toute la tablée émit un même soupir collectif.

« Ça ne veut rien dire, remarqua l'un d'entre eux. N'importe qui peut être nominé.

— Ah vraiment ? Tu as déjà été nominé, toi ? »

Ils continuèrent à les regarder, médusés, alors que quelques minutes plus tard, Elizabeth se baissait et sortait de son sac un paquet emballé dans du papier sulfurisé.

« C'est quoi, à votre avis ? demanda l'un des géologues.

— Des gâteaux, dit Eddie, la voix pleine d'admiration. Et en plus, elle fait *de la pâtisserie.* »

Ils regardèrent Elizabeth offrir des brownies à Calvin.

« Bon sang, lâcha Frask exaspérée. Qu'est-ce que tu veux dire par "et en plus" ? Tout le monde peut faire des gâteaux.

— Je ne la comprends pas, dit l'un des géologues. Elle a Evans. Pourquoi est-elle encore là ? » Il marqua une pause comme s'il passait en revue toutes les réponses possibles. « À moins qu'Evans *ne veuille pas* l'épouser, ajouta-t-il.

— Pourquoi acheter la vache quand on peut avoir le lait gratuitement ? suggéra son collègue.

— J'ai grandi dans une ferme, lança Eddie. Les vaches, c'est beaucoup de boulot. »

Frask lui jeta un coup d'œil courroucé. Qu'il continue à tendre le cou vers Zott comme une plante vers la lumière du soleil l'agaçait.

« Je suis une spécialiste du comportement humain. À une époque, j'ai préparé un doctorat en psychologie. » Elle regarda ses compagnons de déjeuner, espérant qu'ils la questionneraient sur ses aspirations universitaires mais personne ne semblait le moins du monde intéressé. « Bon, peu importe, mais c'est pourquoi je peux affirmer avec assurance : c'est *elle* qui se sert de lui. »

À l'autre bout de la salle, Elizabeth rangea ses papiers, puis se leva de sa chaise : « Désolée de t'interrompre, Calvin, mais j'ai une réunion.

— Une réunion ? » répéta Calvin, comme si elle venait d'annoncer qu'elle allait assister à une exécution. « Si tu travaillais dans mon labo, tu n'aurais jamais besoin d'aller à des réunions.

— Mais je ne travaille pas dans ton labo.

— Mais tu *pourrais*. »

Elle soupira et s'affaira avec les Tupperware. Bien sûr, elle aurait aimé travailler dans son laboratoire, mais c'était impossible. Elle était chimiste débutante. Elle se devait de réussir par elle-même. *Essaye de comprendre*, lui avait-elle demandé plus d'une fois.

« Nous vivons ensemble. C'est juste la prochaine étape logique. » Il savait qu'avec Elizabeth, la logique l'emportait toujours.

« C'était une décision économique », lui rappela-t-elle. Ce qui, à première vue, était la réalité. Calvin avait lancé l'idée, en argumentant que puisqu'ils passaient la plupart de leur temps libre ensemble, il était logique, financièrement parlant, de partager un logement. Toutefois, nous étions en 1952 et, en 1952, une femme célibataire n'emménageait pas avec un homme sans être mariée. Il avait donc été un peu surpris quand Elizabeth avait accepté sans discuter. « Nous partagerons en deux le montant du loyer », avait-elle simplement mentionné.

Elle avait enlevé le crayon de ses cheveux et l'avait tapoté sur la table en attendant sa réponse. Elle n'avait pas vraiment voulu dire qu'elle en paierait la moitié. C'était tout bonnement impossible. Son salaire se situait juste au-dessus du minimum ridicule. De toute façon, la maison était au nom de Calvin – et il était le seul à bénéficier de l'avantage fiscal. Par conséquent, qu'elle en paye la moitié n'aurait pas été juste. Elle lui avait laissé un moment pour faire le calcul. Qu'elle en paye la moitié aurait été scandaleux.

« La moitié, vraiment ? » avait-il rétorqué comme s'il y réfléchissait.

Il savait déjà que c'était inenvisageable. Même payer le quart lui aurait été impossible. En effet, Hastings lui versait un salaire de misère : environ cinquante pour cent de ce que gagnait un homme au même poste ; un état de fait qu'il avait découvert après avoir consulté, illégalement, son dossier personnel. De toute façon, il n'avait pas d'hypothèque à rembourser. Il avait payé son petit bungalow l'année précédente avec l'argent d'un prix de chimie et l'avait immédiatement regretté. Vous savez ce qu'on dit : « Ne jamais mettre tous ses œufs dans le même panier » ? Mais c'est pourtant ce qu'il avait fait.

« À moins, avait-elle dit, rayonnante, que nous puissions conclure un accord commercial. Tu sais, comme le font les nations entre elles.

— Un accord ?

— Hébergement contre services rendus. »

Calvin s'était figé. Il avait entendu les allusions au lait gratuit.

« Le dîner, précisa-t-elle. Quatre soirs par semaine. » Et avant qu'il puisse répondre, elle ajouta : « Bon, d'accord. *Cinq*. Mais c'est ma dernière offre. Je suis une bonne cuisinière, Calvin. La cuisine est une science sérieuse. En fait, c'est de la chimie. »

Ils avaient donc emménagé ensemble et tout se passait bien. Mais l'idée de travailler ensemble dans le même laboratoire ? Elle refusait ne serait-ce que de l'envisager.

« Tu viens d'être nominé pour un Nobel, Calvin », lui rappela-t-elle en refermant le couvercle du Tupperware sur les restes de gratin de pommes de terre. « Ta troisième nomination en cinq ans. Je veux être jugée d'après mon propre travail, pas sur ce que les gens pensent que tu as fait pour moi.

— Quiconque te connaît ne penserait jamais ça. »

Elle ferma le Tupperware, puis se tourna vers lui. « C'est ça le problème. Personne ne me connaît. »

C'est l'impression qu'elle avait toujours eue. On la considérait non pour ce qu'elle faisait, mais par ce que les autres avaient accompli. Dans le passé, elle était soit la progéniture d'un pyromane, ou la fille d'une épouse en série, ou encore la sœur d'un homosexuel pendu, soit l'étudiante d'un débauché de renom. Maintenant, elle était la petite amie d'un chimiste célèbre. Mais elle n'était jamais tout simplement Elizabeth Zott.

Et les rares fois où elle n'était pas appréciée en fonction des autres, on estimait qu'elle ne faisait pas le poids ou qu'elle n'était qu'une croqueuse de diamants – une femme vénale – en se basant sur ce qu'elle détestait le plus chez elle : son physique. D'autant qu'elle ressemblait à son père.

C'est à cause de lui qu'elle ne souriait plus beaucoup. Avant de devenir évangéliste, son père avait voulu être acteur. Il avait à la fois le charisme et le sourire appropriés – toutes ses dents refaites par un professionnel. La seule chose qui lui manquait ? Le talent. Alors, quand il était devenu évident qu'être acteur n'était pas possible, il avait mis ses compétences au service du prêche sous un chapiteau où son faux sourire avait convaincu les gens de l'arrivée de la fin du monde. C'est pourquoi, à l'âge de dix ans, Elizabeth avait arrêté de sourire. La ressemblance s'était alors estompée.

Ce ne fut qu'avec l'arrivée de Calvin Evans dans sa vie que son sourire réapparut. La première fois, ce fut au théâtre, quand il avait vomi sur sa robe. Elle ne l'avait d'abord pas reconnu, mais quand ce fut le cas et malgré les dégâts, elle s'était penchée sur lui pour mieux voir son visage. Calvin Evans ! Il est vrai qu'elle avait été quelque peu discourtoise avec lui après qu'il l'avait été avec elle lors de l'épisode des béchers ; mais, entre eux deux, l'attirance avait été immédiate, irrésistible.

« Tu en veux encore ? demanda-t-elle, en montrant un récipient presque vide.

— Non, mange, toi. Ça ne te fera pas de mal d'avaler un peu plus de carburant. »

Il avait prévu de finir le gratin, mais il était prêt à renoncer aux calories supplémentaires si seulement elle restait encore un peu avec lui. Comme Elizabeth, il n'avait jamais été très sociable ; ce n'est que lorsqu'il avait découvert l'aviron qu'il avait réussi à véritablement interagir avec les autres. La souffrance physique, il l'avait appris depuis longtemps, créait un lien que la vie de tous les jours ne pouvait pas tisser entre les gens. Il était resté en contact avec ses huit coéquipiers de Cambridge – il avait d'ailleurs vu l'un d'entre eux pas plus tard que le mois précédent lorsqu'il était allé à New York pour une conférence. Le Quatre – ils s'appelaient encore par leur numéro de siège – était devenu neurologue.

« Tu as quoi ? avait demandé le Quatre, surpris. Une petite amie ? Eh bien, tant mieux pour toi, Six ! s'était-il exclamé en lui donnant une tape dans le dos. Il était temps ! »

Calvin avait hoché la tête avec enthousiasme, expliquant en détail le travail d'Elizabeth, ses habitudes, son rire et tout ce qu'il aimait chez elle. Sur un ton plus sombre, il avait également expliqué que même si Elizabeth et lui passaient tout leur temps libre ensemble – ils vivaient ensemble, ils mangeaient ensemble, ils allaient travailler et rentraient ensemble – ce n'était pas suffisant. Ce n'était pas qu'il ne pouvait pas fonctionner sans elle, avait-il expliqué au Quatre, mais plutôt qu'il ne voyait pas *l'intérêt* de fonctionner sans elle. « Je ne sais pas comment appeler ça, avait-il confié après avoir longuement réfléchi. Suis-je dépendant d'elle ? Suis-je dépendant parce que malade, comme obsédé ? À moins que je ne souffre d'une tumeur au cerveau !

— Bon sang, Six, ça s'appelle le bonheur, avait expliqué Quatre. Le mariage, c'est pour quand ? »

C'était là le problème. Elizabeth avait clairement fait savoir qu'elle ne souhaitait pas se marier. « Ce n'est pas que je désapprouve le mariage, Calvin, lui avait-elle expliqué plus d'une fois. Mais je désapprouve tous les gens qui nous désapprouvent parce que nous ne sommes pas mariés. Toi aussi ?

— Oui », avait répondu Calvin, pensant à quel point il aimerait répondre *oui* devant un autel. Mais quand elle l'avait regardé en s'attendant à ce qu'il s'explique, il avait rapidement ajouté : « Je pense que nous avons de la chance. » Elle lui avait alors adressé un sourire si sincère que quelque chose dans son cerveau s'était détraqué. Dès qu'ils s'étaient quittés, il s'était rendu chez le bijoutier du coin, passant tout en revue jusqu'à ce qu'il trouve le plus gros petit diamant qu'il pouvait se permettre d'offrir. Il était excité à en être malade, et avait gardé la petite boîte dans sa poche pendant trois mois, dans l'attente du bon moment.

« Calvin ? l'interpella Elizabeth, en rassemblant ses dernières affaires sur la table de la cafétéria.

Tu m'écoutes ? Je disais que j'allais à un mariage demain. Je fais partie du cortège, c'est incroyable, non ? » Elle haussa les épaules, nerveusement. « On devrait donc probablement discuter de cette étude sur les acides dès ce soir, si ça te va.

— Qui se marie ?

— Mon amie Margaret, la secrétaire du département de physique. C'est avec elle que j'ai rendez-vous dans un quart d'heure. Pour un essayage.

— Attends. Tu as une *amie* ? » Il pensait qu'Elizabeth n'avait que des collègues de travail, des confrères qui reconnaissaient ses compétences mais remettaient en cause ses résultats.

Elizabeth rougit, embarrassée. « Eh bien, oui, répondit-elle, mal à l'aise. Margaret et moi nous saluons d'un signe de tête dans les couloirs. Nous avons parlé plusieurs fois devant la machine à café. »

Calvin s'efforça de donner l'impression que c'était là une description raisonnable de l'amitié.

« Ça s'est fait à la dernière minute. L'une de ses demoiselles d'honneur est malade et Margaret dit qu'il est important d'avoir un ratio égal de demoiselles d'honneur et de placeurs. » Dès qu'elle l'eut formulé ainsi, elle se rendit compte de ce dont Margaret avait vraiment besoin : une taille 36, libre pour le week-end.

La vérité, c'est qu'elle n'était pas douée pour se faire des amis. Elle se disait que c'était parce qu'elle avait beaucoup déménagé, qu'elle avait eu de mauvais parents, qu'elle avait perdu son frère. Mais elle savait que d'autres avaient connu eux aussi des difficultés et qu'ils n'avaient pas ce problème. Certains semblaient même *très doués* pour se faire des amis, comme si le spectre d'un changement constant ou d'un profond chagrin leur avait révélé l'importance de nouer des liens, où qu'ils se trouvent. Qu'est-ce qui n'allait pas chez elle ?

Sans parler de l'art illogique de l'amitié féminine, qui nécessitait une capacité à garder, mais surtout à révéler, des secrets selon un timing précis. Chaque fois qu'elle déménageait dans une nouvelle ville, les filles la prenaient à part au catéchisme et lui confiaient, tout excitées, leur béguin pour certains garçons. Elle écoutait ces confessions, promettant fidèlement qu'elle garderait le secret. Et elle le gardait. Ce qu'on lui reprochait, car il s'avérait qu'elle était *censée* le divulguer. Son travail de confidente consistait à briser cette confiance en disant au garçon X que la fille Y le trouvait mignon, déclenchant ainsi une réaction d'intérêt en chaîne entre les deux parties. « Pourquoi tu ne lui dis pas toi-même ? demandait-elle alors à ces prétendues amies. Il est juste là. » Les filles reculaient, horrifiées.

« Elizabeth ? Elizabeth ? » Calvin se pencha pardessus la table et lui tapota la main. « Désolé, dit-il alors qu'elle sursautait. Je crois que je t'ai perdue pendant un moment. Bref, je disais que j'adore les mariages. Je vais y aller avec toi. »

En réalité, il détestait les mariages qui, pendant des années, lui avaient rappelé qu'il était seul, sans personne pour l'aimer. Mais maintenant qu'il était aimé, il supposait que la proximité d'un autel pouvait modifier la perception qu'Elizabeth avait du mariage. Cette théorie avait même un nom scientifique : l'interférence associative.

« Non, répondit-elle vivement. Je n'ai pas d'invitation pour un tiers et, qui plus est, moins de gens me verront dans cette robe, mieux ce sera.

— Allez », dit-il en tendant le bras par-dessus l'espace qui les séparait pour la rattraper et qu'elle se rasseye. « Margaret ne peut pas s'attendre à ce que tu y ailles seule. Et pour ce qui est de la robe, je suis sûr que ce n'est pas si mal.

— Oh si, *crois-moi* », répondit-elle sur ce ton raisonnable de la certitude scientifique. « Les robes des demoiselles d'honneur sont conçues pour rendre les femmes qui les portent peu séduisantes ; ainsi, la mariée paraît plus belle que d'habitude. C'est une pratique acceptée, une stratégie défensive d'origine biologique. On voit tout le temps ce genre de choses dans la nature. »

Calvin repensa aux mariages auxquels il avait assisté et réalisa qu'elle avait peut-être raison : pas une seule fois il n'avait eu l'envie d'inviter une demoiselle d'honneur à danser. Une robe pouvait-elle vraiment avoir autant de pouvoir ? Il regarda Elizabeth, ses mains voletant tandis qu'elle décrivait la robe : un rembourrage supplémentaire aux hanches, des fronces lâches à la taille et à la poitrine, un gros nœud couvrant les fesses. Il pensait à ceux qui dessinaient ces robes et qui, à l'instar des fabricants de bombes ou des stars du porno, devaient rester vagues sur la façon dont ils gagnaient leur vie.

« Eh bien, c'est gentil de ta part de lui venir en aide. Mais je pensais que tu n'aimais pas les noces.

— Non, c'est seulement le mariage que je n'aime pas. Nous en avons déjà parlé, Calvin, tu connais ma position. Mais je suis heureuse pour Margaret. En grande partie.

— En grande partie ?

— Eh bien, elle ne cesse de répéter que samedi soir, elle sera enfin Mme Peter Dickman. Comme si changer de nom était la ligne d'arrivée d'une course qui dure depuis six ans.

— Elle va se marier avec *Dickman* ? Du département de biologie cellulaire ? » Il n'aimait pas Dickman.

« Exactement. Je n'ai jamais compris pourquoi, quand une femme se marie, on s'attend à ce qu'elle troque son ancien nom comme une voiture d'occasion, en perdant son nom de famille et parfois même son prénom – Mme *John* Adams ! Mme *Abe* Lincoln ! – comme si son ancienne identité n'avait été qu'un alias pendant vingt et quelques années avant qu'elle ne devienne une vraie personne. Mme Peter Dickman. C'est une condamnation à perpétuité. »

Elizabeth Evans, en revanche, se dit Calvin, *c'était parfait*. Avant de pouvoir s'en empêcher, il fouilla dans sa poche pour trouver la petite boîte bleue et, sans hésiter, la posa devant elle. « Peut-être que ça pourrait aider à embellir la robe », dit-il le cœur battant la chamade.

« L'écrin d'une bague, annonça l'un des géologues. Accrochez-vous, les enfants : fiançailles en vue. » Mais ce qu'exprimait le visage d'Elizabeth ne collait pas.

Elizabeth jeta un coup d'œil à la boîte, puis regarda Calvin, les yeux écarquillés de terreur.

« Je connais ta position sur le mariage, s'empressa d'ajouter Calvin. Mais j'y ai beaucoup réfléchi et je pense que toi et moi, nous pourrions avoir un mariage différent. Un mariage qui n'aurait rien à voir avec la moyenne des mariages. Amusant, même.

— Calvin…

— Il y a aussi des raisons pratiques de se marier. La réduction d'impôts, par exemple.

— Calvin…

— Jette au moins un coup d'œil à la bague, la supplia-t-il. Je trimballe cette boîte avec moi depuis des mois. S'il te plaît.

— Impossible, répondit-elle, en détournant le regard. Dire non serait encore plus difficile. »

Sa mère avait toujours affirmé qu'on jugeait une femme à l'aune d'un mariage réussi ou pas. « *J'aurais pu* épouser Billy Graham, répétait-elle souvent. Ne crois pas qu'il n'était pas intéressé. Au fait, Elizabeth, quand tu te fianceras, insiste pour avoir le plus gros caillou possible. Comme ça, si le mariage ne marche pas, tu pourras toujours le mettre au clou. » Il s'avéra que sa mère parlait en connaissance de cause. Quand ses parents demandèrent le divorce, on découvrit qu'elle avait déjà été mariée trois fois auparavant.

« Je ne me marierai jamais, lui avait répondu Elizabeth. Je serai scientifique. Les femmes scientifiques qui réussissent ne se marient pas.

— Oh, vraiment ? Sa mère avait ri. Je vois. Alors tu penses que tu vas épouser ton travail comme les nonnes épousent Jésus ? On dira ce qu'on veut des nonnes, au moins elles savent que leur mari ne ronflera pas. » Elle avait pincé le bras d'Elizabeth. « Aucune femme ne refuse le mariage, Elizabeth. Et toi, pas plus qu'une autre, ne refuseras de te marier. »

Calvin ouvrit les yeux en grand. « Tu dis *non* ?

— Oui.

— *Elizabeth !*

— Calvin, avança-t-elle prudemment, en tendant les mains vers lui tout en regardant son visage abattu. Je pensais que nous étions d'accord sur ce point. En tant que scientifique, je sais que tu comprends pourquoi le mariage est hors de question pour moi. »

Mais le visage de Calvin n'exprimait en rien une telle compréhension.

« Je ne peux pas prendre le risque que ton nom recouvre le mérite de mes contributions scientifiques, clarifia-t-elle.

— C'est vrai. Bien sûr. Évidemment. C'est donc un conflit d'ordre professionnel.

— C'est plutôt un conflit sociétal.

— Eh bien, c'est AFFREUX ! » cria-t-il, amenant toutes les tables qui n'étaient pas déjà en train de les regarder à porter leur attention sur le couple malheureux au milieu de la salle.

« *Calvin*. Nous en avons déjà parlé.

— Oui, je sais. Tu désapprouves le changement de nom. Mais ai-je jamais suggéré que je voulais que ton nom change ? protesta-t-il. Non, je *souhaitais* même que tu gardes ton nom. » Ce qui n'était pas tout à fait vrai. Il avait supposé qu'elle prendrait le sien. Néanmoins, il poursuivit : « Quoi qu'il en soit, il est hors de question que notre bonheur futur dépende d'une poignée de gens qui t'appelleraient Mme Evans par erreur. Nous corrigerons ces gens-là. » Ce n'était pas le moment de lui confier qu'il avait déjà ajouté son nom à l'acte de propriété de son petit bungalow – Elizabeth Evans, c'est le nom qu'il avait donné au notaire. Il prit note mentalement d'appeler ce même notaire dès qu'il serait de retour dans son laboratoire.

Elizabeth secoua la tête. « Notre bonheur futur ne dépend pas du fait que nous soyons mariés ou non, Calvin – du moins pas pour moi. Je suis pleinement engagée envers toi ; le mariage n'y changera rien. Quant à savoir qui pense quoi, ce n'est pas seulement une poignée de gens : c'est la société, en particulier dans la recherche scientifique. Tout ce que j'accomplirai sera soudainement accolé à ton nom, comme si c'était toi qui l'avais accompli. La plupart des gens *supposeront* que le résultat te revient tout simplement parce que tu es un homme, mais aussi et surtout parce que tu es Calvin Evans. Je ne veux pas être une autre Mileva Einstein ou Esther Lederberg[1]. Je refuse. Et même si nous prenons toutes les mesures légales appropriées pour nous assurer que mon nom ne changera pas, il changera quand même. Tout le monde m'appellera Mme Calvin Evans. Je *deviendrai* Mme Calvin Evans. Toutes les cartes de Noël, tous les relevés bancaires, tous les avis du Trésor Public seront adressés à M. et Mme Calvin Evans. Elizabeth Zott, telle que nous la connaissons, cessera d'exister.

— Et être Mme Calvin Evans est absolument la pire chose qui puisse t'arriver, dit-il les traits déformés tellement il se sentait malheureux.

---

1. Esther Lederberg (1922-2006) est une microbiologiste américaine pionnière dans le domaine de la génétique des bactéries. Elle ne fut que peu récompensée de son vivant, alors que l'obtention du prix Nobel de médecine par son mari en 1958 était en partie liée à son travail à elle. *(Toutes les notes sont de la traductrice.)*

— Je veux être Elizabeth Zott, insista-t-elle. C'est important pour moi. »

Ils restèrent assis une minute dans un silence pesant, l'odieuse petite boîte bleue posée entre eux comme un mauvais arbitre lors d'un match serré. Malgré elle, elle se surprit à se demander à quoi ressemblait la bague.

« Je suis vraiment désolée, répéta-t-elle.

— Pas de problème », rétorqua-t-il sèchement.

Elle détourna le regard.

« Ils sont en train de rompre ! souffla Eddie à ces collègues. C'est la fin des haricots ! »

Merde, pensa Frask. *Zott est de retour sur le marché.*

Sauf que Calvin ne pouvait pas en rester là. Trente secondes plus tard, complètement inconscient des dizaines de paires d'yeux qui se posaient sur eux, il dit d'une voix bien plus forte qu'il ne l'aurait souhaité : « Pour l'amour de *Dieu*, Elizabeth. C'est juste un *nom*. C'est sans importance. Tu es *toi*, c'est tout ce qui compte.

— J'aimerais que ce soit vrai.

— *C'est vrai*, insista-t-il. Qu'est-ce qu'un nom ? Rien ! »

Elle leva les yeux au ciel, soudain pleine d'espoir. « Rien ? Eh bien, dans ce cas, que dirais-tu de changer de nom ?

— Pour lequel ?

— Le mien. Zott. »

Il la regarda, stupéfait, puis roula des yeux. « Très drôle.

— Eh bien, pourquoi pas ? » Sa voix était légèrement tranchante.

« Tu sais déjà pourquoi. Les hommes ne font jamais ça. De toute façon, il y a mon travail, ma réputation. Je suis… » Il hésita.

« Quoi ?

— Je suis… Je suis…

— *Dis-le.*

— Je suis *célèbre*, Elizabeth. Je ne peux pas *changer* mon nom.

— Oh, mais si tu n'étais pas célèbre, *alors* changer ton nom pour le mien serait possible. C'est bien ce que tu insinues ?

— Écoute, dit-il en reprenant la petite boîte bleue. Je comprends. Je ne suis pas responsable de cette tradition, c'est juste la façon dont les choses sont faites. Quand les femmes se marient, elles prennent le nom de leur mari, et 99,9 % d'entre elles s'en accommodent.

— Et tu as donc étudié la question pour étayer cette affirmation.

— Laquelle ?

— Que 99,9 % des femmes sont d'accord avec ça. Comment le sais-tu ?

— Eh bien… non. Mais je n'ai jamais entendu aucune femme s'en plaindre jusqu'à maintenant.

— Et la raison pour laquelle tu ne peux pas changer ton nom, c'est que tu es célèbre ? Bien que 99,9 % des hommes qui ne sont pas célèbres gardent aussi leur nom.

— Et je répète, dit-il en fourrant la petite boîte dans sa poche avec une telle force qu'il en déchira le coin, que ce n'est pas moi qui ai initié cette tradition. Et comme je l'ai dit plus tôt, je suis – *j'étais* – entièrement d'accord pour que tu gardes ton nom.

— Étais ?

— Je ne veux plus t'épouser. »

Elizabeth se laissa retomber lourdement sur sa chaise.

« Jeu, set, et match ! se réjouit l'un des géologues. La boîte est de retour dans la poche ! »

Calvin resta assis, il fulminait. La journée avait déjà mal commencé. Le matin même, il avait reçu un tas de nouvelles lettres d'escrocs, la plupart provenant de personnes qui prétendaient être des parents perdus de vue depuis longtemps. Il en avait l'habitude ; dès qu'il avait été un tant soit peu célèbre, les rois de l'arnaque lui avaient écrit en masse. Un « grand-oncle » voulait que Calvin investisse dans son projet d'alchimiste ; une « mère triste » prétendait être sa mère biologique et voulait *lui donner* de l'argent ; un prétendu cousin avait besoin de liquidités. Il y avait également deux lettres de femmes affirmant qu'il était le père de leur enfant et qu'il devait payer. Et ce, bien que la seule femme avec laquelle il ait jamais couché fût Elizabeth Zott. Est-ce qu'il en verrait jamais la fin ?

« Elizabeth, implora-t-il, en passant une main dans ses cheveux. S'il te plaît, comprends-moi. Je veux que nous soyons une famille, une *vraie* famille. C'est important pour moi, peut-être parce que j'ai perdu la mienne… je ne sais pas. Ce que je sais, c'est que depuis que je t'ai rencontrée, je pense qu'on devrait être trois. Toi, moi, et un… un… »

Horrifiée, Elizabeth ouvrit des yeux grands comme des soucoupes. « Calvin, dit-elle d'une voix inquiète, je croyais qu'on était d'accord sur ça aussi.

— On n'en a jamais vraiment parlé.

— Si, on en a parlé, insista-t-elle. On en a *vraiment* parlé.

— Juste une fois, et ce n'était pas vraiment une discussion. Pas vraiment.

— Je ne comprends pas comment tu peux *dire* ça, dit-elle paniquée. Nous étions absolument d'accord : pas d'enfants. Je n'arrive pas à croire que tu parles comme ça. Qu'est-ce qui t'est arrivé ?

— C'est vrai, mais je pensais qu'on pourrait…

— J'ai été claire…

— Je sais, l'interrompit-il, mais je pensais…

— Sur ce coup-là, tu ne peux pas juste changer d'avis.

— Pour l'amour de Dieu, Elizabeth, s'énerva-t-il. Si tu me laissais finir…

— Alors, vas-y, lança-t-elle sèchement. Finis ! »

Il la regarda, contrarié.

« Je pensais juste qu'on pourrait prendre un chien. »

Immédiatement, le soulagement se lut sur le visage d'Elizabeth. « Un chien ? Un chien ! »

« Nom de Dieu », commenta Frask à voix basse alors que Calvin se penchait pour embrasser Elizabeth. La cafétéria entière lui fit instantanément écho. De toute part, les couverts retombaient sur les plateaux en cliquetis résignés, les chaises étaient repoussées d'un coup de pied en signe de défaite maussade, les serviettes de table entortillées en petites boules sales. C'était le bruit nocif d'une jalousie profonde, le genre qui n'aboutit jamais à une fin heureuse.

7

Six-Trente

Pour trouver un chien, nombreux sont ceux qui vont chez des éleveurs ou à la fourrière mais, parfois, surtout lorsque l'intention est sincère, c'est le chien – et le bon – qui trouve son maître.

Environ un mois plus tard, un samedi soir, Elizabeth avait couru à l'épicerie fine du coin pour acheter de quoi dîner. Alors qu'elle quittait la boutique les bras chargés d'un gros salami et d'un sac de provisions, un chien galeux et puant, caché dans l'ombre d'une ruelle, la regarda passer. Après avoir jeté un coup d'œil à Elizabeth, bien que ce chien n'ait pas bougé depuis cinq bonnes heures, il se releva pour la suivre.

Au moment où Elizabeth arriva devant leur bungalow, suivie par l'animal à une distance respectueuse de cinq pas, Calvin regardait justement par la fenêtre ; et c'est alors qu'un étrange frisson lui parcourut le corps. « Elizabeth Zott, tu vas changer le monde », s'entendit-il dire. Et, au moment où il l'énonça à voix haute, il sut que c'était vrai. Elle allait accomplir quelque chose de si révolutionnaire, de si nécessaire, que son nom – malgré d'innombrables détracteurs – serait immortalisé. Et comme pour prouver qu'il avait raison, elle venait de rencontrer, ce jour-là, son premier disciple.

« Comment s'appelle ton ami ? » lui demanda-t-il, se débarrassant de l'étrange sentiment qu'il venait d'éprouver.

« Six heures trente », répondit-elle, distraite, après avoir jeté un coup d'œil à sa montre.

Six-Trente avait grandement besoin de prendre un bain. Grand, tout gris, efflanqué et couvert de poils pareils à du fil barbelé qui lui donnaient l'air d'avoir survécu à une électrocution, il resta immobile, sans quitter Elizabeth des yeux, pendant tout le temps du shampooing.

« Je suppose que nous devrions essayer de trouver son propriétaire, dit Elizabeth, peu convaincue. Je suis sûre que quelqu'un se meurt d'inquiétude.

— Ce chien n'a pas de propriétaire », lui assura Calvin, et il avait raison. Des appels ultérieurs à la fourrière et des annonces dans le journal restèrent sans réponse. Quoi qu'il en soit, et même si les recherches s'étaient avérées fructueuses, Six-Trente, quant à lui, avait déjà fait part de son intention : rester.

En fait, « rester » fut le premier mot qu'il apprit, même si, en quelques semaines, il en apprit au moins cinq autres. Ce fut d'ailleurs ce qui surprit le plus Elizabeth – la capacité d'apprentissage de Six-Trente.

« Ne penses-tu pas qu'il n'est pas comme les autres ? demanda-t-elle plus d'une fois à Calvin. Il semble saisir tout très vite.

— Il est reconnaissant, répondait Calvin. Il veut nous faire plaisir. »

Mais Elizabeth avait raison : Six-Trente avait été entraîné à saisir rapidement les choses.

Et plus spécifiquement quand il s'agissait de bombes.

Avant de finir dans une ruelle, il avait été formé comme chien renifleur de bombes à Camp Pendleton, la base locale des Marines. Malheureusement, il échouait lamentablement. Non seulement il n'arrivait jamais à renifler la bombe à temps, mais il devait aussi supporter les louanges adressées aux bergers allemands qui eux réussissaient toujours. Il finit par être congédié – sans les honneurs – par son maître, furieux, qui l'emmena sur l'autoroute et l'abandonna au milieu de nulle part. Deux semaines plus tard, il atterrissait dans cette ruelle. Et deux semaines et cinq heures plus tard, il se faisait shampouiner par Elizabeth, qui le baptisait Six-Trente.

« Tu es sûr qu'on peut l'emmener à Hastings ? demanda Elizabeth le lundi matin quand Calvin le fit monter dans la voiture.

— Bien sûr, pourquoi pas ?

— Parce que je n'ai jamais vu un autre chien là-bas. En plus, les labos ne sont pas des lieux vraiment sûrs.

— On le surveillera de près. Ce n'est pas sain pour un chien de rester seul toute la journée. Il a besoin de stimulations. »

Cette fois, ce fut Calvin qui avait raison. Six-Trente avait aimé Camp Pendleton en partie parce qu'il n'était jamais seul, mais surtout parce qu'il avait eu ainsi ce qu'il n'avait jamais eu auparavant : un but. Cependant, tout n'avait pas été si simple.

Un chien renifleur de bombe était confronté à deux options : trouver la bombe à temps pour permettre de la désamorcer (option préférée), ou se jeter sur la bombe, sacrifice ultime pour sauver l'unité (option non préférée, bien qu'elle soit accompagnée d'une médaille posthume). Lors de l'entraînement, les bombes n'étaient jamais que factices, si bien que si un chien se jetait dessus, il ne s'ensuivait, au pire, qu'une bruyante explosion suivie d'une énorme giclée de peinture rouge.

Mais le bruit terrorisait Six-Trente. Ainsi, chaque jour, lorsque son maître lui ordonnait « Cherche », il partait immédiatement en direction de l'est, même si son flair l'avait déjà informé que la bombe se trouvait à cinquante mètres à l'ouest, en s'arrêtant pour renifler à droite à gauche, attendant que l'un des autres chiens, plus courageux, trouve enfin cette fichue bombe et reçoive son biscuit de récompense. À moins que le chien n'arrive trop tard ou ne soit trop brutal et que la bombe explose ; dans ce cas, le chien n'avait droit qu'à un bain.

« Il est interdit d'amener un chien ici, docteur Evans, expliqua Mlle Frask à Calvin. Nous avons reçu des plaintes.

— Personne ne s'est plaint à moi », rétorqua Calvin en haussant les épaules, sachant que personne n'aurait osé.

Frask laissa immédiatement tomber.

En quelques semaines, Six-Trente avait exploré tous les recoins du campus de Hastings, mémorisant chaque étage, chaque pièce et chaque issue, comme un pompier se préparant à une catastrophe. Quand il s'agissait d'Elizabeth Zott, il était en état d'alerte maximum, constamment sur le qui-vive. Elle avait souffert dans le passé – il le sentait – et il était bien décidé à ce qu'elle ne souffre plus jamais.

Elizabeth éprouvait la même chose à l'égard de Six-Trente. Elle sentait que lui aussi avait souffert au-delà même du manque de soins inhérent aux chiens abandonnés au bord de la route, et elle ressentait donc le besoin de le protéger. C'est d'ailleurs elle qui insista pour qu'il dorme près de leur lit, même si Calvin avait suggéré qu'il serait mieux dans la cuisine. Elizabeth obtint gain de cause et Six-Trente y resta, entièrement satisfait, à l'exception des moments où Calvin et Elizabeth entremêlaient leurs membres en un enchevêtrement désordonné, leurs mouvements maladroits ponctués de halètements. Les animaux eux aussi se livraient à de pareils ébats, mais avec beaucoup plus d'efficacité. Les humains, remarqua Six-Trente, avaient tendance à trop compliquer les choses.

Si ce rapprochement des corps avait lieu tôt le matin, Elizabeth se levait peu après pour préparer le petit déjeuner. Bien qu'elle eût initialement accepté de cuisiner cinq soirs par semaine en échange du loyer, elle y ajouta également le petit déjeuner, puis le déjeuner. Pour Elizabeth, cuisiner n'était pas un devoir féminin préétabli. Comme elle l'avait confié à Calvin, cuisiner était une affaire de chimiste. Et ce, parce que cuisiner *est* de la chimie.

@200° C/35 min = perte d'un H_2O *par mole de saccharose ; total 4 en 55 min =* $C_{24}H_{36}O_{18}$ écrivit-elle dans un cahier. « C'est donc pour ça que la pâte à gâteau n'est pas bonne. » Elle tapota son crayon sur le plan de travail. « Encore trop de molécules d'eau. »

« Comment ça se passe ? l'interpella Calvin depuis le salon.

— J'ai presque perdu un atome dans le processus d'isomérisation, répondit-elle. Je pense que je vais préparer autre chose. Tu regardes Jack ? »

Elle parlait de Jack LaLanne, le célèbre présentateur télé expert en fitness, un aficionado de la santé qui encourageait les gens à prendre davantage soin de leur corps. Elle n'avait pas vraiment eu besoin de poser la question – elle pouvait entendre Jack crier *En haut en bas en haut en bas*, tel un yo-yo humain.

« Oui, lui répondit Calvin, en forçant la voix, essoufflé, alors que Jack demandait de se livrer à dix flexions de plus. Tu te joins à nous ?

— Je dénature les protéines », cria-t-elle.

Et maintenant, on court sur place, insistait Jack.

En dépit des recommandations de Jack, courir sur place était la seule chose que Calvin ne voulait pas pratiquer. Il préférait faire des abdominaux supplémentaires pendant que Jack courait sur place avec, aux pieds, ce qui ressemblait beaucoup à des chaussons de danse. Calvin ne voyait pas l'intérêt de courir à l'intérieur en chaussons de danse ; il préférait courir dehors en tennis. Cette pratique faisait de lui un joggeur précoce, car il s'était mis à courir bien avant que le jogging ne soit populaire, bien avant même qu'on l'appelle jogging. Malheureusement, comme beaucoup de gens n'étaient pas familiers avec ce concept, le commissariat de police recevait un flux constant d'appels concernant un homme à peine vêtu qui courait dans le quartier en soufflant bruyamment entre ses lèvres violacées. Comme Calvin empruntait chaque fois les quatre ou cinq mêmes itinéraires, les policiers s'habituèrent vite à ces appels. « Ce n'est pas un criminel. C'est juste Calvin. Il n'aime pas courir sur place en chaussons de danse. »

« Elizabeth ? Où est Six-Trente ? Happy est à l'antenne. »

Happy était le chien de Jack LaLanne. Il participait parfois à l'émission ; et quand c'était le cas, Six-Trente quittait toujours la pièce. Elizabeth devinait qu'il y avait quelque chose chez le berger allemand qui rendait Six-Trente malheureux.

« Il est avec moi », cria-t-elle.

Tenant un œuf dans la paume de sa main, elle se tourna vers le chien. « Un conseil, Six-Trente : ne jamais casser un œuf sur le bord d'un bol. Ça augmente le risque de te retrouver avec des morceaux de coquille. Il est préférable de frapper un couteau fin et aiguisé sur l'œuf comme si tu faisais claquer un fouet. Tu vois ? » dit-elle, alors que le contenu de l'œuf glissait dans le bol.

Six-Trente la regardait faire sans sourciller.

« Je vais maintenant scinder les liaisons intramoléculaires de l'œuf afin d'allonger la chaîne d'acides aminés, lui expliqua-t-elle en fouettant les œufs, ce qui permettra aux atomes libérés de se lier à d'autres atomes également libérés. Puis j'obtiendrai un tout onctueux que je verserai sur une surface composée d'un alliage fer-carbone, où il sera soumis à un traitement thermique de haute précision sans que je cesse de le remuer jusqu'à ce qu'il atteigne un stade proche de la coagulation. »

« LaLanne est un animal, annonça Calvin qui traînait dans la cuisine, son T-shirt trempé.

— Entièrement d'accord », acquiesça Elizabeth en retirant la poêle de la gazinière et en servant les œufs sur deux assiettes. « Parce que les humains sont des animaux. Biologiquement parlant. Toutefois, il m'arrive de penser que les animaux que nous considérons comme tels sont bien plus avancés que les animaux que nous sommes, mais que nous ne considérons pas comme tels. » Elle observa la réaction de Six-Trente, mais même lui ne comprit pas l'analyse.

« Eh bien, Jack m'a donné une idée, dit Calvin, laissant tomber sa grande carcasse sur une chaise, et je pense que tu vas adorer. Je vais t'apprendre à ramer.

— Passe-moi le chlorure de sodium.

— Tu vas adorer. On pourra ramer tous les deux, peut-être dans un deux de couple. On regardera le soleil se lever sur l'eau.

— Ça ne m'intéresse pas vraiment.

— On peut commencer dès demain. »

Calvin ramait encore trois jours par semaine, seul, dans un skiff. Ce n'était pas rare pour un rameur d'élite : installé dans un bateau avec des coéquipiers qui atteignent souvent un degré d'osmose parfait, il a parfois du mal à ramer avec d'autres. Elizabeth savait à quel point le bateau qu'il avait à Cambridge lui manquait. Pour autant, l'aviron ne l'intéressait pas.

« Je n'en ai pas envie. En plus, tu rames à quatre heures et demie du matin.

— Je rame à cinq heures, rectifia-t-il comme si c'était beaucoup plus raisonnable. Je ne quitte la maison qu'à quatre heures et demie.

— Non.

— Pourquoi ?

— Non.

— Mais pourquoi ?

— Parce que c'est une heure à laquelle je dors.

— C'est facile à résoudre. On va se coucher tôt.

— Non.

— Je vais d'abord te familiariser avec la machine à ramer – on l'appelle l'ergomètre. Ils en ont au hangar à bateaux, mais je vais en fabriquer un pour la maison. Ensuite, nous passerons au bateau – une coque. D'ici avril, nous glisserons sans encombre sur l'eau de la baie en regardant le soleil se lever, ramant à l'unisson. »

Même en le disant, Calvin savait que c'était impossible. Pour commencer, personne n'apprend à ramer en un mois. La plupart des gens, même avec les instructions d'un expert, ne peuvent pas ramer correctement avant un an, ni même parfois avant trois ; et beaucoup n'y parviennent jamais. Quant à glisser sans encombre sur l'eau, c'était hors de question. Ce n'est qu'au niveau olympique que les rameurs « plument », c'est-à-dire effleurent à peine la surface de l'eau du plat de leur rame. Le commun des rameurs, lui, arborera plutôt une expression d'agonie contrôlée que de ravissement satisfait. À quoi s'ajoutera parfois un air très déterminé à pratiquer, généralement dès la fin de cette première sortie, un tout autre sport. Pourtant, une fois que l'idée de faire participer Elizabeth lui fut apparue, Calvin s'en trouva enchanté. Ramer en deux de couple avec Elizabeth. Quelle merveille !

« Non.

— Mais *pourquoi* ?

— Parce que. Les femmes ne rament pas. » Mais à peine eut-elle répondu qu'elle le regretta.

« Elizabeth Zott, dit-il surpris. Tu viens vraiment d'affirmer que les femmes *ne peuvent pas* ramer ? »

Cette réflexion eut raison des réticences d'Elizabeth.

Le lendemain matin, ils quittèrent leur bungalow alors qu'il faisait encore nuit, Calvin dans son vieux T-shirt et son pantalon de survêtement, Elizabeth dans ce qui se rapprochait le plus possible d'une tenue de sport. En arrivant au hangar à bateaux, Six-Trente et Elizabeth regardèrent par le pare-brise de la voiture pour apercevoir quelques corps qui se livraient à des exercices d'échauffement sur un quai glissant.

« Ils ne devraient pas plutôt s'échauffer à l'intérieur ? demanda Elizabeth. Il fait encore nuit.

— Par un matin comme celui-ci ? » Il y avait du brouillard.

« Je croyais que tu n'aimais pas la pluie.

— Ce n'est pas de la pluie. »

Pour au moins la quarantième fois, Elizabeth douta de leur projet.

« On va commencer doucement », dit Calvin en conduisant Elizabeth et Six-Trente dans le hangar à bateaux, un bâtiment caverneux qui sentait la moisissure et la sueur. Alors qu'ils passaient devant des rangées de longues coques en bois empilées les unes sur les autres jusqu'au plafond comme des cure-dents, Calvin fit un signe de tête à un individu à l'allure débraillée qui bâilla et le salua pareillement, car échanger quelques mots n'était pas de mise. Il s'arrêta lorsqu'il trouva ce qu'il cherchait – l'ergomètre, la machine à ramer –, caché dans un coin. Il le sortit, le positionnant au milieu du hangar.

« Chaque chose en son temps. D'abord la technique. » Il s'assit, puis commença à tirer sur les rames, ses respirations se transformant peu à peu en halètements rapides et tourmentés qui ne semblaient ni aisés ni amusants. « Le truc, c'est de garder les poignets à plat, dit-il en soufflant, les genoux baissés, les muscles du ventre engagés, ton… » Mais tout ce qu'il dit ensuite fut perdu dans son besoin urgent de respirer et, en quelques minutes, il sembla même oublier la présence d'Elizabeth.

Elle s'éclipsa, accompagnée de Six-Trente, et partit explorer le hangar, s'arrêtant devant un râtelier contenant une forêt de rames si hautes qu'on aurait dit des jouets pour géants. Une grande vitrine remplie de trophées était installée dans un coin, la lumière du matin commençant tout juste à révéler sa réserve de coupes en argent et de vieilles tenues d'aviron, chacune témoignant des exploits de rameurs qui s'étaient montrés les plus rapides, ou les plus efficaces ou encore les plus invincibles, ou peut-être les trois. Des gens courageux, selon Calvin, qui avaient fait preuve d'une grande détermination pour arriver les premiers.

À côté de ces tenues, il y avait des photos de jeunes hommes athlétiques avec des rames dignes d'un Gargantua, mais aussi de quelqu'un d'autre : un homme de la taille d'un jockey, aussi sérieux que petit, la bouche figée en un trait ferme et sinistre. Le barreur, lui avait précisé Calvin, celui qui disait aux rameurs quoi faire et quand le faire : la cadence, virer, défier un autre bateau, aller plus vite… Elle aimait l'idée qu'une personne de petite taille tienne les rênes de huit chevaux sauvages : sa voix, leur commandement ; ses mains, leur gouvernail ; ses encouragements, leur carburant.

Elle se tourna pour observer les autres rameurs qui commençaient à arriver, chacun d'entre eux saluant d'un signe de tête, par déférence, Calvin qui continuait à ramer sur la machine bruyante ; quelques visages exprimant un soupçon d'envie alors qu'il prenait la cadence des coups avec une facilité si évidente que même Elizabeth pouvait y voir le signe d'une prédestination naturelle à ramer.

« Quand viens-tu ramer avec nous, Evans ? demanda l'un d'eux en lui tapant sur l'épaule. On va mettre cette énergie à profit ! » Mais si Calvin entendit ou sentit quoi que ce soit, il ne réagit pas. Il continua à regarder droit devant lui, le corps bien stable.

Ainsi, pensa-t-elle, il était une légende ici aussi. C'était évident, on le voyait à la manière dont tous faisaient non seulement preuve de déférence à l'égard de Calvin mais aussi dans la façon qu'ils avaient de circuler dans le hangar, obligés de le contourner docilement – Calvin avait placé la machine en plein milieu. Le barreur, quant à lui visiblement agacé, évaluait la situation.

« En place ! » Il appela ses huit rameurs, qui réagirent d'un bond, les invitant à se mettre tous en position à côté de leur bateau, le corps tendu pour le soulever. « Faites-le glisser, ordonna-t-il. Je compte jusqu'à deux, et, à mon signal, vous le levez à hauteur des épaules. »

Mais il était évident qu'ils n'iraient nulle part, Calvin bloquait le passage.

« Calvin, murmura Elizabeth d'une voix pressante, en se glissant derrière lui. Tu gênes. Tu dois bouger. » Mais il continuait à ramer.

« Bon sang ! » s'exclama le barreur en soufflant, exaspéré. « *Ce type-là.* » Il jeta un coup d'œil à Elizabeth, puis lui enjoignit de s'écarter d'un geste sec du pouce, avant de s'accroupir derrière Calvin pour se pencher à hauteur de son oreille gauche.

« Bravo. Allez, Cal, grogna-t-il, garde la longueur, fils de pute. Nous avons encore cinq cents mètres à faire. Oxford arrive à tribord et ils commencent à marcher. »

Elizabeth le regarda, étonnée. « Excusez-moi, mais… », commença-t-elle.

« Je sais que t'as encore du ressort, Evans, gronda-t-il en la coupant. Lâche-toi, putain de machine. Dans deux minutes, je donne l'ordre de passer à vingt coups par minute et, à mon signal, tu vas mettre ces fils de pute d'Oxford hors jeu. Tu vas faire en sorte que ces garçons souhaitent être déjà morts ; tu vas les tuer, Evans, remonte-le, mon frère, nous sommes à trente-deux, proches des quarante ; putain ! À mon signal : un, allez double-le, deux ! PUISSANCE VINGT, ENFOIRÉ ! » Il hurla. « MAINTENANT ! »

Elizabeth ne savait pas ce qui était le plus choquant : le langage du petit homme ou l'intensité avec laquelle Calvin y réagissait. Quelques instants après avoir entendu les expressions « putain de machine » et « fils de pute », le visage de Calvin afficha une expression trahissant la folie telle qu'on ne la voit généralement que dans des films de zombies à petit budget. Il tira plus fort et plus vite sur les rames, et ses expirations étaient si bruyantes qu'on aurait dit un train filant à vive allure ; pourtant, le petit homme n'était pas satisfait. Il continuait à crier sur Calvin, exigeant plus et obtenant plus, alors qu'il comptait les coups de pelle comme un chronomètre en colère : Vingt ! Quinze ! Dix ! Cinq ! Puis il cessa de compter et tout ce qui resta fut un mot simple avec lesquels Elizabeth ne pouvait qu'être d'accord.

« Scier ![1] » lança le barreur. Sur quoi Calvin tomba lourdement en avant comme si on lui avait tiré dans le dos.

« Calvin ! cria Elizabeth, se précipitant à ses côtés. Mon Dieu ! »

1. En situation d'urgence, « Scier ! » est l'ordre utilisé par le barreur pour arrêter l'embarcation. Les rameurs doivent obéir sans hésitation.

« Il va bien. N'est-ce pas, Cal ? Maintenant, dégage cette putain de machine de notre putain de chemin. »

Et Calvin hocha la tête, aspirant des bouffées d'oxygène. « Bien sûr… Sam », il haletait entre deux bouffées d'air, « et… merci… mais… d'abord… J'aimerais… te… présenter… Eliz… Eliz… Elizabeth Zott. Ma… nouvelle… double… partenaire. »

Immédiatement, Elizabeth sentit que tous les yeux, dans le hangar à bateaux, étaient rivés sur elle.

« Un double avec Evans, remarqua l'un des rameurs, les yeux écarquillés. Qu'est-ce que vous avez fait ? Vous avez gagné une médaille d'or aux Jeux olympiques ?

— Quoi ?

— Vous avez ramé dans une équipe féminine, alors ? demanda le barreur, intéressé.

— Eh bien, non, je n'ai jamais vraiment… » Elle s'arrêta. « Il existe des équipes *féminines* ?

— Elle apprend, expliqua Calvin alors qu'il reprenait enfin son souffle, mais elle a les qualités requises. » Il inspira profondément, puis descendit de la machine et la traîna pour la déplacer. D'ici l'été, nous allons écumer la baie avec vous tous. »

Elizabeth n'était pas sûre de comprendre. Écumer la baie ? Il ne voulait pas vraiment parler de compétition, n'est-ce pas ? Qu'en était-il du lever de soleil ?

« Eh bien, dit-elle calmement, en se tournant vers le barreur, alors que Calvin était parti éponger sa sueur. Je ne suis pas sûre que ce soit vraiment mon…

— Ça l'est, l'interrompit le barreur avant qu'elle ne puisse terminer sa phrase. Evans n'aurait jamais demandé à qui que ce soit d'incapable de monter dans un bateau avec lui. » Il plissa des yeux en fermant un œil. « Oui. Je m'en rends compte moi aussi.

— Quoi ? » demanda-t-elle surprise, mais il était déjà reparti, aboyant des ordres pour que le bateau soit descendu sur le quai. « Un pied dedans, l'entendit-elle crier, et à l'eau. » En quelques instants, le bateau disparut dans un épais brouillard, les visages des hommes étrangement enthousiastes malgré les premières grosses gouttes d'une pluie froide annonçant l'inconfort à venir.

8

Aller trop loin

Le premier jour sur l'eau, elle et Calvin retournèrent le deux de couple, appelé aussi double, et tombèrent à l'eau. Le deuxième jour, même chose. Le troisième, rebelote.

« Qu'est-ce qui ne va pas ? » s'exclama-t-elle, en claquant des dents tandis qu'ils poussaient la longue coque effilée jusqu'au quai. Elle avait négligé de mentionner à Calvin un petit détail la concernant. Elle ne savait pas nager.

« Tout », soupira-t-il.

« Comme je l'ai déjà évoqué, l'aviron exige une technique parfaite », dit-il dix minutes plus tard en désignant l'ergomètre et lui enjoignant de s'asseoir malgré ses vêtements mouillés.

Pendant qu'elle ajustait la barre de pieds, il lui expliqua que les rameurs s'entraînaient généralement sur l'ergomètre lorsque l'eau était trop agitée, ou qu'ils devaient être chronométrés, ou encore lorsque l'entraîneur était de très mauvaise humeur. Et, quand on s'entraînait sérieusement, notamment lors d'un test de condition physique, il se pouvait qu'on vomisse. Puis il mentionna que ramer sur l'ergomètre avait le don de faire paraître plutôt bonne la pire des journées sur l'eau.

Et pourtant, dès le lendemain matin, ils furent de nouveau sur l'eau et c'est exactement ce qu'ils continuèrent à vivre : l'une de ces pires journées. Et ce, parce que Calvin avait occulté une vérité simple : le double est le bateau le plus difficile. C'est comme essayer d'apprendre à voler en commençant dans un B-52. Mais quel choix avait-il ? Il savait que les hommes n'allaient pas la laisser ramer avec eux dans un bateau plus grand, tel un huit barré ; en plus d'être une femme, son manque d'expérience signifiait qu'elle gâcherait leur sortie sur l'eau. Pire, elle ferait une fausse pelle et se casserait quelques côtes. Il n'avait pas encore mentionné les fausses pelles. Pour des raisons évidentes.

Ils redressèrent le bateau et se faufilèrent à l'intérieur.

« Le problème est que tu n'es pas assez patiente sur la coulisse. Tu dois ralentir, bon sang, Elizabeth.

— Mais j'y vais lentement.

— Non, tu te précipites. C'est l'une des pires erreurs qu'un rameur puisse commettre. Chaque fois que tu te précipites et que tu fais glisser ton siège trop vite, tu sais ce qui se passe ? Dieu tue un chaton.

— Oh, pour l'amour de Dieu, Calvin !

— Et tu ramènes les rames trop lentement. Le but est d'aller vite, tu ne l'as pas oublié ?

— Eh bien, au moins les choses sont claires maintenant, dit-elle depuis l'arrière. Ralentir pour aller vite. »

Il hocha vigoureusement la tête comme si elle avait enfin compris. « Exactement. »

Frissonnant, elle resserra sa prise sur l'aviron. Quel sport stupide.

Au cours des trente minutes suivantes, elle essaya d'obéir aux ordres contradictoires de Calvin : « Lève-les mains ; non, baisse-les ! Penche-toi en avant ! Bon sang, pas si loin ! Mon Dieu, tu t'avachis, tu te tiens trop droite, tu fonces, tu es en retard, tu es en avance ! » Jusqu'à ce que le bateau lui-même semble en avoir marre, se retourne et les jette à l'eau, une fois de plus.

« C'est peut-être une mauvaise idée », dit Calvin alors qu'ils rejoignaient le hangar à bateaux, la lourde coque du double pesant sur leurs épaules trempées.

« Quel est mon handicap principal ? » demanda-t-elle, se préparant au pire alors qu'ils déposaient le bateau sur son ber. Calvin avait toujours dit, insistant lourdement, que l'aviron exigeait de savoir faire équipe avec les autres rameurs ; de ramer en coordination parfaite avec ses coéquipiers – et c'était bien là le problème puisque, selon son patron, elle n'avait pas l'esprit d'équipe. « Vas-y. Crache le morceau. Ne te gêne pas.

— La physique, répondit Calvin.

— La physique, répéta-t-elle soulagée. Merci mon Dieu. »

« J'ai compris », dit-elle, plus tard ce jour-là au labo, en feuilletant un manuel de physique. « L'aviron est une simple question d'énergie cinétique opposée à la résistance du bateau et au centre d'inertie. » Elle nota quelques formules. « Et la gravité à laquelle il faut ajouter la flottabilité, le rapport, la vitesse, l'équilibre, la transmission, la longueur de l'aviron, le type de rame… » Plus elle lisait plus elle écrivait, les nuances de l'aviron se révélant lentement dans des algorithmes compliqués. « Bon sang, conclut-elle, en s'asseyant. Ramer n'est pas *si* difficile. »

« Mon Dieu ! » s'exclama Calvin deux jours plus tard alors que leur bateau filait sans encombre sur l'eau. « *Qui* es-tu ? » Elle ne dit rien, repassant les formules dans sa tête. Lorsqu'ils doublèrent un huit masculin au repos, tous les rameurs se retournèrent pour les regarder passer.

« Vous avez vu ça ? » cria le barreur en colère à son équipage. « Vous avez vu comment elle prend de la longueur *sans* aller trop loin ? »

Et pourtant, environ un mois plus tard, son patron, le Dr Donatti, l'accusa d'aller trop loin. « Vous en faites trop, mademoiselle Zott, dit-il, s'arrêtant pour lui presser l'épaule. L'abiogenèse est du genre "sujet de thèse universitaire si ennuyeux que personne ne s'y intéresse". Et ne le prenez pas mal, mais ça dépasse vos capacités intellectuelles.

— Et comment suis-je *censée* prendre ça ? » Elle ôta sa main de son épaule.

Il attrapa alors ses doigts bandés et, ignorant le ton sur lequel elle venait de s'adresser à lui, il lui demanda : « Que vous est-il arrivé ? Si vous avez du mal à manipuler le matériel de laboratoire, vous n'êtes pas sans savoir que vous pouvez demander à l'un des gars de vous aider.

— J'apprends à ramer », dit-elle en retirant vivement ses doigts. Malgré ses récents progrès, les quelques expériences suivantes avaient été des échecs complets.

« L'aviron, hein ? » dit Donatti en levant les yeux au ciel. *Evans*.

Donatti avait été rameur lui aussi, et à Harvard, pas moins, où il avait eu l'incroyable malchance de ramer contre Evans et son précieux bateau de Cambridge, une fois, lors de cette putain de régate royale de Henley. La défaite catastrophique de son équipe (sept longueurs de bateau), dont avaient été témoins seules quelques personnes ayant réussi à entrevoir la course par-delà une mer de chapeaux incroyablement hauts, avait soigneusement était mise sur le compte du fish and chips que ses coéquipiers avaient ingéré la veille, plutôt que sur celui des litres de bière qui avaient aidé à le faire glisser.

En d'autres termes, ils étaient encore tous ivres au moment du départ.

Après la course, leur entraîneur leur avait demandé d'aller féliciter l'équipe de Cambridge. C'est à ce moment-là que Donatti avait appris que l'un des gars était un Américain – un Américain qui éprouvait une certaine rancune à l'égard de Harvard. En serrant la main d'Evans, Donatti avait réussi à lui dire « Beau travail de l'équipage », mais au lieu de le remercier, Evans avait rétorqué « *Nom de Dieu, vous êtes bourré ?* ».

Donatti l'avait tout de suite détesté, une détestation qui avait triplé lorsqu'il avait découvert qu'Evans n'étudiait pas seulement la chimie comme lui, mais qu'il était *le* Evans – Calvin Evans –, le gars qui avait déjà profondément marqué le monde de la chimie.

Fallait-il alors s'étonner que, des années plus tard, Donatti n'ait pas été très enthousiaste lorsque Evans avait accepté l'offre incroyablement insultante de Hastings, que lui-même avait rédigée ? Premièrement, Evans ne se souvenait pas de lui – grossier. Deuxièmement, Evans semblait avoir conservé sa forme physique – agaçant. Troisièmement, Evans avait déclaré à la revue *Chemistry Today* qu'il avait accepté le poste non en raison de la solide réputation de Hastings, mais parce qu'il *aimait ce putain de climat.* Honnêtement, cet homme était un connard. Cependant, il avait trouvé une consolation. Lui, Donatti, était directeur du département de chimie, et pas seulement parce que son père jouait au golf avec le PDG, ni parce qu'il se trouvait être le filleul de ce même PDG, et encore moins parce qu'il avait épousé sa fille. En fin de compte, le grand Evans serait sous *ses* ordres.

Pour faire respecter cette hiérarchie, il avait convoqué ce fanfaron pour une réunion à deux, et avait fait exprès d'arriver vingt minutes en retard. Toutefois, quand il était entré dans la salle de conférences, il l'avait trouvée vide ; Evans n'était pas venu, tout simplement. « Désolé, Dino, lui avait-il déclaré plus tard. Je n'aime pas beaucoup les réunions.

— *Donatti* », avait corrigé le directeur.

Et maintenant ? Elizabeth Zott. Il n'aimait pas Zott. Elle était arrogante, intelligente, opiniâtre. Pire, elle avait très mauvais goût en matière d'hommes. Et contrairement à beaucoup d'autres, il ne la trouvait pas attirante. Il baissa les yeux vers une photo de famille dans son cadre d'argent : trois garçons aux grandes oreilles entre Edith au nez en forme de long bec et lui-même. Edith et lui formaient une équipe comme les couples sont censés le faire, c'est-à-dire selon des codes que, de part et d'autre, on jugeait socialement et physiquement appropriés – et non en partageant des hobbies comme l'aviron, nom de Dieu. Il faisait bouillir la marmite, et Edith pondait pour fonder une famille. C'était un mariage normal, productif et approuvé par Dieu. Est-ce qu'il couchait avec d'autres femmes ? Quelle question ! N'était-ce pas le cas de tous les hommes ?

« Mon hypothèse sous-jacente… », dit Zott.

Hypothèse sous-jacente, son cul. C'était l'autre chose qu'il détestait chez Zott : elle était infatigable. Tenace. Elle ne savait pas quand s'arrêter. Qualité standard du rameur, maintenant qu'il y pensait. Il n'avait pas ramé depuis des années. Existait-il donc une équipe féminine en ville ? De toute évidence, elle ne pouvait pas ramer *avec* Evans. Un rameur d'élite comme Evans n'aurait jamais daigné monter dans un bateau avec une novice, même s'ils couchaient ensemble. Oubliez ça… *surtout* s'ils couchaient ensemble. Evans l'avait probablement inscrite dans une équipe de débutants, et Zott, voulant prouver qu'elle pouvait tenir ce rang – *comme d'habitude* –, avait accepté. Il frissonna à l'idée d'un groupe de rameurs en difficulté, leurs pelles frappant l'eau d'une façon désordonnée.

« … Je suis déterminée à aller jusqu'au bout, docteur Donatti », déclara Zott.

Oui, oui, bien sûr. Les femmes comme elle utilisent toujours l'adjectif « déterminée ». Eh bien, lui aussi était déterminé. La veille au soir, il avait trouvé une nouvelle façon de s'y prendre avec Zott. Il allait la piquer à Evans. Quelle meilleure façon de régler son compte au grand homme ? Et, une fois qu'il aurait brisé l'idylle Evans-Zott, sans qu'aucun des deux n'ait pu survivre, un vrai massacre, il la larguerait et retournerait auprès de sa femme enceinte et de ses enfants incroyablement bruyants, sans leur avoir fait du mal.

Son plan était simple : saper l'estime de soi de Zott. Les femmes sont si faciles à écraser.

« Comme je l'ai dit, vous n'êtes pas assez intelligente », insista Donatti en se levant, son gros ventre rentré, et en la poussant vers la porte.

Elizabeth traversa le couloir, ses talons martelant le carrelage dans un dangereux staccato. Elle essaya de se calmer en prenant une grande inspiration, mais la colère s'empara d'elle à la vitesse d'un ouragan. S'arrêtant brusquement, elle tapa du poing contre le mur, et prit le temps de réfléchir pour examiner les options qui s'offraient à elle.

Laisser tomber.

Démissionner.

Mettre le feu au labo.

Elle ne voulait pas l'admettre, mais les mots de Donatti agissaient comme de l'essence fraîchement versée sur le bûcher des doutes qui ne cessaient de la tenailler. Elle n'avait ni l'éducation ni l'expérience des autres. Il lui manquait non seulement les diplômes requis, mais aussi les publications, le soutien de ses pairs, un appui financier et des prix pour récompenser son travail. Et pourtant, elle savait – elle *savait* – qu'elle était sur point d'aboutir à une découverte cruciale. Certaines personnes sont nées pour réaliser de grandes choses ; elle était l'une d'entre elles. Elle pressa sa main sur son front comme pour empêcher sa tête d'exploser.

« Mademoiselle Zott ? Excusez-moi. Mademoiselle Zott ? »

La voix semblait venir de nulle part.

« Mademoiselle Zott ! »

Au bout du couloir, un homme au crâne dégarni l'interpellait, un tas de papiers à la main. C'était le Dr Boryweitz, un collègue de laboratoire qui faisait souvent appel à elle, comme la plupart des autres, quand personne n'y prêtait attention.

« Je me demandais si vous pouviez jeter un coup d'œil à ça », dit-il à voix basse, en lui faisant signe pour qu'ils se mettent à l'écart, le front ridé par l'anxiété. « Les derniers résultats de mes analyses. » Il lui fourra une feuille de papier dans les mains. « J'appellerais ça une découverte capitale, pas vous ? » Ses mains tremblaient. « Une vraie découverte, non ? »

Il arborait son expression habituelle – effrayée, comme s'il venait de voir un fantôme. La plupart des gens ignoraient comment le Dr Boryweitz avait pu obtenir un doctorat en chimie, sans parler d'un poste à Hastings. Et d'ailleurs, lui-même paraissait souvent tout aussi mystifié.

« Pensez-vous que ça pourrait intéresser votre homme ? demanda Boryweitz. Vous pourriez peut-être le lui montrer. C'est là que vous alliez ? À son laboratoire ? Je pourrais peut-être vous accompagner. » Il tendit la main pour saisir l'avant-bras d'Elizabeth comme s'il s'agissait d'une bouée, quelque chose à quoi il pourrait se raccrocher jusqu'à ce que le solide canot de sauvetage, incarné par Calvin Evans, arrive.

Elizabeth lui prit délicatement les papiers des mains. Malgré la médiocrité de Boryweitz, elle l'aimait bien. Il était poli, professionnel. Et ils avaient quelque chose en commun : ils étaient tous deux au mauvais endroit au mauvais moment, bien que pour des raisons totalement différentes.

« Le fait est, docteur Boryweitz, dit-elle en essayant de mettre de côté ses propres problèmes tout en étudiant le travail de ce pauvre homme, qu'il s'agit d'une macromolécule avec des unités répétitives réunies par des liaisons amides.

— Exact, exact.

— En d'autres termes, c'est un polyamide.

— Un poly… » Il se décomposa. Même lui savait que les polyamides existaient depuis toujours. « Je pense que vous vous trompez. Regardez bien.

— Ce n'est pas une mauvaise découverte, dit-elle gentiment. C'est juste que la chose a déjà été prouvée. »

Il secoua la tête en signe de défaite. « Je ne devrais donc pas montrer ça à Donatti.

— Vous avez pratiquement redécouvert le nylon.

— Vraiment, dit-il en baissant les yeux sur ses résultats. Mince. » Il rentra la tête dans les épaules et un silence pesant s'ensuivit. Il jeta un coup d'œil à sa montre comme s'il pouvait y trouver une réponse. « C'est quoi tout ça ? demanda-t-il finalement en désignant les doigts bandés d'Elizabeth.

— Je pratique l'aviron. J'essaie.

— Vous êtes bonne ?

— Non.

— Alors pourquoi vous faites ça ?

— Je ne sais pas très bien. »

Il secoua la tête. « Oh, comme je vous comprends. »

« Comment se passent tes recherches ? » demanda Calvin à Elizabeth quelques semaines plus tard alors qu'ils étaient assis ensemble pour déjeuner. Il prit une bouchée de son sandwich à la dinde, mâchant vigoureusement pour dissimuler son embarras – il le savait déjà. Tout le monde le savait.

« Bien, dit-elle.

— Aucun problème ?

— Aucun. » Elle but une gorgée d'eau.

« Tu sais, si jamais tu as besoin de mon aide…

— Je n'ai pas besoin de ton aide. »

Calvin soupira, frustré. C'était une forme de naïveté, pensait-il, la façon dont elle continuait à croire qu'il suffisait d'avoir du cran pour s'en sortir dans la vie. Bien sûr, le courage était essentiel, mais il fallait aussi de la chance, et si vous n'aviez pas de chance, il vous fallait de l'aide. Tout le monde avait besoin d'aide. Mais peut-être ne lui en avait-on jamais proposé, et c'était pourquoi elle refusait d'y croire. Combien de fois avait-elle affirmé que si elle faisait de son mieux, elle réussirait ? Il en avait perdu le compte. Et ce, malgré de nombreuses preuves du contraire. Surtout à Hastings.

Alors qu'il terminait leurs déjeuners – elle avait à peine touché au sien –, il se promit de ne pas intervenir en sa faveur. Il était important de respecter ses volontés. Elle voulait se débrouiller toute seule. Il ne s'en mêlerait donc *pas*.

« Quel est votre problème, Donatti ? » rugit-il environ dix minutes plus tard en faisant irruption dans le bureau de son patron. « Est-ce la question des origines de la vie ? Une pression de la part de la communauté religieuse ? L'abiogenèse n'est qu'une preuve supplémentaire que Dieu n'existe pas. Et vous avez peur que ça ne soit pas bien vu au Kansas ? C'est pour ça que vous annulez le projet de recherches de Zott ? Et vous osez vous considérer comme un scientifique ?

— Cal, dit Donatti, les mains négligemment croisées derrière sa tête. Bien que j'aime nos petites conversations, je suis plutôt occupé là, maintenant.

— Parce que la seule autre explication viable, insista Calvin, en enfonçant ses mains dans les poches avant de son large pantalon de treillis, c'est que vous ne *comprenez pas* son travail. »

Donatti leva les yeux au ciel et une bouffée d'air vicié s'échappa de ses lèvres. Pourquoi les gens brillants étaient-ils si stupides ? Si Evans avait un tant soit peu de cervelle, il l'accuserait de vouloir draguer sa séduisante petite amie.

« En fait, Cal, dit Donatti en écrasant sa cigarette, j'essayais de donner un petit coup de pouce à sa carrière. Lui donner une chance de travailler avec moi directement sur un projet très important. L'aider à progresser dans d'autres domaines. »

Là, pensait Donatti. *Progresser dans d'autres domaines* – comment pourrait-il être plus clair ? Mais Calvin commença à évoquer les derniers résultats d'analyses d'Elizabeth comme s'ils en étaient encore à parler travail. Le gars n'y voyait que du feu, il n'avait rien compris.

« Je reçois des propositions toutes les semaines, menaça Calvin. Hastings n'est pas le seul endroit où je peux mener mes recherches ! »

Encore, se dit Donatti. Combien de fois ne l'avait-il pas entendu ? Bien sûr, Evans était une valeur sûre dans le monde de la recherche, et oui, en grande partie, l'institut recevait des subventions grâce à sa renommée. Mais c'était seulement parce que les bailleurs de fonds croyaient à tort que le nom d'Evans attirait d'autres gros cerveaux ; or, ce n'était pas le cas. Quoi qu'il en soit, il ne voulait pas qu'Evans parte ; il voulait seulement qu'Evans échoue, et qu'après avoir perdu son grand amour il soit si déstabilisé qu'il s'autodétruirait, ruinant sa réputation et ratant toutes les occasions de participer à de futures recherches. Et quand il en serait arrivé là, *alors, oui*, il pourrait partir.

« Comme je le disais, répondit Donatti d'une voix mesurée, j'essayais seulement de donner à Mlle Zott une chance de s'épanouir personnellement – j'essaie de l'aider dans sa carrière.

— Elle est assez grande pour s'occuper toute seule de sa propre carrière. »

Donatti rit. « Vraiment ? Pourtant, *vous*, vous êtes là, dans mon bureau. »

Mais ce que Donatti ne dit pas à Calvin, c'est que dans sa machination destinée à se débarrasser d'Evans-via-Zott, il était tombé sur un os : un donateur aux poches incroyablement profondes.

L'homme avait surgi sans crier gare deux jours auparavant, avec un chèque en blanc, en insistant pour financer – comme par hasard – l'abiogenèse. Donatti avait élaboré une argumentation polie. Pourquoi pas le métabolisme des lipides, avait-il suggéré. Ou la division cellulaire ? Mais l'homme avait insisté : l'abiogenèse ou rien. Donatti n'avait pas eu le choix : il avait donc de nouveau confié à Zott sa ridicule mission sur Mars.

La vérité était qu'il ne faisait de toute façon pas beaucoup de progrès avec elle. Elle avait toujours refusé de céder au découragement face à ses incessantes réflexions, du genre « vous n'êtes pas assez intelligente ». Peu importe le nombre de fois où il le lui répétait, elle n'avait jamais réagi de manière attendue. Où était le manque de confiance en soi ? Où étaient les larmes ? Et quand elle n'était pas en train de réaffirmer ses découvertes sur l'abiogenèse avec ce ton professionnel qui était le sien, elle ne s'adressait à lui que pour le remettre à sa place : « Touchez-moi encore une fois, et vous le regretterez toute votre vie. » Que diable Evans voyait-il dans cette femme ? Il pouvait se la garder. Il devrait donc trouver un autre moyen de régler son compte au grand homme.

Plus tard dans l'après-midi, Elizabeth se précipitait dans le laboratoire de Calvin : « J'ai de grandes nouvelles à t'annoncer. Je t'ai caché certaines choses et j'espère que tu m'excuseras, mais c'était uniquement parce que je ne voulais pas que tu sois impliqué. Il y a de ça quelques semaines déjà, Donatti a annulé mon projet de recherche. Mais je me suis battue pour le récupérer. Aujourd'hui, ce combat a payé. Il est revenu sur sa décision… il a dit qu'il avait examiné mon travail et décidé que c'était trop important pour ne pas aller de l'avant. »

Calvin lui adressa un grand sourire avec ce qu'il espérait être une expression appropriée de surprise – il avait quitté le bureau de Donatti moins d'une heure auparavant. « Quoi ? Vraiment ? dit-il en lui tapant dans le dos. Il a essayé d'annuler les recherches sur l'abiogenèse ? C'était probablement une erreur de sa part.

— Je suis désolée de ne pas t'en avoir parlé. Je voulais me débrouiller toute seule et maintenant je suis contente de l'avoir fait. J'ai l'impression que c'est un vrai vote de confiance en mon travail, en moi.

— Absolument. »

Elle l'observa attentivement, puis fit un pas en arrière. « J'ai obtenu ça *toute seule*. Tu n'as *rien* à voir là-dedans.

— C'est la première fois que j'en entends parler.

— Tu n'as jamais parlé à Donatti n'est-ce pas, insista-t-elle, tu n'as jamais été impliqué dans cette décision ?

— Je le jure. » Il lui fallut mentir.

Après qu'elle fut partie, Calvin joignit ses mains dans un accès de joie silencieuse avant d'allumer la chaîne hi-fi, et de poser l'aiguille de la platine sur *On The Sunny Side of the Street*[1]. Pour la deuxième fois ce jour-là, il avait sauvé la personne qu'il aimait le plus – d'abord le matin avec le bateau et, cette fois, au travail. Et, le mieux, c'est qu'elle ne le savait pas.

Il s'installa sur un tabouret et ouvrit un cahier dans lequel il commença à écrire. Il tenait un journal depuis l'âge de sept ans environ, notant les faits et les peurs de sa vie entre des lignes d'équations chimiques. Encore à cette époque-là, son laboratoire était rempli de ces cahiers presque illisibles. C'était l'une des raisons pour lesquelles tout le monde pensait qu'il travaillait beaucoup. La quantité de ses écrits.

« Ton écriture est difficile à déchiffrer à certains endroits, avait fait remarquer Elizabeth à plusieurs reprises. Qu'est-ce que ça dit ? » Elle avait pointé du doigt une théorie liée à l'ARN autour de laquelle il tournait depuis des mois.

« Une hypothèse sur l'adaptation des enzymes, avait-il répondu.

— Et ça ? » avait-elle demandé en soulignant du doigt un autre passage plus loin sur la page. Quelques lignes qu'il avait écrites sur elle.

« Toujours la même chose », avait-il dit en repoussant le cahier.

---

1. *On the Sunny Side of the Street* est une chanson populaire dont la mélodie a été composée à l'occasion du spectacle *International Revue* qui a eu lieu en février 1930 à New York. Cette composition est devenue un standard du jazz.

Ce n'était pas tant qu'il aurait pu écrire des choses terribles sur elle, bien au contraire. C'était plutôt qu'il ne pouvait prendre le risque qu'elle découvrît qu'il était obsédé par l'idée qu'elle puisse mourir.

Il avait décidé depuis longtemps qu'il portait la poisse et il en avait la preuve solide : toutes les personnes qu'il avait aimées étaient mortes, chaque fois dans un accident bizarre.

La seule façon de mettre fin à ce schéma mortel était de mettre fin à l'amour. Et c'est ce qu'il avait fait. Mais il avait rencontré Elizabeth et, sans le vouloir, il avait stupidement et égoïstement recommencé à aimer. Et désormais, elle était là, directement dans sa ligne de mire, et il avait peur de lui porter la poisse.

En tant que chimiste, il s'était rendu compte que cette obsession, l'idée de porter la poisse, n'était pas du tout scientifique, mais relevait de la superstition. Eh bien… qu'il en soit ainsi ! La vie n'était pas une hypothèse que l'on pouvait tester et tenter de démontrer à plusieurs reprises sans conséquence – quelque chose finissait toujours par lâcher. Il était donc constamment à l'affût de ce qui pouvait la menacer, et, depuis ce matin-là, c'était l'aviron.

Par sa faute, le double s'était de nouveau retourné et, pour la toute première fois, ils s'étaient retrouvés dans l'eau du même côté ; il avait alors fait une découverte terrifiante : elle ne savait pas nager. À en croire ses mouvements de panique complètement désordonnés, elle n'avait jamais pris de leçon de natation de sa vie.

C'est pourquoi, pendant qu'Elizabeth était dans les toilettes du hangar à bateaux, lui et Six-Trente avaient abordé le capitaine de l'équipe masculine, le Dr Mason. C'était la saison du mauvais temps : si lui et Elizabeth devaient continuer à ramer – et elle en avait vraiment l'intention –, il valait mieux être dans un huit. Plus sûr. De plus, si le huit se retournait – ce qui était peu probable – il y aurait beaucoup plus de rameurs pour la sauver. De toute façon, Mason essayait de le recruter depuis plus de trois ans ; ça valait le coup d'essayer.

« Qu'est-ce que tu en penses ? avait-il demandé à Mason. Il faudrait que tu nous prennes tous les deux, en revanche.

— Une femme dans un huit avec barreur ? » avait rétorqué le Dr Mason rajustant sa casquette sur sa coupe en brosse. Il avait été Marine, ce qu'il avait détesté, mais il en avait gardé la coiffure réglementaire.

« Elle est douée, avait insisté Calvin. Très résistante. »

Mason avait acquiescé. Il était obstétricien. Il savait déjà à quel point les femmes pouvaient être résistantes. Mais quand même, une femme ? Comment serait-ce possible ?

« Hé, tu sais quoi, dit Calvin à Elizabeth une minute plus tard. L'équipe masculine veut qu'on rame tous les deux dans leur huit aujourd'hui.

— Vraiment ? » Son intention avait toujours été de pouvoir ramer dans un huit. Les huit semblaient rarement se retourner. Elle n'avait jamais dit à Calvin qu'elle ne savait pas nager. Pourquoi l'inquiéter ?

« Le capitaine de l'équipe vient de m'approcher. Il t'a vue ramer, lui dit Calvin. Il sait reconnaître le talent quand il l'a sous les yeux. »

À leurs pieds, Six-Trente soupira. *Des mensonges, des mensonges et encore des mensonges.*

« Quand est-ce qu'on commence ?

— Maintenant.

— *Maintenant ?* » Elle tressaillit, paniquée. Bien qu'elle ait voulu ramer dans un huit, elle savait aussi que le huit exigeait un niveau de synchronisation qu'elle n'avait pas encore maîtrisé. Pour qu'un bateau gagne une course, il faut que les rameurs réussissent à faire fi de leurs petites différences et de leurs disparités physiques pour ramer ensemble. L'harmonie parfaite, c'était le but. Une fois, dans le hangar à bateaux, elle avait entendu Calvin dire à quelqu'un que son entraîneur de Cambridge insistait pour qu'ils clignent tous des yeux en même temps. À sa grande surprise, le type avait hoché la tête. « Et nous devions limer nos ongles d'orteils à la même longueur. Ça a fait une énorme différence. »

« Tu vas ramer en deux, dit-il.

— Formidable, répondit-elle en espérant qu'il ne remarque pas le violent tremblement de ses mains.

— Le barreur va donner des ordres, tout ira bien. Regarde juste la pelle devant toi. Et quoi que tu fasses, ne regarde pas à l'extérieur du bateau.

— Attends. Comment je peux regarder la pelle devant moi si je ne regarde pas à l'extérieur du bateau ?

— Ne le fais pas, c'est tout, la prévint-il. Ça déstabilise.

— Mais…

— Et détends-toi.

— Je…

— Prêts ? Mains sur la poignée ! cria le barreur.

— Ne t'en fais pas, dit Calvin. Ça va aller. »

Un jour, Elizabeth avait lu que 98 % des choses que les gens appréhendent ne se réalisent jamais. Mais qu'en était-il des 2 % qui se réalisaient ? Et d'où venaient ces chiffres ? 2 % semblait étrangement peu. Elle aurait pensé 10, voire 20 %. Dans sa vie à elle, c'était probablement plus proche de 50 %. Même si elle ne voulait pas s'inquiéter pour cette sortie dans un huit, le fait est qu'elle l'appréhendait. 50 % de chances pour qu'elle gâche tout.

Alors qu'ils portaient le bateau jusqu'au quai dans le noir, l'homme devant elle jeta un coup d'œil par-dessus son épaule, comme pour essayer de comprendre pourquoi celui qui ramait habituellement sur le siège numéro deux semblait ce jour-là plus petit.

« Elizabeth Zott, le salua-t-elle.

— On se tait ! cria le barreur.

— Qui ? demanda l'homme avec méfiance.

— Je rame en deux aujourd'hui.

— Silence derrière ! cria le barreur.

— Le deux ? Tu rames en deux ? chuchota l'homme, incrédule.

— Ça pose un *problème* ? » rétorqua sèchement Elizabeth.

« Tu as été formidable ! » cria Calvin deux heures plus tard, en tapant sur le volant de la voiture avec une telle excitation que Six-Trente craignit qu'ils n'aient un accident avant d'arriver chez eux. « Tout le monde était d'accord.

— Qui est tout le monde ? Personne ne m'a adressé la parole.

— Ne t'en fais pas, on n'entend les autres rameurs qu'à partir du moment où ils sont énervés. Toujours est-il qu'on est dans l'équipe pour mercredi. » Il souriait, triomphant. Il l'avait sauvée. Peut-être était-ce un moyen de mettre fin à l'acharnement du sort, en prenant des précautions secrètes mais judicieuses.

Elizabeth se tourna pour regarder par la vitre. L'aviron pouvait-il vraiment être un sport aussi égalitaire ? À moins qu'il ne s'agisse tout simplement encore de cette même peur éprouvée par les habituels suspects : les rameurs, comme les scientifiques, craignaient la légendaire rancune de Calvin.

Alors qu'ils roulaient le long de la côte vers la maison, elle vit le lever du soleil éclairer d'une lumière vive une douzaine de surfeurs, leurs planches – des longboards – pointées vers le rivage, le regard fixé sur le large, espérant prendre quelques vagues avant d'aller travailler, et il lui vint soudain à l'esprit qu'elle n'avait jamais été témoin d'une quelconque rancune de la part de Calvin.

« Calvin, pourquoi tout le monde dit que tu es rancunier ?

— De quoi tu parles ? » demanda-t-il, incapable de s'empêcher de sourire. *Des précautions secrètes et judicieuses. La solution aux problèmes de la vie !*

« Tu sais bien de quoi je parle, continua-t-elle. Il y a des messes basses au travail, les gens disent que s'ils ne sont pas d'accord avec toi tu vas les conduire à leur ruine.

— Oh, ça, remarqua-t-il joyeusement. Rumeurs. Commérages. Jalousie. Il y a des gens que je n'aime pas, certes, mais est-ce que je ferais tout pour leur nuire ? Bien sûr que non.

— Très bien, mais je suis quand même curieuse. Y a-t-il quelqu'un dans ta vie à qui tu ne pardonneras jamais ?

— Personne ne me vient à l'esprit, répondit-il gaiement. Et toi ? Y a-t-il quelqu'un que tu envisages de détester pour le restant de ta vie ? » Il se tourna vers elle pour la regarder, le visage encore rougi par l'effort, les cheveux humides des embruns de l'océan, l'expression sérieuse. Et il la vit déplier ses doigts, comme pour compter.

9

La rancune

Lorsque Calvin affirmait qu'il n'était pas rancunier et qu'il ne haïssait personne, c'était vrai au même titre que certaines personnes disent qu'elles oublient de manger. Ce qui signifie qu'il mentait. Peu importe à quel point il essayait de prétendre qu'il avait laissé le passé derrière lui, le passé était bel et bien là, lui rongeant le cœur. Ils étaient nombreux à lui avoir fait du mal, mais un homme, un seul, était à ses yeux impossible à pardonner. Un seul homme, qu'il avait juré de haïr jusqu'à sa mort.

Il avait aperçu cet homme pour la première fois quand il avait dix ans. Une longue limousine s'était arrêtée aux portes du foyer pour garçons et l'homme en était descendu. Il était grand, élégant, soigneusement habillé d'un costume sur mesure et ses poignets de chemise étaient ornés de boutons de manchette en argent, ce qui détonnait dans le paysage de l'Iowa. Avec les autres garçons, Calvin s'était approché de la clôture. Une star de cinéma, avaient-ils tous supposé. Peut-être un joueur de baseball professionnel.

Ils y étaient habitués. Environ deux fois par an, des personnes célèbres venaient au foyer, accompagnées de journalistes, pour se faire photographier avec quelques-uns des garçons. Parfois, ces visites se soldaient par quelques cadeaux, gants de base-ball ou photos dédicacées. Mais cet homme-là n'était arrivé qu'avec un porte-documents. Tous s'en désintéressèrent.

Cependant, environ un mois plus tard, cette visite fut suivie de l'arrivée de toutes sortes de choses : des manuels de sciences, des jeux de mathématiques, des kits de chimie. Et contrairement aux photos ou aux gants de base-ball, il y en avait assez pour tout le monde.

« Le Seigneur pourvoit, dit alors le prêtre en tendant une pile de livres de biologie tout neufs. Ce qui signifie que vous, les malheureux de la terre, devez vous taire et rester assis. Les garçons dans le fond, restez assis, je suis sérieux ! » Il fit claquer une règle sur un bureau voisin, et tout le monde sursauta.

« Excusez-moi, mon père, dit Calvin en feuilletant son exemplaire, mais le mien a un défaut. Il manque des pages.

— Elles ne sont pas *manquantes*, Calvin, dit le prêtre. Elles ont été arrachées.

— Pourquoi ?

— Parce qu'elles sont erronées, voilà pourquoi. Maintenant, ouvrez vos livres à la page cent dix-neuf, les garçons. Nous allons commencer par…

— Il manque l'évolution, insista Calvin en feuilletant les pages.

— C'est assez, Calvin.

— Mais… »

La règle frappa durement ses phalanges.

« Calvin, dit l'évêque d'une voix lasse. Qu'est-ce qui t'arrive ? C'est la quatrième fois qu'on t'envoie me voir cette semaine. Et je ne compte pas les plaintes que j'ai reçues de notre bibliothécaire pour dénoncer tes mensonges.

— Quel bibliothécaire ? » demanda Calvin, surpris. L'évêque ne parlait sûrement pas du prêtre ivre qui se cachait souvent dans le petit placard qui abritait la pathétique collection de livres du foyer.

« Le père Amos dit que tu prétends avoir lu tous les ouvrages de nos rayons. Mentir est un péché, mais se vanter ? Il n'y a rien de pire.

— Mais j'ai lu…

— Silence ! cria-t-il, menaçant le garçon. Certaines personnes sont des brebis galeuses, poursuivit-il. Le résultat de parents qui étaient eux-mêmes mauvais. Mais dans ton cas, je ne sais d'où ça vient.

— Que voulez-vous dire ?

— Je veux dire, rétorqua-t-il en se penchant sur Calvin, que je te soupçonne d'être né bon mais d'avoir mal tourné. Pourri, ajouta-t-il, par une série de mauvais choix. Es-tu familier avec l'idée selon laquelle la beauté vient de l'intérieur ?

— Oui.

— Eh bien, ton intérieur correspond à ta laideur extérieure. »

Calvin toucha ses phalanges enflées, essayant de ne pas pleurer.

« Pourquoi ne peux-tu pas être reconnaissant d'avoir ce que tu as ? dit l'évêque. La moitié des pages d'un livre de biologie, c'est mieux que rien, n'est-ce pas ? Seigneur… je savais que ça nous attirerait des ennuis. » Il se leva et arpenta son bureau. « Les livres de sciences, les kits de chimie. Mon Dieu, ce qu'il ne faut pas accepter, et ce, juste pour faire rentrer de l'argent dans les caisses. » Il se tourna vers Calvin, en colère. « Même ça, c'est de ta faute, gronda-t-il. Nous ne serions pas dans cette situation si ce n'était pas pour ton père… »

Calvin releva brusquement la tête.

« Peu importe. » L'évêque se rassit à son bureau, en feuilletant des papiers.

« Vous ne pouvez pas parler de mon père », dit Calvin. Le rouge lui monta aux joues. « Vous ne le connaissiez même pas !

— J'ai le droit de parler de qui je veux, Evans, dit l'évêque en le fusillant du regard. Et d'ailleurs, je ne parle pas de ton père mort dans l'accident de train. Je parle, ajouta-t-il, de ton *vrai* père ; l'imbécile qui nous a imposé tous ces foutus livres de sciences. Il est venu ici il y a environ un mois dans une grande limousine à la recherche d'un enfant de dix ans dont les parents adoptifs ont été percutés par un train, et dont la tante a encastré sa voiture dans un arbre, un jeune garçon qui "pourrait être", a dit l'homme, "très grand"… Je suis allé directement chercher ton dossier. Je pensais qu'il venait peut-être te réclamer, comme on réclame une valise égarée – ça arrive souvent dans les adoptions. Mais quand je lui ai montré ta photo, il a perdu tout l'intérêt qu'il avait d'abord manifesté. »

Calvin ouvrit grand les yeux, digérant ces propos. Il avait été adopté ? Ce n'était pas possible. Ses parents étaient toujours ses parents, morts ou non. Il refoula ses larmes en pensant au bonheur qu'il éprouvait jadis, sa main nichée dans celle, plus grande, de son père, sa tête reposant contre la poitrine chaude de sa mère. L'évêque avait *tort*. Il *mentait*. On racontait toujours des histoires aux garçons sur comment et pourquoi ils se retrouvaient à All Saints : leurs mères étaient mortes en couches et leurs pères n'avaient pas pu faire face ; ils étaient difficiles à élever ; il y avait déjà trop de bouches à nourrir. C'était donc une histoire de plus.

« Pour ta gouverne, dit l'évêque comme s'il avait arrêté son choix après avoir passé en revue une liste de raisons à évoquer, ta vraie mère est morte en couches, et ton vrai père n'a pas pu faire face.

— *Je ne vous crois pas !*

— Je vois », répliqua sèchement l'évêque en sortant deux feuilles du dossier de Calvin : un certificat d'adoption et le certificat de décès d'une femme. « Le scientifique en herbe exige des preuves. »

Calvin baissa les yeux sur les documents, la vue brouillée par les larmes. Il était incapable d'en comprendre un seul mot.

« Très bien, dit l'évêque en frappant dans ses mains. Il ne fait aucun doute que c'est un choc pour toi, Calvin, mais vois le bon côté des choses. Tu *as* un père et il prend *vraiment* soin de toi ou, du moins, de ton éducation. C'est bien plus que ce que les autres garçons ont. Essaie de ne pas être si égoïste. Tu as eu de la chance. D'abord, tu as eu de gentils parents adoptifs ; maintenant, tu as un père riche. Vois son cadeau – il hésita – comme un souvenir. Comme un hommage à ta mère. Un mémorial.

— Mais si c'était mon vrai père, fit remarquer Calvin, qui ne le croyait toujours pas, il m'emmènerait loin d'ici. Il voudrait que je sois avec lui. »

L'évêque baissa les yeux sur Calvin, les yeux écarquillés de surprise. « Quoi ? Non. Je te l'ai dit : ta mère est morte en couches et ton père n'a pas pu faire face. Non. Et nous avons tous deux été d'accord – surtout après qu'il a lu ton dossier – pour dire que tu ferais mieux de rester ici. Un garçon comme toi a besoin d'un environnement moral, de beaucoup de discipline. Un tas de gens riches envoient leurs enfants en pension ; All Saints n'est pas si différent d'un pensionnat. » Il renifla, frappé par les odeurs aigrelettes venant de la cuisine. « Bien qu'il ait insisté pour que nous augmentions nos offres éducatives. Ce que j'ai trouvé présomptueux, ajouta-t-il en ramassant quelques poils de chat sur sa manche. Nous dire à nous, éducateurs professionnels, comment éduquer. » Il se leva, tournant le dos à Calvin pour regarder par la fenêtre le toit qui s'affaissait sur le côté ouest du bâtiment. « La bonne nouvelle, c'est qu'il nous a laissé une belle somme d'argent, pas seulement pour toi, mais aussi pour les autres garçons. C'est un geste très généreux. Ou l'aurait été s'il n'avait pas décidé de tout affecter à la science et au sport. Mon Dieu, les gens riches ! Ils pensent toujours qu'ils sont plus malins que les autres.

— C'est… c'est un scientifique ?

— Ai-je dit qu'il était scientifique ? répliqua l'évêque. Écoute. Il est venu, il s'est renseigné, il est parti. Il a aussi laissé un chèque. Et c'est bien plus que ce que font la plupart des bons à rien de pères.

— Mais quand est-ce qu'il revient ? » implora Calvin, voulant plus que tout fuir ce foyer, même si c'était avec un homme qu'il ne connaissait pas.

« Nous devrons attendre et voir, répondit l'évêque, toujours le dos tourné, à regarder dehors par la fenêtre à petits carreaux. Il n'a rien dit à ce sujet. »

Calvin regagna lentement sa classe, en pensant à l'homme en question, et en réfléchissant aux moyens de le faire revenir. Il *fallait* qu'il revienne. Mais les seules choses qu'on vit réapparaître furent des livres de sciences.

Toutefois, c'était un enfant, et, comme le font les enfants, il s'accrocha à cet espoir longtemps après qu'il aurait dû s'éteindre. Il lut tous les livres que son nouveau père lui avait envoyés, les dévora comme s'il s'agissait d'amour, remplissant son cœur brisé de théories et d'algorithmes, déterminé à découvrir la chimie que lui et son père partageaient, le lien indéfectible qui les unissait pour la vie. Mais ce qu'il comprit au cours de ses études, c'était que la complexité de la chimie allait bien au-delà du droit de naissance, qu'elle se tordait et se transformait de manière parfois impitoyable. Il dut donc vivre en sachant que non seulement cet autre père l'avait rejeté – sans même le *rencontrer* – mais que la chimie elle-même avait semé en lui la graine d'une rancune qu'il ne pouvait ni occulter ni dépasser.

10

La laisse

Par le passé, Elizabeth n'avait jamais eu d'animal de compagnie, et elle n'était toujours pas sûre d'en avoir un. Six-Trente n'était pas humain, certes, mais il semblait posséder des qualités humaines qui surpassaient, et de loin, ce qu'elle avait pu trouver chez la plupart des gens.

C'était pourquoi elle ne lui avait pas acheté de laisse – attacher Six-Trente paraissait inacceptable. Insultant, même. Il ne la quittait jamais d'une semelle, ne traversait jamais la rue sans regarder, ne courait pas après les chats. En fait, la seule fois où il s'était carapaté, ce fut le 4 Juillet, quand un pétard avait explosé juste devant lui. Après des heures de recherches inquiètes, Calvin et elle l'avaient finalement trouvé caché derrière des poubelles dans une ruelle, tremblant de honte.

Toutefois, lorsque la ville adopta sa toute nouvelle loi obligeant à promener son chien en laisse, elle s'était surprise à en reconsidérer la nécessité – pour des raisons d'ailleurs plus complexes. Alors qu'elle s'attachait de plus en plus au chien, l'idée lui vint à l'esprit de s'attacher le chien.

Elle acheta donc une laisse, l'accrocha au portemanteau du couloir et attendit que Calvin la remarque. Mais une semaine plus tard, il n'avait toujours rien vu.

« J'ai acheté une laisse pour Six-Trente, finit-elle par annoncer.

— Pourquoi ? demanda Calvin.

— C'est la loi, expliqua-t-elle.

— Quelle loi ? »

Quand elle décrivit la nouvelle loi, il accueillit les explications d'Elizabeth en riant. « Oh, ça… Eh bien, ça ne s'applique pas à nous. C'est pour les gens qui n'ont pas un chien comme Six-Trente.

— Si, c'est pour tout le monde. C'est nouveau. Je suis presque sûre qu'ils ne plaisantent pas. »

Il sourit. « Ne t'inquiète pas. Six-Trente et moi passons devant le commissariat presque tous les jours. La police nous connaît.

— Mais c'est sur le point de changer, insista-t-elle. Probablement en raison d'une augmentation de morts accidentelles d'animaux de compagnie, surtout les chiens et les chats qui se font renverser par des voitures. » Elle ne savait pas si les faits le prouvaient, mais c'était certainement possible. « Quoi qu'il en soit, hier, quand j'ai emmené Six-Trente en promenade, j'ai utilisé la laisse. Et il a aimé ça.

— Je ne peux pas courir avec une laisse, dit Calvin en levant les yeux au ciel. Je déteste me sentir attaché. En plus, il reste toujours à côté de moi.

— Quelque chose pourrait arriver.

— Comme quoi ?

— Il pourrait traverser la rue. Il pourrait être renversé par une voiture. Tu te souviens du pétard ? Ce n'est pas pour toi que je m'inquiète, ajouta-t-elle. C'est pour lui. »

Calvin sourit intérieurement. C'était un trait de caractère d'Elizabeth qu'il n'avait jamais perçu auparavant : un instinct maternel.

« Au fait, dit-il, on annonce des orages. Le Dr Mason a appelé. L'aviron est annulé pour le restant de la semaine.

— Oh, c'est dommage », dit-elle, essayant de ne pas paraître soulagée. Elle avait ramé dans le huit masculin quatre fois et, chaque fois, elle avait été plus épuisée qu'elle n'avait voulu l'admettre. « A-t-il dit autre chose ? » Elle ne voulait pas donner l'impression qu'elle cherchait un compliment, bien que ce fût le cas. Le Dr Mason semblait être un homme bien, il lui parlait toujours d'égal à égale. Calvin avait mentionné qu'il était obstétricien.

« Il a évoqué la possibilité que nous fassions partie de l'équipe la semaine prochaine, répondit Calvin. Et il aimerait qu'on envisage de participer à une régate au printemps.

— Tu veux dire une course ?

— Tu vas adorer. C'est tellement exaltant. »

En fait, Calvin était presque sûr qu'elle n'aimerait pas participer à une régate. La course était éprouvante. La peur de perdre était déjà assez pénible, mais on savait aussi que la course elle-même allait être cause de souffrance, et qu'une fois le mot « Prêt ! » lancé, le rameur risquait une crise cardiaque, des côtes fêlées, ou de devenir donneur d'organe, juste pour gagner cette médaille bon marché. Arriver deuxième ? N'y pensez même pas. Le deuxième n'était pas appelé « premier perdant » pour rien.

« Ça semble intéressant, mentit-elle.

— Ça l'est vraiment », mentit-il en retour.

« Les sorties sur l'eau ont été annulées, tu t'en souviens ? » dit Calvin deux jours plus tard, surpris de voir Elizabeth s'habiller dans le noir. Il attrapa son réveil. « Il est quatre heures du matin. Reviens te coucher.

— Je ne peux pas dormir, dit-elle. Je pense que je vais partir tôt au travail.

— Non. Reste avec moi », la supplia-t-il. Il souleva les couvertures et lui fit signe de revenir se coucher.

« Je vais enfourner ce plat de pommes de terre à feu doux, dit-elle en enfilant des chaussures. Ça te fera un bon petit déjeuner.

— Écoute, si tu pars, je pars avec toi, répondit-il en bâillant. Donne-moi juste quelques minutes.

— Non, non, dit-elle. Dors, toi. »

Il se réveilla une heure plus tard pour se retrouver seul.

« Elizabeth ? » appela-t-il.

Il partit à la cuisine, où une paire de maniques était posée sur le plan de travail. Elle avait laissé un mot : « Régale-toi avec les pommes de terre. À tout à l'heure. Des baisers. Je t'aime. E. »

« Allons au travail en courant, aujourd'hui », lança-t-il à Six-Trente. Il n'avait pas vraiment envie de courir mais, en fin de journée, ils pourraient rentrer tous ensemble dans la même voiture. Ce n'était pas pour économiser de l'essence, mais parce qu'il ne supportait pas l'idée qu'Elizabeth rentre seule à la maison. Il y avait des arbres sur le trajet. Et des voies de chemin de fer.

Elle aurait détesté savoir à quel point il s'inquiétait et s'agitait, alors il gardait ça pour lui. Mais comment ne pas se préoccuper de la personne qu'il aimait plus que tout, plus que ce qui semblait possible ? D'ailleurs, elle s'occupait aussi de lui – s'assurant qu'il mangeait correctement, lui suggérant constamment de courir à l'intérieur avec Jack, achetant une laisse – entre autres choses.

Du coin de l'œil, il aperçut quelques factures et nota mentalement de classer la dernière série de lettres d'escrocs qui lui avaient été envoyées. Il en avait encore reçu une de la femme qui prétendait être sa mère – *On m'a dit que tu étais mort*, écrivait-elle toujours. Une autre d'un analphabète qui proclamait que Calvin lui avait volé toutes ses idées, et encore une autre d'un soi-disant frère perdu de vue qui voulait de l'argent. Bizarrement, personne n'avait jamais écrit en prétendant être son père. Peut-être parce que son père était toujours là, prétendant n'avoir jamais eu de fils.

Depuis qu'il avait quitté le foyer pour garçons, la seule personne, en dehors de l'évêque, à qui il avait avoué sa rancune à l'égard de son père, était un correspondant épistolaire. Ils ne s'étaient jamais rencontrés mais ils avaient réussi à tisser un solide lien d'amitié. Peut-être parce que, comme pour la confession, ils trouvaient tous deux plus facile de parler à quelqu'un qu'ils ne pouvaient pas voir. Mais lorsque le sujet du père avait été abordé – après une année de correspondance régulière, à cœur ouvert –, tout avait changé. Calvin avait laissé entendre qu'il espérait que son père était mort, et son correspondant, apparemment choqué, avait cessé de répondre ; une réaction à laquelle Calvin ne s'attendait pas.

Calvin supposa qu'il avait dépassé les bornes. L'homme était religieux et lui ne l'était pas ; peut-être qu'espérer que son père soit mort n'était pas admis dans les cercles ecclésiastiques. Mais quoi qu'il en soit, cet aveu avait, semble-t-il, eu raison de leur amitié. Il s'était senti déprimé pendant des mois.

C'est pourquoi il avait décidé de ne pas expliquer à Elizabeth que son père était mort-vivant. Il craignit qu'elle ne réagît comme son ex-ami et ne le laissât tomber, ou qu'elle ne se rendît soudainement compte de ce que l'évêque avait décrit comme un défaut rédhibitoire : une incapacité innée à aimer. Calvin Evans, laid à l'intérieur comme à l'extérieur. N'avait-elle pas *refusé* sa demande en mariage ?

De toute façon, s'il lui disait maintenant, elle pourrait se demander pourquoi il ne lui avait pas dit avant. Et c'était dangereux parce qu'elle pourrait se demander ce qu'il avait *oublié d'autre*.

Non, il était parfois préférable de taire certaines choses. D'ailleurs, elle avait gardé ses problèmes au travail pour elle, n'est-ce pas ? Avoir quelques secrets, même pour vos proches, était normal.

Il enfila son vieux pantalon de survêtement, puis fouilla dans le tiroir à chaussettes qu'ils partageaient, et son humeur se fit plus légère lorsque des effluves du parfum de la jeune femme s'en échappèrent. Il n'avait jamais été du genre à s'améliorer – il n'avait même jamais terminé le livre de Dale Carnegie sur la manière de se faire des amis et d'influencer les gens, parce qu'au bout de dix pages il s'était rendu compte qu'il se fichait de ce que les autres pensaient. Mais c'était avant Elizabeth, avant qu'il ne se rende compte que la rendre heureuse le rendait heureux. Ce qui, pensa-t-il en attrapant ses chaussures de tennis, devait être la définition même de l'amour. *Vouloir* réellement changer pour quelqu'un d'autre.

Alors qu'il se penchait pour attacher ses lacets, sa poitrine se remplit d'un sentiment nouveau. Était-ce de la gratitude ? Lui, le jeune Calvin Evans, orphelin, jamais aimé, sans attrait, avait, en dépit de tout, organisé sa vie autour de cette femme, ce chien, la recherche, l'aviron, la course à pied, Jack. C'était bien plus que ce à quoi il se serait attendu, bien plus que ce qu'il méritait.

Il regarda sa montre : 5 h 18 du matin. Elizabeth était assise sur un tabouret, ses centrifugeuses tournant à plein régime. Il siffla Six-Trente pour qu'il vienne le rejoindre dans l'entrée. Il devait parcourir plus de huit kilomètres pour arriver au labo et, en courant ensemble, ils pouvaient y être en quarante-deux minutes. Mais quand il ouvrit la porte, Six-Trente hésita. Il faisait sombre et il bruinait.

« Allez, mon garçon, dit Calvin. Qu'est-ce qui ne va pas ? »

Puis il s'en souvint. Il fit demi-tour, attrapa la laisse, se pencha et l'attacha au collier de Six-Trente. Bien relié au chien pour la toute première fois, Calvin se retourna et ferma la porte derrière lui.

Trente-sept minutes plus tard, il était mort.

11

Coupes budgétaires

« Allez, mon garçon, dit Calvin à Six-Trente, allons-y. » Six-Trente prit ses marques, cinq pas devant Calvin, puis jeta un coup d'œil en arrière de temps en temps, comme pour s'assurer qu'il était toujours là. En tournant à droite, ils passèrent devant un kiosque à journaux. « LES BUDGETS MUNICIPAUX TOUCHENT LE FOND, alertait un gros titre, LES SERVICES DE POLICE ET LES SAPEURS-POMPIERS SONT MENACÉS. »

Calvin tira sur la laisse, indiquant à Six-Trente de tourner à gauche dans un quartier historique où avaient été construites d'imposantes demeures aux pelouses tournées vers l'océan. « Un jour, nous vivrons ici, lui assura Calvin alors qu'ils trottinaient. Peut-être après avoir eu le Nobel. » Un prix qu'il gagnerait, Six-Trente le savait parce qu'Elizabeth le lui avait dit.

Alors qu'ils amorçaient un autre virage, Calvin faillit tomber en glissant sur de la mousse avant de retrouver l'équilibre. « Nous sommes près du but », souffla-t-il alors qu'ils approchaient du poste de police. Six-Trente regarda devant lui les voitures de police alignées comme des soldats attendant une inspection.

Mais les voitures n'avaient pas été inspectées. En effet, les services de police avaient subi une nouvelle coupe budgétaire, la troisième en quatre ans. Ces trois coupes s'inscrivaient dans le cadre de la politique : « Faire plus avec moins », un slogan imaginé par un cadre moyen du service des relations publiques de la ville.

Comme les salaires avaient déjà été gelés, la question des augmentations n'était plus à l'ordre du jour. On parlait désormais de licenciements.

Les policiers avaient donc tout fait pour les éviter ; ils avaient suivi le slogan « Faire plus avec moins » et l'avaient appliqué là où c'était possible : sur le parking, avec les voitures de patrouille. C'étaient aux voitures noir et blanc de porter le poids des coupes budgétaires. Plus de révision, plus de vidange, de regarnissage des freins, de rechapage, de changement d'ampoules, rien.

Six-Trente n'aimait pas le parking du commissariat, surtout la façon dont les policiers démarraient leurs voitures de patrouille précipitamment en marche arrière. Il n'aimait pas plus ces sympathiques policiers qui les saluaient parfois lorsque Calvin et lui passaient en courant, leur apathie contrastant fortement avec la vigueur de Calvin. Selon Six-Trente, ils étaient déprimés, soumis à la routine, entravés par de faibles salaires, las, manquant d'émulation face aux innombrables urgences mineures qui ne faisaient jamais appel à la formation de sauvetage qu'ils avaient suivie à l'école de police.

Alors que Calvin et lui s'approchaient, Six-Trente renifla autour d'eux, la truffe en l'air. Il faisait encore nuit. Le soleil se lèverait dans une dizaine de…

Pan !

Un bruit terrifiant retentit dans l'obscurité. C'était comme un pétard, un bruit sec, violent, mauvais. Six-Trente sursauta de peur… *Qu'est-ce que c'était ?* Il se jeta en avant, ou tout au moins essaya, freiné par la laisse tenue par Calvin. Calvin, lui aussi, réagit – étaient-ce des coups de feu ? –, prêt à s'élancer dans la direction opposée. BANG, BANG, BANG *!* Les explosions pétaradaient comme une mitrailleuse. Il voulut faire demi-tour, décidé à foncer, tirant sur la laisse de Six-Trente, tandis que Six-Trente, les yeux fous, debout sur ses pattes arrière, résistait, tirant dans l'autre sens, comme pour dire, *Non, de ce côté !* Et la laisse, tendue entre eux comme une corde raide, n'offrit d'échappatoire ni à l'un ni à l'autre. Calvin mit le pied dans une nappe d'huile de moteur et glissa, tombant comme un patineur maladroit. Il vit alors le trottoir se rapprocher de lui rapidement comme un vieil ami qui aurait eu hâte de le saluer.

BAM *!*

Alors qu'une fine traînée rouge créait un halo sombre autour de la tête de Calvin, Six-Trente se retourna pour l'aider, mais une chose s'abattit sur eux – l'ombre d'un énorme vaisseau qui se déplaçait avec une telle force qu'il brisa la laisse en deux, le projetant sur le côté.

Il réussit à relever la tête juste à temps pour voir les roues d'une voiture de patrouille heurter le corps de Calvin.

« Bon sang, c'était quoi *ça* ? » dit à son partenaire le policier au volant. Ils étaient habitués aux pétarades constantes de leurs voitures, mais là, c'était autre chose. Ils sursautèrent en voyant un homme de grande taille allongé sur le sol, ses yeux gris grands ouverts. Le sang s'écoulait de sa blessure à la tête et s'étalait rapidement sur le trottoir. Calvin cligna deux fois des yeux vers le policier penché sur lui.

« Oh mon Dieu, on l'a renversé ? Oh mon Dieu. Monsieur, vous m'entendez ? Monsieur ? Jimmy, appelle une ambulance ! »

Calvin gisait là, le crâne fracturé, le bras cassé en deux par le choc de la voiture de police. Autour de son poignet pendait une moitié de laisse.

« Six-Trente ? murmura-t-il.

— De quoi il parle ? Qu'est-ce qu'il a dit, Jimmy ? Oh mon Dieu !

— Six-Trente ? s'enquit de nouveau Calvin dans un murmure.

— Non, monsieur, dit le policier agenouillé près de lui. Il est presque six heures mais pas tout à fait. En fait, il est environ cinq heures cinquante. C'est cinq cinq zéro. Maintenant, nous allons vous sortir de là. Nous allons vous soigner, ne vous inquiétez pas, monsieur, il n'y a aucune raison de paniquer. »

Derrière lui, les hommes en service se succédaient, sortant en trombe du poste de police. Au loin, une ambulance hurlait, annonçant son arrivée.

« Oh, mon Dieu ! dit l'un d'eux alors que l'air s'échappait des poumons de Calvin. N'est-ce pas le gars dont tout le monde parle toujours, celui qui court ? »

Trois mètres plus loin, Six-Trente, l'épaule démise, l'autre moitié de la laisse accrochée là où il souffrait du coup du lapin, observait la scène. Il voulait plus que tout aller aux côtés de Calvin, approcher sa grosse tête de ses narines, lécher ses blessures, empêcher que tout s'aggrave. Mais il savait. Même à trois mètres, il savait. Les yeux de Calvin se fermèrent. Sa poitrine cessa de se soulever.

Il les regarda charger Calvin dans l'ambulance, le corps couvert d'un drap, sa main droite pendant sur le côté de la civière, un bout de la laisse enroulé autour de son poignet. Six-Trente s'éloigna, malade de chagrin. La tête basse, il partit annoncer la mauvaise nouvelle à Elizabeth.

12

Le cadeau d'adieu de Calvin

Quand Elizabeth avait huit ans, son frère John l'avait défiée de sauter d'une falaise, et elle l'avait fait. Il y avait une carrière remplie d'eau couleur aigue-marine en contrebas ; elle y avait atterri tel un missile. Ses orteils avaient touché le fond, elle avait poussé vers le haut, surprise lorsqu'elle avait percé la surface de voir que son frère était déjà là. Il avait sauté juste après elle. *Mais qu'est-ce qui t'est passé par la tête ?* avait-il crié, la voix pleine d'angoisse en la traînant jusque sur la berge. *Je plaisantais ! Tu aurais pu te tuer !*

Cette fois, assise, toute raide, sur son tabouret dans le labo, elle entendait un policier lui parler de quelqu'un qui était mort, un autre qui insistait pour qu'elle prenne le mouchoir qu'on lui tendait et un troisième évoquer un vétérinaire, mais tout ce à quoi elle était capable de penser était cet instant, lointain, où ses orteils avaient touché le fond, la boue, douce et soyeuse, l'invitant à y rester. Sachant ce qu'elle savait désormais, elle ne pensait plus qu'à une seule chose : *j'aurais dû y rester.*

C'était sa faute. C'était ce qu'elle essayait d'expliquer au policier. La laisse. C'est elle qui l'avait achetée. Mais elle avait beau le répéter, il semblait ne pas comprendre et, pour cette raison, elle pensait qu'il y avait une chance qu'elle ait tout imaginé. Calvin n'était pas mort. Il ramait. Il était en voyage. Il était cinq étages au-dessus, écrivant dans son cahier.

Quelqu'un lui disait de rentrer à la maison.

Les jours suivants, elle et Six-Trente restèrent allongés sur son lit défait, dans l'incapacité de dormir et de penser à se nourrir, avec pour unique horizon le plafond, attendant que Calvin franchisse de nouveau le seuil de la maison. La seule chose qui les dérangeait était la sonnerie du téléphone. À chaque fois, c'était la même voix pleurnicharde – celle d'un entrepreneur de pompes funèbres – qui demandait que « des décisions soient prises ! ». Un costume était nécessaire pour la mise en bière. « La quoi ? Le cercueil de qui ? disait-elle. Qui est-ce ? » Après un trop grand nombre de ces appels, Six-Trente, que la confusion d'Elizabeth épuisait, la poussa vers la penderie et ouvrit la porte à coups de patte. Et à la vue des chemises se balançant comme des cadavres après une pendaison, c'est alors qu'elle comprit : Calvin était parti.

Tout comme après le suicide de son frère et l'agression de Meyers, elle était incapable de pleurer. Une armée de larmes se trouvait juste derrière ses yeux, mais elles refusaient de s'échapper. C'était comme si on lui avait coupé le souffle : elle avait beau respirer profondément, ses poumons refusaient de se remplir. Elle se souvint avoir entendu, quand elle était enfant, un unijambiste dire à la bibliothécaire que quelqu'un faisait bouillir de l'eau quelque part dans les rayons. C'est dangereux, expliquait-il, elle devait faire quelque chose. La bibliothécaire avait essayé de lui assurer que personne ne faisait bouillir de l'eau ; c'était une grande salle où elle pouvait voir tout le monde. Mais il avait insisté et lui avait crié dessus ; deux hommes avaient alors dû le faire sortir, l'un d'eux expliquant que le pauvre homme souffrait de psychose post-traumatique du soldat. Il ne s'en remettrait probablement jamais.

Le problème, c'était qu'elle aussi, désormais, entendait l'eau bouillir.

Pour que le téléphone cesse enfin de sonner, elle devait trouver un costume. Calvin n'en possédait pas, alors elle rassembla la tenue qu'il aurait aimé porter, pensa-t-elle : ses vêtements d'aviron. Elle les emporta au funérarium et les remit au directeur des pompes funèbres. « Tenez », lui dit-elle.

Ayant depuis longtemps affaire à des personnes endeuillées, l'homme à l'allure solennelle accepta la panoplie avec un hochement de tête courtois. Mais, juste après le départ d'Elizabeth, il tendit le paquet de vêtements à son assistant en disant : « Le macchabée de la chambre quatre est un trente-six extra-long. » L'assistant prit le paquet et le jeta dans un placard sans inscription où il rejoignit un petit tas de tenues inappropriées que des membres des familles des morts, dans leur état de deuil, avaient apportées au fil des ans. L'assistant se dirigea vers une grande armoire, saisit un costume taille 36 extra-long, secoua le pantalon, souffla légèrement sur la poussière qui grisait les épaules de la veste, et se dirigea vers la chambre quatre.

Avant même qu'Elizabeth n'ait parcouru une dizaine de pâtés de maisons, il avait réussi à adapter le corps rigidifié de Calvin aux dimensions du costume, fourrant les bras, qui avaient serré Elizabeth contre lui, dans des manches sombres, glissant les jambes, qui avaient étreint le corps de la jeune femme, dans des cylindres de laine. Puis il boutonna la chemise, boucla la ceinture, noua la cravate et attacha les lacets, tout en brossant la poussière, qui faisait partie de la mort, de haut en bas du costume. Il se recula pour admirer son travail, puis ajusta un revers. Il tendit la main pour attraper un peigne, mais se ravisa. Il referma la porte derrière lui et traversa le couloir pour aller chercher son déjeuner enveloppé dans un sac de papier kraft, ne s'arrêtant que pour donner des instructions à une femme assise derrière une grosse calculatrice dans un petit bureau.

Avant même qu'Elizabeth n'ait parcouru une douzaine de pâtés de maisons, le costume sale avait été ajouté à sa facture.

Ils furent nombreux à assister aux funérailles. Quelques rameurs, un journaliste, peut-être une cinquantaine d'employés de Hastings, dont une poignée qui, malgré leurs têtes baissées et leurs vêtements sombres, n'étaient pas là pour faire leur deuil, mais pour jubiler. *Ding dong*, applaudirent-ils en silence. *Le roi est mort*.

Alors que les scientifiques jacassaient entre eux, plusieurs remarquèrent Zott au loin, le chien à ses côtés. Une fois de plus, ce satané chien n'était pas tenu en laisse, malgré la nouvelle loi en vigueur dans la ville, et malgré les panneaux qui entouraient tout le cimetière et qui en interdisaient l'accès aux chiens. Toujours cette même arrogance. Même dans la mort, Zott et Evans agissaient comme s'ils étaient au-dessus des lois.

Elizabeth protégea ses yeux de la lumière pour observer la foule. Un couple élégant de curieux se tenait à l'écart près d'une autre tombe, observant la scène comme s'ils assistaient à une tragédie. Elle posa une main sur les bandages de Six-Trente et réfléchit à ce qu'elle allait faire. La vérité était qu'elle avait peur de s'approcher du cercueil parce qu'elle savait qu'elle essaierait de l'ouvrir de force pour grimper à l'intérieur et s'enterrer avec Calvin ; ce qui signifierait affronter toutes les personnes qui essaieraient de l'en empêcher, et elle ne voulait pas qu'on l'en empêche.

Six-Trente sentait son envie de mourir et, pour cette raison, il s'était livré à de la surveillance préventive toute la semaine. Le seul problème était que lui-même avait envie de mourir. Pire encore, il soupçonnait Elizabeth d'être dans la même situation que lui – bien qu'elle ait envie de mourir, elle se sentait obligée de le garder *lui* en vie. Quel merdier que la dévotion.

C'est alors que quelqu'un derrière eux dit : « Au moins, il aura fait beau », comme si des funérailles pouvaient être festives, et susceptibles d'être gâchées par le mauvais temps. Six-Trente leva les yeux pour voir un homme maigre à forte mâchoire, un petit bloc-notes à la main.

« Désolé de vous déranger, dit l'homme en s'adressant à Elizabeth, mais je vous ai vue assise toute seule ici et j'ai pensé que vous pourriez m'aider. J'écris un papier sur Evans, je me demandais si je pouvais vous poser quelques questions, sans vouloir vous importuner, bien sûr. Je sais que c'était un scientifique célèbre, mais c'est tout. Pourriez-vous me dire comment vous l'avez connu ? Peut-être me fournir une anecdote ? Vous l'avez beaucoup fréquenté ?

— Non, dit-elle en évitant son regard.

— Non… ?

— Non, je ne l'ai pas beaucoup fréquenté. Pas assez, c'est sûr.

— Oh, d'accord, dit-il en hochant la tête, je comprends. C'est pour ça que vous êtes là, vous n'étiez pas une amie proche mais vous vouliez quand même lui rendre hommage, compris. C'était votre voisin ? Vous pourriez peut-être me montrer qui sont ses parents. Des frères et sœurs ? Des cousins ? J'aimerais avoir des informations sur son passé. J'ai entendu beaucoup de choses sur lui, certains disent que c'était un vrai con. Pouvez-vous m'en dire plus ? Je sais qu'il n'était pas marié, mais fréquentait-il une femme ? » Et comme elle continuait à regarder au loin, il ajouta, en baissant la voix : « Au fait, je ne suis pas sûr que vous ayez vu les panneaux, mais les chiens ne sont pas autorisés dans le cimetière. Je veux dire, sans exception. Le gardien est censé être très pointilleux sur ce point. À moins que… je ne sais pas, vous ayez besoin d'un chien, un chien d'aveugle, parce que vous êtes… enfin, vous savez…

— Oui, en effet. »

Le journaliste fit un pas en arrière. « Oh mon Dieu, vraiment ? dit-il en s'excusant. Vous êtes… Oh, je suis vraiment désolé. C'est juste que vous n'avez pas l'air d'être…

— Mais je le suis, répéta-t-elle.

— Et c'est définitif ?

— Oui.

— Quel dommage, dit-il, curieux. Une maladie ?

— Une laisse. »

De nouveau, il recula d'un pas.

« Eh bien, c'est dommage », répéta-t-il, en agitant légèrement sa main devant le visage d'Elizabeth pour voir si elle réagissait. Et, bien évidemment, il n'obtint aucune réaction, rien.

Au loin, un pasteur apparut. « On dirait que la fête commence, dit-il en avançant d'un pas pour lui raconter ce qu'il voyait. Les gens prennent place, le pasteur ouvre la Bible et… – il se retourna pour voir si d'autres personnes arrivaient du parking – et toujours pas de famille. Où est la famille ? Il n'y a pas une seule âme au premier rang. C'était peut-être vraiment un con. » Il jeta un coup d'œil derrière lui pour obtenir une réponse, et fut surpris de voir Elizabeth debout. « Madame ? Dans votre état, vous n'avez pas besoin d'aller jusque là-bas, les gens comprendront. » Elle l'ignora, agrippée à son sac à main. « Eh bien, si vous voulez vraiment y aller, vous feriez mieux de me laisser vous aider. » Il lui attrapa le coude, mais à la seconde où il lui toucha le bras, Six-Trente grogna. « Merde, s'exclama-t-il. J'essayais seulement de vous aider.

— Ce n'était pas un con, siffla Elizabeth entre ses dents.

— Oh…, fit-il embarrassé. Non. Bien sûr que non. Je suis désolé. Je ne faisais que répéter ce que j'avais entendu. Vous savez… les ragots. Excusez-moi. Pourtant, je croyais que vous ne le connaissiez pas si bien que ça.

— Ce n'est pas ce que j'ai dit.

— Je pense que vous…

— J'ai dit que je ne l'avais pas fréquenté assez longtemps, bafouilla-t-elle.

— C'est ce que je dis, répondit-il d'un ton apaisant en cherchant de nouveau à lui attraper le coude. Vous ne l'avez pas assez fréquenté.

— Ne me touchez pas. » Elle libéra son coude et, avec Six-Trente à ses côtés, traversa la pelouse inégale, évitant habilement les anges de pierre et les bouquets fanés, comme seule une personne ayant une vision de dix sur dix peut le faire. Embrassant du regard le premier rang vide, elle choisit une chaise juste en face de la longue boîte noire.

On assista à la rengaine habituelle : les regards tristes, la pelle sale, les versets ennuyeux, les prières grotesques. Mais quand les premières mottes de terre touchèrent le cercueil, Elizabeth interrompit le dernier hommage du pasteur en annonçant : « J'ai besoin de marcher. » Elle tourna le dos à la cérémonie et, escortée par Six-Trente, elle quitta le cimetière.

Le chemin du retour à la maison fut long : une dizaine de kilomètres, en chaussures à talons, habillée de noir ; rien qu'eux deux. Ils formaient un étrange tableau, vivement contrasté : une femme blême accompagnée d'un chien blessé, avec pour toile de fond un printemps précoce qui luttait pour s'imposer. Autour d'eux, même dans les quartiers les plus glauques, des fleurs sur le point d'éclore se frayaient partout un chemin, fanfaronnant, et attirant l'attention sur elles, mélangeant leurs odeurs dans l'espoir de créer des parfums complexes. Et au milieu, deux morts-vivants.

Une voiture des pompes funèbres l'avait suivie sur les premiers kilomètres, le conducteur l'implorant de monter, la prévenant qu'elle ne tiendrait pas plus d'un quart d'heure avec ses talons hauts, et lui rappelant qu'elle avait déjà payé le trajet du retour. Il s'était excusé de ne pas pouvoir prendre le chien, mais affirmait qu'il était certain que quelqu'un dans une autre voiture le ferait. Cependant, elle était restée aussi sourde à ses supplications qu'elle avait été aveugle à la curiosité du journaliste, et, finalement, lui et tous les autres abandonnèrent. Elizabeth et Six-Trente firent la seule chose qui avait du sens : ils continuèrent à marcher.

Le lendemain, incapable de rester à la maison et n'ayant nulle part où aller, elle retourna au travail, accompagnée de Six-Trente.

Ce fut un problème pour ses collègues. Ils avaient déjà épuisé toute la panoplie des formules d'usage. *Je suis vraiment désolé. Si vous avez besoin de quoi que ce soit. Quelle tragédie. Je suis sûr qu'il n'a pas souffert. Il est entre les mains de Dieu, maintenant. Je suis là pour vous.* Ils l'évitèrent donc.

« Prenez tout le temps dont vous aurez besoin », lui avait dit Donatti à l'enterrement, posant une main sur son épaule et remarquant avec surprise que le noir ne lui allait vraiment pas au teint. « Vous pouvez compter sur moi. » Mais quand il la vit assise sur son tabouret dans le laboratoire, hébétée, il l'évita, lui aussi. Plus tard, après avoir compris que tout le monde serait « là » pour elle uniquement quand *elle* ne serait « pas là », elle suivit le conseil de Donatti et partit.

Le dernier endroit où il lui était encore possible de se réfugier était le laboratoire de Calvin.

« Il est possible que j'en meure », murmura-t-elle à Six-Trente alors qu'ils se trouvaient devant la porte du labo de Calvin. Le chien pressa sa tête contre sa cuisse, la suppliant de ne pas aller plus loin, mais elle l'ouvrit malgré tout, et tous deux en franchirent le seuil. L'odeur du produit désinfectant les frappa aussi violemment qu'une gifle.

Les êtres humains sont étranges, pensa Six-Trente, avec cette habitude qu'ils ont de lutter constamment contre la boue ou la poussière à la surface du monde qu'ils habitent ; mais une fois qu'ils sont morts, ils acceptent d'être enterrés et de ne plus être que poussière. Aux funérailles, il avait été stupéfait par la quantité de terre qui avait été nécessaire pour recouvrir le cercueil de Calvin ; et quand il avait vu la taille de la pelle, il s'était demandé s'il ne devait pas offrir l'aide de ses pattes arrière pour remplir le trou. Et, cette fois encore, la saleté avait dû être un problème, mais pour de mauvaises raisons. Chaque dernière trace de Calvin avait été effacée. Il regarda Elizabeth, debout au milieu de la pièce, le visage blême, sous le choc.

Ses cahiers avaient disparu. Emballés et déjà stockés pendant que la direction de Hastings attendait de voir avec nervosité si un parent proche allait se manifester et tenter de les réclamer. Et elle, qui connaissait et comprenait ses recherches mieux que quiconque, et dont le lien de parenté avec lui dépassait de loin le sens du mot « parent », ne serait jamais autorisée à les récupérer ; c'était évident.

Il ne restait plus qu'un carton dans lequel ils avaient jeté ses effets personnels : une photo d'elle, quelques disques de Frank Sinatra, des pastilles pour la gorge, une balle de tennis, des friandises pour chien et, tout au fond, sa boîte à lunch dont elle réalisa, le cœur lourd, qu'elle contenait probablement encore le sandwich qu'elle lui avait préparé neuf jours auparavant.

Mais quand elle l'ouvrit, son cœur s'arrêta presque. À l'intérieur, se trouvait une petite boîte bleue. Et à l'intérieur de la petite boîte bleue, le plus gros petit diamant qu'elle avait jamais vu.

Juste à ce moment-là, Mlle Frask passa la tête dans l'entrebâillement de la porte. « Vous voilà, mademoiselle Zott », dit-elle. Ses lunettes œil de chat en strass pendaient, tel un nœud coulant, à une chaîne autour de son cou. « Je suis Mlle Frask. Du service du personnel. » Elle fit une pause. « Je ne veux pas vous déranger, ajouta-t-elle en ouvrant un peu plus la porte, mais… » Puis elle remarqua qu'Elizabeth fouillait dans la boîte. « Oh mademoiselle Zott, vous ne pouvez pas faire ça. C'étaient ses affaires personnelles. Et bien que je sois au courant et que je ne nie pas la relation singulière que vous entreteniez avec M. Evans, nous devons, selon la loi, attendre un peu plus longtemps pour voir si quelqu'un d'autre – un frère, un neveu, *un parent* – va se présenter pour réclamer ces choses-là. Vous comprenez. Ce n'est pas contre vous ou vos… votre inclination personnelle, je ne porte pas de jugement moral. Mais sans document attestant qu'il avait l'intention de vous laisser ses affaires, je crains que nous ne devions obéir à la loi. Nous avons pris des mesures pour sécuriser son travail actuel. Il est déjà sous clé. » Après avoir jeté un coup d'œil à Elizabeth, elle se tut brusquement. « Mademoiselle Zott, ça va ? On dirait que vous allez vous évanouir. » Et quand Elizabeth tomba doucement vers l'avant, Mlle Frask ouvrit grand la porte et entra.

Ce jour-là, plus tard à la cafétéria, quand Eddie regarda Zott comme il ne l'avait encore jamais fait, Frask trouva Zott détestable.

« J'étais dans l'ascenseur aujourd'hui, se pâma Eddie, et Mlle Zott est montée. On a fait quatre étages ensemble.

— La conversation fut agréable ? demanda Frask, en marmonnant entre ses dents. Tu as découvert quelle était sa couleur préférée ?

— Non, répondit-il. Mais je n'oublierai pas de le lui demander la prochaine fois. Bon sang, c'est quelque chose. »

Depuis lors, Frask avait entendu dire *à quel point* Zott était « quelque chose » au moins deux fois par semaine. Avec Eddie, c'était toujours Zott par-ci et Zott par-là ; il parlait d'elle sans arrêt – et à l'époque, tout le monde parlait d'elle tout le temps. Zott, Zott, Zott. Elle en avait vraiment *marre* de Zott.

« Je suis sûre que je n'ai pas besoin de vous dire, commença Frask, en posant une main potelée dans le dos de Zott, qu'il est trop tôt pour que vous soyez de retour au travail. Surtout ici, précisa-t-elle, avec un mouvement de la tête en direction de la pièce qui avait autrefois accueilli Calvin. Ce n'est pas bon pour vous. Vous êtes encore sous le choc et vous avez besoin de repos. » Sa main se déplaça de haut en bas en un geste de réconfort maladroit. « Bon, je *sais* ce que les gens disent », continua-telle, laissant entendre qu'elle n'était pour rien dans tous les ragots circulant dans Hastings. « Et je sais que *vous* savez ce que les gens disent », poursuivit-elle, persuadée qu'Elizabeth ne le savait pas. « Mais, à mon avis, que M. Evans ait profité de vous ou non ne veut pas dire que vous souffrez moins de sa mort. En fait, selon moi, ça ne regarde que vous. C'est vous et *vos* qualités, et si *vous* choisissez de les gâcher, c'est *votre* droit. »

Voilà, pensa-t-elle, satisfaite. Maintenant Zott savait ce que les gens disaient.

Elizabeth leva les yeux vers Frask, stupéfaite. Elle se dit qu'il fallait un certain talent pour être capable de dire exactement la mauvaise chose au mauvais moment. Peut-être était-ce une condition préalable à l'embauche au service du personnel – une certaine maladresse, une joyeuse confusion qui donne la capacité d'insulter les personnes endeuillées.

« J'ai essayé de vous trouver pour plusieurs raisons, expliquait Frask. La première concerne le chien de M. Evans. Lui, précisa-t-elle en pointant un doigt vers Six-Trente, qui la fixait d'un air sinistre. Malheureusement, il ne peut pas rester ici plus longtemps. Comme vous le savez, l'Institut de recherche Hastings respectait M. Evans et c'est pourquoi on lui pardonnait ses excentricités. Mais maintenant que M. Evans nous a quittés, j'ai bien peur que le chien doive partir lui aussi. Si je comprends bien, ce chien était le sien, en fait. » Elle regarda Elizabeth en quête d'une confirmation.

« Non, c'est *notre* chien, réussit-elle à répondre. *Mon* chien.

— Je vois. Mais à partir de maintenant, il devra rester à la maison. »

Dans le coin de la pièce, Six-Trente leva la tête.

« Je ne peux pas être ici sans lui, dit Elizabeth. Je ne peux tout simplement pas. »

Frask cligna des yeux comme si la pièce était trop lumineuse, puis sortit de nulle part un bloc-notes sur lequel elle écrivit quelques lignes. « Bien sûr, dit-elle sans lever les yeux, moi aussi, j'aime les chiens », bien que ce ne fût pas le cas, « mais, comme je l'ai expliqué, nous avons fait des concessions pour M. Evans. C'était quelqu'un d'assez important pour nous. Toutefois, continua-t-elle, en posant de nouveau une main sur l'épaule d'Elizabeth pour la tapoter, vous allez devoir bien vite vous rendre compte qu'il n'avait pas le bras aussi long qu'on aurait pu le penser. »

L'expression d'Elizabeth changea : « Le bras aussi long ? »

Frask releva la tête, en essayant de paraître professionnelle. « Je pense que nous nous comprenons.

— Je n'ai jamais profité de ses privilèges.

— Je n'ai jamais dit ça », rétorqua Frask en feignant la surprise. Puis elle baissa la voix comme si elle confiait un secret à Elizabeth. « Je peux juste vous dire quelque chose ? » Elle prit une courte inspiration. « Il y aura d'autres hommes, mademoiselle Zott. Peut-être pas aussi célèbres ou aussi influents que M. Evans, mais des hommes tout de même. J'ai étudié la psychologie… je sais de quoi je parle. Vous avez choisi Evans, il était célèbre, célibataire, il pouvait peut-être même vous aider dans votre carrière. Qui pourrait vous en vouloir ? Mais ça n'a pas marché. Et maintenant il est parti et vous êtes triste – *bien sûr que vous êtes triste*. Mais regardez le bon côté des choses : vous êtes de nouveau libre. Et il y a beaucoup d'hommes gentils, des hommes *séduisants*. L'un d'eux vous passera sûrement la bague au doigt. »

Elle marqua une pause, se souvenant de la laideur d'Evans juste avant d'imaginer la jolie Zott de retour sur le marché des célibataires, les hommes grouillant autour d'elle comme des bulles d'écume dans une baignoire. « Et une fois que vous en aurez trouvé un… peut-être un avocat, précisa-t-elle, alors vous pourrez arrêter tout ce cirque autour de la science, et rentrer à la maison pour faire plein de bébés.

— Ce n'est pas ce que je veux. »

Frask se redressa. « Eh bien, en voilà une renégate », s'exclama-t-elle. Elle détestait Zott, elle la détestait vraiment.

« Une dernière chose, poursuivit-elle en tapotant son stylo sur son bloc-notes. Ça concerne vos jours de congé pour cause de deuil. Hastings vous a accordé trois jours supplémentaires. Ce qui fait cinq jours au total. Du jamais-vu pour une personne qui n'est pas membre de la famille – un geste de la direction très, très généreux, mademoiselle Zott. Et, encore une fois, c'est la preuve de l'importance que nous accordions à M. Evans. C'est pourquoi je veux vous assurer que vous pouvez, et devriez, rentrer chez vous et y rester. Avec le chien. Vous avez ma permission. »

Elizabeth ne sut pas si c'était la cruauté de Frask ou la sensation étrangère de la petite bague froide qu'elle avait enfouie dans son poing juste avant que Frask n'entre dans la pièce, mais, avant même de pouvoir se retenir, elle se retourna pour vomir dans l'évier.

« Normal, dit Frask en traversant la pièce pour aller chercher un paquet de serviettes en papier. Vous êtes encore en état de choc. » Mais alors qu'elle posait une deuxième serviette sur le front d'Elizabeth, elle ajusta ses lunettes et regarda plus attentivement. « Oh, soupira-t-elle en rejetant sa tête en arrière. Oh ! Je vois.

— Quoi ? murmura Elizabeth.

— Allez, c'est bon, dit Frask sur un ton désapprobateur. Qu'espériez-vous ? » Elle claqua alors la langue suffisamment fort pour que Zott sache qu'elle savait. Mais quand Zott ne montra aucun signe prouvant qu'elle avait compris qu'elle savait, Frask se demanda s'il y avait une chance que Zott ne sache rien. C'était ainsi avec certains scientifiques. Ils croient dur comme fer en la science jusqu'au moment où les faits s'imposent directement à eux.

« Oh, j'ai failli oublier, dit Frask, en retirant un journal de sous son bras. Je voulais m'assurer que vous aviez vu ça. C'est une belle photo, vous ne trouvez pas ? » C'était l'article du journaliste qui avait assisté aux funérailles. « Le talent enterré », disait le titre, suivi d'un article qui laissait entendre que la personnalité difficile d'Evans l'avait peut-être empêché d'atteindre son plein potentiel scientifique. Et, pour preuve, juste à droite se trouvait une photo d'Elizabeth et de Six-Trente debout devant son cercueil, avec la légende : « En fait, l'amour *n'est pas* aveugle », accompagnée d'un court résumé expliquant que même sa petite amie avait dit qu'elle le connaissait à peine.

« C'est affreux d'avoir écrit une chose pareille, chuchota Elizabeth en se tenant le ventre.

— Vous n'allez pas de nouveau vomir ? la sermonna Frask en lui tendant d'autres serviettes en papier. Je sais que vous êtes chimiste, mademoiselle Zott, mais vous vous attendiez *sûrement* à ça. Vous avez sûrement étudié la biologie. »

Elizabeth leva les yeux, le visage gris, les yeux vides et, pendant un petit moment, Frask se sentit presque désolée pour cette femme, son chien hideux, le vomi et tous les problèmes à venir. Malgré son intelligence, sa beauté et son attitude de salope à l'égard des hommes, Zott n'était pas mieux lotie que les autres.

« Je m'attendais à *quoi* ? demanda Elizabeth. Où voulez-vous en venir ?

— *Biologie !* rugit Frask en tapant son stylo contre le ventre d'Elizabeth. Zott, je vous en prie ! Nous sommes des femmes ! Vous avez parfaitement compris que Evans vous a laissé *quelque chose* ! »

Et Elizabeth, les yeux soudain écarquillés en comprenant où elle voulait en venir, vomit de nouveau.

13

Idiots

La direction de l'Institut de recherche Hastings avait un gros problème. Avec la mort de leur scientifique vedette, et un article de journal qui sous-entendait que son caractère difficile l'avait empêché d'accomplir quoi que ce soit de valable, les bienfaiteurs de Hastings – l'armée, la marine, plusieurs sociétés pharmaceutiques, quelques investisseurs privés et une poignée de fondations – laissaient déjà entendre qu'ils pourraient « réexaminer les projets existants de Hastings » et « repenser les subventions futures ». La recherche est ainsi faite : elle est à la merci de ceux qui la financent.

C'est pourquoi la direction de Hastings était déterminée à mettre un terme à cette histoire ridicule. Evans *avait* fait avancer la recherche, n'est-ce pas ? Des cahiers et d'étranges petites équations indéchiffrables et ponctuées de points d'exclamation, soulignées parfois d'un trait épais comme pour en confirmer l'importance, envahissaient son bureau. En fait, il aurait dû présenter un dossier sur l'avancée de son travail à Genève à peine un mois plus tard. Et il l'aurait fait s'il n'avait pas été renversé par une voiture de police après avoir insisté pour courir dehors sous la pluie au lieu de rester à l'intérieur pour courir en chaussons de danse comme tout le monde.

Les scientifiques… Il *fallait* toujours qu'ils se fassent remarquer, qu'ils soient différents du reste du monde…

C'était aussi une partie du problème. La plupart des scientifiques de Hastings n'étaient pas différents du reste du monde – du moins, pas assez différents. Ils étaient normaux, des êtres moyens ou, tout au mieux, légèrement au-dessus de la moyenne. Pas stupides, mais pas géniaux non plus. Des êtres comme on en trouve en majorité dans toutes les entreprises – des êtres normaux qui font un travail normal et qui sont occasionnellement promus à des postes de direction malgré des résultats peu brillants. Des êtres qui n'allaient pas changer le monde, mais qui ne risquaient pas non plus d'en provoquer accidentellement l'explosion.

Non, la direction de Hastings devait compter sur ses chercheurs les plus innovants ; mais, avec le départ d'Evans, seuls quelques-uns d'entre eux étaient véritablement talentueux. Ils n'occupaient pas tous des postes élevés comme celui de Calvin ; en fait, certains ne se rendaient probablement même pas compte qu'ils étaient considérés comme de véritables innovateurs. Cependant, la direction de Hastings savait que c'était d'eux que provenaient presque toutes les grandes idées et les grandes découvertes.

Le seul vrai problème avec ces gens-là, à part leur rapport conflictuel occasionnel avec l'hygiène, était qu'ils semblaient toujours considérer l'échec comme un résultat positif. « Je n'ai pas échoué, ne cessaient-ils de répéter en citant Edison, j'ai juste trouvé dix mille solutions qui ne fonctionnent pas. » Ce qui peut être une chose acceptable à dire dans le champ de la science, mais qui est absolument rédhibitoire face à une salle pleine d'investisseurs en quête d'un traitement immédiat, coûteux et chronique du cancer. Que Dieu les protège des vrais remèdes ! Il est beaucoup plus difficile d'obtenir de l'argent de quelqu'un qui n'a plus de problème. Pour cette raison, Hastings faisait tout ce qu'il fallait pour garder ces gens loin de la presse, à moins que ce ne soit la presse scientifique, ce qui n'avait guère d'importance puisque que personne ne la lisait. Mais maintenant ? Evans mort était en page onze du *LA Times*, et à côté de son cercueil… Zott et son foutu chien.

C'était là le troisième problème de la direction de Hastings : Zott.

Elle était l'une de leurs innovateurs. Non reconnue, bien sûr, mais en revanche, elle agissait comme si elle savait qu'elle l'était. Il ne se passait pas une semaine sans qu'on se plaigne d'elle – sa façon d'exprimer son opinion, d'insister pour que son nom apparaisse sur ses propres articles, de refuser de faire le café ; la liste était sans fin. Et pourtant, ses avancées – ou celles de Calvin – étaient indéniables.

Son projet, l'abiogenèse, n'avait été approuvé que parce qu'un gros investisseur était tombé du ciel et avait insisté pour financer, entre autres, des recherches sur ce sujet. Quelles avaient été les *probabilités* pour que ce fût le cas ? Bien que ce soit exactement le genre de choses bizarres que faisaient les multimillionnaires : financer des projets inutiles et fantaisistes. L'homme riche avait dit qu'il avait lu un article d'un certain E. Zott – un papier qui n'était pas récent, provenant d'UCLA – et qu'il avait été fasciné par les possibilités qu'il offrait. Depuis, il essayait de retrouver Zott.

« Zott ? Mais monsieur, Zott travaille ici ! » lui avait-on dit avant même de réfléchir.

L'homme riche avait eu l'air vraiment surpris. « Je ne suis en ville que pour une journée, mais j'aimerais beaucoup rencontrer M. Zott », avait-il alors déclaré.

Et on avait hésité, pesé le pour et le contre. *Rencontrer Zott ?* Et découvrir que *monsieur* Zott était une *femme* ? Autant dire adieu au chèque.

« Malheureusement, ce ne sera pas possible, lui avait-on répondu. M. Zott est en Europe. Il participe à une conférence.

— Quel dommage, regretta l'homme riche. Peut-être la prochaine fois. » Et il avait poursuivi en précisant qu'il ne vérifierait l'avancement du projet qu'une fois tous les deux ans environ. Parce qu'il savait que la science était lente. Parce qu'il savait que la recherche prenait du temps, nécessitait de la patience et d'avoir du recul.

Temps. Patience. Recul. Cet homme était-il *bien réel* ? « Très sage », lui avait-on dit. Les membres de la direction de Hastings avaient alors combattu l'envie d'exécuter des sauts périlleux arrière dans le bureau pour manifester leur joie. « Merci pour votre confiance. » Et avant même qu'il ne soit installé dans sa limousine, on avait déjà réparti le plus gros de ses largesses pour financer des domaines de recherche plus prometteurs que l'abiogenèse. On en avait même donné un peu à Evans.

Mais ensuite… Evans. Après qu'on eut si gracieusement réinvesti dans ses recherches sans savoir ce que ce type faisait réellement, il avait débarqué dans leurs bureaux en disant que si on ne trouvait pas un moyen de financer les recherches de sa jolie petite amie, il partirait en emportant tous ses jouets, ses idées et ses nominations au prix Nobel. On l'avait donc supplié de se montrer raisonnable ; car, quoi, les obliger à financer l'abiogenèse ? Allons donc. Mais il avait refusé de céder, allant même jusqu'à affirmer que ses idées à elle étaient peut-être meilleures que les siennes. À l'époque, on avait mis cette réaction sur le compte des divagations d'un homme qui a touché le jackpot, sexuellement parlant. Mais maintenant ?

Les théories d'Elizabeth, contrairement à celles de ceux qui citaient Edison « Je n'ai pas *vraiment* échoué », s'étaient révélées tout à fait justes – du moins selon Evans. En son temps, Darwin avait émis une théorie selon laquelle la vie avait surgi d'une bactérie unicellulaire, qui s'était ensuite diversifiée en une planète complexe de plantes, d'animaux et enfin d'êtres humains. Zott ? Elle était comme un limier sur la piste de l'origine de la première cellule. En d'autres termes, elle voulait résoudre l'un des plus grands mystères chimiques de tous les temps et, si elle poursuivait ses recherches, il n'y avait aucun doute qu'elle y parviendrait. Tout au moins, selon Evans. Le seul problème était qu'il lui faudrait probablement quatre-vingt-dix ans pour y parvenir. Il était impossible de se permettre d'attendre quatre-vingt-dix ans. Le gros richard d'investisseur serait sûrement mort avant. Mais, surtout, eux aussi seraient morts.

Il ne fallait pas oublier un autre détail. La direction venait d'apprendre que Zott était enceinte. *Célibataire* et enceinte.

La journée pouvait-elle être pire ?

Il fallait qu'elle parte. La question ne se posait même pas. L'Institut de recherche Hastings avait des principes.

Mais si elle partait, combien seraient-ils à l'institut de suffisamment talentueux pour innover ? Rien qu'une poignée de chercheurs avançant à la vitesse d'un escargot, c'est tout. Et les escargots n'encourageaient guère les riches investisseurs à parier sur eux.

Heureusement, Zott travaillait avec trois autres chercheurs. Ils furent immédiatement convoqués par la direction de Hastings car on avait besoin de s'assurer que les recherches soi-disant cruciales de Zott pourraient se poursuivre sans elle – tout ce qu'il fallait pour faire croire que l'argent qui ne lui avait jamais été attribué était utilisé à bon escient. Mais dès que les trois chercheurs entrèrent dans la pièce, la direction de Hastings comprit qu'elle était dans le pétrin. Deux d'entre eux admirent à contrecœur que Zott était le principal moteur nécessaire à l'avancée des recherches. Le troisième, un homme nommé Boryweitz, prit un autre parti. Il prétendit avoir tout fait *tout seul*. Mais quand il ne put étayer aucune de ses affirmations avec une explication scientifique significative, on se rendit compte qu'on avait affaire à un scientifique idiot. Hastings en regorgeait. Ce ne fut donc pas une surprise. Toutes les entreprises ont leur lot d'idiots. Lors des entretiens d'embauche, ils ont tendance à bien s'en tirer.

L'un des trois chimistes convoqués à ce moment-là ne fut même pas capable d'épeler « abiogenèse ».

Quant à Mlle Frask, du service du personnel, qui avait été la première à sonner l'alarme sur l'état de Zott : elle avait utilisé ses talents limités pour répandre la rumeur selon laquelle Zott était en cloque, et s'assurer que tout Hastings serait au courant avant midi. Ce qui leur avait foutu les jetons. Que la rumeur se fut répandue comme une traînée de poudre signifiait que ce n'était qu'une question de temps avant que les gros investisseurs de l'institut ne fussent au courant, et les investisseurs, comme tout le monde le savait, détestent les scandales. En plus, il y avait le problème du riche admirateur de Zott. Le multimillionnaire qui leur avait signé un chèque en blanc virtuel au nom de l'abiogenèse – celui qui avait déclaré avoir lu un vieil article de *monsieur* Zott. Comment réagirait-il quand il apprendrait que Zott n'était pas seulement une femme, mais une femme en cloque et célibataire ? Mon Dieu. On imagina la grosse limousine remonter l'allée menant à l'institut, le chauffeur laissant le moteur tourner tandis que l'homme entrait et exigeait le remboursement de son chèque. « J'ai financé une pute professionnelle ? » crierait-il alors probablement. Un problème de plus. La direction devait régler le cas Zott sans tarder.

« J'ai bien peur que vous ne nous ayez mis dans une situation vraiment impossible, mademoiselle Zott », la sermonnait Donatti une semaine plus tard en glissant sur la table une lettre de licenciement.

« Vous me *virez* ? demanda Elizabeth, déconcertée.

— J'aimerais régler ça en restant aussi courtois que possible.

— Pourquoi voulez-vous me virer ? Pour quel motif ?

— Je pense que vous le savez.

— Éclairez-moi », dit-elle en se penchant en avant, les mains jointes doigts croisés, son crayon 2H derrière l'oreille gauche étincelant dans la lumière. Elle ne savait pas d'où lui venait le sang-froid dont elle faisait preuve, mais elle savait qu'elle devait le garder.

Il jeta un coup d'œil à Mlle Frask, qui était occupée à prendre des notes.

« Vous êtes enceinte, dit Donatti. N'essayez pas de le nier.

— Oui, je suis enceinte. C'est exact.

— C'est exact ? s'étouffa-t-il. C'est *exact* ?

— Encore une fois, oui, c'est exact. Je suis enceinte. Quel est le rapport avec mon travail ?

— Je vous en prie !

— Je ne suis pas contagieuse, déclara-t-elle déployant ses mains. Je n'ai pas le choléra. Personne n'attrapera un bébé qui viendrait de moi.

— Vous avez beaucoup de culot. Vous savez très bien que les femmes cessent de travailler lorsqu'elles sont enceintes. Et vous, vous n'êtes pas seulement enceinte, vous n'êtes *pas mariée*. C'est honteux.

— La grossesse est une condition normale. Ce n'est pas honteux. C'est là l'origine de chaque être humain.

— Comment osez-vous ? répliqua-t-il, élevant la voix. Une femme qui m'explique *à moi* ce qu'est la grossesse. Pour qui vous prenez-vous ? »

La question parut surprendre Elizabeth. « Une femme, répondit-elle.

— Mademoiselle Zott, intervint Mlle Frask, notre code de conduite ne permet pas ce genre de choses et vous le savez. Vous devez signer ce papier, et ensuite vous devrez vider votre bureau. Nous avons des principes. »

Mais Elizabeth ne broncha pas. « Je ne comprends pas, s'étonna-t-elle. Vous me virez parce que je suis enceinte sans être mariée. Et s'il s'agissait d'un homme ?

— Quel homme ? Vous voulez dire Evans ? demanda Donatti.

— N'importe quel homme. Quand une femme tombe enceinte hors mariage, est-ce que l'homme qui l'a mise enceinte est viré, lui aussi ?

— Quoi ? De quoi parlez-vous ?

— Auriez-vous viré Calvin, par exemple ?

— Bien sûr que non !

— Alors dans ce cas, légalement, vous n'avez aucune raison de me virer. »

Donatti eut l'air confus. *Quoi ?* « Bien sûr que si, bégaya-t-il. Bien sûr que si ! C'est vous la femme ! C'est vous qui êtes en cloque !

— C'est généralement comme ça que ça marche. Mais vous réalisez qu'une grossesse nécessite le sperme d'un homme, n'est-ce pas ?

— Mademoiselle Zott, je vous préviens. *Veuillez rester polie.*

— Vous dites que si un homme non marié met une femme non mariée enceinte, il n'y a aucune conséquence pour lui. Sa vie continue. Les affaires avant tout, comme d'habitude.

— Ce n'est pas notre faute, l'interrompit Frask. Vous essayiez de piéger Evans et de l'obliger à se marier. C'est évident.

— Ce que je sais, dit-elle en écartant un cheveu fou de son front, c'est que Calvin et moi ne voulions pas d'enfants. Je sais aussi que nous avons pris toutes les précautions pour garantir ce résultat. Cette grossesse est un échec de la contraception, pas de la moralité. Par ailleurs, vous devriez plutôt vous occuper de vos affaires.

— Vous en avez fait notre affaire ! cria soudain Donatti. Et au cas où vous ne le sauriez pas, il y a un moyen infaillible de ne *pas* tomber enceinte et ça commence par un *a* ! Nous avons des règles à suivre, mademoiselle Zott ! Des règles à suivre !

— Pas sur ce point, non, dit Elizabeth calmement. J'ai lu le code du travail du début à la fin.

— C'est une règle non écrite !

— Et donc non contraignante légalement. »

Donatti lui lança un regard noir. « S'il était encore parmi nous, Evans aurait vraiment très honte de vous.

— Non, dit simplement Elizabeth, d'une voix blanche mais calme. Non, il n'aurait pas honte. »

Le silence s'abattit sur la pièce. C'était ainsi qu'Elizabeth continuait à exprimer son désaccord – sans gêne, sans mélodrame – comme si elle devait avoir le dernier mot, comme si elle savait qu'elle finirait par gagner. C'était exactement le genre d'attitude dont ses collègues de travail s'étaient plaints. Et la façon dont elle laissait entendre que sa relation avec Calvin était d'un niveau supérieur – comme si elle avait été tissée à partir d'un matériau indissoluble qui avait survécu à tout, même à sa mort : c'était agaçant.

En attendant que Donatti et Frask reprennent leurs esprits, Elizabeth posa ses mains à plat sur la table. La perte d'un être cher a le don de révéler une vérité trop simple : le temps, comme on le prétend souvent sans jamais en tenir compte, est vraiment précieux. Elle avait du travail ; c'était d'ailleurs tout ce qui lui restait. Et pourtant, elle était là assise avec des gardiens autoproclamés de la morale, des juges suffisants qui manquaient de jugement : l'un d'entre eux ne semblait pas comprendre le processus de conception et l'autre soutenait ses décisions car elle pensait, comme tant d'autres femmes, que rabaisser quelqu'un de son propre sexe lui permettrait de remonter dans l'estime de ses supérieurs masculins.

Pire, cette conversation absurde se déroulait tout entière dans un bâtiment consacré à la science.

« En avons-nous terminé ? » dit-elle en se levant.

Donatti devint blême. C'était tout. Zott devait absolument partir tout de suite et emmener avec elle son bâtard, ses recherches de pointe et sa relation amoureuse qui défiait la mort. Quant au riche investisseur, on s'en occuperait plus tard.

« Signez, lui enjoignit-il, alors que Frask tendait un stylo à Elizabeth. Nous voulons que vous quittiez le bâtiment au plus tard à midi. Vos appointements prendront fin vendredi. Vous n'êtes pas autorisée à parler à quiconque des raisons de votre licenciement.

— Votre assurance santé prendra également fin vendredi », gazouilla Frask tapotant de l'ongle son omniprésent bloc-notes. *Toc-toc-toc.*

« J'espère que ça vous apprendra à assumer votre comportement scandaleux, ajouta Donatti en tendant la main pour recevoir la lettre de licenciement signée. Et arrêtez de blâmer les autres. Comme Evans le faisait, poursuivit-il, après nous avoir forcés à financer vos recherches. Après avoir tenu tête à la direction de Hastings et avoir menacé de partir si nous refusions. »

Elizabeth eut l'impression de recevoir une gifle. « Calvin a fait quoi ?

— Vous le savez très bien, dit Donatti en ouvrant la porte.

— Dehors à midi, répéta Frask en coinçant son bloc-notes sous son bras.

— Les références pourraient être un problème », ajouta Donatti en s'éloignant dans le hall.

« Avoir le bras long », chuchota Frask.

14

Le deuil

Ce que Six-Trente détestait le plus quand il se rendait au cimetière, c'était de devoir passer devant l'endroit où Calvin était mort. Il avait un jour entendu quelqu'un dire qu'il était important de se rappeler ses échecs, mais il ne comprenait pas pourquoi. Les échecs, de par leur nature même, étaient inoubliables.

En approchant du cimetière, il chercha du regard le gardien ennemi. Ne voyant personne, il se glissa sous la grille à l'arrière et se faufila entre les rangées de pierres tombales, arrachant une poignée de jonquilles fraîches à l'une d'entre elles avant de la déposer là où reposait Calvin :

Calvin Evans
1927-1955
Brillant chimiste, rameur, ami, amant.
Chaque jour est compté…

Sur la pierre tombale, on aurait dû lire : « Chaque jour est compté. Accomplis chaque acte de vie comme s'il devait être le dernier », une citation de Marc Aurèle. Mais la pierre tombale était petite, et le graveur, n'en ayant pas correctement estimé la surface, n'avait plus eu de place pour y inscrire la fin.

Six-Trente fixait l'inscription. Il savait que c'était des mots parce qu'Elizabeth essayait de lui apprendre des mots. Pas des ordres. Des mots.

« Selon la science, combien de mots les chiens peuvent-ils apprendre ? avait-elle demandé à Calvin un soir.

— Environ cinquante, avait répondu Calvin, sans lever les yeux de son livre.

— Cinquante ? avait-elle répété avec une moue. Eh bien, c'est faux.

— Peut-être une centaine, avait-il alors dit, toujours plongé dans son livre.

— Une centaine ? avait-elle répondu, tout aussi incrédule. Seulement ? Il en connaît déjà une centaine. »

Calvin releva la tête. « Pardon ?

— Je me demande, avait-elle poursuivi, s'il est possible d'apprendre une langue à un chien ? Je veux dire en entier. L'anglais, par exemple.

— Non.

— Pourquoi ?

— Eh bien… », commença Calvin en réfléchissant et en se rendant compte qu'Elizabeth n'accepterait peut-être pas les faits, comme c'était déjà si souvent le cas. « Parce que la communication interespèces est limitée par la taille du cerveau. » Il avait refermé son livre. « Comment sais-tu qu'il connaît une centaine de mots ?

— Il en connaît cent trois, dit-elle en consultant son carnet. J'en ai fait le compte.

— Et tu lui as appris tous ces mots ?

— J'utilise la technique d'apprentissage réceptif : l'identification d'objets. Comme un enfant, il est automatiquement plus réceptif à la mémorisation des objets qui l'intéressent.

— Et il s'intéresse à…

— La nourriture. » Elle s'était alors levée de table et avait commencé à rassembler des livres. « Mais je suis sûre qu'il a beaucoup d'autres centres d'intérêt. »

Calvin l'avait regardée avec incrédulité.

Et c'est ainsi que leur quête des mots avait commencé : Elizabeth et Six-Trente feuilletant de gros livres pour enfants.

« Soleil, avait-elle articulé en montrant l'image correspondante. Enfant », avait-elle continué en désignant une petite fille nommée Gretel qui mangeait un volet de maison en pain d'épices. Qu'un enfant mange un volet n'avait pas surpris Six-Trente. Dans le parc, les enfants mangeaient tout. Y compris ce qu'ils pouvaient trouver dans leur nez.

Le gardien surgit sur la gauche, un fusil posé sur l'épaule – du point de vue de Six-Trente, être armé dans un lieu où tout le monde est mort était étrange. Ramassé sur lui-même, il attendit que l'homme parte, puis se détendit, installé sur toute la longueur de la tombe. *Bonjour Calvin.*

C'est ainsi qu'il communiquait avec les humains de l'autre côté du monde visible. Peut-être l'entendait-on, peut-être pas. Il utilisait la même technique avec la créature qui grandissait à l'intérieur d'Elizabeth. *Bonjour créature*, disait-il en pressant son oreille contre le ventre d'Elizabeth. *C'est moi, Six-Trente. Je suis le chien.*

Chaque fois qu'il initiait un contact, il se présentait à nouveau. De ses propres leçons, il savait que la répétition était importante. La clé est de ne pas exagérer la répétition – de ne pas la rendre si fastidieuse qu'elle provoque le résultat inverse et que l'élève oublie : c'est ce qu'on appelait l'ennui. Et selon Elizabeth, l'ennui était le problème majeur du système éducatif de l'époque.

Créature, avait-il communiqué la semaine dernière, *ici Six-Trente*. Il avait attendu une réponse. Parfois, la créature tendait un petit poing, ce qu'il trouvait excitant ; d'autres fois, il l'entendait chanter. Mais hier, il lui avait appris la mauvaise nouvelle : *il y a quelque chose que tu dois savoir à propos de ton père*... et elle s'était mise à pleurer.

Il enfonça son nez dans l'herbe. *Calvin, nous devons parler d'Elizabeth.*

À deux heures du matin, environ trois mois après la mort de Calvin, Six-Trente avait trouvé Elizabeth dans la cuisine, toutes les lumières allumées, en chemise de nuit, chaussée de galoches. Une massue à la main. À sa grande surprise, il l'avait vue reculer et en balancer un coup directement dans les placards. Elle avait fait une pause, comme pour évaluer le massacre, puis avait frappé à nouveau, plus fort cette fois, comme si elle essayait de faire un *home run*[1]. Puis elle avait continué à frapper pendant deux heures. Six-Trente, installé sous la table, l'avait regardée abattre la cuisine comme si c'était une forêt, sa violente guerre éclair n'étant interrompue que par des attaques chirurgicales sur les charnières et les clous, le vieux carrelage se couvrant de tas de ferrures et de planches, la scène saupoudrée

1. Au base-ball, le *home run* est un coup sûr qui permet au frappeur de passer par toutes les bases avec une seule frappe.

de poussière de plâtre, telle une chute de neige inattendue. Elle avait ensuite tout ramassé et transporté jusqu'à l'arrière-cour, dans le noir.

« C'est là qu'on posera les étagères, avait-elle dit en montrant les murs nus. Et là-bas, nous installerons la centrifugeuse. » Elle avait attrapé un mètre ruban et, en incitant Six-Trente à sortir de sous la table, lui en avait coincé une extrémité dans la gueule tout en lui indiquant l'autre bout de la cuisine. « Va là-bas, Six-Trente. Un peu plus loin. Encore un peu plus loin. Bien. Ne bouge plus. »

Elle avait noté quelques chiffres dans un carnet. À huit heures du matin, elle avait esquissé un plan approximatif ; à dix heures, dressé une liste de courses ; à onze heures, ils étaient montés en voiture, en route vers la scierie.

Les gens sous-estiment souvent ce dont une femme enceinte est capable ; et toujours ils sous-estiment ce dont une femme enceinte en deuil est capable. L'homme de la scierie la regarda avec curiosité.

« Votre mari fait des travaux de rénovation ? avait-il demandé en remarquant son petit ventre arrondi. Vous vous préparez pour le bébé ?

— Je construis un laboratoire.

— Vous voulez dire une chambre d'enfant.

— Non. »

Il avait levé les yeux de son croquis.

« Il y a un problème ? » avait-elle demandé.

Les matériaux avaient été livrés le jour même et, armée de plusieurs numéros de *Popular Mechanics* – le magazine mensuel consacré à la science et à la technologie –, qu'elle avait trouvés à la bibliothèque, elle s'était mise au travail.

« Des clous de trois », disait-elle en s'adressant à Six-Trente. Six-Trente n'avait aucune idée de ce qu'était un clou de trois ; néanmoins, il suivait le signe de tête de la jeune femme en direction de petites boîtes qui se trouvaient à proximité, choisissait quelque chose, puis le plaçait dans la paume ouverte d'Elizabeth. « Une vis de sept centimètres », demandait-elle une minute plus tard, et il allait fouiller dans une autre boîte. « Ça, c'est un tirefond, dit-elle une fois. Essaie encore. »

Ce travail durait toute la journée et souvent la nuit, interrompu seulement par leurs leçons de vocabulaire et la sonnette de la porte d'entrée.

Environ deux semaines après qu'elle avait été licenciée, le Dr Boryweitz était passé, apparemment pour dire bonjour, mais en réalité parce qu'il avait du mal à interpréter les résultats de certains tests. « Ça ne prendra qu'une seconde », avait-il promis. Elle y avait consacré deux heures. Le lendemain, la même chose se produisit mais, cette fois, ce fut un autre chimiste du laboratoire. La troisième fois, encore un autre.

C'est là que l'idée lui vint. Elle se ferait payer. En liquide uniquement. Si quelqu'un avait le culot de suggérer qu'il n'était pas nécessaire de la payer parce qu'il ne faisait que « la tenir au courant » des recherches en cours, elle demanderait le double. Une remarque désinvolte sur Calvin : le triple. Toute référence à sa grossesse – sa bonne mine, le miracle – quatre fois plus. C'est ainsi qu'elle gagnerait alors sa vie. En accomplissant le travail des autres, sans en recevoir le mérite. C'était exactement comme travailler à Hastings, mais sans les impôts à payer.

« En arrivant, j'ai cru entendre des coups, fit remarquer l'un d'eux.

— Je construis un laboratoire.

— Vous n'êtes pas sérieuse ?

— Je suis toujours sérieuse.

— Mais vous allez être mère, dit-il, sur un ton désapprobateur.

— Mère et scientifique, répondit-elle en balayant la sciure de sa manche. Vous êtes père, n'est-ce pas ? Père et scientifique.

— Oui, mais j'ai un doctorat », souligna-t-il comme preuve de sa supériorité. Puis il montra du doigt un ensemble de protocoles d'analyses qui l'avait déconcerté pendant des semaines.

Elle le regarda, perplexe. « Vous avez deux problèmes, dit-elle en tapant la feuille d'un doigt. La température est trop élevée. Baissez-la de quinze degrés.

— Je vois. Et l'autre ? »

Elle pencha la tête sur le côté pour voir son visage dénué d'expression. « Impossible à résoudre. »

La transformation de la cuisine en laboratoire dura environ quatre mois, et, quand tout fut terminé, elle et Six-Trente purent admirer leur travail.

Les étagères, posées sur toute la longueur de la pièce, étaient fraîchement garnies d'un large éventail de matériel de laboratoire : produits chimiques, flacons, béchers, pipettes, flacons à siphon, pots de mayonnaise vides, un jeu de limes à ongles, du papier PH, une boîte de flacons compte-gouttes, des lamelles de verre, le tuyau d'arrosage du jardin et un tuyau inutilisé qu'elle avait trouvé dehors dans la poubelle d'un laboratoire de phlébotomie tout proche. Les tiroirs qui contenaient autrefois des ustensiles de cuisine étaient maintenant occupés par des gants et des lunettes de protection résistant aux acides. Elle avait également installé des contenants en métal sous tous les brûleurs pour faciliter la dénaturation de l'alcool, acheté une centrifugeuse d'occasion, découpé une moustiquaire pour fenêtre afin de créer un ensemble de plateaux en fil de fer de 4 x 4, vidé le reste de son parfum préféré pour créer un brûleur à alcool – y compris en découpant l'un de ses tubes de rouge à lèvres qu'elle avait ensuite enfoncé dans le goulot de la vieille Thermos de Calvin, créant ainsi l'obturateur –, fabriqué des supports de tubes à essai à partir de cintres en fil de fer, et converti une étagère à épices en une structure de suspension pour divers liquides.

Le chaleureux comptoir en formica avait également disparu, tout comme l'ancien évier en céramique. À leur place, elle avait fabriqué un gabarit de plan de travail, avec paillasse, à l'aide du contreplaqué qu'elle avait acheté chez le marchand de bois, gabarit qu'elle avait ensuite apporté en pièces détachées à une entreprise de fabrication de matériel en métal, qui en avait créé une réplique exacte en acier inoxydable, pliant et coupant le métal pour assurer un ajustement parfait.

Sur ces nouveaux plans de travail étincelants trônaient un microscope et deux brûleurs Bunsen usagés, l'un provenant de Cambridge – l'université l'avait offert à Calvin en souvenir de son séjour là-bas – et l'autre d'un laboratoire de chimie d'un lycée qui se débarrassait de son équipement par manque d'intérêt de la part des étudiants. Deux panneaux soigneusement écrits à la main – « DÉCHETS SEULEMENT », pouvait-on lire sur l'un, « APPROVISIONNEMENT EN H_2O », sur l'autre –, étaient accrochés au-dessus du nouvel évier double.

Le dernier aménagement, mais non le moindre, était l'extracteur de fumée.

« C'est toi qui en seras responsable, avait-elle dit à Six-Trente. J'aurai besoin de toi pour tirer sur la chaîne quand mes mains seront occupées. Tu devras aussi apprendre à appuyer sur ce gros bouton. »

Lors de ce voyage ultérieur au cimetière, Six-Trente s'adressa de nouveau au corps enterré sous lui. *Cal, elle ne dort jamais. Quand elle ne travaille pas au labo, qu'elle ne révise pas le travail des autres, ou qu'elle ne me fait pas la lecture, elle s'entraîne avec l'ergomètre. Et quand elle ne s'entraîne pas avec l'ergomètre, elle est assise sur un tabouret et regarde dans le vide. Ça ne peut pas être bon pour la créature.*

Il se souvint alors que Calvin regardait souvent dans le vide. « C'est comme ça que je me concentre », avait-il expliqué à Six-Trente. Mais d'autres s'étaient plaints de ce regard fixe, disant qu'à n'importe quelle heure de n'importe quel jour, on pouvait surprendre Calvin Evans, dans son grand laboratoire doté du meilleur équipement qui fût, musique à fond, assis à rêvasser. Pire, il était donc payé à ne rien faire, en concluait-on. Et pire encore, c'était ainsi qu'il avait déjà gagné de nombreux prix.

Mais son regard est différent, essayait d'expliquer Six-Trente. *C'est comme le regard de la mort. Une léthargie. Je ne sais pas comment l'aider,* avoua-t-il au squelette en dessous. *Et en plus de tout le reste, elle essaie encore de m'apprendre des mots.*

Ce qui était terrible car il ne pouvait pas lui laisser espérer une utilisation future de ces mots. D'ailleurs, même s'il avait connu tous les mots de la langue anglaise, il n'aurait su quoi dire. Car que dire à quelqu'un qui a tout perdu ?

Elle a besoin d'espoir, Calvin, pensa-t-il en se pressant contre l'herbe au cas où cette position ferait la différence.

Soudain, comme en réponse à ses réflexions, il entendit le cran de sûreté d'un fusil avant de lever les yeux pour voir l'arme du gardien du cimetière pointée sur lui.

« Maudit chien, dit le gardien, en alignant Six-Trente dans son viseur. Tu viens ici, tu abîmes mon gazon, tu te crois où ? »

Six-Trente se figea. Son cœur battait la chamade, il anticipa les conséquences : Elizabeth en état de choc, la créature confuse ; encore du sang, des larmes, et de nouveau un deuil. Un autre échec de sa part.

Il bondit alors en avant, faisant tomber le gardien alors que la balle passait près de son oreille et s'écrasait sur la pierre tombale de Calvin. L'homme cria et attrapa son arme, mais Six-Trente s'approchait en montrant les dents.

Les humains. Certains d'entre eux ne semblent pas comprendre leur statut réel au sein du royaume animal. Il évalua le diamètre du cou du vieil homme. Une morsure à la gorge et tout serait fini. L'homme leva les yeux vers lui, terrifié. Il avait heurté le sol assez durement ; un filet de sang coulait près de son oreille. Six-Trente se souvint de la mare de sang dans laquelle avait baigné Calvin, de la façon dont un simple écoulement s'était transformé en une petite mare puis en un lac en quelques instants. À contrecœur, il pressa sa tête contre celle de l'homme pour arrêter l'hémorragie. Puis il aboya jusqu'à ce que les secours arrivent.

Le premier sur les lieux fut le journaliste qui avait couvert les funérailles de Calvin, celui qui *continuait* à couvrir les funérailles parce que son rédacteur en chef pensait qu'il était incapable de couvrir d'autres événements.

« Toi !? » s'exclama le journaliste, identifiant immédiatement Six-Trente comme étant un non-chien d'aveugle, celui qui avait conduit la jolie veuve non aveugle – pardon, la petite amie – à travers un chemin de croix jusqu'à cette même tombe. Pendant que d'autres accouraient et se dépêchaient d'appeler une ambulance, le journaliste prenait des photos, élaborant son article dans sa tête tout en mitraillant Six-Trente sous tous les angles. Puis il prit l'animal plein de sang dans ses bras, le porta jusqu'à sa voiture pour le conduire à l'adresse indiquée sur la plaque accrochée à son cou.

« Calmez-vous, calmez-vous, il n'est pas blessé », assura le journaliste à Elizabeth lorsqu'elle ouvrit la porte, poussant un cri à la vue d'un Six-Trente couvert de sang dans les bras d'un homme qui ne lui était pas totalement inconnu. « Ce n'est pas son sang. Votre chien est un héros, madame. Du moins, c'est comme ça que j'envisage de raconter l'histoire. »

Le lendemain, Elizabeth, encore sous le choc, ouvrit le journal et tomba sur la photo de Six-Trente à la page onze, assis exactement au même endroit que sept mois plus tôt : sur la tombe de Calvin.

« Un chien pleure son maître et sauve la vie d'un homme, lut-elle à voix haute. L'interdiction des chiens dans les cimetières est levée. »

D'après l'article, les gens se plaignaient depuis longtemps du gardien et de son arme, et plusieurs d'entre eux avaient déclaré qu'il avait tiré sur des écureuils et des oiseaux en plein milieu d'une cérémonie funèbre.

L'homme serait vite remplacé, promettait l'article, tout comme la pierre tombale.

Elle regarda attentivement la photo, prise en gros plan, de Six-Trente et de la pierre tombale abîmée de Calvin, qui, à cause de l'impact de la balle, avait perdu environ un tiers de son inscription.

« Oh, mon Dieu ! » s'exclama Elizabeth en lisant ce qui en restait.

Calvin E
1927-19
Brillant
Chaque jour est

L'expression de son visage s'éclaira légèrement.

« Chaque jour est, lut-elle. *Un nouveau jour* », ajouta-t-elle. Elle rougit, repensant à la triste nuit où Calvin avait partagé avec elle son mantra d'enfance. Demain sera un autre jour. Chaque jour est un nouveau jour.

Elle regarda de nouveau la photo, stupéfaite.

15

Conseils non sollicités

« Votre vie est sur le point de changer.

— Pardon ?

— Votre vie. Elle est sur le point de changer. » Dans la file d'attente à la banque, juste devant Elizabeth, une femme au visage sinistre s'était retournée pour pointer du doigt le ventre d'Elizabeth.

« Changer ? » répéta innocemment Elizabeth en jetant à son tour un regard sur ses rondeurs comme si elle les remarquait pour la première fois. « Que voulez-vous dire ? »

C'était la septième fois cette semaine-là que quelqu'un se sentait obligé de l'informer que sa vie était sur le point de changer et elle en avait plus qu'assez. Elle avait perdu son travail, le résultat de ses recherches, le contrôle de sa vessie, une vue précise sur ses orteils, un sommeil réparateur, un teint clair, un dos sans douleur, sans parler de toutes les petites libertés que les personnes qui ne sont pas enceintes considèrent comme allant de soi, par exemple s'asseoir derrière un volant. La seule chose qu'elle avait gagnée ? Du poids.

« J'avais l'intention de faire examiner ça, répondit-elle en posant une main sur son ventre.

Que pensez-vous que ça puisse être ? J'espère juste que ce n'est pas une tumeur. »

Pendant une fraction de seconde, la femme, sous le choc, écarquilla les yeux avant de les plisser. « On n'aime pas les petites dames qui font les malignes », siffla-t-elle d'un ton bourru.

Une heure plus tard, alors qu'Elizabeth bâillait dans la file d'attente d'une épicerie, une femme aux cheveux longs lui dit, en secouant la tête comme si Elizabeth montrait déjà des signes de faiblesse : « Vous croyez être fatiguée ? Attendez un peu pour voir. »

Puis elle se lança dans une description théâtrale des enfants : terribles à deux ans, fatigants à trois, sales à quatre, redoutables à cinq ; prenant à peine le temps de respirer avant de s'attaquer aux adolescents angoissés, aux pubères boutonneux et surtout, surtout, oh mon Dieu ! aux adolescents perturbés, expliquant qu'elle avait toujours remarqué que les garçons étaient plus difficiles que les filles, ou que les filles étaient plus difficiles que les garçons, et ainsi de suite jusqu'à ce que ses courses soient emballées et chargées dans son coffre et qu'elle soit obligée de remonter dans son break à la carrosserie de faux lambris et de rentrer chez elle avec son lot de gosses ingrats.

« Vous portez haut, observa l'homme de la station-service. C'est un garçon, à coup sûr. »

« Vous portez haut, commenta la bibliothécaire. Une fille, à coup sûr. »

« Dieu vous a fait un don », dit un prêtre qui avait remarqué qu'Elizabeth se tenait seule devant une étrange pierre tombale au cimetière, au cours de la même semaine. « Gloire à Dieu ! »

« Ce n'était pas Dieu, dit Elizabeth, en montrant la pierre tombale neuve. C'était Calvin. »

Elle attendit qu'il s'éloigne, puis se pencha et effleura d'un doigt ce qui était gravé.

Calvin Evans
1927-1955

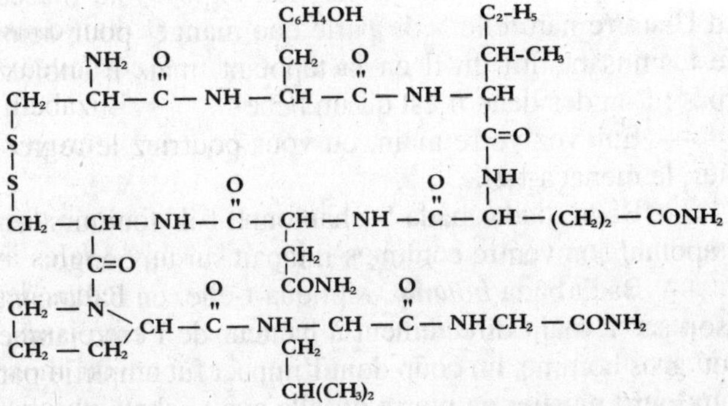

« Afin de réparer les dégâts, lui avait-on dit au service de gestion du cimetière, en plus de fournir une nouvelle pierre tombale, nous nous assurerons également que la citation soit entièrement retranscrite. » Mais Elizabeth avait décidé de ne pas refaire appel à Marc Aurèle, optant plutôt pour une formule chimique qui garantissait le bonheur. Personne d'autre ne le comprit mais, après ce qu'elle avait traversé, nul n'osa remettre ce choix en question.

« Je vais enfin voir quelqu'un pour m'occuper de ça, Calvin, expliqua-t-elle en montrant son ventre rond. Le Dr Mason, le rameur, celui qui m'a laissée ramer dans le huit masculin. Tu t'en souviens ? » Elle fixa l'inscription comme si elle attendait une réponse.

Vingt-cinq minutes plus tard, alors qu'elle appuyait sur un bouton dans un ascenseur étroit, avec pour seul compagnon un gros homme coiffé d'un chapeau de paille, elle se prépara à recevoir d'autres conseils non sollicités. Et, bien sûr, il tendit la main et la posa sur son ventre comme si elle était exposée au musée d'Histoire naturelle. « Je parie que manger pour deux est amusant, lui dit-il en la tapotant, mais n'oubliez pas : l'un des deux n'est qu'un bébé !

— Enlevez votre main, ou vous pourriez le regretter, le menaça-t-elle.

— Bada bada bada ! chantonna-t-il toujours en tapotant son ventre comme s'il tapait sur un bongo.

— Bada bada *boum* », répliqua-t-elle, en balançant son sac à main directement à hauteur de l'entrejambe du gros homme, un coup dont l'impact fut amplifié par un lourd mortier en pierre qu'elle avait acheté plus tôt dans la journée chez *Chemical Supply*. L'homme eut la respiration coupée, avant de s'écrouler de douleur. Les portes de l'ascenseur s'ouvrirent.

« Allez vous faire foutre », dit-elle. Elle traversa le couloir et se retrouva face à une cigogne de deux mètres portant des lunettes à double foyer et une casquette de base-ball. Dans son bec pendaient deux paquets : un rose, un bleu.

« Elizabeth Zott, dit-elle en passant devant la cigogne pour s'adresser à la réceptionniste. J'ai rendez-vous avec le Dr Mason.

— Vous êtes en retard, dit la réceptionniste sur un ton glacial.

— J'ai cinq minutes d'avance, la corrigea Elizabeth en vérifiant sa montre.

— Il y a des documents à remplir, précisa la femme en lui tendant une écritoire à pince. Le lieu de travail du mari. Le numéro de téléphone du mari. L'assurance santé du mari. L'âge du mari. Le numéro de compte bancaire du mari.

— Qui va accoucher, ici ? demanda-t-elle.

— Salle cinq, répliqua la réceptionniste. Au bout du couloir, deuxième porte à gauche. Déshabillez-vous. Mettez la blouse. Terminez de remplir les documents.

— Salle cinq, répéta Elizabeth, l'écritoire à la main. Juste une question : pourquoi la cigogne ?

— Pardon ?

— Votre cigogne. Dans le bureau d'un obstétricien. Pourquoi ? C'est presque comme si vous faisiez la promotion de la concurrence.

— C'est censé être charmant, dit la réceptionniste. Salle cinq.

— Et puisque chacune de vos patientes est consciente à cent pour cent qu'une cigogne ne leur épargnera pas les douleurs de l'accouchement, poursuivit-elle, pourquoi perpétuer le mythe ?

— Docteur Mason, dit la réceptionniste, alors qu'un homme en blouse blanche approchait. C'est votre rendez-vous de quatre heures, cet après-midi. Elle est en retard. J'ai essayé de l'envoyer dans la salle cinq.

— Je ne suis pas en retard, corrigea Elizabeth Zott. Mais pile à l'heure. » Elle se tourna vers le médecin. « Docteur Mason, vous ne vous souvenez probablement pas de moi…

— L'épouse de Calvin Evans, dit-il en la regardant, surpris. Ou plutôt non, excusez-moi, se reprit-il en baissant la voix, sa veuve. » Puis il fit une pause, comme s'il essayait de décider quoi dire ensuite. « Je suis vraiment désolé, madame Evans, poursuivit-il, en attrapant les mains d'Elizabeth dans les siennes et en les secouant un peu comme s'il préparait un cocktail. Votre mari était un homme bon. Un homme bon et un bon rameur.

— Mon nom est Elizabeth Zott, dit Elizabeth. Calvin et moi n'étions pas mariés. » Elle marqua une pause, attendant le petit claquement de langue désapprobateur de la réceptionniste et d'être congédiée par Mason. Cependant, le médecin fit cliquer un stylo et le glissa dans sa poche de poitrine, puis la prit par le coude et l'entraîna dans le couloir. « Vous et Evans avez plusieurs fois ramé dans mon huit. Vous vous en souvenez ? Il y a environ sept mois. Vous aviez un bon coup de rame, vous aussi. Mais vous n'êtes jamais revenue. Pourquoi ça ? »

Elle le regarda, surprise.

« Oh, pardonnez-moi, dit précipitamment le Dr Mason. Je suis vraiment désolé. Bien sûr. Evans. Evans est mort. Excusez-moi. » Secouant la tête avec embarras, il poussa la porte de la salle cinq. « Je vous en prie. Entrez. » Il désigna une chaise. « Et vous ramez toujours ? Non, qu'est-ce que je dis, bien sûr que non, pas dans votre état. » Il prit ses mains et les retourna. « Mais vous avez encore les callosités. C'est inhabituel.

— Je continue à m'entraîner.

— Mon Dieu.

— C'est mauvais ? Calvin a fabriqué un ergomètre.

— *Pourquoi ?*

— Il venait juste de le fabriquer. C'est bien, n'est-ce pas ?

— Eh bien, oui, confirma-t-il, certainement. C'est juste que je n'ai jamais entendu parler de quelqu'un qui s'entraînerait sur un ergomètre sans raison. Surtout pas une femme enceinte. Mais maintenant que j'y pense, l'ergomètre est une bonne préparation à l'accouchement. En termes de souffrance, je veux dire. En fait, à la fois en termes de douleur et de souffrance. » Mais il réalisa alors que, depuis la mort d'Evans, la douleur et la souffrance avaient probablement été une constante dans la vie d'Elizabeth et il se détourna pour cacher son embarras. « Allons voir ce qui se passe là-dedans », dit-il doucement, en pointant le ventre d'Elizabeth tout en faisant un geste vers la table. Puis il ferma la porte et attendit derrière un paravent pendant qu'elle enfilait une blouse.

L'examen fut rapide mais approfondi, ponctué de questions sur les brûlures d'estomac et les ballonnements. Dormait-elle bien ? Le bébé bougeait-il à certains moments ? Si oui, pendant combien de temps ? Et, enfin, la grande question : pourquoi avait-elle attendu si longtemps pour venir ? Elle en était à son dernier trimestre de grossesse.

« Le travail », lui répondit-elle. Mais c'était un mensonge. La vraie raison, c'est qu'elle avait tranquillement espéré que le problème de la grossesse se résoudrait de lui-même. Comme c'est parfois le cas. Dans les années 1950, l'avortement était hors de question. Et comme par hasard, avoir un bébé hors mariage l'était aussi.

« Vous êtes scientifique, vous aussi, n'est-ce pas ? demanda-t-il.

— Oui.

— Et Hastings vous a gardée. Ils doivent être plus progressistes que je ne le pensais.

— Non, dit-elle. Je travaille en free-lance.

— Scientifique indépendante. Je n'ai jamais entendu parler d'une telle chose. Comment ça se passe ? »

Elle soupira. « Pas très bien. »

Le ton de sa voix incita Mason à terminer rapidement, en tapotant le ventre d'Elizabeth ici et là comme si elle était un melon.

« Tout semble en ordre », conclut-il en retirant ses gants. Et comme elle ne sourit pas et ne dit rien en retour, il ajouta à voix basse : « Pour le bébé en tout cas. Je suis sûr que tout ça fut extrêmement difficile pour vous. »

C'était la première fois que quelqu'un prenait en compte sa situation, et l'émotion lui resta en travers de la gorge. Elle sentit un flot de larmes menacer de déborder de derrière ses paupières.

« Je suis désolé, dit-il doucement, en étudiant son visage comme un météorologue regarderait une tempête se former. Sachez que vous pouvez vous confier à moi. De rameur à rameur. C'est parfaitement confidentiel. »

Elle détourna le regard. Elle ne le connaissait pas vraiment. Pire encore, elle n'était pas convaincue, bien qu'il l'eût rassurée à ce sujet, que ce qu'elle ressentait était acceptable. Elle en était venue à croire qu'elle était la seule femme au monde à avoir prévu de ne pas avoir d'enfant. « Si je suis parfaitement honnête, dit-elle finalement, la voix chargée de culpabilité, je ne pense pas pouvoir y arriver. Je n'avais pas prévu d'être mère.

— Les femmes ne veulent pas toutes être mères, convint-il, la surprenant. Plus exactement, les femmes ne devraient pas toutes l'être. » Il grimaça comme s'il pensait à quelqu'un en particulier. « Pourtant, je suis surpris par le nombre de femmes qui se lancent dans la maternité, sachant à quel point la grossesse peut être difficile – les nausées matinales, les vergetures, la mort. Mais encore une fois, rassurez-vous, vous allez bien, ajouta-t-il rapidement en observant son visage horrifié. C'est juste que nous avons tendance à traiter la grossesse comme la condition la plus courante au monde, aussi banale que se tordre un orteil, alors qu'en réalité c'est comme se faire renverser par un camion. Même si, évidemment, un camion peut être la cause de dégâts différents. » Il s'éclaircit la gorge, puis nota quelque chose dans son dossier. « Ce que je veux dire, c'est que les exercices physiques aident. Bien que je ne sois pas sûr de savoir comment, à ce stade, vous devriez ramer correctement sur l'ergomètre. Tirer sur le sternum peut être problématique. Et le " Jack LaLanne Show " ? Vous l'avez déjà regardé ? »

À la mention du nom de Jack LaLanne, le visage d'Elizabeth se décomposa.

« Vous n'êtes pas une fan, comprit-il. Pas de problème. Juste l'ergomètre, alors.

— J'ai continué l'entraînement, expliqua-t-elle à voix basse, parce que ça m'épuise à tel point que ça m'aide parfois à m'endormir. Mais aussi parce que je pensais que ça pourrait…

— Je comprends », dit-il en l'interrompant et en regardant à droite et à gauche comme pour s'assurer que personne d'autre ne pouvait entendre. « Écoutez, je ne fais pas partie de ces gens qui pensent qu'une femme devrait… » Il s'arrêta brusquement. « Je ne crois pas non plus que… » Il marqua une nouvelle pause. « Une femme seule… une veuve… c'est… Peu importe », dit-il en prenant son dossier. « Mais la vérité, c'est que cet ergomètre vous a probablement rendue plus forte, et le bébé aussi. Plus de sang au cerveau, une meilleure circulation. Avez-vous remarqué un effet calmant sur le bébé ? Probablement à cause du mouvement de va-et-vient. »

Elle haussa les épaules.

« Quelle distance parcourez-vous avec l'ergomètre ?

— Dix kilomètres.

— *Tous les jours ?*

— Parfois plus.

— Sainte Mère de Dieu, lâcha-t-il en sifflant. J'ai toujours pensé que les femmes enceintes développaient une capacité de résistance à la souffrance supplémentaire, mais dix kilomètres ? Parfois *plus* ? C'est… c'est… en fait, je ne sais pas ce que c'est. » Il lui jeta un coup d'œil inquiet. « Avez-vous quelqu'un sur qui vous pouvez vous appuyer ? Un ami, un parent, votre mère, quelqu'un comme ça ? C'est beaucoup de travail de s'occuper d'un nourrisson. »

Elle hésita. C'était embarrassant d'admettre qu'elle n'avait personne. Elle n'était allée voir le Dr Mason que parce que Calvin avait toujours souligné qu'il existait un lien spécial qui unissait les rameurs entre eux.

« Personne ? demanda-t-il.

— J'ai un chien.

— Ça me va, dit Mason. Un chien peut être d'une grande aide. Protecteur, empathique, intelligent. Quel genre de chien – il, elle ?

— Il…

— Attendez, je crois que je me souviens de votre chien. Trois Heures, quelque chose comme ça ? Moche comme un pou ?

— Il s'appelle…

— Un chien et un ergomètre, dit-il prenant des notes dans son dossier. D'accord. Parfait. »

Il fit de nouveau cliquer son stylo, puis mit le dossier d'Elizabeth de côté. « Maintenant, dès que vous en serez capable, disons dans un an, je veux vous revoir au hangar à bateaux. Mon équipage cherche le bon Deux et quelque chose me dit que c'est vous. Vous devrez vous débrouiller pour avoir une baby-sitter, cependant. Pas de bébés dans le bateau. Nous en avons déjà suffisamment comme ça. »

Elizabeth attrapa sa veste. « C'est très gentil, docteur Mason, dit-elle en supposant qu'il essayait d'être aimable. Mais d'après vous, je suis sur le point de me faire renverser par un camion…

— Un accident dont vous vous remettrez, précisa-t-il. Écoutez, j'ai une excellente mémoire quand il s'agit des rameurs, et je me souviens très bien de vos coups de rame. Ils étaient bons. Très bons.

— Grâce à Calvin. »

Le Dr Mason parut surpris. « Non, mademoiselle Zott. Pas seulement grâce à Evans. Il faut les huit pour bien ramer. *Tous* les huit. Quoi qu'il en soit, revenons à nos moutons. Votre situation commence à m'apparaître sous un meilleur jour. Je sais que vous avez subi un choc avec la mort d'Evans, et puis ça, ajouta-t-il en montrant son ventre. Mais les choses vont s'arranger. Peut-être pour le mieux. Un chien, un ergomètre, le Deux. Excellent. »

Puis il prit les deux mains d'Elizabeth dans les siennes et les serra joyeusement et, bien que ses propos n'aient pas été tout à fait cohérents, comparés à tout ce qu'elle avait entendu jusque-là, ils furent les premiers à lui paraître sensés.

16

L'accouchement

« Bibliothèque ? » demanda Elizabeth à Six-Trente, environ cinq semaines plus tard. « J'ai un rendez-vous avec le Dr Mason en fin de journée et j'aimerais d'abord rendre ces livres. J'ai pensé que tu pourrais apprécier *Moby Dick.* C'est une histoire qui raconte comment les humains sous-estiment continuellement les autres formes de vie. Au péril de leur propre vie. »

En plus de la technique d'apprentissage réceptif, Elizabeth lui faisait la lecture à voix haute, ayant depuis longtemps remplacé les petits livres pour enfants par des textes beaucoup plus sérieux. « La lecture à voix haute favorise le développement du cerveau, lui avait-elle dit, citant une étude qu'elle avait lue. Ça accélère également l'accumulation de vocabulaire. » Ce qui semblait fonctionner car, d'après son carnet de notes, il connaissait maintenant trois cent quatre-vingt-onze mots.

« Tu es un chien très intelligent », lui avait-elle dit la veille encore. Et il avait envie d'être d'accord mais, en vérité, il ne comprenait toujours pas ce qu'« intelligent » voulait dire. Le mot semblait avoir autant de définitions qu'il y avait d'espèces et, pourtant, les humains – à l'exception d'Elizabeth – semblaient ne reconnaître l'« intelligence » que si et quand elle suivait leurs propres règles. « Les dauphins sont intelligents, disaient-ils. Mais les vaches ne le sont pas. » Des propos en partie basés sur le fait que les vaches ne font pas d'acrobaties. Selon Six-Trente, c'était au contraire la preuve que les vaches étaient plus intelligentes. Mais encore une fois, qu'en savait-il ?

Trois cent quatre-vingt-onze mots, selon Elizabeth. Mais en réalité, seulement trois cent quatre-vingt-dix.

Pire, il venait d'apprendre que l'anglais n'était pas la seule langue parlée par les humains. Elizabeth lui révéla qu'il en existait des centaines, voire des milliers d'autres, et qu'aucun être humain ne les parlait toutes. En fait, la plupart des gens n'en parlaient qu'une, peut-être deux, à moins qu'ils ne soient comparables à ce qu'on appelait les couteaux suisses 08 et en parlent huit. Pas étonnant que les gens ne comprennent pas les animaux. Ils pouvaient à peine se comprendre entre eux.

Au moins, elle savait qu'il ne serait pas capable de dessiner. Le dessin semblait être le moyen de communication préféré des jeunes enfants, et il admirait leurs efforts même si les résultats n'étaient pas à la hauteur. Il ne se passait pas une journée sans qu'il ne vît des petits doigts presser avec sérieux leurs craies épaisses sur le trottoir, à dessiner des maisons impossibles et des figures primitives en bâton, le ciment chargé alors d'une histoire que personne ne comprenait sauf eux-mêmes.

« Quel beau dessin ! » avait-il entendu dire dans la semaine par une mère qui regardait le gribouillage, informe et laid, de son enfant. Les parents humains, avait-il remarqué, avaient tendance à mentir à leurs enfants.

« C'est un bébé chien, dit l'enfant, les mains couvertes de craie.

— Et un si beau bébé chien ! répliqua la mère.

— *Non*, dit l'enfant, pas beau. Le bébé chien est mort. On l'a *tué* ! » Et Six-Trente, après y avoir jeté un second coup d'œil plus attentif, trouva le dessin d'une précision troublante.

« Ce n'est *pas* un bébé chien mort, dit la mère, d'une voix sérieuse. C'est un bébé chien très heureux, et il *mange* un bol de glace. » À ce moment-là, l'enfant, frustré, avait lancé la craie à travers la pelouse et était parti en direction de la balançoire.

Six-Trente avait récupéré la craie. Un cadeau pour la créature.

Ils parcoururent les cinq pâtés de maisons ensemble, Elizabeth dans une robe chemisier qui faisait ressortir son ventre, marchant comme si elle partait à la guerre. Sur son dos, elle portait un cartable à bretelles rouge vif rempli de livres ; sur le sien, les sacoches d'un coursier à vélo lui permettaient de porter tous les livres que le cartable ne pouvait pas contenir.

« Je meurs de faim, dit-elle à voix haute alors qu'ils avançaient d'un pas pressé, respirant l'air pesant du mois de novembre. J'ai une faim de loup. J'ai analysé mon urine, le taux de protéines de mes cheveux, et… »

C'était vrai. Au cours des deux derniers mois, elle avait suivi le taux de glucose dans son urine, noté la chaîne d'acides aminés de la kératine de ses cheveux et analysé la température de son corps dans leur laboratoire. Six-Trente ne comprenait pas bien pourquoi elle se livrait à toutes ces analyses, mais il était soulagé de

son bras, poussa la tétine du biberon contre les lèvres de poupée du bébé, et, bien qu'elle l'eût refusée cinq fois auparavant, la petite chose s'y accrocha voracement comme si elle savait que sa mère, néophyte, pourrait de nouveau laisser tomber. Elizabeth retint sa respiration, comme si la moindre inspiration pouvait provoquer une nouvelle explosion. Le bébé était une bombe à retardement. Un seul faux mouvement et c'en était fini.

Le Dr Mason l'avait prévenue : s'occuper d'un nourrisson demandait beaucoup de travail ; mais ce n'était pas du travail, c'était un sacerdoce. Le petit tyran n'était pas moins exigeant que Néron, pas moins fou que le roi Ludwig. Et les pleurs. Elizabeth se sentait incapable. Pire, elle se demandait si sa fille, déjà, ne l'aimait pas.

Elle ferma les yeux et vit sa propre mère, une cigarette collée à sa lèvre inférieure, les cendres atterrissant dans le plat qu'Elizabeth venait de sortir du four. Oui. Ne pas aimer sa mère dès le début était tout à fait possible.

Sans parler des tâches répétitives, et de leur multiplicité – la nourrir, lui donner le bain, la changer, la calmer, la torcher, la faire roter, l'apaiser… Beaucoup de choses étaient répétitives – les exercices sur l'ergomètre, les métronomes, les feux d'artifice – mais ne duraient généralement pas plus d'une heure. S'occuper d'un enfant pouvait durer des années.

Et quand le bébé dormait, *ce qui n'arrivait jamais*, il y avait encore plus de tâches à accomplir : la lessive, la préparation et la stérilisation des biberons, les repas – sans compter la relecture constante du livre *Comment soigner et éduquer son enfant* du Dr Spock. Il y avait tellement de choses à faire qu'elle ne pouvait même pas en dresser la liste car en dresser la liste était une chose de plus à faire. Sans compter le reste : son travail de recherche.

Hastings. Elle jeta un coup d'œil inquiet aux piles de cahiers et de rapports de recherche intactes, les plus hautes consacrées aux travaux de ses collègues. Pendant l'accouchement, elle avait dit au Dr Mason qu'elle ne voulait pas d'anesthésie. « C'est parce que je suis scientifique, avait-elle menti. Je veux être pleinement consciente pendant l'intervention. » Mais la vraie raison était qu'elle n'avait pas pu se le permettre financièrement.

Un petit soupir de contentement s'éleva de ses genoux et Elizabeth baissa les yeux, surprise de trouver sa fille endormie. Elle se figea, ne voulant pas perturber le sommeil du bébé. Elle en profita pour observer attentivement le visage rougi, les lèvres boudeuses, les sourcils blonds et fins.

Une heure passa, et elle eut le bras ankylosé. Elle regarda avec étonnement l'enfant bouger ses lèvres, comme si elle essayait de s'expliquer.

Deux autres heures passèrent.

Lève-toi, se dit-elle. *Bouge*. Elle se pencha en avant, dans un élan suffisant pour se lever doucement de la chaise, puis marcha sans faire un seul faux pas jusqu'à la chambre. Alors elle s'allongea, installant soigneusement le nourrisson encore endormi près d'elle et ferma les yeux. Elle souffla. Puis elle dormit profondément, sans rêve, jusqu'à ce que le bébé se remette à pleurer.

Ce qui, d'après le réveil, se produisit environ cinq minutes plus tard.

« Je ne vous dérange pas ? » demanda le Dr Boryweitz à sept heures du matin en ouvrant la porte. Il pencha la tête et passa devant elle pour entrer, se frayant un chemin à travers la zone de guerre jusqu'au canapé.

« Si.

— Bon, en fait, il ne s'agit pas vraiment du travail, expliqua-t-il. J'aurai juste une petite question. Bref, je voulais savoir comment ça se passe. J'ai entendu dire que vous aviez accouché. » Il regarda les cheveux non lavés d'Elizabeth, son chemisier mal boutonné, son abdomen encore gonflé. Il ouvrit sa sacoche et en sortit un paquet enveloppé de papier cadeau. « Félicitations ! lui dit-il.

— Vous… vous m'avez acheté un… cadeau ?

— Juste une petite chose.

— Avez-vous des enfants, docteur Boryweitz ? »

Son regard glissa vers la gauche. Il ne répondit pas.

Elle ouvrit le paquet pour y trouver une tétine en plastique et un petit lapin en peluche. « Merci », dit-elle, se sentant soudain heureuse qu'il fût passé. C'était le premier adulte à qui elle parlait depuis des semaines. « C'est très gentil.

— De rien, répondit-il maladroitement. J'espère qu'il – elle – appréciera.

— Elle. »

Elle, une sorcière qui hurle, expliqua Six-Trente.

Boryweitz fouilla dans sa sacoche pour en sortir un tas de feuilles de papier.

« Je n'ai pas dormi, docteur Boryweitz, s'excusa Elizabeth. Ce n'est vraiment pas le bon moment.

— Mademoiselle Zott, la supplia Boryweitz, les yeux baissés. J'ai rendez-vous avec Donatti dans deux heures. » Il sortit quelques billets de son portefeuille. « *S'il vous plaît.* »

La vue de l'argent la fit hésiter. Elle n'avait rien gagné depuis un mois.

« Dix minutes alors, dit-elle en prenant l'argent. Le bébé n'est pas vraiment endormi, il somnole seulement et peut se réveiller à tout moment. » Mais elle y consacra une bonne heure. Après le départ de Boryweitz, surprise de voir que le bébé dormait toujours, elle se dirigea vers son laboratoire, déterminée à travailler mais, sans le vouloir, elle se laissa tomber doucement sur le sol comme s'il s'agissait d'un matelas, la tête posée sur un manuel de chimie en guise d'oreiller. Elle sombra immédiatement dans un profond sommeil.

Elle rêva de Calvin. Il lisait un livre sur la résonance magnétique nucléaire. Elle lisait *Madame Bovary* à voix haute à Six-Trente, à qui elle venait de dire que la fiction était problématique. Les gens prétendaient toujours avoir compris le sens d'une histoire même si ce n'était pas ce que l'auteur avait voulu dire et même si l'explication qu'on y voyait n'avait pas de sens réel. « Bovary est un excellent exemple, dit-elle. Ici, quand Emma se lèche les doigts. Certains croient que ce geste symbolise la concupiscence ; d'autres pensent qu'elle aimait beaucoup le poulet, tout simplement. Quant à ce que Flaubert voulait vraiment dire ? Personne ne s'en soucie. »

À ce moment-là, Calvin leva les yeux de son livre et dit : « Je ne me souviens pas qu'il y ait eu un poulet dans *Madame Bovary*. » Mais avant qu'Elizabeth puisse répondre, un tapotement insistant se fit entendre, comme celui d'un pivert assidu, suivi d'un « Mademoiselle Zott ? », puis d'un autre tapotement, et encore un « Mademoiselle Zott ? », auquel succéda un étrange petit hurlement hoquetant qui fit bondir Calvin sur ses pieds pour sortir de la pièce en courant.

« Mademoiselle *Zott* », appelait-on d'une voix plus forte cette fois.

Elizabeth se réveilla et découvrit une grande femme aux cheveux gris, vêtue d'une robe en rayonne et d'épais bas marron, qui se frayait un chemin à travers son laboratoire.

« C'est moi, mademoiselle Zott. Madame Sloane. J'ai jeté un coup d'œil par la fenêtre et je vous ai vu effondrée par terre. J'ai frappé, frappé, mais vous n'avez pas répondu, alors j'ai poussé la porte. Je voulais m'assurer que vous alliez bien. Est-ce que vous allez bien ? Je devrais peut-être appeler un médecin.

— S… Sloane. »

La femme se pencha pour regarder Elizabeth de plus près. « Non, je pense que vous allez bien. Votre bébé pleure. Voulez-vous que j'aille le chercher ? J'y vais. » Elle partit et revint un moment plus tard. « Oh, regardez-moi ça, dit-elle en berçant le petit paquet. Comment s'appelle ce petit diable ?

— Mad. M… Madeline, répondit Elizabeth en se relevant difficilement.

— Madeline, répéta Mme Sloane. Une fille. C'est bien. Ça faisait un moment que je voulais passer vous voir. Depuis que vous avez ramené ce petit diable à la maison, je me dis *Vas-y. Va voir si tout va bien*. Mais c'est un défilé constant de visiteurs chez vous. En fait, j'en ai vu un partir il n'y a pas longtemps. Je ne voulais pas m'imposer. »

La femme souleva Madeline à hauteur de son nez pour lui renifler les fesses puis la posa sur le plan de travail et, prenant une couche propre sur l'étendoir voisin, changea le bébé qui se tortillait comme un cow-boy attrapant un veau au lasso. « Je sais que ça ne doit pas être facile pour vous, mademoiselle Zott, sans M. Evans je veux dire. Mes condoléances, au fait. C'est un peu tard pour le dire, mais mieux vaut tard que jamais. M. Evans était un homme bien.

— Vous connaissiez… Calvin ? demanda Elizabeth, toujours dans les vapes. Comment… ?

— Mademoiselle Zott. Je suis votre voisine, juste en face de chez vous. Vous voyez ? Dans la petite maison bleue ? répondit Harriet Sloane sur un ton ironique.

— Oh ! Oui, bien sûr », dit Elizabeth en rougissant, se rendant compte qu'elle n'avait jamais parlé à Mme Sloane. Quelques signes de la main dans l'allée, c'était tout. « Je suis désolée, madame Sloane, bien sûr que je vous connais. Pardonnez-moi, je suis fatiguée. J'ai dû m'endormir par terre. Je n'arrive pas à croire que j'ai fait ça ; c'est une première.

— Eh bien, ce ne sera pas la dernière », dit Mme Sloane, remarquant soudain que la cuisine n'était pas vraiment une cuisine. Elle se leva et, tenant Madeline dans le creux de son bras comme un ballon de football, elle fit le tour de la pièce. « Vous êtes mère pour la première fois, vous êtes seule, vous êtes épuisée et vous pouvez à peine penser et… nom d'une pipe, qu'est-ce que c'est que *ça* ? » Elle désignait du doigt un grand objet métallique.

« Une centrifugeuse, répondit Elizabeth. Et non, je vais bien, vraiment. » Elle essaya de se redresser.

« Personne ne va bien avec un nouveau-né, mademoiselle Zott. Ce petit diable va vous sucer jusqu'à la moelle. Regardez-vous, vous avez l'allure d'un condamné dans le couloir de la mort. Laissez-moi vous faire du café. » Elle se dirigea vers la cuisinière mais fut arrêtée par l'extracteur de fumée. « Pour l'amour du Ciel, dit-elle, *bon sang*, qu'est-il arrivé à cette cuisine ?

— Je m'en occupe », dit Elizabeth.

Sous le regard de Mme Sloane, Elizabeth s'approcha du plan de travail en acier inoxydable, où elle prit un pichet d'eau distillée qu'elle versa dans un flacon, avant de le boucher avec un bouchon muni d'un tube qui sortait de son goulot. Ensuite, elle fixa le flacon sur l'un des deux supports métalliques qui se trouvaient entre deux becs Bunsen et actionna un étrange gadget qui fit des étincelles tel un silex frappant l'acier. Une flamme apparut ; l'eau commença à chauffer. Sur une étagère, elle saisit un sac étiqueté « $C_8H_{10}N_4O_2$ », en versa un peu dans un mortier, le broya avec un pilon, déposa la substance terreuse obtenue sur une étrange petite balance, puis versa le contenu de la balance dans un morceau d'étamine de 15 x 15 cm qu'elle plia et noua soigneusement. Elle bourra l'étamine dans un plus grand bécher qu'elle fixa au deuxième support métallique, introduisant le tube sortant du premier flacon au fond du grand bécher. Alors que l'eau du flacon commençait à bouillonner, Mme Sloane, la mâchoire prête à se décrocher, regardait l'eau remonter le long du tube jusqu'au bécher. Bientôt, le petit flacon fut presque vide et Elizabeth éteignit le bec Bunsen. Elle remua le contenu du bécher avec une tige de verre. Le liquide brun fit alors la chose la plus étrange qui fût : il s'éleva comme un esprit frappeur et retourna dans le flacon d'origine.

« Crème et sucre ? » demanda Elizabeth en enlevant le bouchon du flacon avant de commencer à servir.

« Sainte Mère de Dieu, s'exclama Mme Sloane quand Elizabeth posa une tasse de café devant elle. N'avez-vous jamais entendu parler du café instantané Folgers ? » Mais dès qu'elle en eut bu une gorgée, elle ne dit plus rien. Elle n'avait jamais rien goûté de tel. C'était divin. Elle aurait pu en boire à longueur de journée.

« Alors, comment ça se passe jusqu'à maintenant ? s'enquit Mme Sloane. La maternité. »

Elizabeth avala de travers.

« Je vois que vous avez la bible, dit Mme Sloane en remarquant le livre du Dr Spock sur la table.

— Je l'ai acheté pour le titre, admit Elizabeth. *Comment soigner et éduquer son enfant*. Il semble qu'il y ait tant d'absurdités sur la façon d'élever un bébé – tant de complications excessives. »

Mme Sloane observa Elizabeth attentivement. Une remarque étrange de la part d'une femme qui venait d'ajouter vingt étapes supplémentaires à la préparation d'une tasse de café. « C'est drôle, n'est-ce pas ? dit Mme Sloane. Un homme écrit un livre sur des choses dont il n'a pas fait l'expérience directement, l'accouchement et ses suites, je veux dire – et pourtant : boum. Un best-seller. Vous savez ce que je pense ? Que c'est sa femme qui a tout écrit, et qu'il s'est contenté de signer le livre. Le nom d'un homme confère plus d'autorité au contenu, vous ne croyez pas ?

— Non, dit Elizabeth.

— Moi non plus. »

Toutes les deux reprirent une gorgée de café.

« Bonjour, Six-Trente », dit Mme Sloane en tendant sa main libre vers le chien qui vint vers elle sans hésiter.

« Vous connaissez Six-Trente ?

— Mademoiselle Zott. J'habite juste là – de l'autre côté de la rue ! Je le vois souvent sortir et se promener. Au fait, il y a une loi en vigueur sur les laisses… »

Au mot « laisse », Madeline ouvrit sa petite bouche et poussa un cri à vous glacer les sangs.

« Oh Jésus Marie Mère de Dieu ! » jura Mme Sloane en se levant d'un bond, Madeline toujours dans ses bras. « Ce cri est *vraiment* affreux, mon enfant ! » Elle regarda le petit visage rouge et fit le tour du laboratoire en berçant l'enfant dans ses bras, sa voix s'élevant au-dessus des cris.

« Il y a des années, alors que j'étais une jeune maman, M. Sloane était en voyage d'affaires quand un malfaiteur s'est introduit dans la maison et m'a menacée en disant que si je ne lui donnais pas tout notre argent, il prendrait le bébé. Je n'avais pas dormi et ne m'étais pas douchée depuis quatre jours, je ne m'étais pas coiffée depuis au moins une semaine, je ne m'étais pas assise depuis je ne sais combien de temps. Alors j'ai dit : "Vous voulez le bébé ? Je vous le donne." » Elle changea Madeline de bras. « Je n'ai jamais vu un homme déguerpir aussi vite. » Elle jeta un regard hésitant autour d'elle. « Vous avez aussi une façon fantaisiste de préparer un biberon, ou je peux m'en occuper ?

— J'en ai un de prêt, dit Elizabeth en récupérant un biberon dans une petite casserole d'eau chaude.

— Les nouveau-nés sont horribles, insista Mme Sloane, les doigts agrippés aux fausses perles autour de son cou, alors qu'Elizabeth lui prenait Madeline des bras. J'ai pensé que vous aviez de l'aide, sinon je serais venue plus tôt. Vous avez eu tellement… eh bien, tellement d'*hommes* qui sont passés à des heures bizarres. » Embarrassée, elle s'éclaircit la gorge.

« C'est pour le travail, précisa Elizabeth en amadouant Madeline pour qu'elle boive son biberon.

— Appelez ça comme vous voulez, dit Mme Sloane.

— Je suis une scientifique, dit Elizabeth.

— Je croyais que le scientifique, c'était M. Evans.

— Moi aussi, je suis une scientifique.

— Évidemment. » Elle tapa dans ses mains. « Très bien, alors. Je vais y aller. Mais maintenant, vous savez que si vous avez besoin d'une paire de mains supplémentaire, je suis de l'autre côté de la rue. » Elle nota son numéro de téléphone au crayon noir directement sur le mur de la cuisine, juste au-dessus de l'appareil. « M. Sloane a pris sa retraite l'année dernière et il est tout le temps à la maison maintenant, et n'allez pas croire que vous allez me déranger, car ce n'est pas le cas ; en fait, vous me rendriez service. Compris ? » Elle se pencha pour récupérer quelque chose dans son sac à provisions. « Je vous pose ça là, dit-elle, en sortant un plat emballé dans du papier aluminium. Je ne dis pas que c'est bon, mais vous devez manger.

— Madame Sloane, dit Elizabeth, réalisant qu'elle ne voulait pas être seule. Vous avez l'air de vous y connaître en bébés.

— Autant qu'on puisse s'y connaître, convint-elle. Ce sont des petits sadiques égoïstes. La question est de savoir pourquoi on en a plusieurs.

— Combien en avez-vous eu ?

— Quatre. Qu'essayez-vous de dire, mademoiselle Zott ? Quelque chose en particulier vous inquiète ?

— Eh bien, commença Elizabeth en essayant d'empêcher sa voix de vaciller, c'est… c'est juste que…

— Dites-le simplement, l'encouragea Mme Sloane. Bam. Crachez le morceau.

— Je suis une mère horrible, débita-t-elle à toute vitesse. Ce n'est pas seulement parce que vous m'avez trouvée endormie sur mon lieu de travail, c'est beaucoup d'autres choses – ou plutôt, tout.

— Soyez plus précise.

— Eh bien… Par exemple, le Dr Spock dit que je suis censée faire suivre un programme au bébé, alors j'en ai fait un, mais elle ne veut pas le suivre. »

Harriet Sloane renifla, désapprobatrice.

« Et je ne vis aucun de ces moments que l'on est censé vivre – vous savez, les moments… Les moments de bonheur…

— Saleté de magazines féminins ! l'interrompit Mme Sloane. Vous devez éviter de lire ce genre de choses. C'est de la fiction pure.

— Mais les sentiments que j'éprouve, je… Je ne pense pas qu'ils soient normaux. Je n'ai jamais voulu avoir d'enfants, et maintenant que j'en ai un, j'ai honte de dire que j'ai été sur le point de l'abandonner au moins deux fois jusqu'à maintenant. »

Mme Sloane, qui s'apprêtait à sortir par la porte de derrière, s'arrêta.

« S'il vous plaît, la supplia Elizabeth. Ne pensez pas du mal de moi…

— Attendez, dit Mme Sloane, comme si elle avait mal entendu. Vous avez voulu vous en débarrasser… deux fois ? » Elle secoua alors la tête et rit d'un rire qui effraya Elizabeth.

« Ce n'est pas drôle.

— Deux fois ? Vraiment ? Même vingt fois, ça ferait encore de vous une p'tite joueuse. »

Elizabeth détourna le regard.

« Merde alors, souffla Mme Sloane avec sympathie. Vous êtes en train de faire le travail le plus difficile du monde. Votre mère ne vous l'a jamais dit ? »

À la mention de la mère d'Elizabeth, Mme Sloane remarqua une soudaine tension dans les épaules de la jeune femme.

« D'accord, dit-elle sur un ton plus doux. Ne vous en faites pas. Essayez juste de ne pas vous inquiéter autant. Vous vous débrouillez bien, mademoiselle Zott. Ça va s'arranger.

— Et si ce n'est pas le cas ? demanda Elizabeth, d'une voix désespérée. Et si… et si ça empire ? »

Bien qu'elle ne soit pas du genre à aimer les contacts physiques, madame Sloane revint sur ses pas pour poser légèrement la main sur l'une des épaules de la jeune femme. « Ça s'arrange toujours, dit-elle. Quel est votre prénom, mademoiselle Zott ?

— Elizabeth. »

Mme Sloane tendit une main. « Eh bien, Elizabeth, moi, c'est Harriet. »

Il y eut un silence gênant, comme si, en se présentant par leurs prénoms, chacune s'était confiée plus que prévu.

« Avant de partir, Elizabeth, puis-je vous donner un petit conseil ? commença Harriet. En fait, non, je ne le ferai pas. Je déteste recevoir des conseils, surtout des conseils non sollicités. » Elle rosit. « Vous détestez les donneurs de conseils, vous aussi, non ? Moi, je les déteste. Ils ont le don de faire croire qu'on est inadapté. Et les conseils sont généralement mauvais.

— Continuez », insista Elizabeth.

Harriet hésita, puis pinça les lèvres. « Bon, d'accord. Peut-être que ce n'est pas vraiment un conseil de toute façon. C'est plutôt une astuce. »

Elizabeth la regarda, dans l'attente d'en savoir plus.

« Prenez un peu de temps rien que pour vous, dit Harriet. Tous les jours.

— Un peu de temps ?

— Un peu de temps où *vous* êtes votre propre priorité. Rien que vous. Pas votre bébé, ni votre travail, pas votre M. Evans mort, ni votre maison crasseuse, rien. Rien que vous. Elizabeth Zott. Peu importe ce dont vous avez besoin, ce que vous voulez, ce que vous cherchez, reconnectez-vous à ce moment-là. » Elle tira d'un coup sec sur ses fausses perles. « Puis remettez-vous au travail. »

Et bien que Harriet n'ait pas mentionné qu'elle n'avait jamais suivi ce conseil elle-même – qu'il ne s'agissait que d'un conseil pioché dans l'un de ces magazines féminins ridicules –, elle voulait croire qu'un jour, elle se consacrerait de nouveau à l'objectif qui était le sien. Connaître l'amour. Le *véritable* amour. Puis elle ouvrit la porte de derrière, et la referma non sans avoir d'abord adressé un petit signe de tête à Elizabeth. Et comme si elle avait attendu ce moment, Madeline se remit à pleurer.

18

Prénom : Mad

Harriet Sloane n'avait jamais été jolie, mais elle avait connu des gens beaux et ils semblaient toujours attirer les problèmes. Ils étaient soit aimés, soit détestés pour leur physique. Quand Calvin Evans commença à sortir avec Elizabeth Zott, Harriet supposa que le physique de la jeune femme en était la raison. Mais lorsqu'elle les eut espionnés depuis son poste d'observation dans son salon, les rideaux de ses voisins s'étant obligeamment écartés pour lui donner une vue imprenable sur leur salon à eux, elle dut revoir cette hypothèse.

Il lui semblait que Calvin et Elizabeth avaient joui d'une relation étrange – presque surnaturelle, comme des jumeaux séparés à la naissance qui se retrouvent par hasard dans une tranchée en temps de guerre et qui, malgré la mort qui les entoure, sont stupéfaits de découvrir que non seulement ils se ressemblent et partagent une grave allergie aux palourdes, mais que ni l'un ni l'autre n'aime Dean Martin. Elle les imaginait ne cessant de s'extasier : « Vraiment ? Ça alors, moi aussi ! »

Ce ne fut jamais le cas entre elle et M. Sloane, son époux désormais à la retraite. Si tant est qu'on ait pu parler d'excitation au début, elle s'était écaillée comme un vernis à ongles bon marché. Elle avait trouvé M. Sloane hardi parce qu'il avait un tatouage et semblait ne pas remarquer que ses chevilles étaient épaisses et ses cheveux fins. Rétrospectivement, elle aurait dû y voir un indice – et comprendre qu'il ne lui avait pas prêté attention –, parce qu'alors elle aurait peut-être deviné qu'il ne lui prêterait jamais attention.

Elle ne se souvenait pas du moment où elle avait commencé à se rendre compte qu'elle n'était pas amoureuse de lui, ni lui d'elle ; mais c'était probablement lié à la façon dont il prononçait « ben » au lieu de « bien », et à l'abondante pilosité dont il était affligé.

Oui, vivre avec M. Sloane était un supplice, mais ces défauts physiques n'étaient pas seulement ce qui la révulsait. C'est plutôt sa stupidité de bas étage qu'elle abhorrait : son caractère dénué de charme, borné, têtu ; son ignorance, sa bigoterie, sa vulgarité, son insensibilité et, par-dessus tout, sa confiance en lui totalement illégitime. Comme la plupart des gens stupides, M. Sloane n'était pas assez intelligent pour savoir à quel point il était stupide.

Quand Elizabeth Zott emménagea avec Calvin Evans, M. Sloane le remarqua immédiatement. Il parlait d'elle constamment, ses commentaires étaient obscènes et bas comme ceux d'une hyène galeuse. « Voyez-vous ça », disait-il, en regardant par la fenêtre la jeune femme monter dans sa voiture, tout en frottant son ventre nu. « Ouais. »

À chaque fois, Harriet quittait la pièce. Elle savait qu'elle aurait dû être habituée à ce qu'il exprime son désir pour les autres femmes. Ce fut pendant leur lune de miel qu'il s'était masturbé pour la première fois en lisant des magazines féminins alors qu'il était allongé juste à côté d'elle dans le lit. Elle s'en était accommodée, car qu'aurait-elle pu faire d'autre ? De plus, on lui avait dit que c'était normal. Sain, même. Mais au fil du temps les magazines étaient devenus de plus en plus obscènes, cette habitude avait grandi et, maintenant elle était là, à cinquante-cinq ans, à ranger sa pile de périodiques poisseux, le cœur lourd.

C'était l'autre aspect révoltant de son époux. Comme tant d'hommes repoussants, M. Sloane croyait vraiment que les autres femmes le trouvaient attirant. Harriet n'avait aucune idée de l'origine de cette marque hors norme de confiance en soi. Parce que si les gens stupides ne savent pas qu'ils sont stupides parce qu'ils sont stupides, les gens peu attirants doivent savoir qu'ils sont peu attirants à cause des miroirs.

Certes, ne pas être attirant n'était pas en soi critiquable.

Elle n'était pas séduisante et elle le savait. Elle savait aussi que Calvin Evans n'était pas séduisant, que le chien qu'Elizabeth avait ramené un jour à la maison n'était pas séduisant, et qu'il y aurait de fortes chances pour que le futur bébé d'Elizabeth ne le fût pas non plus. Mais aucun d'entre eux n'était – ni ne serait jamais – laid. Seul M. Sloane était laid : parce qu'il était laid à l'intérieur. En réalité, la seule chose belle dans tout le quartier était Elizabeth, et Harriet l'avait évitée pour cette raison. Comme elle l'avait dit, les gens beaux créaient des problèmes.

Mais par la suite, M. Evans était mort et ces hommes ridicules à l'air suffisant avec leurs porte-documents avaient continué à s'arrêter chez Elizabeth. Elle se rendit alors compte qu'elle avait peut-être hérité de la façon dont M. Sloane jugeait le physique. C'est pourquoi elle était allée voir Elizabeth ce jour-là. Parce que si elle était coincée pour toujours dans le rôle de Mme Sloane – elle était catholique –, elle ne voulait en aucun cas se transformer en M. Sloane. Par ailleurs, elle savait comment étaient les nouveau-nés.

Appelez-moi, supplia-t-elle, en jetant un coup d'œil à la maison d'en face à travers ses rideaux. *Appelez-moi. Appelez-moi. Appelez-moi.*

De l'autre côté de la rue, Elizabeth avait décroché le téléphone pour appeler Harriet Sloane au moins une douzaine de fois au cours des quatre derniers jours mais avait à chaque fois renoncé. Elle s'était toujours considérée comme quelqu'un de capable ; mais en prenant en compte ne serait-ce que le peu de temps qu'elle avait passé avec Harriet, elle avait réalisé qu'elle ne l'était pas.

Elle se posta derrière la fenêtre et regarda la maison en face de chez elle. Une sorte de désespoir la saisit. Elle avait eu un bébé et allait l'élever jusqu'à ce qu'il atteigne l'âge adulte. Mon Dieu… *l'âge adulte*. À l'autre bout de la pièce, Madeline annonça qu'il était l'heure de manger.

« Mais tu viens de manger, lui rappela Elizabeth.

— EH BIEN, JE NE M'EN SOUVIENS PAS », répondit Madeline en hurlant, prenant officiellement l'initiative du jeu le moins amusant du monde : Devine Ce Que Je Veux Maintenant.

Elizabeth avait un autre problème : chaque fois qu'elle regardait sa fille dans les yeux, c'était Calvin qui lui rendait son regard. Très troublant. La vérité, c'est qu'elle était toujours en colère contre Calvin – pour lui avoir menti au sujet du financement de ses recherches, pour la façon dont son sperme avait défié les probabilités de contraception, pour être allé courir en tennis à l'extérieur quand tout le monde courait à l'intérieur en chaussons de danse. Elle savait qu'être en colère contre lui était injuste, mais le chagrin est arbitraire. Quoi qu'il en soit, personne ne savait à quel point elle était en colère ; elle gardait ce ressentiment pour elle. Ce ne fut qu'au moment de l'accouchement, quand elle avait *peut-être* crié des choses regrettables, tout en enfonçant *peut-être* ses ongles dans l'avant-bras d'une inconnue alors que les contractions les plus fortes prenaient le dessus, que cette colère s'était *peut-être* exprimée. Elle se souvenait de quelqu'un d'autre qu'elle, criant et jurant. Ce qui semblait étrange et peu sérieux.

Aussi, peu de temps après l'accouchement, quand une infirmière était venue avec un tas de formulaires et avait eu besoin de lui poser certaines questions – et au fait, comment se sentait-elle ? –, Elizabeth avait décidé de lui dire.

« Folle.

— Folle ? avait demandé l'infirmière.

— Oui, *folle* », avait répondu Elizabeth. Parce qu'elle l'était.

« Vous êtes sûre ?

— Évidemment que j'en suis sûre ! »

Et l'infirmière, qui était fatiguée de s'occuper de femmes qui n'étaient jamais au mieux de leur forme – celle-ci avait pratiquement gravé son nom sur son bras pendant l'accouchement – écrivit « Mad[1] » sur l'acte de naissance et partit en courant.

Et il en fut donc ainsi : le nom légal du bébé était Mad. Mad Zott – Zott La Folle.

1. En anglais *mad* est un adjectif qui signifie : fou/folle. Mad est aussi le diminutif de Madeline (ou Madeleine, ici en référence à la madeleine dans *À la recherche du temps perdu* de Marcel Proust).

Elizabeth ne s'en rendit compte que quelques jours plus tard à la maison, lorsqu'elle tomba sur l'acte de naissance au milieu d'un tas de papiers de l'hôpital qui traînaient sur la table de la cuisine. « C'est quoi ? dit-elle étonnée en regardant le certificat élégamment calligraphié. Mad Zott ? Pour l'amour de Dieu ! Est-ce que j'ai vraiment autant déliré ? »

Elle entreprit immédiatement de changer le prénom du bébé, mais il y avait un problème. Elle avait d'abord cru que le bon prénom lui apparaîtrait dès qu'elle verrait le visage de sa fille, mais ce ne fut pas le cas.

Debout dans son laboratoire, regardant la petite boule qui dormait dans un grand couffin garni de couvertures, elle étudiait les traits de son enfant. « Suzanne ? dit-elle prudemment. Suzanne Zott ? » Mais le prénom sonnait faux. « Lisa ? Lisa Zott ? Zelda Zott ? » Rien. « Helen Zott ? » essaya-t-elle. « Fiona Zott. Marie Zott ? » Toujours rien. Elle posa ses mains sur ses hanches, comme pour se préparer mentalement. « *Mad* Zott », se risqua-t-elle enfin.

Les yeux du bébé s'ouvrirent brusquement.

De son poste, allongé sous la table, Six-Trente souffla. Il avait passé suffisamment de temps dans une cour de récréation pour comprendre qu'on ne pouvait pas donner *n'importe quel* prénom à un enfant, surtout lorsque ce prénom était le résultat d'un malentendu ou, dans le cas d'Elizabeth, d'un choc. À son avis, les noms importaient plus que le sexe, plus que la tradition, plus que tout ce qui sonne bien. Un nom *définissait* une personne – ou dans son cas, un chien. C'était un drapeau personnel que l'on brandissait pour le restant de sa vie ; il devait être juste. Comme son nom à lui, qui ne lui avait été attribué qu'un an après sa naissance. Six-Trente. Rien n'aurait été plus pertinent.

Il entendit Elizabeth murmurer : « Mad Zott. Mon Dieu. »

Six-Trente se leva pour filer dans la chambre. À l'insu d'Elizabeth, il cachait des biscuits sous le lit depuis des mois, une pratique à laquelle il avait commencé à s'adonner juste après la mort de Calvin. Ce n'était pas parce qu'il craignait qu'Elizabeth oublie de le nourrir, mais plutôt parce que lui aussi avait fait une découverte chimique importante. Lorsqu'il était confronté à un problème sérieux, il avait découvert que manger l'aidait.

Mad, considéra-t-il, en mâchant un biscuit. *Madge. Mary. Monica.* Il attrapa un autre biscuit, qui croustilla bruyamment. Il aimait beaucoup ses biscuits – encore une réussite sortie tout droit de la cuisine d'Elizabeth Zott. Ce qui lui donna une idée : *Pourquoi ne pas donner au bébé un prénom en lien avec la cuisine ? Bol. Bol Zott. Ou le labo ? Bécher. Bécher Zott. Ou peut-être quelque chose en lien direct avec la chimie, quelque chose comme, eh bien, Chim ? Et pourquoi pas Kim ? Comme Kim Novak, son actrice préférée dans* L'Homme au bras d'or. *Kim Zott.*

Non. Kim, c'était trop court.

Et il se dit : *Et Madeline ?* Elizabeth lui avait lu *À la recherche du temps perdu* ; et s'il ne pouvait pas vraiment en recommander la lecture, il en avait compris une partie. La partie sur la madeleine. Le biscuit. *Madeline Zott ? Pourquoi pas ?*

« Que penses-tu du prénom "Madeline" ? » lui demanda Elizabeth après avoir trouvé le livre de Proust inexplicablement ouvert sur sa table de nuit.

Il la regarda, l'air innocent.

Le seul problème était que pour changer le prénom de Mad en Madeline, il fallait aller à la mairie, et, une fois là-bas, remplir un formulaire qui demandait un certificat de mariage et plusieurs autres détails qu'Elizabeth ne souhaitait guère partager. « Tu sais quoi ? dit Elizabeth, en rejoignant Six-Trente sur les marches à la sortie de la mairie. Nous allons garder ça pour nous. Juridiquement, elle s'appelle Mad, mais nous, nous l'appellerons Madeline et personne ne s'en rendra compte. »

Juridiquement Folle, pensa Six-Trente. *Tout ne pourra que bien se passer.*

Autre chose à propos de Mad : elle devenait vraiment furieuse quand les chercheurs de Hastings passaient. « Colique », aurait diagnostiqué le Dr Spock. Mais Elizabeth pensait plutôt que le bébé était capable de cerner les gens. Ce qui l'inquiétait. En effet que penserait-elle alors du caractère de sa propre mère ? Une femme qui ne parlait pas à sa famille, qui avait refusé d'épouser un homme qu'elle aimait profondément, qui avait été virée de son travail, qui passait ses journées à apprendre des mots à son chien ? Serait-elle considérée comme égoïste, folle ou les deux ?

Elle n'en était pas sûre, mais elle avait le sentiment que sa voisine saurait. Elizabeth n'était pas du genre à fréquenter l'église, mais Harriet Sloane avait quelque chose de la sainteté en elle. Elle était comme un prêtre à l'esprit pragmatique, quelqu'un à qui l'on pouvait confier des choses – des craintes, des espoirs, des erreurs – et attendre en retour des paroles sages, et non une recette de prières et de chapelets pour simplet, ou la réponse évasive standard « Et comment vous sentez-vous ? » d'un psychologue. Comment faire face à la situation actuelle ? Comment survivre ? Elle saurait probablement répondre à ces questions.

Elizabeth décrocha le téléphone, ignorant que, depuis sa fenêtre, Harriet, munie de jumelles, savait déjà quel numéro elle composait sur le cadran.

« Allô ? » Harriet répondit sur un ton désinvolte, en replaçant la paire de lunettes entre les coussins du canapé. « Vous êtes bien chez les Sloane.

— Harriet. C'est Elizabeth Zott.

— J'arrive tout de suite. »

19

Décembre 1956

Le plus grand avantage d'avoir pour mère une scientifique ? Peu de garde-fous.

Dès que Mad put marcher, Elizabeth l'encouragea à toucher, goûter, jeter, taper, brûler, déchirer, renverser, secouer, mélanger, éclabousser, renifler et lécher presque tout ce qu'elle rencontrait.

« Mad ! criait Harriet chaque matin en arrivant. Pose ça !

— Pose ça ! » acceptait Madeline, en jetant une tasse à café à moitié remplie à travers la pièce.

« Non ! criait Harriet.

— Non ! » répétait Mad.

Pendant que Harriet allait chercher la serpillière, Madeline explorait le salon en vacillant, ramassant une chose, en jetant une autre, ses petites mains malhabiles attrapant automatiquement les objets trop pointus, trop chauds, trop toxiques, tout ce que la plupart des parents gardent volontairement hors de portée des enfants, bref, les meilleures choses. Néanmoins, sa vie n'était pas menacée.

C'était grâce à Six-Trente. Il était toujours là, flairant le danger, bloquant les prises de courant, se positionnant sous l'étagère de façon à ce que lorsqu'elle l'escaladerait – ce qu'elle faisait presque tous les jours –, il lui servirait de coussin pour amortir sa chute. Il avait échoué une fois à protéger quelqu'un qu'il aimait. Il n'échouerait pas deux fois.

« Elizabeth, la sermonna Harriet. Vous ne pouvez pas laisser Mad faire ce qu'elle veut.

— Vous avez tout à fait raison, Harriet, dit Elizabeth sans quitter des yeux ses trois tubes à essai. Vous remarquerez que j'ai changé les couteaux de place.

— Elizabeth, implora Harriet. Vous devez la surveiller. Hier, je l'ai trouvée en train de grimper dans la machine à laver.

— Ne vous inquiétez pas, rétorqua Elizabeth, les yeux toujours fixés sur les tubes à essai. Je ne commence jamais à charger la machine sans d'abord vérifier. »

Toutefois, malgré ses constantes inquiétudes, Harriet ne pouvait contester que Mad grandissait selon des normes que ses enfants n'avaient jamais connues. Encore plus inhabituel : la relation mère-fille recelait une symétrie que Harriet ne pouvait ignorer. L'enfant apprenait de sa mère, mais la mère apprenait aussi de son enfant. C'était comme une société d'adoration mutuelle – on pouvait le voir à la façon dont Mad regardait Elizabeth quand elle lui faisait la lecture, à la façon dont elle poussait un cri quand sa mère chuchotait à son oreille, à la façon dont Elizabeth rayonnait quand l'enfant combinait du bicarbonate de soude avec du vinaigre, à la façon dont elles partageaient constamment tout ce qu'elles pensaient et faisaient – de la chimie, du babillages, de la bave – en utilisant parfois une sorte de langage secret qui semblait excluant. On ne peut pas

– on ne doit pas – être l'amie de son enfant, avait-elle prévenu Elizabeth. Elle avait lu ce conseil dans l'un de ses magazines.

Elle regarda Elizabeth attraper Mad pour l'installer sur ses genoux devant des tubes à essai bouillonnants. Les yeux de l'enfant se remplirent d'émerveillement. Comment Elizabeth avait-elle appelé sa méthode d'enseignement ? L'apprentissage par l'expérience ?

« Les enfants sont des éponges », avait-elle expliqué une semaine plus tôt lorsque Harriet l'avait réprimandée pour avoir lu à voix haute à Madeline *L'Origine des espèces*. « Je ne vais pas laisser Mad se dessécher prématurément.

— Ment, avait crié Mad. Ment, ment, ment !

— Mais elle ne comprend probablement pas un traître mot de ce que Darwin a écrit, avait argumenté Harriet. Ne pourriez-vous pas au moins lui lire la version abrégée ? » Harriet n'avait jamais lu que des versions abrégées. Le *Reader's Digest* était sa publication préférée pour cette même raison – on réduisait les gros livres ennuyeux pour qu'ils soient faciles à digérer, comme l'aspirine St. Joseph. Un jour, elle avait entendu une femme dans le parc dire qu'elle souhaitait que le *Reader's Digest* condense la Bible, et Harriet s'était surprise à penser : *Oui, et les mariages*.

« Je ne crois pas aux abrégés, dit Elizabeth. En tout cas, je pense que Mad et Six-Trente apprécient. »

Elizabeth faisait donc aussi la lecture à Six-Trente. Harriet aimait bien Six-Trente. En fait, elle avait parfois l'impression qu'elle et le chien partageaient les mêmes inquiétudes quant à l'approche *que sera, sera* – arrivera ce qui doit arriver – d'Elizabeth en matière d'éducation des enfants.

« J'aimerais que tu puisses lui parler, lui dit Harriet plus d'une fois. Elle t'écouterait. »

Six-Trente lui rendait son regard, en soupirant. Elizabeth l'*écoutait* effectivement – de toute évidence, la communication ne se limitait pas à la conversation. Pourtant, il sentait que la plupart des gens n'écoutaient pas leur chien. C'est ce qu'on appelait : ignorer. Ou plutôt, non. Ignorance. Il venait juste de l'apprendre. Au fait, sans vouloir se vanter, il en était à quatre-cent quatre-vingt-dix-sept mots appris.

La seule personne en dehors d'Elizabeth qui ne semblait pas sous-estimer ce qu'un chien comprenait, ou ce que signifiait être une mère qui travaille, était le Dr Mason. Comme il l'en avait avertie, il passa chez elle environ un an après l'accouchement, apparemment pour voir comment les choses se passaient, mais plus certainement pour lui parler de son bateau.

« Bonjour, mademoiselle Zott », dit-il lorsqu'elle ouvrit la porte un matin à sept heures quinze, étonnée de le voir là, dans sa tenue d'aviron, sa coupe en brosse humide après avoir ramé dur dans le brouillard matinal. « Comment ça va ? demanda-t-il. Non que je veuille parler de moi, mais la sortie en aviron de ce matin n'a jamais été aussi affreuse. » Il avança et passa devant elle, se frayant tranquillement un chemin à travers le désordre de la petite enfance jusqu'au laboratoire, où il trouva Mad réfléchissant au moyen de s'échapper de sa chaise haute.

« Eh bien, la voilà ! » Il rayonnait. « Elle a grandi et elle est toujours en vie. Excellent. » Il remarqua une pile de couches fraîchement lavées, en prit une et commença à la plier. « Je ne peux pas rester longtemps, mais j'étais dans le quartier et j'ai pensé que je devais passer vous voir. » Il se pencha pour mieux voir Mad. « Mince alors, c'est une grande fille. Je suppose que nous pouvons remercier Evans pour ça. Comment se passe l'éducation de cette enfant ? » Mais avant qu'Elizabeth ne puisse répondre, il attrapa le livre du docteur Spock. « Spock est une bonne source d'informations. C'est un rameur, vous savez. Il a gagné une médaille d'or aux Jeux olympiques en 1924.

— Docteur Mason, commença Elizabeth, surprise de se rendre compte à quel point elle était heureuse de le voir et de sentir l'odeur de l'océan sur ses vêtements. C'est gentil à vous de passer, mais…

— Ne vous inquiétez pas, je ne peux pas rester longtemps, je suis de garde : j'ai promis à ma femme de m'occuper des enfants ce matin. Je voulais juste m'assurer que tout allait bien. Vous avez l'air fatiguée, mademoiselle Zott. Vous avez besoin d'aide ? Vous avez quelqu'un ?

— Ma voisine passe me voir.

— Excellent. La proximité est essentielle. Et vous, comment prenez-vous soin de vous ?

— Que voulez-vous dire ?

— Vous faites toujours de l'exercice ?

— Eh bien, je…

— Vous ramez sur la machine ?

— Un peu…

— Bien. Où est-il ? L'ergomètre ? »

Il entra dans le salon. Et Elizabeth l'entendit dire : « Oh mon Dieu. Evans était vraiment sadique. »

Elizabeth l'appela pour qu'il la rejoigne dans la cuisine-laboratoire. « Docteur Mason ? Je suis ravie de vous voir, mais j'ai une réunion ici dans trente minutes et j'ai beaucoup à…

— Désolé, dit-il en revenant vers elle. Je n'ai pas l'habitude de faire ça – passer voir les patientes après l'accouchement. Pour être honnête, je ne revois jamais aucune de mes patientes, sauf si elles décident de grossir les rangs.

— Je suis honorée. Mais comme je vous le disais, je suis…

— Occupée », termina-t-il pour elle. Il s'approcha de l'évier et commença à faire la vaisselle. « Donc, résuma-t-il, vous avez le bébé, l'ergomètre, votre travail en free-lance, vos recherches… » Il compta sur ses doigts, levant ses mains savonneuses alors qu'il parcourait la pièce des yeux. « Au fait, c'est un beau laboratoire.

— Merci.

— Est-ce Evans qui…

— Non.

— Alors…

— Je l'ai construit moi-même. Pendant ma grossesse. »

Il secoua la tête, incrédule.

« J'ai eu de l'aide, expliqua-t-elle en faisant un geste vers Six-Trente, assis près de la chaise de Mad telle une sentinelle, attendant que de la nourriture tombe de là-haut.

— Ah ! Le voilà. Les chiens sont d'une aide précieuse. À l'époque, ma femme et moi avons pensé que notre chien nous servirait de galop d'essai avant d'avoir des enfants, fit-il en examinant une casserole. Un tampon Jex ?

— À votre gauche.

— En parlant de galop d'essai, poursuivit-il en ajoutant du savon, il est temps.

— Il est temps de quoi ?

— De ramer. Ça fait déjà un an. »

Elle éclata de rire. « Très drôle. »

Il se retourna pour la regarder, ses mains dégoulinantes d'eau. « Qu'est-ce qui est drôle ? »

Ce fut alors au tour d'Elizabeth d'avoir l'air confuse.

« Nous avons une ouverture. Le Deux. Nous aimerions que vous reveniez le plus vite possible. La semaine prochaine au plus tard.

— Quoi ? Non. Je suis…

— Fatiguée ? Occupée ? Vous allez sûrement dire que vous n'avez pas le temps.

— Parce que je ne l'ai pas.

— Qui en a ? On surestime largement l'âge adulte, vous ne trouvez pas ? demanda-t-il. Dès que vous résolvez un problème, dix autres surgissent, hop !

— Hop ! cria Madeline.

— La seule chose sérieuse que j'ai apprise chez les marines, c'est qu'il faut faire son lit tous les matins. Mais un jet d'eau glacé en pleine face à tribord, juste avant l'aube ? Ça remet les idées en place, non ? »

Elizabeth but une gorgée de café pendant que Mason bavardait. Elle était bien consciente qu'elle avait besoin qu'on lui « remette les idées en place ». Elle avait atteint une nouvelle étape dans son chagrin : elle était passée du deuil de l'homme dont elle était tombée amoureuse, au deuil du père qu'il aurait été, elle n'avait aucun doute là-dessus. Elle s'efforçait de ne pas imaginer à quelle hauteur Calvin aurait lancé Mad dans les airs, avec quelle facilité il l'aurait juchée sur ses épaules. Aucun des deux n'avait voulu d'enfants, et Elizabeth croyait toujours dur comme fer qu'aucune femme n'avait l'obligation d'avoir un bébé. Pourtant elle en était là : mère célibataire, scientifique à la tête de ce qui était probablement l'expérience la moins scientifique de tous les temps : l'éducation d'un autre être humain. Pour elle, être parent, c'était comme passer un examen sans avoir révisé. Les questions étaient décourageantes et il n'y avait pas assez de choix multiples dans les réponses. De temps en temps, elle se réveillait, trempée de sueur, après avoir imaginé qu'on frappait à la porte et qu'une sorte de figure d'autorité, avec un panier vide de la taille d'un bébé, lui disait : « Nous venons d'examiner votre dernier rapport de performance parentale et il est difficile de le formuler autrement : vous êtes virée. »

« J'ai essayé pendant des années de convaincre ma femme de se mettre à l'aviron, disait le Dr Mason. Je pense qu'elle adorerait ça. Mais elle a toujours refusé et je suppose que c'est en partie parce qu'il n'y a pas d'autres femmes dans le hangar à bateaux. Je ne suis pas fou, mademoiselle Zott. Les femmes rament. Vous ramez. *Il existe* des équipes féminines d'aviron.

— Où ?

— À Oslo.

— En Norvège ?

— Celle-là, dit-il en désignant Mad. Il ne fait aucun doute qu'elle va ramer à bâbord. Vous voyez comme elle déplace naturellement son poids vers la droite ? »

Tous deux regardèrent Madeline, qui fixait ses doigts comme si elle était surprise de constater qu'ils n'étaient pas tous de la même longueur. La veille au soir, alors qu'Elizabeth lisait à voix haute un extrait de *L'Île au trésor*, elle avait senti Mad la regarder, bouche bée tant elle était impressionnée. Elle avait baissé les yeux sur sa fille, impressionnée elle aussi, à sa façon. Personne n'avait exprimé aussi clairement une telle foi en elle depuis longtemps. Elle était submergée par l'amour qu'elle éprouvait pour son enfant qui en savait si peu sur elle.

« Vous seriez surprise de savoir tout ce qu'on peut déjà dire sur un bébé à ce stade, ajouta Mason. Ils révèlent constamment leur futur moi dans tout un tas de détails. Cette enfant-là : elle est capable de déchiffrer tout ce qui se passe autour d'elle. »

Elizabeth acquiesça. La semaine précédente, elle avait jeté un coup d'œil à Mad pendant la sieste et avait trouvé l'enfant assise dans son berceau en train d'expliquer quelque chose à Six-Trente avec sérieux. Elizabeth était restée en retrait, à observer avec étonnement le bébé qui vacillait d'avant en arrière comme une quille menaçant de basculer, et qui agitait les mains tout en bredouillant un flot continu de consonnes et de voyelles assemblées au hasard, comme du linge étendu sur une corde, mais prononcées avec une passion qui indiquait clairement qu'elle était une experte en la matière. Six-Trente se tenait près du berceau, gueule ouverte, le nez coincé entre les barreaux, les oreilles suivant chaque syllabe. Mad s'était arrêtée brusquement, comme si elle avait perdu le fil de ses pensées, puis s'était penchée vers le chien et avait recommencé. « Gagagagazozonanowoowoo, avait-elle ajouté comme pour clarifier un point. Babbadodobabdo. »

Elizabeth comprit alors qu'avoir un bébé, c'était un peu comme vivre avec un visiteur venu d'une planète lointaine. Un certain nombre de concessions mutuelles est nécessaire, tandis que le visiteur apprend vos habitudes et vous les siennes, mais peu à peu les leurs s'estompent et les vôtres subsistent. Ce qu'elle trouvait regrettable. Car contrairement aux adultes, son visiteur ne se lassait jamais de la moindre découverte, il voyait toujours ce qu'il y avait de magique dans l'ordinaire. Le mois dernier, Mad avait poussé un cri dans le salon, et Elizabeth avait gâché une heure de travail en se précipitant à ses côtés. « Que se passe-t-il, Mad ? avait-elle demandé, arrivant en trombe, tel un hélicoptère sur une zone de guerre. Qu'est-ce qui ne va pas ? »

Mad, les yeux écarquillés, la regardait en brandissant une cuillère. *Regarde ça !* avait-elle eu l'air de dire. *C'était là ! Par terre !*

« Et ce n'est pas seulement un exercice physique, disait le docteur Mason. L'aviron est un mode de vie. N'ai-je pas raison ? » Il parlait au bébé.

« Zon ! cria Mad en tapant sur son plateau.

— Au fait, nous avons un nouvel entraîneur, dit-il en se tournant vers Elizabeth. Très talentueux. Je lui ai parlé de vous.

— Vraiment ? Et vous lui avez dit que j'étais une femme ?

— Non ! cria Mad.

— Le fait est, mademoiselle Zott, reprit le Dr Mason – évitant sa question en prenant une serviette avant de la mouiller et de se diriger vers la chaise haute où il s'en servit pour laver les mains collantes de Mad –, que nous avons un problème constant avec le Deux. Entre vous et moi, c'est un rameur épouvantable, qui n'a jamais été là que grâce à d'anciennes relations universitaires. Mais tout ça a pris fin le week-end dernier quand il s'est cassé la jambe dans un accident de ski. » Il essaya de cacher sa joie. « Triple fracture ! »

Madeline tendit les bras et il la souleva de sa chaise.

« Je suis désolée d'entendre ça, dit Elizabeth. Et j'apprécie le vote de confiance. Pourtant, je n'ai pas d'expérience. Je ne suis montée dans un huit que quelques fois et uniquement grâce à Calvin.

— Alv-in, dit Mad.

— Bien sûr que vous avez de l'expérience, rétorqua le Dr Mason, surpris. Sérieusement ? Entraînée par Calvin Evans lui-même ? Dans un deux de couple ? Je me contenterais de ce genre d'expertise plutôt que de celle d'un gaillard, ex-laquais sorti de l'université.

— Et je suis très occupée, ajouta-t-elle.

— À quatre heures et demie du matin ? Vous serez de retour à la maison avant même que cette enfant ne se rende compte que vous êtes partie. *Le Deux.* » Il accentua les derniers mots comme si c'était une offre promotionnelle qui ne durerait pas. « Vous vous en souvenez ? On en a parlé. »

Elizabeth secoua la tête. Calvin avait été pareil, il considérait l'aviron comme une priorité. Elle se souvint d'un matin en particulier où certains rameurs s'étaient étonnés de ne pas voir arriver leur Cinq. Le barreur l'avait appelé à la maison, et avait appris que le Cinq avait une forte fièvre. « D'accord, mais tu viens quand même, hein ? » avait-il ordonné.

« Mademoiselle Zott, insista le Dr Mason. Je ne veux pas vous mettre dans l'embarras, mais la vérité, c'est que nous avons besoin de vous. Je sais que je n'ai ramé avec vous que ces quelques fois, mais je sais aussi ce que j'ai ressenti. En plus, le fait de remonter dans un bateau vous permettra de *vous* sentir beaucoup mieux. Nous nous sentirons *tous* beaucoup mieux, ajouta-t-il en repensant à la séance d'aviron à laquelle il venait de participer. Demandez à votre voisine. Voyez si elle ne veut pas garder le bébé.

— À quatre heures et demie du matin ?

— Oui, c'est ce qui est le moins bien compris à propos de l'aviron : on le pratique aux heures creuses », conclut le Dr Mason en se tournant vers la porte, prêt à partir.

« Pas de problème, dit Harriet.

— Vous n'êtes pas sérieuse ? s'exclama Elizabeth.

— Ce sera amusant », répondit Harriet comme si tout le monde s'accordait pour dire que se lever au milieu de la nuit l'était. En réalité, c'était à cause de M. Sloane. Il buvait et jurait de plus en plus et le seul moyen qu'elle connaissait pour y faire face était de rester à l'écart. « De toute façon, c'est seulement trois matins par semaine.

— C'est juste un essai. Je ne passerai peut-être pas le test.

— Tout ira bien, rétorqua Harriet. Vous allez réussir haut la main. »

Mais alors qu'Elizabeth entrait dans le hangar à bateaux deux jours plus tard, de petits groupes de rameurs assoupis la regardant avec surprise, elle commença à penser que la foi de Harriet et les besoins du Dr Mason étaient tous deux exagérés.

« Bonjour, dit-elle à des rameurs au hasard.

— Qu'est-ce qu'elle fait là ? entendit-elle chuchoter.

— Mon Dieu, s'exclama un autre.

— Mademoiselle Zott, l'appela enfin le Dr Mason à l'autre bout du hangar à bateaux. Par ici. »

Elle se fraya un chemin à travers le bâtiment pour arriver devant un groupe d'hommes débraillés qui avaient l'air d'avoir reçu une très mauvaise nouvelle.

« Elizabeth Zott », dit-elle d'une voix ferme, en tendant la main. Personne ne la lui serra.

« Zott ramera à la place du Deux aujourd'hui, dit Mason. Bill s'est cassé la jambe. »

Silence.

« Entraîneur, dit le Dr Mason, en se tournant vers un homme à l'air meurtrier. C'est le rameur dont je vous ai parlé. »

Silence.

« Certains d'entre vous se souviennent peut-être qu'elle a déjà ramé avec nous. »

Silence.

« Des questions ? »

Silence.

« Allons-y alors. » Il fit un signe de tête à l'adresse du barreur.

« Je pense que ça s'est bien passé, n'est-ce pas ? » dit plus tard le Dr Mason alors qu'ils marchaient vers leurs voitures. Elle se retourna pour le regarder. Pendant l'accouchement, quand elle souffrait horriblement, convaincue que le bébé lui arrachait les entrailles comme pour s'assurer qu'elle aurait, à l'avenir, la force de supporter une lourde charge, elle avait crié si fort que le cadre du lit en avait tremblé. Une fois les contractions passées, elle avait ouvert les yeux pour voir le Dr Mason penché sur elle qui lui disait : *Vous voyez ? Ça ne s'est pas si mal passé, non ?*

Elle tripota ses clés de voiture. « Je ne suis pas sûre que le barreur et l'entraîneur seraient d'accord.

— Dans leur cas, c'est normal, balaya-t-il avec un geste désinvolte de la main. Je pensais que vous le saviez. Les nouveaux rameurs sont accusés de tout. Vous avez surtout ramé avec Evans, vous ne pouvez pas vraiment comprendre les finesses de la culture de l'aviron. Patientez encore le temps de quelques entraînements, vous verrez. »

Elle espéra qu'il fût sincère car, en vérité, elle avait adoré être à nouveau sur l'eau. Elle se sentait épuisée, mais d'une bonne fatigue.

« Ce que je trouve intéressant dans l'aviron, expliqua le Dr Mason, c'est qu'il se pratique toujours en marche arrière. C'est presque comme si le sport lui-même essayait de nous apprendre à ne pas aller de l'avant. » Il ouvrit la portière de sa voiture. « En fait, quand on y pense, l'aviron, c'est presque comme élever des enfants. Les deux demandent de la patience, de l'endurance, de la force et du dévouement. Et aucun ne nous permet de voir où nous allons, seulement où nous sommes allés. Je trouve ça très rassurant, pas vous ? Sauf les fausses pelles, bien sûr, quand le bateau chavire. Je préférerais qu'il y ait moins de fausses pelles.

— Vous voulez dire…

— Les fausses pelles, insista-t-il en montant dans sa voiture. Hier, l'un de mes enfants a frappé l'autre avec une pelle. »

20

Biographie

Bien qu'elle eût à peine quatre ans, Mad était déjà plus grande que la plupart des enfants de cinq ans et savait mieux lire que de nombreux élèves de sixième. Mais, bien qu'elle fût intellectuellement et physiquement précoce, elle avait peu d'amis, tout comme sa mère asociale et son père rancunier.

« Je crains qu'il ne s'agisse d'une mutation génétique, confia Elizabeth à Harriet. Calvin et moi pourrions tous les deux être porteurs.

— Le gène je-hais-les-gens ? dit Harriet. Ça existe ?

— *La timidité*, corrigea Elizabeth. L'introversion. Alors devinez quoi : je l'ai inscrite à la maternelle. La nouvelle année scolaire commence lundi et, soudain, ça m'a paru évident. Mad a besoin d'être entourée d'enfants, vous l'avez dit vous-même. »

C'était vrai. Harriet avait émis cette opinion au moins une centaine de fois au cours de ces dernières années. Madeline était en effet une enfant précoce avec d'extraordinaires capacités d'expression verbale et de compréhension, mais Harriet ne la voyait guère gagner en autonomie dans les activités de tous les jours – comme attacher ses chaussures, ou simplement jouer à la poupée. Dernièrement, elle avait suggéré qu'elles fassent un collier de bonbons La Pie qui chante et Mad avait froncé les sourcils, avant de dessiner une portée de solfège sur laquelle elle avait écrit le nombre pi. « C'est fait », avait-elle dit.

De plus, si Mad allait à l'école, qu'allait-elle être censée faire de ses journées, elle, Harriet ? Elle s'était habituée à être indispensable.

« Elle est trop jeune, insista Harriet. Il faut qu'elle ait au moins cinq ans. Mieux, six.

— C'est ce qu'ils m'ont dit, rétorqua Elizabeth. Néanmoins, elle est acceptée. »

Ce qu'Elizabeth négligea de préciser, c'était qu'elle avait pu inscrire Madeline non parce qu'elle était brillante, mais plutôt parce qu'elle, Elizabeth, avait déterminé la composition chimique de l'encre des stylos à bille et trouvé un moyen de modifier l'acte de naissance de Madeline. Techniquement, Mad était beaucoup trop jeune pour aller à la maternelle, mais Elizabeth ne voyait pas ce qu'un détail technique avait à voir avec l'éducation de sa fille.

« École élémentaire Woody, dit-elle, en tendant une feuille à Harriet. Mme Mudford. Classe 6. Je me rends compte qu'elle est peut-être un peu plus avancée que les autres enfants, mais je doute qu'elle soit la seule à lire du Zane Grey[1], non ? »

Inquiet, Six-Trente leva la tête. Cette nouvelle ne l'enthousiasmait guère lui non plus. Mad à l'école ? Qu'en serait-il alors de *son* travail *à lui* ? Comment

1. Zane Grey (1872-1939) est un écrivain américain connu pour ses romans d'aventures et pour ses histoires qui présentaient une image idéalisée de l'Ouest.

pourrait-il protéger la créature si elle était dans une salle de classe ?

Elizabeth rassembla les tasses à café et les porta à l'évier. Cette idée soudaine d'inscription à l'école n'était pas si soudaine que ça. Elle était allée à la banque plusieurs semaines auparavant pour obtenir une hypothèque inversée sur le bungalow. Elles étaient fauchées. Si Calvin n'avait pas mis leurs deux noms sur l'acte de propriété, un fait qu'elle ne découvrit qu'après sa mort, il leur aurait fallu avoir recours à l'aide sociale.

Le directeur de la banque avait fait une sombre évaluation de la situation. « Les choses ne feront qu'empirer, l'avait-il avertie. Dès que votre enfant sera en âge d'y aller, mettez-la à l'école. Puis trouvez un travail qui paie vraiment. Ou bien épousez un homme riche. »

Elle était remontée dans sa voiture et avait passé en revue les options qui s'offraient à elle.

Dévaliser une banque.

Dévaliser une bijouterie.

Plus réaliste mais peu réjouissant : retourner à l'endroit qui l'avait dévalisée elle.

Vingt-cinq minutes plus tard, elle entrait dans le hall de l'Institut de recherche Hastings, les mains tremblantes, la peau moite, le système d'alerte de son corps déclenchant toutes les alarmes. Elle inspira une grande bouffée d'air, essayant de reprendre des forces. « Dr Donatti, s'il vous plaît », dit-elle à la réceptionniste.

« Est-ce que je vais aimer l'école ? s'inquiéta Mad en déboulant dans la cuisine-laboratoire.

— Bien sûr, répondit Elizabeth de manière peu convaincante. Qu'est-ce que c'est ? » demanda-t-elle en désignant une grande feuille de papier à dessin noir que Madeline tenait dans sa main droite.

« Mon dessin », dit Madeline, en le posant sur la table devant sa mère, alors qu'elle se blottissait contre elle. C'était encore un dessin à la craie. Madeline préférait la craie aux crayons de couleur ; mais la craie s'effaçait facilement et ses dessins étaient donc souvent flous, comme si ses sujets essayaient de sortir de la page. Elizabeth baissa les yeux et vit quelques personnages en bâton, un chien, une tondeuse à gazon, un soleil, une lune, peut-être une voiture, des fleurs, une longue boîte. Le feu semblait brûler le bas de la page ; la pluie dominait en haut. Et il y avait une autre chose : une grande masse blanche tourbillonnante en plein milieu.

« Dis donc, c'est vraiment quelque chose. Il ne fait aucun doute que tu y as passé beaucoup de temps », commenta Elizabeth.

Mad gonfla ses joues comme si sa mère n'avait même pas idée de la moitié du travail que ce dessin avait requis.

Elizabeth étudia à nouveau le dessin. Depuis quelque temps, elle lisait à Madeline un livre sur la manière dont les Égyptiens utilisaient les surfaces des sarcophages pour raconter l'histoire d'une vie – ses hauts et ses bas, les naissances, les morts – le tout dans une symbolique précise. Et au cours de sa lecture, elle s'était demandé si l'artiste ne se trompait jamais, par distraction. Par exemple, encrer un aspic au lieu d'une chèvre. Et si c'était le cas, devait-il l'effacer et recommencer ? Probablement pas. D'un autre côté, n'était-ce pas la définition même de la vie : des adaptations constantes provoquées par une série d'erreurs sans fin ? Si, et elle aurait dû le savoir.

Le Dr Donatti était apparu dans le hall dix minutes plus tard. Bizarrement, il avait semblé presque soulagé de la voir. « Mademoiselle Zott ! » s'était-il exclamé, en la serrant dans ses bras alors qu'elle retenait son souffle, révulsée. « Je pensais justement à vous ! »

En fait, il ne pensait à rien d'autre qu'à *Zott*.

« Raconte-moi qui sont ces gens, dit-elle à Mad, en montrant les personnages dessinés.

— C'est toi et moi et Harriet, expliqua Mad. Et Six-Trente. Et ça, c'est toi en train de ramer, dit-elle en montrant la chose en forme de boîte, et ça c'est notre tondeuse à gazon. Et là, c'est le feu. Et là, d'autres personnes. Ça, c'est notre voiture. Et le soleil sort, puis la lune sort, et enfin les fleurs. Tu comprends ?

— Je pense que oui, dit Elizabeth. C'est une histoire de saison.

— *Non*, dit Mad. C'est l'histoire de ma vie. »

Elizabeth hocha la tête en faisant semblant de comprendre. Une tondeuse à gazon ?

« Et c'est quoi ça ? demanda Elizabeth en désignant le tourbillon au centre du dessin.

— C'est le puits dans lequel on tombe quand on est mort », dit Mad.

Elizabeth, inquiète, écarquilla les yeux. « Et ça ? » Elle désigna une série de lignes obliques. « La pluie ?

— Des larmes », dit Mad.

Elizabeth s'agenouilla, ses yeux à la hauteur de ceux de Mad. « Tu es triste, mon cœur ? »

Mad plaça ses petites mains pleines de craie de chaque côté du visage de sa mère. « Non. Mais toi, tu l'es. »

Après que Mad était allée jouer dehors, Harriet dit quelque chose à propos de ce qui sort de « la bouche des enfants », mais Elizabeth fit semblant de ne pas entendre. Elle était consciente que sa fille pouvait lire en elle comme dans un livre. Elle avait déjà remarqué auparavant comment Mad pouvait sentir exactement les choses que tout le monde voulait cacher. « Harriet n'a jamais été amoureuse », avait-elle dit sans crier gare au cours du dîner la semaine précédente. « Six-Trente se sent toujours responsable », avait-elle soupiré au petit déjeuner. « Le Dr Mason en a marre des vagins », avait-elle mentionné à l'heure du coucher.

« Je ne suis pas triste, Harriet, mentit-elle. En fait, j'ai de bonnes nouvelles. Hastings m'a offert de m'employer.

— Vous employer ? dit Harriet. Mais vous êtes déjà employée à plein temps. Un emploi qui vous permet de travailler, d'élever Mad, de promener Six-Trente, de poursuivre vos recherches et de ramer. Combien de femmes peuvent en dire autant ? »

Aucune, pensa Elizabeth, pas même elle. Ses journées continues la tuaient, son manque de revenus menaçait sa famille, son estime de soi avait plongé à un niveau plus bas que jamais.

« Ça ne me plaît pas, dit Harriet, mécontente de cette histoire d'école, qui la priverait de son objectif. Après la façon dont ils vous ont traités, vous et M. Evans ? C'est déjà bien assez que vous fassiez des courbettes à tous ces idiots qui passent ici.

— En science, c'est comme pour tout le reste, dit Elizabeth. Certains sont meilleurs que d'autres.

— C'est ce que je veux dire, insista Harriet. De toutes les disciplines, la science ne devrait-elle pas être celle qui est capable d'éliminer ses propres zéros intellectuels ? N'était-ce pas l'idée de Darwin ? Que les faibles finissent par mordre la poussière ? » Mais elle se rendit compte qu'Elizabeth n'écoutait pas.

« Comment va le bébé ? » avait demandé Donatti, en la prenant par le bras et en l'entraînant dans son bureau. Il avait jeté un coup d'œil sur les mains d'Elizabeth, surpris de voir que ses doigts étaient encore bandés comme quand elle était partie.

Zott lui avait répondu, mais il avait été trop occupé à calculer sa prochaine manœuvre pour y prêter attention. Au cours de ces quelques glorieuses dernières années, il avait été débarrassé de Zott-Evans, et, pour cette raison, les choses s'étaient améliorées. Pas en termes de découvertes majeures, certes, mais les choses allaient bon train. Même cet idiot de Boryweitz semblait avoir acquis un plus gros cerveau. C'était presque comme s'il avait fallu la mort d'Evans et le départ de Zott pour permettre à ses autres chimistes de s'épanouir.

Cependant, il avait une grosse épine dans le pied : le très riche investisseur – qui était de retour. Il voulait savoir ce que M. Zott avait fait de son argent depuis tout ce temps. Où étaient les articles ? Les découvertes ? Les résultats ?

Il avait regardé par la fenêtre pendant que Zott parlait d'une réaction ionique positive inattendue. Mon Dieu, que la science était ennuyeuse. Il avait toussé, essayant de dissimuler son inattention. L'heure de l'apéritif approchait, il pourrait bientôt partir. Il se souvint qu'à l'université, quelqu'un l'avait complimenté sur ses martinis extra-secs. Et soudain, il se dit : pourquoi ne pas être barman ? Il aimait boire, il était doué pour ça. Ses libations rendaient les gens heureux, c'est-à-dire ivres. De plus, l'art du mélange des boissons et de la préparation de cocktails avait un aspect scientifique. Où était le problème ? Le salaire ?

En parlant de salaire, il n'avait pas de budget pour recruter Zott – zéro budget. Mais il lui fallait la recruter : il avait besoin d'elle parce que l'investisseur avait besoin d'elle – ou, plus exactement, l'investisseur avait besoin de *lui*, M. Zott, et de sa putain d'abiogenèse qui, à vrai dire, avait plutôt l'air de l'exciter. Il avait évité les appels de l'investisseur pendant des mois. Il était si désespéré qu'il avait demandé à son équipe si quelqu'un avait fait un travail qui s'approcherait de ce sujet. Devinez qui avait levé la main ? Boryweitz.

Le seul problème était que Boryweitz ne pouvait pas expliquer le processus de ses recherches. C'est alors que Donatti avait eu des soupçons et que Boryweitz avait avoué qu'il avait croisé Zott et qu'ils avaient discuté de l'abiogenèse. Et n'était-ce pas étrange ? Leurs résultats étaient similaires.

« Je tiens à dire haut et fort que retourner travailler à Hastings est une grosse erreur, dit Harriet en essuyant les tasses de café.

— La deuxième fois sera la bonne », insista Elizabeth.

Erreur, jamais deux sans trois, pensa Six-Trente.

21

E. Z.

Le département de chimie célébra le retour d'Elizabeth en lui offrant une nouvelle blouse.

« C'est de notre part à tous, dit Donatti. Pour montrer à quel point vous nous avez manqué. » Surprise par ce geste, elle l'accepta avec empressement, enfilant la blouse blanche au milieu d'applaudissements épars suivis de quelques gloussements. Elle jeta un coup d'œil aux quelques points de couture au-dessus de la poche. Là où on aurait dû lire « E. Zott », on ne voyait plus que « E. Z. »

« Ça vous plaît ? » demanda Donatti, en lui adressant un clin d'œil. « Au fait – il lui fit signe de le suivre dans son bureau – mon petit doigt m'a dit que vous étiez toujours en train de mener des recherches sur l'abiogenèse, et prête à publier les résultats. »

Elizabeth recula. Elle n'avait parlé de ses recherches à personne. Le seul qui aurait pu être au courant était Boryweitz. En effet, la dernière fois où il était venu, Mad s'était réveillée d'une sieste et, quand Elizabeth avait été de retour dans la pièce, elle avait trouvé Boryweitz assis à son bureau, fouillant dans ses dossiers. « Que faites-vous ? avait-elle demandé, choquée.

— Rien, mademoiselle Zott », avait-il répondu, visiblement blessé par le ton avec lequel elle s'était adressée à lui.

« Moi-même, je vais bientôt publier un article, dit Donatti en s'installant derrière son bureau. Ce sera dans *Science Journal*.

— Quel en est le sujet ?

— Rien de renversant, répondit-il en haussant les épaules. Des trucs sur l'ARN. Vous savez comment c'est : il faut sortir quelque chose de temps en temps ou en faire les frais dans l'avancée de votre carrière. Mais je suis intéressé par vos recherches. Quand pourrai-je lire votre article ?

— Il me reste quelques détails à mettre au point. Si vous me permettez de me concentrer là-dessus sans distraction pendant les six prochaines semaines, je devrais avoir quelque chose pour vous.

— Vous concentrer uniquement sur *vos* propres recherches ? releva-t-il, surpris. C'est plutôt Calvin Evansesque, ça, non ? »

À la mention du nom de Calvin, Elizabeth blêmit.

« Je suis sûr que vous vous souvenez que ce département ne fonctionne pas comme ça, dit Donatti. Nous nous aidons les uns les autres ici. Nous formons une équipe. Comme les membres d'un même équipage », se moqua-t-il. Il l'avait entendue dire à l'un des autres chimistes qu'elle pratiquait toujours l'aviron. Eh bien… peut-être aurait-elle plus progressé dans son travail si elle *avait cessé* de ramer. Bien qu'il eût déjà parcouru les dossiers qu'elle avait apportés, et qu'il eût été surpris, au point d'en être choqué, des résultats qu'elle avait obtenus, force lui avait été de constater qu'elle était bien plus avancée que ce dont Boryweitz semblait avoir pris conscience. Cet homme était un idiot.

« Tenez, dit Donatti, en lui tendant un énorme tas de documents. Commencez par taper ça. Et nous sommes à court de café. Parlez aussi à chacun des gars pour voir si quelqu'un a besoin d'aide.

— Aide ? dit Elizabeth. Mais je suis chimiste, pas laborantine.

— Non, vous êtes laborantine, rétorqua fermement Donatti. Vous êtes hors jeu depuis un moment maintenant. Vous ne pensiez sûrement pas que vous alliez débarquer ici et récupérer votre ancien poste, pas après des années passées à vous tourner les pouces. Alors voilà le marché : travaillez dur et nous verrons.

— Mais ce n'est pas ce dont nous étions convenus.

— *Calme-toi*, Succulente Lizzie, dit-il. Ce n'est pas...

— Comment m'avez-vous appelée ? »

Mais avant qu'il puisse répondre, sa secrétaire lui rappela une réunion.

« Écoutez, dit-il en se retournant vers Elizabeth, vous avez bénéficié d'un statut privilégié quand Evans était ici, et beaucoup de gens ne vous l'ont pas pardonné. Cette fois, cependant, nous nous assurerons que tout le monde sache que vous avez mérité votre place. Vous êtes une fille brillante, Lizzie. C'est possible.

— Mais je comptais sur le salaire d'un chimiste, docteur Donatti. Je ne peux pas m'en sortir financièrement avec ce que gagne une laborantine. J'ai une enfant à charge.

— À propos, dit-il en agitant la main d'un geste désinvolte. J'ai de bonnes nouvelles. J'ai demandé à Hastings de financer la suite de votre formation.

— Vraiment ? Hastings paierait pour que je termine mon doctorat ? » demanda-t-elle, étonnée.

Donatti se leva, étira ses bras au-dessus de sa tête comme s'il venait de terminer une séance d'entraînement physique. « Non, répondit-il. Ce que je voulais dire, c'est que je pense que vous pourriez bénéficier de cours de sténodactylo. J'ai trouvé un cours par correspondance pour vous, précisa-t-il en lui tendant une brochure. L'avantage, c'est que vous pouvez le faire chez vous pendant votre temps libre. »

Le cœur battant furieusement, Elizabeth retourna à son bureau, y déposa bruyamment les documents à taper, puis partit se réfugier dans les toilettes pour dames, où elle choisit la cabine la plus éloignée de la porte pour s'y enfermer. Harriet avait raison. Qu'avait-elle fait ? Mais avant même qu'elle n'ait pu commencer à réfléchir à cette question, elle entendit des petits coups contre la cloison de la cabine d'à côté.

« Il y a quelqu'un ? » appela Elizabeth.

Les coups s'arrêtèrent.

« Il y a quelqu'un ? demanda de nouveau Elizabeth. Est-ce que tout va bien ?

— Occupez-vous de vos oignons », rétorqua une voix.

Elizabeth hésita, puis réessaya. « Avez-vous besoin de…

— Vous êtes sourde ? Laissez-moi tranquille ! »

Elle réfléchit. Cette voix lui était familière. « Mademoiselle Frask ? demanda-t-elle, en se remémorant la secrétaire du service du personnel qui, des années auparavant, l'avait torturée à la mort de Calvin. C'est vous, mademoiselle Frask ?

— Bon sang, qui êtes-vous ? répondit la voix agressive.
— Elizabeth Zott. Chimie.
— Merde, alors. Zott. Il manquait plus que ça. » Il y eut un long moment de silence.

Mlle Frask avait désormais trente-trois ans. Au cours des quatre dernières années, elle avait consciencieusement suivi toutes les voies conduisant à une promotion : ne pas tarir d'éloges sur l'institut, espionner certains départements, et même rédiger une rubrique de potins en interne intitulée « Vous êtes les premiers à le savoir ». Pour autant, elle n'avait toujours pas été promue. En fait, elle était passée sous les ordres d'un nouvel employé, un jeune homme de vingt et un ans fraîchement sorti de l'université, sans autre compétence que de savoir fabriquer des chaînes avec des trombones. Quant à Eddie, l'apprenti géologue avec qui elle avait couché pour prouver qu'elle était faite pour le mariage, il l'avait larguée deux ans auparavant pour une jeune femme vierge. Sans compter la dernière humiliation de la journée : son nouveau patron lui avait préparé un programme en sept points pour s'améliorer. Point un : perdre dix kilos.

« Vous êtes donc vraiment de retour, lança Frask. Comme la proverbiale brebis galeuse.
— Je vous demande pardon ?
— Vous avez aussi amené le chien ?
— Non.
— On obéit au règlement maintenant, Zott ?
— Mon chien est occupé l'après-midi.
— Votre chien est *occupé* l'après-midi. » Frask leva les yeux au ciel.
« Il va chercher mon enfant à l'école. »

Frask changea de position sur le siège des toilettes. Mais oui, c'est vrai, Zott avait un enfant maintenant.

« Garçon ? Fille ?

— Fille. »

Frask fit tourner le dévidoir de papier toilette. « Désolée. »

Elizabeth étudia le carrelage au sol. Elle savait exactement ce que Frask voulait dire. Le premier jour d'école de Mad, horrifiée, elle avait regardé l'institutrice, une femme aux yeux bouffis et à la permanente malodorante, essayer d'épingler une fleur rose sur le chemisier de Mad. LES ABÉCÉDAIRES SONT AMUSANTS ! y lisait-on.

« Je peux avoir une fleur bleue à la place ? avait demandé Madeline.

— Non, avait dit l'instit. Le bleu, c'est pour les garçons et le rose pour les filles.

— Non », avait répondu Madeline.

L'enseignante, Mme Mudford, s'était alors tournée vers Elizabeth, regardant cette mère trop jolie comme pour y chercher l'origine de cette insolence. Elle avait jeté un coup d'œil à l'annulaire nu d'Elizabeth. Bingo.

« Alors, qu'est-ce qui vous ramène à Hastings ? demanda Frask. Vous êtes en quête d'un nouveau génie ?

— L'abiogenèse.

— Oh oui, se moqua Frask. La même vieille rengaine. J'avais entendu dire que l'investisseur était revenu, et abracadabra… vous revoilà. Il y a au moins une chose que je peux dire, vous concernant : vous êtes prévisible. Au moins, cette fois, vous courez après un homme plus riche. Même si, entre nous, il est un peu vieux pour vous, non ?

— Je ne comprends pas.

— Allez, ne soyez pas hypocrite. »

Elizabeth serra les dents. « Je ne saurais pas l'être même s'il le fallait. »

Frask réfléchit à ce qu'elle venait de dire. Vrai. Zott n'était pas du genre hypocrite. Elle était obtuse, inconsciente, comme ce jour où on avait dû lui dire que Calvin lui avait laissé un cadeau d'adieu – un cadeau qui était (comment était-ce possible ?) déjà à l'école et raccompagnée par le chien. Vraiment ?

« Vous savez, l'homme qui a donné à Hastings une énorme subvention pour financer des recherches sur l'abiogenèse, résultat de votre travail. Ou, plutôt, les travaux de M. E. Zott, expliqua Frask.

— De quoi parlez-vous ?

— Vous le savez très bien, Zott. Quoi qu'il en soit, l'homme riche est de retour et, bonté divine, *vous aussi*. Je pense que vous êtes peut-être la seule femme à Hastings – sur trois mille employés, notez-le bien – qui ne soit pas secrétaire. Je ne peux pas imaginer comment *ça a pu être possible*. Et maintenant vous essayez de vous faire passer pour un homme. Vous êtes donc prête à tout ? Au fait, savez-vous pourquoi on dit à Hastings que les femmes ne sont pas un bon investissement ? C'est parce que nous sommes toujours sur le départ en voulant avoir des enfants. Comme vous l'avez fait.

— J'ai été virée, dit Elizabeth, hors d'elle. Grâce, en partie, à des femmes comme vous, aboya-t-elle, des femmes qui se soumettent, comme des moutons…

— Je ne me soumets pas…

— Qui jouent le jeu…

— Je ne joue pas le jeu…

— Qui semblent penser que leur valeur dépend de ce qu'un homme…

— Comment osez-vous…

— Non ! cria Elizabeth, en tapant du poing sur la mince cloison qui les séparait. Comment *vous*, osez-vous, mademoiselle Frask !? Comment osez-*vous* ?! » Elle se leva, ouvrit la porte de sa cabine, marcha jusqu'au lavabo et tourna la poignée du robinet avec une telle force qu'elle lui resta dans la main. De l'eau jaillit, trempant sa blouse. « Merde ! cria-t-elle. Merde !

— Oh, mon Dieu, s'exclama Frask, se matérialisant à ses côtés. Laissez-moi faire. » Elle poussa Elizabeth, puis se pencha pour fermer l'arrivée d'eau sous l'évier. Quand elle se redressa, les deux femmes s'affrontèrent.

« Je n'ai jamais prétendu être un homme, Frask ! cria Elizabeth en épongeant sa blouse de laboratoire avec une serviette en papier.

— Et je ne suis pas un mouton !

— Je suis une chimiste. Pas une *femme* chimiste. Une chimiste. Une sacrément bonne chimiste !

— Eh bien moi, je suis experte en formation du personnel ! Presque psychologue, cria Frask.

— *Presque* psychologue ?

— Fermez-la.

— Non, je suis sérieuse, insista Zott. *Presque* ?

— Je n'ai pas eu la possibilité de finir, d'accord ? Et vous ? Pourquoi n'êtes-vous pas docteur, Zott ? » répliqua Frask.

Elizabeth se raidit et, sans le vouloir, révéla un fait intime qu'elle n'avait jamais raconté à personne d'autre qu'un officier de police. « Parce que j'ai été violée par mon directeur de thèse, puis virée du programme de doctorat, cria-t-elle. Et vous ? »

Frask la regarda, sous le choc. « Pareil », dit-elle, vaincue par une grande lassitude.

22

Le présent

« Comment s'est passé le retour à l'institut ? demanda Harriet dès qu'Elizabeth fut rentrée à la maison.

— Bien, mentit Elizabeth qui se pencha pour prendre sa fille dans ses bras. Mad, comment c'était à l'école ? Tu t'es amusée ? As-tu appris quelque chose de nouveau ?

— Non.

— Je suis sûre que si, dit-elle. Raconte-moi. »

Madeline posa son livre. « Bon. Certains des enfants sont incontinents.

— Mon Dieu, dit Harriet.

— Ils étaient probablement juste nerveux, expliqua Elizabeth, en lissant les cheveux de Madeline. Commencer quelque chose de nouveau peut être difficile.

— Et aussi, ajouta Madeline, Mme Mudford veut te voir. » Elle tendit un mot signé de la maîtresse.

« Bien, dit Elizabeth. C'est ce que font les enseignants proactifs.

— C'est quoi, être proactif ? demanda Madeline.

— Une source de problèmes », marmonna Harriet.

Quelques semaines plus tard, Elizabeth se rendit au service du personnel. « Pouvez-vous me donner des informations sur cet investisseur ? demanda Elizabeth à Mlle Frask. Tout ce que vous avez.

— Pourquoi pas, répondit Frask en sortant d'un dossier de comptabilité un seul document, peu épais et estampillé confidentiel. J'ai pris plus de deux kilos la semaine dernière.

— C'est tout ? demanda Elizabeth en feuilletant le document. Il n'y a rien là-dedans.

— Vous savez comment sont les gens riches, Zott. Discrets. Mais pourquoi ne pas déjeuner ensemble la semaine prochaine ? Ça me donnera plus de temps pour fouiller dans les dossiers. »

Mais quand la semaine suivante arriva, la seule chose que Frask apporta fut un sandwich.

« Je n'ai rien trouvé, avoua-t-elle. Et c'est étrange, vu tout le remue-ménage qu'a provoqué sa dernière visite. Ça veut probablement dire qu'il a décidé de placer son argent ailleurs ; ça arrive tout le temps. Au fait, comment ça se passe, le travail de laborantine ? Auriez-vous déjà des envies suicidaires ?

— Comment êtes-vous au courant ? demanda Elizabeth tandis qu'une veine commençait à palpiter sur sa tempe.

— Je fais partie du personnel, au cas où vous auriez oublié. On sait tout, on voit tout. Ou plus exactement, dans mon cas, je savais tout, je voyais tout.

— Que voulez-vous dire ?

— Cette fois, c'est moi qui ai été virée, dit Frask sur un ton qui se voulait désinvolte. Je pars vendredi.

— Quoi ? Mais *pourquoi* ?

— Vous vous souvenez du programme en sept points ? Et du premier point : perdre dix kilos ? J'en ai pris trois.

— Vous ne pouvez pas être virée pour avoir pris du poids, dit Elizabeth. C'est illégal. »

Frask s'approcha d'Elizabeth et lui attrapa le bras. « Bon sang, vous savez quoi ? Votre naïveté ne cesse de m'étonner.

— Je suis sérieuse, dit Elizabeth. Vous devez vous battre, mademoiselle Frask. Vous ne pouvez pas les laisser faire ça.

— Eh bien…, commença Frask redevenue sérieuse. En tant que spécialiste du service du personnel, je préconise toujours une discussion à cœur ouvert avec le patron. Valoriser ses réussites personnelles ; se concentrer sur l'importance des projets en cours.

— C'est ça.

— Je plaisante, dit Frask. Ça ne marche jamais. Quoi qu'il en soit, ne vous inquiétez pas, j'ai déjà en vue un tas d'emplois temporaires de dactylo. Mais avant de partir, j'ai un petit cadeau pour vous. Pour compenser la peine que je vous ai faite après la mort de M. Evans. Pourquoi ne viendriez-vous pas me retrouver vendredi à l'ascenseur sud ? À quatre heures de l'après-midi. Je vous promets que vous ne serez pas déçue. »

« Tout au bout de ce couloir, dit Frask quand le vendredi après-midi arriva. Regardez où vous mettez les pieds. Des souris se sont échappées du laboratoire de biologie. » Ensemble, Elizabeth et elle prirent l'ascenseur jusqu'au sous-sol, puis longèrent un long couloir jusqu'à ce qu'elles arrivent devant une porte marquée ENTRÉE INTERDITE. « Nous y sommes, dit Frask joyeusement.

— Où sommes-nous ? demanda Elizabeth, fixant une rangée de petites portes en acier étiquetées avec des numéros de un à quatre-vingt-dix-neuf.

— Archivage, dit Frask, en sortant un jeu de clés. Vous avez une voiture, non ? Et un grand coffre vide ? » Elle fouilla dans son trousseau jusqu'à trouver la clé numéro quarante et un, l'inséra dans la serrure et invita Elizabeth à regarder à l'intérieur.

Le travail de Calvin. Emballé et scellé.

« Nous pouvons utiliser ce chariot, suggéra Frask, en le faisant rouler. Il y a huit boîtes au total. Mais nous devons nous dépêcher – je dois rendre ces clés avant cinq heures.

— C'est légal ? »

Mlle Frask attrapa la première boîte. « Quelle importance ? »

23

Studios KCTV

Un mois plus tard

Walter Pine travaillait pour la télévision depuis presque le tout début. Il aimait l'idée que la télévision puisse permettre aux gens de s'évader du quotidien. C'était la raison pour laquelle il y travaillait – car qui n'aurait pas eu envie de s'évader ?

Mais au fil des ans, il avait eu l'impression d'être le prisonnier affecté en permanence au creusement du tunnel pour s'évader. À la fin de la journée, alors que les autres prisonniers l'enjambaient pour retrouver leur liberté, il restait en arrière – avec, à la main, la cuillère qui lui servait à creuser.

Pourtant, il garda son poste pour la même raison que beaucoup d'autres gens : parce qu'il était parent – le seul parent de sa fille Amanda, une enfant de six ans, la lumière de sa vie, en maternelle à l'école élémentaire Woody. Il était prêt à tout pour cette enfant, y compris subir l'intimidation quotidienne de son patron, qui l'avait récemment menacé de le mettre au chômage s'il ne trouvait pas de solution pour remplir le créneau horaire des programmes de l'après-midi.

Walter se moucha, et regarda son mouchoir juste après, comme pour voir de quoi ses entrailles étaient faites.

De flegme. Rien de surprenant.

Quelques jours auparavant, une femme était venue le voir – Elizabeth Zott, la mère de… il ne se souvenait plus du prénom de l'enfant. Selon Zott, Amanda était cause de problèmes. Pas étonnant, Mme Mudford, son institutrice, prétendait qu'Amanda était toujours cause de problèmes. Ce qu'il refusait de croire. Oui, Amanda était un peu anxieuse, comme lui, un peu en surpoids, comme lui, un peu du genre à faire plaisir aux gens, comme lui, mais vous savez ce qu'elle était vraiment ? Une *gentille* gosse. Et les gosses gentils, comme les adultes gentils, étaient rares.

Et vous savez ce qui était rare aussi ? Une femme comme Elizabeth Zott. Il ne pouvait s'empêcher de penser à elle.

« Enfin, dit Harriet en essuyant ses mains humides sur sa robe alors qu'Elizabeth entrait par la porte de derrière. Je commençais à m'inquiéter.

— Désolée, dit Elizabeth, en essayant de chasser la colère dans sa voix. Un contretemps au travail. » Elle jeta son sac par terre et se laissa tomber sur une chaise.

Elle était de retour à Hastings depuis deux mois et être sous-employée la tuait. Elle savait que les personnes qui occupaient des emplois très stressants aspiraient souvent à un poste plus simple, qui n'exigeait ni passion ni intelligence, qui ne s'attaquait pas à leur moral en berne à trois heures du matin. Mais elle avait appris qu'être sous-employée était pire. Non seulement son salaire reflétait son statut inférieur, mais son cerveau souffrait de cette inactivité. Et pourtant, bien que ses collègues sachent qu'elle les dépassait, et de loin, sur le plan intellectuel, on attendait d'elle qu'elle fasse l'éloge de tout ce qu'ils pondaient, y compris de leurs résultats médiocres.

Mais ce qui avait été pondu ce jour-là n'était pas médiocre. C'était même crucial. La dernière édition de *Science Journal* était sortie et l'article de Donatti y était publié.

« Rien de renversant. » C'est ainsi que Donatti avait décrit son article plusieurs mois auparavant. Mais le résultat des recherches dont il était question *était* renversant, et elle le savait. Parce que c'était le sien.

Elle avait lu l'article deux fois, juste pour être sûre. La première fois, lentement. Mais la deuxième fois, elle l'avait parcouru jusqu'à ce que sa tension artérielle propulse le sang dans ses veines avec toute la puissance d'une lance à incendie débridée. Le contenu de cet article reflétait le contenu usurpé de ses dossiers, du vol pur et simple. Et devinez qui était cité comme co-contributeur ?

Elle avait levé les yeux pour voir Boryweitz qui la regardait. Il était devenu pâle, puis avait baissé la tête.

« Essayez de comprendre ! s'était écrié Boryweitz en faisant claquer le magazine sur son bureau. J'ai besoin de ce travail !

— Nous avons tous besoin de notre travail, s'était emportée Elizabeth. Le problème, c'est que vous n'avez jamais fait le vôtre. »

Boryweitz l'avait alors regardée, ses yeux de lémurien implorant sa pitié, mais tout ce qu'il avait vu avait été une vague scélérate, d'une puissance encore jamais éprouvée, qui commençait à se former, prête à le submerger. « Je suis désolé, avait-il plaidé. Je suis vraiment désolé. Je ne me doutais pas que Donatti irait aussi loin. Il a photocopié tous vos dossiers le premier jour de votre retour, mais j'ai supposé que c'était pour se familiariser avec notre travail.

— *Notre* travail ? » Elle avait réussi à ne pas tendre la main pour lui tordre le cou. « Je m'occuperai de vous plus tard », l'avait-elle menacé. Puis elle avait tourné les talons et avait foncé jusqu'au bureau de Donatti, s'arrêtant à peine pour écarter de son chemin un microbiologiste qui faisait les cent pas.

« Vous êtes un menteur et un tricheur, Donatti, avait-elle dit en faisant irruption dans le bureau de son patron. Et vous pouvez me croire : vous ne vous en tirerez pas comme ça. »

Donatti avait levé les yeux. « Zott ! s'était-il écrié. Toujours un plaisir ! »

Il s'était enfoncé dans son siège, la fureur d'Elizabeth lui procurant une certaine joie. C'était le genre de situation pour laquelle Evans aurait donné sa démission. Si seulement il avait été encore vivant pour être témoin de cette scène – mais non, il lui fallait encore gâcher ce moment en étant déjà mort.

Donatti avait écouté, d'une oreille distraite, Zott se répandre en injures, à propos du vol qu'il avait commis. L'investisseur avait appelé plus tôt pour féliciter Donatti pour son travail et avait fait des allusions prometteuses à une contribution financière supplémentaire. Il avait également posé des questions sur Zott, pour savoir s'il avait joué un rôle dans les recherches. Donatti avait répondu que non, pas vraiment – malheureusement, M. Zott s'était avéré être un raté ; en fait, il avait été rétrogradé. L'investisseur avait soupiré, comme s'il était déçu, puis il avait demandé quelles étaient les prochaines étapes de Donatti dans ses recherches sur l'abiogenèse. Donatti s'était gargarisé de grands mots qu'il avait glanés dans d'autres extraits des recherches de Zott, des mots qu'il devrait lui demander d'expliquer plus tard, *quand elle serait calmée* et qu'elle se serait souvenue qu'elle travaillait *pour lui.* Mon Dieu, c'était difficile d'être directeur. Quoi qu'il en soit, tout ce qu'il avait raconté avait semblé satisfaire ce riche investisseur.

Mais il avait fallu que Zott aille tout gâcher en réagissant comme aucun d'eux ne pouvait se le permettre. « Tenez, avait-elle dit, en laissant tomber sa clé de laboratoire dans son café. Gardez-le, votre foutu boulot. » Puis elle avait jeté son badge à la poubelle, lancé sa blouse sur son bureau et était partie en emportant avec elle tous ces grands mots.

« Vous avez reçu quatre appels téléphoniques, dit Harriet. Le premier, pour vous proposer de devenir une famille Nielsen. Les trois autres provenaient d'un certain Walter Pine. Pine veut que vous le rappeliez. Il dit que c'est urgent. Il prétend que vous avez eu une conversation agréable sur la nourriture… non, non, je suis désolée, à propos d'un *déjeuner*, se corrigea-t-elle en vérifiant à nouveau ses notes. Il semblait anxieux, précisa-t-elle, en levant les yeux au ciel. Professionnellement anxieux. Comme une personne bien élevée, mais à bout de nerfs.

— Walter Pine, dit Elizabeth en serrant les dents, est le père d'Amanda Pine. Je suis allée à son bureau il y a quelques jours pour parler avec lui du problème du déjeuner.

— Comment s'est passée la discussion ?

— Ce fut plutôt une confrontation.

— Violente, j'espère.

— Maman ? dit une voix depuis l'embrasure de la porte.

— Salut, mon poussin, répondit Elizabeth, sur un ton qu'elle voulait calme, entourant d'un bras le corps dégingandé de son enfant. Comment était l'école aujourd'hui ?

— J'ai fait un nœud de cabestan, raconta Madeline en montrant une corde. Pour un exposé.

— Ça a plu à tout le monde ?

— Non.

— Ce n'est pas grave, voulut la rassurer Elizabeth en l'étreignant. Les autres n'aiment pas toujours ce que nous aimons.

— Personne n'aime jamais mes exposés.

— Les p'tits cons, marmonna Harriet.

— Ils ont aimé la pointe de flèche que tu as apportée ?

— Non.

— Eh bien, la semaine prochaine, pourquoi ne pas essayer le tableau périodique ? Ça plaît toujours.

— Ou tu pourrais aussi essayer mon couteau de chasse, suggéra Harriet. Qu'ils comprennent bien qui tu es.

— Quand est-ce qu'on mange ? demanda Mad. J'ai faim.

— J'ai mis l'un de vos plats au four, dit Harriet à Elizabeth en se dirigeant vers la porte. Je dois aller nourrir la bête. Rappelez Pine.

— Tu *as appelé* Amanda Pine ? s'exclama Madeline, d'une voix étranglée.

— Son père, précisa Elizabeth. Je te l'ai dit. Je lui ai rendu visite il y a trois jours et j'ai éclairci cette histoire de déjeuner. Je pense qu'il a compris notre position, et je suis certaine qu'Amanda ne volera plus jamais ton déjeuner. C'est *mal*, de voler, dit-elle en pensant à Donatti et à son article. *Très mal !* »

Madeline et Harriet sursautèrent.

« Elle... elle apporte de quoi déjeuner, maman, risqua Madeline prudemment. Mais ce n'est pas un repas normal.

— Ce n'est pas notre problème. »

Madeline regarda sa mère comme si elle n'avait rien compris.

« Tu dois manger ton déjeuner, mon poussin, insista Elizabeth plus doucement. Pour grandir.

— Mais je suis *déjà* grande, se plaignit Madeline. Trop grande.

— On n'est jamais trop grand, intervint Harriet.

— Robert Wadlow est *mort* parce qu'il était trop grand, protesta Madeline en tapotant la couverture du *Livre Guinness des records*.

— Mais c'était un problème de glande pituitaire, Mad, dit Elizabeth.

— Deux mètres soixante-douze ! souligna Madeline.

— Pauvre homme, dit Harriet. Où est-ce que quelqu'un comme ça achète ses vêtements ?

— La grandeur *tue*, conclut Madeline.

— Oui, mais tout finit par tuer, nuança Harriet. C'est pour ça que tout le monde finit par mourir, ma chérie. » Mais quand elle remarqua que la bouche d'Elizabeth s'était affaissée et que Madeline avait les épaules tombantes, elle regretta instantanément ses paroles. Elle ouvrit la porte de derrière. « Je vous verrai demain matin avant l'aviron, dit-elle à Elizabeth. Et je te verrai aussi quand tu te lèveras, Mad », ajouta-t-elle pour la petite fille.

C'était l'emploi du temps qu'elle avait établi avec Elizabeth depuis le retour à Hastings. Harriet emmenait Mad à l'école, Six-Trente allait la chercher, et Harriet la surveillait jusqu'à ce qu'Elizabeth rentre à la maison. « Oh, j'allais oublier. » Elle sortit un bout de papier de sa poche. « Vous avez un mot. » Elle jeta à Elizabeth un regard significatif. « De "vous-savez-qui". »

Mme Mudford.

Elizabeth savait déjà que Mme Mudford n'acceptait pas Madeline. Elle n'approuvait pas que Mad sache lire, taper dans un ballon ou encore qu'elle connaisse toute une série de nœuds nautiques – une pratique à laquelle Mad s'adonnait fréquemment, y compris dans le noir et sous la pluie, sans aide, juste au cas où.

« Juste au cas où quoi, Mad ? » avait demandé Elizabeth en trouvant l'enfant recroquevillée dehors une nuit, sous une bâche fouettée par la pluie, un morceau de corde entre les mains.

Mad avait levé les yeux vers sa mère, surprise. N'était-il pas évident que le « juste au cas où » n'était pas une option mais plutôt la *seule* option ? La vie exigeait qu'on soit préparé, il suffisait de demander à son défunt père.

Bien que, honnêtement, si elle avait pu demander quelque chose à son défunt père, elle aurait aimé savoir ce qu'il avait ressenti la première fois qu'il avait vu sa mère. Un coup de foudre ?

Ses ex-collègues aussi avaient encore des questions à poser à Calvin ; par exemple : comment avait-il réussi à remporter autant de prix alors qu'il paraissait ne jamais rien faire ? Et qu'en était-il du sexe avec Elizabeth Zott ? N'était-elle pas frigide, comme on le supposait ?

Même la maîtresse de Madeline, Mme Mudford, avait des questions à poser au regretté Calvin Evans. Mais il était évidemment inenvisageable de demander quoi que ce soit au père de Madeline, non seulement parce qu'il était mort, mais aussi parce qu'en 1959, les pères n'intervenaient pas dans l'éducation de leurs enfants.

Le père d'Amanda Pine était l'exception, mais uniquement parce qu'il n'y avait plus de Mme Pine. Elle l'avait quitté (à raison, selon Mudford), et avait réclamé le divorce – un divorce rendu public et qui fit grand bruit –, après avoir affirmé que Walter Pine, beaucoup plus âgé, n'était pas apte à être père, et encore moins à accomplir son devoir de mari... Toute cette histoire était empreinte d'une connotation sexuelle embarrassante, et Mme Mudford n'aimait pas penser aux détails. Mais pour cette même raison, Mme Walter Pine s'était retrouvée avec tout ce que Walter Pine possédait, y compris Amanda qu'elle n'avait pas vraiment désirée. Et qui aurait pu l'en blâmer ? Amanda n'était pas une enfant facile. Amanda avait dû retourner vivre avec Walter. Et Walter était passé à l'école, où Mme Mudford avait été obligée d'écouter ses pauvres excuses concernant le contenu très insolite des boîtes à lunch d'Amanda.

Pourtant, si les rencontres avec Walter Pine étaient agaçantes, elles n'étaient rien en comparaison des rendez-vous qu'elle avait avec Zott. C'était bien sa veine ! Les deux parents qu'elle aimait le moins étaient ceux qu'elle voyait le plus. Et c'était vrai avec tous les parents. Quand le comportement des enfants était problématique, il fallait en chercher la cause chez ces derniers. Pourtant, si elle avait dû choisir entre Amanda Pine, qui volait des déjeuners, et Madeline

Zott, qui posait des questions inappropriées, elle aurait choisi Amanda, sans hésiter.

« Madeline pose des questions inappropriées ? avait demandé Elizabeth, inquiète, lors de leur dernier rendez-vous.

— Oui », avait répondu Mme Mudford en arrachant les peluches de sa manche comme une araignée s'attaquerait à sa proie. « Hier, par exemple, pendant l'heure de discussion, nous étions tous assis en cercle pour parler de la tortue apprivoisée de Ralph, et Madeline nous a interrompus pour nous demander comment elle pourrait participer à la lutte pour la liberté, à Nashville. »

Elizabeth avait marqué une pause, comme si elle essayait de comprendre le problème sous-jacent. « Elle n'aurait pas dû vous interrompre, analysa-t-elle finalement. Je vais lui parler. »

Mme Mudford avait pincé les lèvres. « Vous ne m'avez pas comprise, mademoiselle Zott. Les enfants ont l'habitude d'interrompre, je sais me débrouiller avec ça. Ce que je ne peux pas gérer, c'est une enfant qui veut faire porter la discussion sur les droits civils. Nous sommes à la maternelle, pas dans le *Huntley-Brinkley Report*[1]. De plus, avait-elle ajouté, votre fille s'est plainte récemment à notre bibliothécaire de ne pas pouvoir trouver de livres de Norman Mailer sur nos étagères. Apparemment, elle voulait lire *Les Nus et les Morts*. » L'enseignante avait haussé un sourcil,

1. Le *Huntley-Brinkley Report* était un programme américain d'information, qui fut diffusé le soir sur NBC du 29 octobre 1956 au 31 juillet 1970. Il était présenté par Chet Huntley à New York et David Brinkley à Washington.

quand ses yeux s'étaient posés sur les lettres E. Z.[1] cousues à la machine dans une police de caractère à l'allure lascive au-dessus de la poche de poitrine d'Elizabeth.

« C'est une lectrice précoce, avait rétorqué Elizabeth. J'ai peut-être oublié de le mentionner. »

L'institutrice avait croisé les mains, puis s'était penchée en avant, en un geste menaçant. « *Norman. Mailer.* »

De retour dans la cuisine, Elizabeth déplia le papier que Harriet lui avait donné. On pouvait y lire deux mots, écrits par Mudford.

VLADIMIR. NABOKOV.

Elle servit une portion de spaghettis bolognaise dans l'assiette de Madeline. « À part l'exposé, tu as passé une bonne journée ? » Elle avait arrêté de demander à Mad si elle apprenait quelque chose à l'école. C'était inutile.

« Je n'aime pas l'école.

— Pourquoi ? »

Madeline, méfiante, leva les yeux de son assiette. « Personne n'aime l'école. »

Sous la table, Six-Trente soupira. La créature n'aimait pas l'école, et, comme lui et la créature étaient d'accord sur tout, lui non plus n'aimait pas l'école.

« Et toi, maman, tu aimais bien l'école ? demanda Mad.

— Eh bien, nous déménagions souvent, et parfois il n'y avait pas d'école pour moi là où nous habitions. Alors j'allais à la bibliothèque. Mais j'ai toujours

1. E. Z. se prononce en anglais comme *easy*, c'est-à-dire « facile ».

pensé qu'aller dans une vraie école pouvait être très amusant.

— Comme quand tu es allée à UCLA ? »

Une vision soudaine, très nette, du Dr Meyers apparut à Elizabeth. « Non. »

Madeline pencha la tête d'un air interrogateur. « Maman, tu vas bien ? »

Sans s'en rendre compte, Elizabeth s'était caché le visage dans les mains. « Je suis juste fatiguée, mon poussin », dit-elle les mots glissant entre ses doigts.

Madeline posa sa fourchette et étudia la posture figée de sa mère. « Maman, il s'est passé quelque chose ? demanda-t-elle. C'est le travail ? »

De derrière ses doigts, Elizabeth considéra la question de sa si jeune fille.

« C'est vrai que nous sommes pauvres ? » demanda Madeline, comme si cette question suivait naturellement la première.

Elizabeth laissa retomber ses mains. « Qu'est-ce qui te fait dire ça, chérie ?

— Tommy Dixon dit que nous sommes pauvres.

— Qui est Tommy Dixon ? demanda-t-elle sèchement.

— Un garçon de l'école.

— Qu'est-ce que Tommy Dixon dit *d'autre* ?

— Est-ce que papa était pauvre ? »

Elizabeth tressaillit.

La réponse à la question de Mad se trouvait dans l'une des boîtes qu'elle et Frask avaient volées à Hastings. Tout au fond de la boîte numéro trois se trouvait un dossier accordéon étiqueté « Aviron ». Quand elle l'avait ouvert pour la première fois, Elizabeth avait naturellement supposé qu'il serait rempli de coupures de journaux relatant les victoires glorieuses du bateau de Calvin à Cambridge. Mais non, il était rempli des offres d'emploi post-Cambridge qu'avait reçues Calvin.

Elle avait parcouru jalousement ces offres – chaires dans de grandes universités, postes de direction dans des entreprises pharmaceutiques, participations importantes dans des entreprises privées. Elle avait passé en revue la pile de courrier jusqu'à ce qu'elle trouve l'offre faite par Hastings. C'était là : la promesse d'un laboratoire privé – bien que toutes les autres offres aient garanti ce même avantage. La seule chose qui distinguait celle faite par Hastings ? Un salaire si bas qu'il en était insultant. Elle avait baissé les yeux sur la signature. Donatti.

En reclassant les lettres dans la boîte, elle s'était demandé pourquoi Calvin avait étiqueté ce dossier « Aviron » – rien n'y concernait l'aviron. Jusqu'à ce qu'elle eût remarqué deux annotations rapides au crayon en haut de chaque offre : la distance par rapport à un club d'aviron et le taux de pluviométrie dans la région. Elle avait relu le courrier envoyé par Hastings – oui, les calculs étaient là aussi. Mais il y avait une autre chose : un grand cercle épais dessiné autour de l'adresse de retour.

Commons, Californie.

« Si papa était célèbre, alors il devait être riche, non ? dit Mad, en enroulant ses spaghettis autour de sa fourchette.

— Non, chérie. Toutes les personnes célèbres ne sont pas riches.

— Pourquoi pas ? »

Elle repensa aux offres d'emploi. Calvin avait accepté la plus modeste. Qui faisait une chose pareille ?

« Tommy Dixon dit que c'est facile de devenir riche. Tu peins les pierres en jaune, puis tu dis que c'est de l'or.

— Tommy Dixon est ce qu'on appelle un escroc, répliqua Elizabeth. Quelqu'un qui cherche à obtenir ce qu'il veut par des moyens illégaux. » Comme Donatti, pensa-t-elle, la mâchoire serrée.

Elle repensa à un autre dossier qu'elle avait trouvé dans les boîtes de Calvin : un dossier rempli de lettres écrites par des personnes comme Tommy Dixon ; des cinglés, des investisseurs qui cherchaient à s'enrichir rapidement, mais aussi un large assortiment de prétendus membres de la famille, chacun d'entre eux réclamant désespérément l'aide de Calvin : une demi-sœur, un oncle perdu de vue depuis longtemps, une mère triste, un cousin au second degré…

Elle avait parcouru rapidement ces lettres, surprise par leur ressemblance. Chacune revendiquait un lien biologique avec Calvin, chacune évoquait un souvenir d'un âge dont lui n'aurait pas pu souvenir, chacune réclamait de l'argent. La seule exception était celle de Mère Triste. Elle aussi revendiquait un lien biologique mais, au lieu de demander de l'argent, elle insistait sur le fait qu'elle voulait en donner. *Pour vous aider dans vos recherches*, déclarait-elle. Mère Triste avait écrit à Calvin au moins cinq fois, l'implorant de répondre. C'était vraiment cruel, avait pensé Elizabeth, la façon dont Mère Triste persistait. Même le vieil oncle avait abandonné après avoir envoyé deux lettres. *Ils m'ont dit que tu étais mort*, avait écrit Mère Triste encore et encore. Vraiment ? Alors pourquoi avait-elle, comme tous les autres, écrit à Calvin seulement *après* qu'il était devenu célèbre ? Elizabeth supposa que son stratagème était de faire en sorte qu'il morde à l'hameçon puis de lui voler ses recherches. Et pourquoi était-ce là une explication ? Parce que c'était ce qui venait de lui arriver.

« Je ne comprends pas, demandait Mad en poussant un champignon sur le bord de son assiette. Si tu es intelligent et que tu travailles dur, ça ne veut pas dire que tu gagnes plus d'argent ?

— Pas toujours. Pourtant, je suis sûre que ton père aurait pu gagner plus d'argent, dit Elizabeth. C'est juste qu'il a fait un choix différent. L'argent n'est pas tout. »

Mad jeta un regard dubitatif à sa mère.

Ce qu'Elizabeth ne dit pas à Mad, c'est qu'elle savait très bien pourquoi Calvin avait accepté avec empressement l'offre ridicule de Donatti. Mais cette décision manquait tellement de vision à long terme – était si *stupide* –, qu'elle hésita à la partager. Elle voulait que Mad pense que son père était un homme rationnel qui faisait des choix intelligents. Or toute cette histoire prouvait le contraire.

Une histoire qu'elle avait découverte grâce à un dossier intitulé « Wakely », et qui contenait une série de lettres entre Calvin et un théologien en devenir. Les deux hommes avaient entretenu une correspondance suivie ; il était évident qu'ils ne s'étaient jamais rencontrés en personne. Mais leurs échanges dactylographiés étaient fascinants et nombreux et, heureusement pour elle, le dossier contenait les réponses de Calvin en copie carbone. C'était l'une des choses qu'elle savait concernant Calvin : il faisait des copies de tout.

Wakely, qui fréquentait la Harvard Divinity School au moment où Calvin était à Cambridge, semblait se débattre avec sa foi, une lutte fondée sur la science en général, et sur les recherches de Calvin en particulier. D'après ses lettres, il avait assisté à un symposium où Calvin avait pris brièvement la parole et, sur cette base, avait décidé de lui écrire.

Cher Monsieur Evans, je voulais entrer en contact avec vous après votre brève apparition au symposium scientifique de Boston la semaine dernière. J'espérais pouvoir vous parler de votre récent article, « La génération spontanée de molécules organiques complexes », avait écrit Wakely dans la première lettre. *Plus précisément, je voulais vous demander : ne pensez-vous pas qu'il est possible de croire à la fois en Dieu* et *en la science ?*

Bien sûr, avait répondu Calvin. *C'est ce qui s'appelle de la malhonnêteté intellectuelle.*

Si l'impertinence de Calvin avait eu tendance à agacer beaucoup de monde, elle n'avait pas paru perturber le jeune Wakely. Il avait répondu immédiatement.

Mais vous conviendrez sûrement que le domaine de la chimie ne peut exister tant qu'il n'a pas été créé par un chimiste – un maître *chimiste,* avait argumenté Wakely dans sa lettre suivante. *De la même façon qu'une peinture ne peut exister sans avoir été créée par un artiste.*

Je m'occupe de vérités basées sur des preuves, pas des conjectures, avait répondu Calvin tout aussi rapidement. *Donc non, votre théorie du maître chimiste est une connerie. Au fait, j'ai remarqué que vous êtes à Harvard. Vous pratiquez l'aviron ? Je rame pour Cambridge. J'ai obtenu une bourse complète grâce à l'aviron.*

Non, avait répondu Wakely. *Mais j'aime l'eau. Je suis un surfeur. J'ai grandi à Commons, en Californie. Vous êtes déjà allé en Californie ? Si non, vous devriez y aller. Commons est magnifique. Le meilleur climat au monde. On y fait aussi de l'aviron.*

Elizabeth s'était assise sur ses talons. Elle se rappelait avec quelle vigueur Calvin paraissait avoir entouré l'adresse de retour de Hastings dans la lettre d'offre. *Commons, Californie*. Il avait donc accepté l'offre insultante de Donatti non pour faire avancer sa carrière mais pour ramer ? Grâce à un rapport météo d'une ligne d'un surfeur religieux ? *Le meilleur climat au monde*. Vraiment ? Elle était passée à la lettre suivante.

Vous avez toujours voulu être pasteur ? avait demandé Calvin.

Je viens d'une longue lignée de pasteurs, avait répondu Wakely. *C'est dans mes gènes.*

Les gènes ne fonctionnent pas ainsi, avait corrigé Calvin. *Au fait, je voulais vous demander : pourquoi pensez-vous que tant de gens croient à des textes écrits il y a des milliers d'années ? Et pourquoi semble-t-il que plus la source de ces textes est surnaturelle, improuvable, improbable et ancienne, plus les gens y croient ?*

Les hommes ont besoin d'être rassurés, avait répondu Wakely. *Ils ont besoin de savoir que d'autres ont survécu à des moments difficiles. Et, contrairement aux autres espèces, qui tirent des leçons de leurs erreurs, les hommes ont besoin de menaces et de rappels constants pour être gentils. Vous savez, quand on dit « les gens n'apprennent jamais » ? Eh bien, c'est vrai, les gens n'apprendront jamais. Mais les textes religieux essaient de les garder sur la bonne voie.*

Mais n'y a-t-il pas plus de réconfort dans la science ? avait rétorqué Calvin. *Dans les choses que nous pouvons prouver et auxquelles nous pouvons donc travailler pour les* améliorer *et pour qu'elles soient approuvées* ? *Je ne comprends pas comment on peut penser qu'un texte écrit il y a des siècles par des gens ivres soit un tant soit peu crédible. Et je ne porte pas de jugement moral ici : ces gens ont été contraints de s'enivrer, l'eau n'était pas potable. Pourtant, je me demande comment leurs histoires délirantes – des buissons qui brûlent, du pain qui tombe du ciel – peuvent paraître raisonnables, surtout si on les compare à la science fondée sur des preuves. Il n'y a pas une seule personne en vie qui préférerait les techniques de saignée de Raspoutine aux thérapies de pointe du Sloan-Kettering, le centre de traitement et de recherches sur le cancer. Et pourtant, tant de gens insistent pour que nous croyions à ces histoires et ont l'audace d'insister pour que les autres y croient aussi.*

Vous avez raison, Evans, avait reconnu Wakely. *Mais les gens ont besoin de croire en quelque chose de plus grand qu'eux.*

Pourquoi ? avait insisté Calvin. *Qu'y a-t-il de mal à croire en nous-mêmes ? De toute façon, si on doit avoir recours à des histoires, pourquoi ne pas s'appuyer sur une fable ou un conte de fées ? Ne sont-ils pas des véhicules tout aussi valables pour enseigner la moralité ? Voire peut-être mieux ? Parce que personne n'a besoin de faire semblant de croire que les fables et les contes sont vrais.*

Bien qu'il ne l'ait pas admis, Wakely se trouvait d'accord avec les arguments de Calvin. Personne n'avait besoin de prier Blanche-Neige ou de craindre la colère de Merlin l'Enchanteur pour comprendre le message. Les histoires étaient courtes, mémorables et couvraient tous les thèmes de l'amour, de la fierté, de la folie et du pardon. Leurs règles étaient très simples : Ne sois pas un imbécile. Ne fais pas de mal aux autres ni aux animaux. Partage ce que que tu as avec les autres moins fortunés. En d'autres termes, sois gentil. Il avait décidé de changer de sujet.

D'accord, Evans, avait-il écrit en référence à une lettre précédente, *je comprends votre point de vue très* littéral *: la mission ecclésiastique ne peut pas, techniquement, être dans mes gènes, mais nous, les Wakely, devenons pasteurs de génération en génération, tout comme les fils de cordonniers deviennent cordonniers. J'avoue avoir toujours été attiré par la biologie, mais ma famille aurait du mal à l'accepter. Peut-être que j'essaie juste de faire plaisir à mon père. N'est-ce pas ce que nous faisons tous, en fin de compte ? Et vous ? Votre père était-il un scientifique ? Essayez-vous de lui faire plaisir ? Si oui, je dirais que vous avez réussi.*

JE DÉTESTE MON PÈRE, avait tapé Calvin en majuscules dans ce qui allait s'avérer être leur dernier échange. *J'ESPÈRE QU'IL EST MORT.*

Je déteste mon père. J'espère qu'il est mort. Elizabeth avait relu cette phrase, stupéfaite. Le père de Calvin était mort, renversé par un train, au moins deux décennies avant l'envoi de ce courrier. Pourquoi aurait-il écrit une chose pareille ? Et pourquoi Calvin et Wakely avaient-ils cessé de correspondre ? La dernière lettre était datée de presque dix ans.

« Maman, dit Mad. Maman ! Tu m'écoutes ? Est-ce qu'on est pauvres ?

— Chérie, dit Elizabeth, essayant d'éviter la dépression nerveuse – *avait-elle vraiment démissionné ?* –, j'ai eu une longue journée. S'il te plaît. Mange.

— Mais, maman… »

Elles furent interrompues par la sonnerie du téléphone. Mad bondit de sa chaise.

« Ne réponds pas, Mad.

— C'est peut-être important.

— *Nous sommes en train de dîner.*

— Allô ? fit Mad. Mad Zott à l'appareil.

— Chérie, l'interrompit Elizabeth, en prenant le combiné. On ne donne pas d'informations privées au téléphone, tu le sais, non ? Allô ? À qui ai-je l'honneur ?

— Madame Zott ? dit une voix. Madame Elizabeth Zott ? C'est Walter Pine, madame Zott. Nous nous sommes rencontrés en début de semaine. »

Elizabeth soupira. « Oh… Oui, monsieur Pine.

— J'ai essayé de vous joindre toute la journée. Votre gouvernante a peut-être négligé de vous transmettre mes messages.

— Ce n'est pas une gouvernante et elle n'a pas négligé de me transmettre vos messages.

— Oh, dit M. Pine, embarrassé. Je vois. Je suis désolé. J'espère que je ne vous dérange pas. Avez-vous quelques minutes ? Est-ce le bon moment ?

— Non.

— Je vais faire vite, alors, s'exclama-t-il, ne voulant pas qu'elle raccroche. Et encore une fois, madame Zott, j'ai remédié au problème du déjeuner. Tout est réglé, Amanda ne mangera plus que son déjeuner à elle à partir de maintenant. Encore toutes mes excuses.

Mais j'appelle pour une autre raison – une raison professionnelle. »

Il continua en lui rappelant qu'il était producteur de programmes télévisés l'après-midi. « KCTV, égrena-t-il fièrement sans éprouver aucune fierté. Et j'ai pensé changer un peu ma programmation en ajoutant une émission culinaire. J'essaie d'épicer les programmes, si l'on peut dire », poursuivit-il avec une touche d'humour, ce qui était inhabituel chez lui, mais Elizabeth Zott le rendait nerveux. Alors qu'il attendit en vain un petit rire poli de circonstance, il devint encore plus anxieux. « En tant que producteur de télévision expérimenté, je pense que le moment est venu de proposer une telle émission. »

Encore une fois, pas de réaction.

« J'ai fait des recherches, ajouta-t-il. Et sur la base de certaines tendances très intéressantes, combinées à ma connaissance personnelle des programmes télévisés de l'après-midi ayant du succès, je pense qu'une émission culinaire est destinée à devenir un programme phare de ce créneau horaire. »

Elizabeth ne réagissait toujours pas, et d'ailleurs peu importait car rien de ce que Walter disait n'était vrai.

La vérité, c'est que Walter Pine n'avait fait aucune recherche et n'était pas au courant des tendances. En fait, il avait très peu de connaissances personnelles sur les raisons du succès des programmes de l'après-midi à la télévision. Pour preuve, sa chaîne se situait généralement dans le bas du classement en termes d'audience. La situation réelle était la suivante : Walter avait un créneau vide à remplir et il avait sur le dos les annonceurs qui le pressaient. Un spectacle de clowns pour enfants avait déjà occupé ce créneau mais, d'une part, c'était mauvais et, d'autre part, le clown vedette avait été suriné dans un bar au cours d'une rixe, ce qui avait tué – au sens propre du terme – l'émission.

Au cours des trois semaines passées, il s'était démené pour trouver une émission de remplacement. Il passait huit heures par jour à visionner les films de promotion d'innombrables prétendues vedettes – magiciens, donneurs de conseils, comédiens, professeurs de musique, experts scientifiques, spécialistes de l'étiquette et du savoir-vivre, marionnettistes. Les passant en revue, Walter n'arrivait pas à croire les sornettes que les autres produisaient, ni à croire qu'ils avaient le culot de les filmer, et de les lui poster. N'avaient-ils pas honte ? Pourtant, il lui fallait vite trouver une solution : sa carrière en dépendait. Son patron avait été très clair à ce sujet.

En plus de ses misères professionnelles, il avait été convoqué quatre fois en un mois par Mme Mudford, l'institutrice d'Amanda à l'école maternelle ; elle avait récemment menacé de le dénoncer simplement parce que, par étourderie, tant il était fatigué et déprimé, il avait mis sa bouteille de gin à la place de la Thermos de lait dans la boîte à lunch d'Amanda. Il y avait également glissé une agrafeuse au lieu d'un sandwich, un scénario au lieu d'une serviette, et des truffes au champagne la fois où ils n'avaient plus de pain.

« Monsieur Pine ? interrogea Elizabeth, interrompant ses pensées. J'ai eu une longue journée. Vous vouliez quelque chose ?

— Je veux créer une émission culinaire pour l'après-midi, lâcha-t-il en hâte. Et je veux que vous en soyez l'animatrice. Il est évident pour moi que vous savez cuisiner, madame Zott, mais je pense aussi que vous sauriez séduire le public. » Il n'en avoua pas la raison : elle *était* séduisante. Beaucoup de femmes s'en sortaient grâce à leur physique, mais quelque chose lui disait qu'Elizabeth Zott n'en faisait pas partie. « Ce serait un spectacle amusant – de femme à femme. Vous rendriez service à vos consœurs. » Et comme elle ne répondit pas tout de suite, il ajouta : « Les femmes au foyer. »

À l'autre bout du fil, Elizabeth fronça les sourcils. « *Je vous demande pardon ?* »

Le ton. Walter aurait dû comprendre et raccrocher sur-le-champ. Mais il ne le fit pas parce qu'il était désespéré, et les gens désespérés ont tendance à négliger les signaux les plus évidents. Elizabeth Zott avait sa place devant une caméra, il en était sûr, et c'était exactement le genre de femme dont son patron serait fou.

« Vous êtes inquiète à cause du public, dit-il, mais il n'y a pas de raison. Nous utilisons des prompteurs. Tout ce que vous avez à faire est de lire et d'être vous-même. » Il attendit une réponse, mais comme elle ne vint pas, il continua. « Vous avez de la prestance, madame Zott, insista-t-il. Vous êtes exactement le genre de personne que les gens veulent voir à la télé. Vous êtes comme… » Il essaya de penser à quelqu'un de célèbre qui lui ressemblerait, mais aucun nom ne lui vint à l'esprit.

« Je suis scientifique, rétorqua-t-elle sèchement.

— Exact !

— Vous dites que le public a envie de voir plus de scientifiques à la télévision ?

— Oui. Qui n'en aurait pas envie ? » demanda-t-il, bien que lui-même n'en ait pas envie et qu'il fût presque certain que personne n'en avait envie plus que lui. « Pour autant, ce serait une émission de cuisine, vous comprenez.

— La cuisine *est* une science, monsieur Pine. Ce sont deux domaines qui ne s'excluent pas.

— Incroyable. J'étais sur le point de le dire. »

Chez elle dans sa cuisine, Elizabeth pensa à ses factures d'électricité impayées. « Combien ça rapporte, un truc comme ça ? » demanda-t-elle.

Il lança un chiffre qui provoqua chez elle un sifflement particulièrement aigu. Était-elle offensée ou étonnée ?

« Le fait est, se justifia-t-il sur la défensive, qu'on prendrait un risque. Ce n'est pas comme si vous étiez déjà passée à la télévision, n'est-ce pas ? » Puis il décrivit le contrat de base des épisodes pilotes, en précisant que la durée initiale du contrat était de six mois. Après quoi, si le taux d'audience était insuffisant, c'était fini. *Finito.*

« Quand devrais-je commencer ?

— Immédiatement. Nous voulons que l'émission soit diffusée dès que possible – dans le mois si possible.

— Vous voulez dire une émission de cuisine *scientifique* ?

— Vous l'avez dit vous-même, ces deux domaines ne s'excluent pas. » Mais un petit doute sur la viabilité d'Elizabeth en tant qu'animatrice commença à s'insinuer dans l'esprit de Pine. Elle avait sûrement compris qu'une émission de cuisine n'était pas vraiment une émission scientifique. N'est-ce pas ? « Nous l'appellerons "À table ! C'est l'heure du souper" », ajouta-t-il, en insistant sur le mot « table ».

À l'autre bout de la ligne, Elizabeth regardait dans le vide. Elle détestait l'idée : cuisiner à la télévision pour les femmes au foyer ; mais avait-elle le choix ? Elle se retourna pour regarder Six-Trente et Mad. Ils étaient tous deux allongés par terre. Madeline lui parlait de Tommy Dixon et Six-Trente montrait les dents.

« Madame Zott ? interrogea Walter, inquiet du silence à l'autre bout du fil. Allô ? *Madame Zott ? Vous êtes toujours là* ? »

24

La zone dépressionnaire de l'après-midi

« Immettables », déclara Elizabeth à Walter Pine en sortant du dressing de KCTV. « Toutes les robes sont moulantes. Quand votre tailleur a pris mes mesures la semaine dernière, je pensais qu'il avait fait un travail précis, mais je me suis trompée. Il est âgé. Il a peut-être besoin de lunettes.

— En fait, expliqua Walter, fourrant ses mains dans ses poches pour avoir l'air décontracté, les robes sont taillées pour être très ajustées. À l'écran, la caméra vous grossit de cinq kilos, donc nous préférons les vêtements serrés qui rectifient la silhouette. On l'aspire, on la mincit. Vous serez étonnée de voir que vous allez vite vous y habituez.

— Je ne peux pas respirer.

— C'est seulement pour trente minutes. Vous pourrez respirer autant que vous voudrez après.

— À chaque inspiration, notre corps lance le processus d'oxygénation du sang ; à chaque expiration, nos poumons libèrent du carbone et de l'hydrogène superflus. En comprimant n'importe quelle portion des poumons, nous mettons ce processus en danger. Des caillots se forment. La circulation sanguine ralentit.

— Cependant, une chose est sûre, dit Walter, changeant de tactique. Je suis convaincu que vous n'avez pas envie de paraître grosse à l'écran.

— Je vous demande pardon ?

— Devant la caméra – et ne le prenez pas mal – vous ressemblez à une génisse. »

Elle n'en crut pas ses oreilles. « Walter, déclara-t-elle. Laissez-moi être très claire avec vous. Je ne porterai pas ces vêtements. »

Il serra les dents. Allait-on s'en sortir ? Alors qu'il cherchait une nouvelle façon de la raisonner, l'orchestre de la chaîne se lança dans une répétition de leur dernière mélodie. C'était le thème de l'émission « À table ! C'est l'heure du souper », un petit air guilleret qu'il avait commandé lui-même. Un croisement entre les mesures d'un cha-cha-cha moderne et le son d'une alarme d'incendie, un véritable tour de force au rythme entraînant que, la veille encore, son patron avait décrit avec enthousiasme, le comparant à du Lawrence Welk[1] sous amphétamines.

« Qu'est-ce que c'est que *ça* ? » demanda-t-elle en grinçant des dents.

Phil Lebensmal, son patron, producteur exécutif et directeur de la chaîne KCTV, avait été très clair lorsqu'il avait approuvé le concept de l'émission de cuisine.

« Vous savez quoi faire, avait-il dit après avoir rencontré Elizabeth Zott. Les cheveux longs, des robes moulantes, un décor familial. La femme sexy et la

1. Le « Lawrence Welk Show » était un spectacle télévisé américain de variétés musicales animé par le leader du big band Lawrence Welk, de 1951 à 1982.

mère aimante que tous les hommes veulent voir à la fin de la journée. Faites en sorte de réussir. »

Walter regardait Phil assis au fond de son bureau ridiculement surdimensionné. Il ne l'aimait pas. Il était jeune, avait du succès et était manifestement meilleur en tout que Walter, mais il était vulgaire. Walter n'aimait pas les gens vulgaires. Il en devenait pudibond, presque embarrassé, comme s'il était le dernier membre du Peuple Poli, une tribu en cours d'extinction, connue pour son respect des convenances et ses bonnes manières à table. Il passa sa main sur sa tête grisonnante de cinquante-trois ans.

« Nous ne sommes pas au bout de nos surprises, Phil. Vous ai-je dit que Mme Zott savait cuisiner ? Je veux dire, *vraiment* cuisiner. Elle est chimiste. Elle travaille dans un labo avec des tubes à essai et tout le toutim. Elle a même une maîtrise de chimie, vous vous rendez compte ? Je pensais que nous pourrions jouer sur ses références et donner aux femmes au foyer quelqu'un à qui s'identifier.

— Quoi ? sursauta Phil, surpris. Non, Walter. Zott n'est pas comme tout le monde, et c'est ce qui est bien. Les gens n'ont pas envie de se voir à la télé, ils veulent y voir les gens qu'ils ne seront jamais. Des gens beaux, des gens sexy. Vous savez comment ça marche, n'est-ce pas ? » Il regarda Walter, troublé.

« Bien sûr, bien sûr, dit Walter. C'est juste que j'ai pensé qu'on pourrait faire un peu bouger les choses. Donner à cette émission un côté plus professionnel.

— Professionnel ? C'est le programme de l'après-midi ! Vous aviez un spectacle de clowns dans le même créneau horaire.

— Oui, et c'est le côté inattendu. Au lieu des clowns, nous ferons quelque chose de sérieux : Mme Zott apprendra aux femmes au foyer à préparer un repas nourrissant.

— Sérieux ? » Phil claqua des doigts. « Vous êtes quoi ? Amish ? Pour ce qui est d'être nourrissant : non. Vous êtes en train de tuer l'émission avant même qu'elle commence. Écoutez, Walter, c'est facile. Des robes moulantes, des gestes suggestifs – par exemple quand elle enfilera les maniques, suggéra-t-il en mimant le geste de glisser ses mains dans une paire de gants en satin. Sans oublier le cocktail qu'elle préparera à la fin de chaque émission.

— Le cocktail ?

— N'est-ce pas une idée géniale ? Je viens juste de l'avoir.

— Je ne pense vraiment pas que Mme Zott acceptera…

— Au fait, qu'est-ce qu'elle a dit la semaine dernière : qu'elle était incapable de solidifier l'hélium au zéro absolu ? C'était censé être une blague ?

— Oui, répondit Walter. Je suis presque sûr qu'elle…

— Eh bien, ce n'était pas drôle. »

Phil avait raison, ce n'était pas drôle et, pire encore, Elizabeth n'avait pas voulu être drôle. Elle avait voulu signifier que c'était le genre de choses dont elle pourrait parler dans son émission. Ce qui était un problème ; car il avait beau lui expliquer le concept de l'émission en question, elle semblait ne pas comprendre. « Vous allez vous adresser à des femmes au foyer normales. Des femmes comme les autres. » Elizabeth l'avait regardé d'un air qui l'avait effrayé.

« Il n'y a rien de normal dans la femme au foyer normale », l'avait-elle repris.

« Walter, dit Elizabeth, après que la chanson du générique fut enfin terminée. Est-ce que vous m'écoutez ? Je pense que je peux résoudre notre problème de garde-robe en trois mots. Blouse de laboratoire.

— Non.

— Ça donnerait un côté plus professionnel à l'émission.

— Non, répéta-t-il en pensant aux attentes très claires de Lebensmal. Croyez-moi. C'est non.

— Pourquoi ne pas aborder ça de manière scientifique ? Je la porterai au cours de la première semaine, puis nous examinerons les résultats.

— Ce n'est pas un laboratoire, expliqua-t-il pour la millième fois. C'est une *cuisine*.

— En parlant de cuisine, comment ça se passe sur le plateau ?

— Ce n'est pas tout à fait prêt. On travaille encore sur l'éclairage. »

Ce qui était faux : le décor était prêt depuis plusieurs jours. Des rideaux à œillets accrochés à la fenêtre en trompe-l'œil aux divers bibelots qui encombraient le plan de travail, c'était la cuisine *Good Housekeeping* dans toute sa splendeur. Ce qu'elle allait détester.

« Avez-vous pu obtenir le matériel spécialisé dont j'ai besoin ? demanda-t-elle. Le bec Bunsen ? L'oscilloscope ?

— À ce propos, répondit-il. Le fait est que la plupart des femmes au foyer qui cuisinent n'utilisent pas ce genre de choses. Mais j'ai pu trouver presque tout le reste sur votre liste : les ustensiles, le mixeur…

— Une cuisinière à gaz ?

— Oui.

— Et la douche oculaire, bien sûr.

— Oui… oui, la rassura-t-il en visualisant l'évier.

— Je suppose que nous pourrons toujours ajouter le bec Bunsen plus tard. C'est très utile.

— Je n'en doute pas.

— Et le plan de travail ?

— L'acier inoxydable que vous avez demandé est inabordable.

— Eh bien, c'est étrange, s'étonna-t-elle. Les surfaces non réactives sont généralement assez bon marché. »

Walter hocha la tête comme s'il était surpris lui aussi, mais il ne l'était pas. Il avait choisi lui-même le plan de travail en Formica : un stratifié amusant, parsemé de confettis dorés.

« Écoutez, dit-il. Je sais que notre objectif est de préparer des repas équilibrés, des plats nourrissants, savoureux. Mais nous voulons aussi faire attention à ne pas rebuter les gens. Nous devons faire en sorte que cuisiner donne envie. Vous savez. Que ce soit amusant.

— *Amusant* ?

— Parce que sinon les gens ne regarderont pas l'émission.

— Mais cuisiner n'est pas drôle, expliqua-t-elle. C'est une affaire sérieuse.

— C'est vrai, concéda-t-il. Mais ça pourrait aussi être un peu amusant, non ? »

Elizabeth fronça les sourcils. « Pas vraiment.

— D'accord, mais rien qu'un peu. Un poil amusant », dit-il en levant son index et en le serrant contre son pouce pour en donner la mesure. « Il faut savoir, Elizabeth, et vous le savez probablement déjà, que la télévision est régie par trois règles strictes, absolues.

— Vous voulez dire des règles de bienséance ? Des normes ?

— Bienséance ? Normes ? » Il pensa à Lebensmal. « Non. Je voulais dire de véritables règles. » Il utilisa ses doigts pour compter. « Règle numéro un : divertir. Règle numéro deux : divertir. Règle numéro trois : divertir.

— Mais je ne suis pas une artiste comique. Je suis chimiste.

— D'accord. Mais à la télé, on a besoin que vous soyez une chimiste *amusante*. Et vous savez pourquoi ? Je peux le résumer en un mot. Après-midi.

— Après-midi ?

— *Après-midi*. Rien que prononcer ce mot me donne envie de dormir. Est-ce que ça vous donne envie de dormir ?

— Non.

— Eh bien, c'est peut-être parce que vous êtes scientifique. Vous connaissez déjà les rythmes circadiens.

— Tout le monde connaît les rythmes circadiens, Walter. Ma fille de quatre ans connaît les rythmes circadiens…

— Vous voulez dire votre fille de cinq ans, l'interrompit Walter. Madeline doit avoir au moins cinq ans pour être déjà à la maternelle. »

Elizabeth fit un signe de la main comme pour passer à autre chose. « Vous parliez des rythmes circadiens.

— Exact, acquiesça-t-il. Comme vous le savez bien, les humains sont biologiquement programmés pour dormir deux fois par jour : une sieste l'après-midi, puis huit heures de sommeil la nuit. »

Elle hocha la tête.

« Sauf que la plupart d'entre nous sautent la sieste parce que notre travail ne nous permet pas de dormir l'après-midi. Et quand je dis la plupart d'entre nous, je parle seulement des Américains. Le Mexique n'a pas ce problème, pas plus que la France ou l'Italie ou n'importe lequel de ces autres pays où les gens boivent encore plus que nous au déjeuner. Il n'en reste pas moins que la productivité humaine diminue naturellement l'après-midi. À la télévision, on appelle ça la Zone Dépressionnaire de l'Après-midi. Trop tard pour faire quoi que ce soit de significatif, trop tôt pour rentrer chez soi. Peu importe que vous soyez une femme au foyer, un écolier, un maçon ou un homme d'affaires : personne ne peut échapper à la Zone Dépressionnaire de l'Après-midi. Entre une heure trente et un et quatre heures quarante-quatre de l'après-midi, la vie productive telle que nous la connaissons cesse d'exister. C'est une zone de mort virtuelle. »

Elizabeth leva un sourcil.

« Et bien que j'aie dit que tout le monde était concerné, poursuivit-il, c'est un moment de la journée particulièrement dangereux pour les femmes au foyer. Car contrairement à un écolier qui peut remettre ses devoirs à plus tard, ou à un homme d'affaires qui peut faire semblant d'écouter lors d'une réunion, la femme au foyer n'a d'autre choix que continuer à travailler. Elle doit coucher les enfants pour la sieste, sinon la soirée sera un enfer. Elle doit passer la serpillière sinon quelqu'un pourrait glisser sur le lait renversé. Elle doit courir au magasin sinon il n'y aura rien à manger. D'ailleurs, ajouta-t-il en marquant une pause, avez-vous remarqué que les femmes disent toujours qu'elles doivent courir au magasin ? Pas marcher, pas aller, pas s'arrêter. *Courir*. C'est exactement ce dont je parle. La femme au foyer fonctionne à un niveau dément d'hyperproductivité. Et même si elle est dépassée, elle *doit encore* préparer le dîner.

Ce n'est pas viable, Elizabeth. Elle va être victime d'une crise cardiaque ou d'une attaque, ou, à tout le moins, elle sera de mauvaise humeur. Et tout ça parce qu'elle ne peut pas procrastiner comme son enfant, ou seulement faire semblant, comme son mari. Elle est obligée d'être productive bien qu'elle se trouve dans une zone horaire potentiellement fatale, la zone dépressionnaire de l'après-midi.

— C'est la déprivation neuronique classique, dit Elizabeth en hochant la tête. Le cerveau est privé du repos dont il a besoin, ce qui entraîne une baisse de la fonction exécutive et s'accompagne d'une augmentation du taux de corticostérone. Fascinant. Mais quel est le rapport avec la télévision ?

— Tout, dit-il. Parce que le remède à cette neuro, euh, privation comme vous l'appelez, c'est le programme de l'après-midi. Contrairement aux programmes du matin ou du soir, ceux de l'après-midi sont conçus pour permettre au cerveau de se reposer. Étudiez le programme et vous verrez que c'est vrai : de une heure trente à cinq heures de l'après-midi, les programmes sont remplis d'émissions pour enfants, de feuilletons et de jeux télévisés. Rien qui nécessite une réelle activité cérébrale. Et ce, à dessein : les responsables des chaînes de télévision savent que pendant ce créneau horaire, les gens sont à moitié morts. »

Elizabeth eut une vision de ses ex-collègues à Hastings. Ils étaient tous tout le temps à moitié morts.

« D'une certaine manière, ce que nous offrons est un service public, poursuivit Walter. Nous donnons aux gens, en particulier à la femme au foyer surmenée, le repos dont ils ont besoin. Les spectacles pour enfants sont essentiels à cet égard : ils sont conçus pour servir de baby-sitter virtuelle aux enfants afin que leur mère ait une chance de récupérer avant l'acte suivant.

— Et par acte suivant, vous voulez dire…

— La préparation du dîner, et c'est là que vous intervenez. Votre émission sera diffusée à quatre heures et demie – pile au moment où votre public sortira de la Zone Dépressionnaire de l'Après-midi. C'est un créneau horaire délicat. Des études montrent que c'est à ce moment-là de la journée que la plupart des femmes au foyer ressentent le plus de pression. Elles ont beaucoup à faire dans un laps de temps très court : préparer le dîner, mettre le couvert, rassembler leurs enfants – la liste est longue. Mais elles sont encore léthargiques et déprimées. C'est pourquoi ce créneau horaire particulier s'accompagne d'une si grande responsabilité. Car celui ou celle qui leur parle doit alors les *galvaniser*. Et donc lorsque je vous dis que votre travail consiste à les distraire, les divertir, je le pense sincèrement. Vous devez les ramener à la vie, Elizabeth. Vous devez les réveiller.

— Mais…

— Vous vous souvenez du jour où vous avez fait irruption dans mon bureau ? C'était l'après-midi. Et pourtant, alors que j'étais dans la Zone Dépressionnaire de l'Après-midi, vous m'avez réveillé et je peux vous assurer que c'est presque statistiquement impossible parce que *je ne fais que* programmer des émissions de l'après-midi, rien d'autre. Mais c'est comme ça que j'ai su : si vous avez eu le pouvoir de me faire tendre l'oreille pour que je puisse vous écouter, il ne fait aucun doute que vous pouvez faire de même avec les autres. Je crois en vous, Elizabeth Zott, et je crois en votre mission – apprendre à cuisiner des plats sérieux –, mais qui ne se limite *pas* à préparer le dîner. Comprenez-moi : vous devez vous débrouiller pour que ça ait au moins l'air un peu amusant. Si j'avais voulu que vous endormiez les téléspectateurs, je vous aurais mise à l'antenne à deux heures et demie, vous et vos maniques. »

Elizabeth réfléchit un moment. « Je suppose que je n'y avais pas vraiment pensé de cette façon.

— C'est de la science télévisuelle. Personne, ou presque, ne s'y connaît. »

Elle resta silencieuse, pesant ses mots. « Mais je ne suis pas une artiste comique, dit-elle après quelques instants. Je suis scientifique.

— Les scientifiques peuvent être divertissants.

— Donnez un nom.

— Einstein, répondit Walter. Et qui n'aime pas Einstein ? »

Elizabeth prit en considération cet exemple. « Certes, sa théorie de la relativité est fascinante.

— Vous voyez ? Exactement !

— Bien qu'il soit *également* vrai que sa femme, qui était *également* physicienne, n'a jamais été reconnue pour…

— Et on y revient, vous allez de nouveau cibler notre public. Les épouses ! Et comment allez-vous réveiller ces épouses einsteiniennes ? En utilisant les techniques de réveil éprouvées de la télévision : les blagues, les vêtements, l'autorité – et, bien sûr, les repas. Par exemple, quand vous organisez un dîner, je parie que tout le monde veut venir.

— Je n'ai jamais organisé de dîner.

— Mais si, sûrement, dit-il. Je parie que vous et M. Zott en organisez tout…

— Il n'y a pas de M. Zott, Walter, l'interrompit Elizabeth. Je ne suis pas mariée. La vérité, c'est que je n'ai jamais été mariée.

— Oh, s'exclama Walter, visiblement décontenancé. Eh bien… c'est certainement intéressant. Une chose, cependant. J'espère que vous ne le prendrez pas mal, mais… vous comprendrez, n'est-ce pas, si je vous demande de ne jamais en parler à personne ? Et surtout pas à Lebensmal, mon patron ? Ou à n'importe qui d'autre d'ailleurs ?

— J'aimais le père de Madeline, expliqua-t-elle, les sourcils légèrement froncés. C'est juste que je ne pouvais pas l'épouser.

— Vous aviez une liaison, dit Walter avec sympathie, en baissant la voix. Il trompait sa femme. C'est ça ?

— Non, rétorqua-t-elle, en secouant la tête. On s'aimait sans contrainte. En fait, nous vivions ensemble depuis…

— Ça aussi, il serait préférable de ne pas en parler, l'interrompit Walter. Jamais.

— … deux ans. Nous étions des âmes sœurs.

— Comme c'est charmant, dit-il en se raclant la gorge. Je suis sûr que tout est en règle. Mais tout de même, ce n'est pas le genre de chose qu'on doit raconter à qui que ce soit. Jamais. Même si je suis sûr que vous aviez prévu de l'épouser à un moment donné.

— Non, répondit-elle calmement. Et d'ailleurs, il est mort. » Et ces mots à peine prononcés, son visage s'assombrit.

Walter fut choqué par le soudain changement qui s'opéra en elle. Elle avait une façon d'être – une présence, une autorité – que la caméra aimerait, il le savait ; mais elle était aussi fragile. La pauvre.

Sans réfléchir à deux fois, il la prit dans ses bras : « Je suis profondément désolé, dit-il en l'étreignant.

— Moi aussi, répliqua-t-elle d'une voix étouffée, le visage enfoui dans l'épaule de Walter. Moi aussi, je suis désolée. »

Il tressaillit. Une telle solitude. Il lui tapota le dos en un geste habituellement destiné à Amanda, pour lui montrer, du mieux qu'il pouvait, qu'il n'était pas seulement désolé mais qu'il comprenait son chagrin. Avait-il déjà été amoureux comme ça ? Non. Mais il eut soudain une idée très précise de ce à quoi un tel sentiment pouvait ressembler.

« Excusez-moi, dit-elle en s'écartant, surprise de voir à quel point elle avait eu besoin de cette étreinte.

— Ne vous excusez pas, la rassura-t-il doucement. Vous avez traversé beaucoup d'épreuves.

— Quoi qu'il en soit, dit-elle en se redressant, je devrais savoir qu'il ne faut pas en parler. J'ai déjà été virée une fois à cause de ça. »

Pour la troisième fois de la matinée, Walter tressaillit. Quand elle dit « ça », il ne fut pas sûr de ce qu'elle voulait signifier. Avait-elle été licenciée pour avoir tué son amant ? Ou bien parce qu'elle était mère célibataire ? Les deux explications étaient plausibles, mais il préférait de loin la seconde.

« Je l'ai tué, avoua-t-elle, à voix basse, écartant l'option préférée de Walter. J'ai insisté pour qu'il utilise une laisse, et il est mort. Six-Trente n'a plus jamais été le même.

— C'est terrible », commenta Walter d'une voix encore plus basse, car même s'il ne comprenait pas de quoi elle parlait à propos de la laisse ou du fuseau horaire de six heures trente, il comprenait ce qu'elle avait voulu dire. Elle avait fait un choix qui avait eu des conséquences néfastes. Tout comme lui. Et leurs mauvais choix avaient donné naissance à de petites personnes qui maintenant en payaient les frais. « Je suis vraiment désolé.

— Moi aussi, je suis désolée pour vous, dit-elle, en essayant de retrouver son calme. Votre divorce.

— Oh, je vous en prie », répondit-il en agitant la main, gêné que son embardée amoureuse puisse être comparée de quelque façon que ce soit à celle d'Elizabeth. « La situation n'est pas comparable. La mienne n'a rien à voir avec l'amour. Biologiquement, Amanda n'est même pas ma fille, si on parle d'ADN », lâcha-t-il sans le vouloir. En fait, il ne le savait que depuis trois semaines.

Son ex-femme avait longtemps insinué qu'il n'était pas le père biologique d'Amanda, mais il pensait qu'elle ne le disait que pour le blesser. Bien sûr, lui et Amanda ne se ressemblaient pas, mais beaucoup d'enfants ne ressemblent pas à leurs parents. Chaque fois qu'il avait tenu Amanda bébé dans ses bras, il avait eu la conviction qu'elle était sa fille ; il avait conscience du lien profond et intangible qui les unissait. Mais l'insistance cruelle de son ex-femme l'avait rongé, et lorsque se soumettre à un test de paternité avait été possible, il avait fourni un échantillon de son sang. Cinq jours plus tard, il avait appris la vérité. Lui et Amanda étaient de parfaits étrangers.

Il avait regardé fixement les résultats du test, s'attendant à se sentir trompé ou dévasté, ou à éprouver tout autre émotion habituelle dans un cas pareil, mais il s'était simplement senti déconcerté. Les résultats n'avaient pas d'importance du tout. Amanda était sa fille et il était son père. Il l'aimait de tout son cœur. On surestimait la biologie.

« Je n'avais jamais prévu d'être père, dit-il à Elizabeth. Et pourtant, je suis un père dévoué. La vie est un mystère, n'est-ce pas ? Les gens qui essaient de la planifier finissent inévitablement par être déçus. »

Elle hocha la tête. Elle avait fait des plans. Elle était déçue.

« Quoi qu'il en soit, continua-t-il, je crois que nous pouvons réussir avec "À table ! C'est l'heure du souper". Mais il y a certaines choses à propos de la télévision que vous allez devoir… accepter. Pour ce qui est de la garde-robe, je dirai au tailleur de relâcher les coutures. En contrepartie, j'aimerais que vous vous entraîniez à sourire. »

Elle fronça les sourcils.

« Jack LaLanne sourit quand il fait des pompes, dit Walter. C'est comme ça qu'il rend les choses difficiles amusantes. Étudiez le style de Jack, c'est un maître en la matière. »

À la mention du nom de Jack, Elizabeth se raidit. Elle n'avait pas regardé Jack LaLanne depuis la mort de Calvin, et c'était en partie parce qu'elle lui reprochait sa mort, même si elle savait que c'était injuste. Au souvenir de Calvin entrant dans la cuisine après l'émission de Jack LaLanne, elle se sentit comme réchauffée.

« C'est ça », dit Walter.

Elizabeth leva les yeux vers lui.

« Vous souriez presque.

— Oh… Eh bien, ce n'était pas volontaire.

— C'est très bien. Volontaire ou pas, peu importe, ça fera l'affaire. La plupart de mes sourires sont forcés. Y compris à l'école élémentaire Woody, où je dois me rendre tout à l'heure. J'ai été convoqué par Mme Mudford.

— Moi aussi, dit Elizabeth, surprise. J'ai un rendez-vous demain. Est-ce à cause des lectures d'Amanda ?

— Les lectures ? fit-il, surpris. Les filles sont en maternelle, Elizabeth, elles ne savent pas lire. De toute façon, le problème n'est pas Amanda. C'est moi. Elle se méfie de moi parce que je suis un père qui élève seul sa fille.

— Pourquoi ? »

Il eut l'air surpris. « Pourquoi, à votre avis ?

— *Oh*, s'exclama-t-elle, ayant soudain compris. Elle croit que vous êtes sexuellement déviant.

— Je ne l'aurais pas dit aussi… aussi crûment, mais oui, en effet. C'est comme porter un badge sur lequel on lirait : "Bonjour ! Je suis un pédophile et je fais du baby-sitting !"

— Je suppose que nous sommes tous les deux suspects, alors, poursuivit Elizabeth. Calvin et moi faisions l'amour presque tous les jours, rien de plus normal à notre âge et vu notre niveau d'activité, mais comme nous n'étions pas mariés… »

Walter pâlit.

« … Comme si le mariage avait quelque chose à voir avec la sexualité…

— Euh…

— Il m'est arrivé de me réveiller une fois au milieu de la nuit, avec une très forte envie de faire l'amour, expliqua-t-elle sans ambages – et je suis sûre que ça vous est arrivé à vous aussi –, pendant que Calvin était en pleine phase de sommeil paradoxal, mais je l'ai laissé dormir. Quand, plus tard, je lui en ai parlé, il a pratiquement piqué une crise. "Non, Elizabeth, a-t-il dit, réveille-moi la prochaine fois. Phase REM ou pas. N'hésite pas." Ce n'est qu'après m'être davantage documentée sur la testostérone que j'ai mieux compris la libido masculine… »

Walter, le visage écarlate, l'interrompit. « Je voulais vous rappeler de vous garer dans le parking nord.

— Le parking nord ? dit-elle, les mains sur les hanches. C'est celui qui est sur la gauche quand j'arrive ?

— Exactement.

— Bref, continua-t-elle. Je suis désolée que Mudford ait laissé entendre que vous n'êtes pas un père aimant. Je doute fort qu'elle ait lu les rapports Kinsey.

— Les rapports Kinsey…

— Parce que si elle l'avait fait, elle aurait compris que vous et moi sommes le contraire de déviants sexuels. Vous et moi sommes…

— Des parents *normaux* ? se dépêcha-t-il de poursuivre.

— Des modèles de parents aimants.

— Des gardiens.

— Des parents et amis », conclut-elle.

Ce fut ce dernier mot qui cimenta leur étrange amitié, amitié fondée sur des confidences partagées ; une amitié qui naît de la rencontre de deux personnes à qui l'on a fait du tort pour les mêmes mauvaises raisons et qui découvrent que, même si c'est la seule chose qu'ils partagent, c'est plus que suffisant.

« Écoutez, dit Walter, s'étonnant de n'avoir jamais eu une discussion aussi franche sur le sexe ou la biologie avec quiconque, y compris lui-même. À propos de la garde-robe. Si le tailleur ne peut pas rendre ces robes plus confortables, choisissez une tenue dans votre armoire pour commencer.

— Vous n'envisagez toujours pas l'idée de la blouse ?

— C'est plutôt que je veux que vous soyez vraiment *vous*. Pas une scientifique. »

Elle replaça quelques cheveux fous derrière ses oreilles. « Mais, je *suis* scientifique, insista-t-elle. C'est justement ce que je suis.

— C'est possible, Elizabeth Zott. Et ce n'est qu'un début », conclut-il, sans savoir à quel point cette assertion s'avérerait être juste.

25

La femme ordinaire

Rétrospectivement, Walter se dit qu'il aurait probablement dû lui laisser voir le décor.

Alors que la musique commençait à jouer – cette charmante mélodie pour laquelle il avait payé beaucoup trop cher et qu'elle détestait déjà –, Elizabeth entra sur le plateau. Il prit une courte et profonde inspiration. Elle portait une robe terne ornée de petits boutons de haut en bas, un tablier blanc à poches multiples étroitement noué à la taille, et une montre Timex dont le tic-tac résonnait si fort qu'il aurait juré l'entendre par-dessus le battement de tambour du petit orchestre. Sur sa tête était perchée une paire de lunettes de protection. Juste au-dessus de son oreille gauche, un crayon 2H. D'une main, elle tenait un cahier, de l'autre, trois tubes à essai. Elle ressemblait à un croisement entre une femme de chambre dans un hôtel et un expert en déminage.

Il l'observa tandis qu'elle attendait la fin du générique, embrassant le décor du regard. Ses lèvres serrées et ses épaules tendues exprimaient clairement sa désapprobation. À la dernière note, elle se tourna vers le prompteur, le parcourut des yeux, mais resta silencieuse. Posant son cahier et ses tubes à essai sur le plan de travail, elle se dirigea vers l'évier, dos à la caméra, et se pencha vers la fenêtre en trompe-l'œil pour profiter de la vue qui n'en était pas une.

« C'est révoltant », dit-elle directement dans le micro.

Le caméraman, les yeux écarquillés de surprise, se retourna pour jeter un coup d'œil à Walter.

« Rappelle-lui qu'on est en direct », lui commanda Walter en serrant les dents.

Nous sommes en direct ! gribouilla en hâte l'assistant du caméraman sur un grand panneau qu'il brandit pour qu'elle le vît.

Elizabeth le lut puis, levant un doigt comme pour signaler qu'elle n'en aurait que pour une seconde, elle poursuivit sa visite autoguidée du plateau, s'arrêtant pour regarder attentivement chacune des œuvres d'art murales de la cuisine, soigneusement sélectionnées : une broderie *Que cette maison soit bénie*, un Jésus déprimé agenouillé en prière, une peinture amateur représentant des bateaux naviguant en pleine mer. Puis elle passa au plan de travail encombré, ses sourcils arqués en signe de consternation devant un panier à couture truffé d'épingles de sûreté, un pot de confiture Mason rempli de boutons inutiles, une pelote de fil marron, une bonbonnière ébréchée pleine de pastilles de menthe et une boîte à pain sur laquelle *Notre pain quotidien* était griffonné en caractères religieux.

La veille encore, Walter avait donné un A+ au décorateur pour son bon goût. « J'aime particulièrement les bibelots, lui avait-il dit. Ils sont parfaits. » Mais ce jour-là, avec Elizabeth dans le décor, ils ressemblaient à de la camelote. Il la regardait faire les cent pas derrière le plan de travail, pâlissant à la vue de la salière et de la poivrière en forme de poule et de coq, lorgnant avec hostilité la douillette rose tricotée du grille-pain, reculant devant une étrange petite boule constituée entièrement d'élastiques. À gauche de cette boule, était posée une boîte à biscuits moulée pour ressembler à une grosse femme allemande préparant des bretzels. Elle s'arrêta brusquement, regardant au-dessus de sa tête la grande horloge suspendue à des fils, les aiguilles figées sur six heures. À TABLE ! C'EST L'HEURE DU SOUPER y était imprimé en caractères pailletés.

« Walter, appela Elizabeth, en levant une main pour se protéger les yeux de la lumière vive des projecteurs. Walter, je dois vous dire un mot, s'il vous plaît.

— La pub, la pub ! » siffla Walter entre ses dents à l'intention du caméraman alors qu'elle descendait du plateau pour se frayer un chemin jusqu'à lui. « Lancez-la maintenant ! *Tout de suite. Maintenant !* Elizabeth, dit-il en bondissant de sa chaise pour l'arrêter. Vous ne pouvez pas faire ça ! Remontez là-haut ! Nous sommes en direct !

— Nous sommes en direct ? Eh bien, c'est impossible. Le décor est inapproprié.

— Tout va bien, la cuisinière, l'évier, tout a été testé. Repartez sur le plateau, dit-il en la repoussant d'un geste.

— Je voulais dire que c'est inapproprié à mes besoins.

— Écoutez. Vous êtes nerveuse. C'est pourquoi nous enregistrons sans public aujourd'hui, pour vous donner une chance de vous habituer. Mais la caméra *tourne* – comme si vous étiez *à l'antenne* – et vous avez un rôle à remplir. C'est l'émission pilote ; les choses pourront être ajustées plus tard.

— Vous dites donc que des changements sont *possibles*, résuma-t-elle en remettant ses mains sur ses hanches pour examiner à nouveau le plateau. Nous allons devoir en faire beaucoup.

— D'accord. Attendez… Non ! s'exclama-t-il, inquiet. Pour être clair, les changements de décor sont impossibles. Ce que vous voyez est le résultat de plusieurs semaines de recherches sérieuses menées par notre scénographe. Cette cuisine représente exactement ce que veut la femme d'aujourd'hui.

— Eh bien, je suis une femme, et je ne veux pas de ça.

— Je ne parlais pas de vous. Je parlais de la femme ordinaire.

— Ordinaire ?

— Vous savez ce que je veux dire. La femme au foyer normale. »

Elle émit un bruit pareil à celui du souffle de la baleine.

« D'accord, reprit Walter à voix basse, agitant la main inutilement. D'accord, d'accord. Écoutez, je comprends, mais rappelez-vous, ce n'est pas seulement *notre* émission, Elizabeth, c'est aussi l'émission de la chaîne, et puisqu'ils nous paient, il est généralement considéré de bon ton de faire ce qu'ils demandent. Vous savez comment ça marche, vous avez déjà eu un travail.

— Mais, au final, c'est pour le public que nous travaillons tous, insista-t-elle.

— C'est vrai, lui accorda-t-il. En quelque sorte. Non, attendez, pas vraiment. C'est notre travail de donner aux gens ce qu'ils veulent, même s'ils ne savent pas qu'ils le veulent. Je vous l'ai déjà expliqué : c'est le modèle de programmation de l'après-midi.

Vous savez : un public à moitié mort, qui va reprendre connaissance. »

« Une autre pub ? chuchota le caméraman.

— Inutile, dit-elle rapidement. Désolé tout le monde. Je suis prête.

— Nous sommes donc sur la même longueur d'onde, n'est-ce pas ? lui lança Walter tandis qu'elle repartait pour remonter sur le plateau.

— Oui, dit Elizabeth. Vous voulez que je parle à la femme *ordinaire*. La femme au foyer *normale*. »

Il n'aima pas la façon dont elle le dit.

« Dans cinq… », commença le caméraman.

« *Elizabeth* », la héla Walter.

« Quatre… »

« *Tout ce que vous devez dire est déjà écrit*. »

« Trois… »

« *Lisez simplement le prompteur.* »

« Deux… »

« *Je vous en prie*, la supplia-t-il. *C'est un super script !* »

« Un… et on tourne ! »

« Bonsoir, dit Elizabeth en s'adressant directement à la caméra. Je m'appelle Elizabeth Zott et je vous présente "À table ! C'est l'heure du souper". »

« Jusqu'ici, tout va bien, murmura Walter pour lui-même. SOURIEZ », mima-t-il en tirant sur les coins de sa bouche.

« Et bienvenue dans ma cuisine, déclara-t-elle sur un ton sérieux, alors qu'un Jésus déçu lorgnait par-dessus son épaule gauche. Aujourd'hui, nous allons bien nous… »

Elle s'arrêta quand ses yeux se posèrent sur le verbe « amuser ».

Un silence inconfortable suivit. Le caméraman se retourna pour regarder Walter. « On repasse la pub ? demanda-t-il d'un geste.

— NON, articula Walter en silence. NON ! BORDEL DE MERDE. ELLE DOIT LE FAIRE ! NOM DE DIEU, ELIZABETH », supplia-t-il, toujours en silence, en agitant les mains.

Mais Elizabeth semblait être en transe et rien – ni Walter qui agitait les mains, ni le caméraman qui se préparait pour la publicité, ni la maquilleuse qui s'essuyait le visage avec l'éponge réservée à Elizabeth – n'aurait pu rompre le sortilège. Qu'est-ce qui n'allait pas chez elle ?

« MUSIQUE, lança finalement Walter au preneur de son. *MUSIQUE.* »

Mais avant que la musique se fasse entendre, le tic-tac de sa montre attira l'attention d'Elizabeth et elle retrouva ses esprits. « Je suis désolée. Bon, où en étions-nous ? » Elle jeta un coup d'œil au prompteur, marqua une pause supplémentaire, puis désigna soudain la grande horloge au-dessus de sa tête. « Avant de commencer, j'aimerais vous conseiller d'ignorer cette horloge. Elle ne fonctionne pas. »

Depuis son fauteuil en toile, Walter laissa échapper un court et profond soupir.

« Je prends la cuisine au sérieux, poursuivit Elizabeth, ignorant complètement le prompteur, et je sais que vous aussi. » Puis elle dégagea la boîte à couture du plan de travail en la laissant tomber dans un tiroir ouvert. « Je sais aussi, dit-elle en s'adressant directement aux quelques femmes au foyer qui l'écoutaient par hasard ce jour-là, que votre temps est précieux. Eh bien, le mien aussi. Alors faisons un pacte, vous et moi… »

« M'man, appela un petit garçon qui s'ennuyait chez lui dans le salon à Van Nuys, en Californie, il n'y a *rien* à la télé.

— Éteins-la, alors, cria la mère de ce petit garçon depuis la cuisine. Je suis occupée ! Va jouer dehors.

— *M'man, m'man*..., cria de nouveau le petit garçon.

— Oh, pour l'amour du Ciel, Petey », répondit une femme affairée en entrant dans le salon, une pomme de terre à moitié épluchée dans ses mains mouillées, un bébé pleurant dans la chaise haute de la cuisine. « Est-ce que je dois tout faire à ta place ? » Mais alors qu'elle tendait le bras pour éteindre le poste de télévision et faire taire Elizabeth, celle-ci parut s'adresser directement à elle.

« D'après mon expérience, beaucoup trop de gens n'apprécient pas à leur juste valeur le travail et les sacrifices nécessaires pour être à la fois une épouse, une mère et une femme. Eh bien moi, si. À la fin de la demi-heure que nous passerons ensemble, nous *aurons* fait quelque chose qui en vaut la peine. Nous *aurons* créé quelque chose qui ne passera pas inaperçu. Nous *aurons* préparé le souper. Et ce souper *aura* de l'importance. »

« Qu'est-ce que c'est ? demanda la mère de Petey.

— J'sais pas », répondit Petey.

« C'est parti », dit Elizabeth.

Plus tard, dans sa loge, Rosa, la coiffeuse et maquilleuse, passa dire au revoir à Elizabeth. « Pour info, j'ai aimé le crayon dans les cheveux.

— Pour info ?

— Lebensmal hurle sur Walter depuis vingt minutes.

— À cause d'un crayon ?

— Parce que vous n'avez pas suivi le script.

— En effet. Mais seulement parce que les fiches du prompteur étaient impossibles à lire.

— Oh, dit Rosa visiblement soulagée. C'était donc ça ? Les caractères n'étaient pas assez gros ?

— Non, non. Les fiches étaient trompeuses.

— *Elizabeth*, appela Walter, apparaissant à la porte de sa loge, le visage rouge écarlate.

— Quoi qu'il en soit, adieu, chuchota la maquilleuse en pressant le bras d'Elizabeth.

— Salut, Walter. J'étais en train de dresser une liste de choses que nous devrons changer tout de suite.

— Inutile de me saluer, rétorqua-t-il. Mais qu'est-ce qui cloche chez vous ?

— Tout va bien. Je pense que ça s'est plutôt bien passé. J'admets avoir bredouillé au début, mais seulement parce que j'étais choquée. Ça ne se reproduira plus, pas après avoir réorganisé le décor. »

Il traversa la pièce à grands pas et se laissa tomber sur une chaise. « Elizabeth, vous avez un *travail* à accomplir. Et deux devoirs à remplir : sourire et lire les fiches du prompteur. C'est tout. On ne vous demande pas d'avoir une opinion, ni sur le décor ni sur le texte du prompteur.

— Je crois que si.

— Non !

— De toute façon, je n'ai pas pu lire le texte.

— Faux ! On s'est entraînés à utiliser des caractères de corps différents, vous vous souvenez ? Donc je sais que vous pouvez lire ces foutues fiches. Bon sang, Elizabeth, Lebensmal est prêt à tout annuler. Vous vous rendez compte que nos deux postes sont en jeu ?

— Je suis désolée. Je vais tout de suite aller lui parler.

— Oh, non, lança Walter précipitamment. Pas vous.

— Pourquoi ? Je veux mettre certaines choses au point, surtout en ce qui concerne le décor. Et pour ce qui est des fiches du prompteur, encore une fois, je suis désolée, Walter. Je ne voulais pas dire que je ne *pouvais pas* les lire, mais que ma conscience *m'empêchait* de les lire. Parce que c'était horrible. Qui a écrit le texte ? »

Il se pinça les lèvres. « C'est moi.

— Oh, s'exclama-t-elle, surprise. Mais tous ces mots. Ils ne me ressemblaient pas du tout.

— Oui, marmonna-t-il entre ses dents. Et c'était *intentionnel.* »

Elle eut l'air surprise. « Je croyais que vous m'aviez dit d'être moi-même.

— Pas ce vous-*là*, répondit-il. Pas le vous "ça va être vraiment, vraiment compliqué". Pas le "beaucoup trop de gens n'apprécient pas à leur juste valeur le travail et les sacrifices nécessaires pour être à la fois une épouse, une mère et une femme". Personne ne veut entendre ce genre de choses, Elizabeth. Vous devez être positive, heureuse, optimiste !

— Mais ce n'est pas moi.

— Mais ça pourrait être vous. »

Elizabeth passa sa vie en revue. « Aucune chance.

— Pourrions-nous ne *pas* nous disputer à ce sujet ? dit Walter, son cœur battant inconfortablement dans sa poitrine. C'est moi l'expert en matière de programmation de l'après-midi et je vous ai déjà expliqué comment ça fonctionnait.

— Et moi je suis la femme qui parle à un public exclusivement féminin », répondit-elle.

Une secrétaire apparut dans l'embrasure de la porte. « Monsieur Pine, nous recevons des appels au sujet de l'émission. Je ne sais pas quoi répondre.

— Nom de Dieu, s'exclama-t-il. Déjà des plaintes.

— C'est à propos de la liste de courses. Une certaine confusion sur les ingrédients pour demain. Plus précisément, le CH_3COOH.

— Acide acétique, dit Elizabeth. Vinaigre – c'est de l'acide acétique à 4 %. Je suis désolée, j'aurais probablement dû écrire la liste en utilisant des termes simples.

— Vous *croyez* ? s'étouffa Walter.

— Merci beaucoup, dit la secrétaire en disparaissant.

— D'où vient l'idée d'une liste de courses de toute façon ? demanda-t-il. Nous n'avons jamais discuté d'une liste de courses, surtout pas d'une liste de formules chimiques.

— Je sais. Ça m'est venu à l'esprit alors que j'allais quitter le plateau. Je pense que c'est une bonne idée, pas vous ? »

Walter se prit la tête dans les mains. C'était une bonne idée, mais il n'était pas prêt à l'admettre. « Vous ne pouvez pas faire ça, protesta-t-il d'une voix étouffée. Vous ne pouvez pas faire ce que vous voulez.

— Je ne fais pas ce que je veux. Si je faisais ce que je voulais, je serais dans un laboratoire de recherche. Si je ne me trompe pas, vous avez une augmentation du taux de corticostérone, vous souffrez de ce que vous appelez la Zone Dépressionnaire de l'Après-midi. Vous devriez probablement manger quelque chose.

— Ne me faites pas la leçon sur la Zone Dépressionnaire de l'Après-midi », dit-il sèchement.

Pendant les quelques minutes qui suivirent, ils restèrent tous deux assis dans la loge, l'un fixant le sol, l'autre le mur. Pas un mot ne fut échangé.

« Monsieur Pine ? » Une autre secrétaire pointa le bout de son nez. « Monsieur Lebensmal a un vol à prendre, mais il voulait que je vous rappelle que vous avez le reste de la semaine pour arranger "ça". Je suis désolée, je ne sais pas de quoi il s'agit, mais il a dit que vous feriez mieux de rendre "ça"… » Elle consulta de nouveau ses notes « … "sexy". » Ses joues rosirent. « Et il y a autre chose aussi. » Elle lui tendit une note griffonnée rageusement à la main par Lebensmal. *Et qu'en est-il de ce putain de cocktail ?*

« Merci, dit Walter.

— Désolée, répéta-t-elle.

— Monsieur Pine, lança la première secrétaire réapparaissant au moment même où l'autre sortait de la loge. Il est tard, je dois rentrer chez moi. Mais les téléphones…

— Allez-y, Paula, dit-il. Je vais m'en occuper.

— Je peux vous aider ? demanda Elizabeth.

— Vous en avez assez fait pour aujourd'hui, s'agaça Walter. Donc, quand je dis "non merci", c'est vraiment *non merci.* »

Puis il alla s'installer au bureau de la secrétaire, Elizabeth sur ses talons, et décrocha un téléphone. « KCTV, articula-t-il d'un ton las. Ouais. Désolé. C'est du vinaigre.

— Vinaigre, dit Elizabeth sur une autre ligne.

— Vinaigre.

— Vinaigre.
— Vinaigre.
— Vinaigre. »

Il n'avait jamais reçu un seul appel pour le spectacle de clowns.

26

Les funérailles

« Bonsoir, je m'appelle Elizabeth Zott, et je vous présente "À table ! C'est l'heure du souper". »

Assis sur son fauteuil de producteur, Walter ferma les yeux. « S'il vous plaît, chuchota-t-il. S'il vous plaît, s'il vous plaît, s'il vous plaît. » C'était le quinzième enregistrement et il était épuisé. Il avait expliqué encore et encore que, tout comme il n'avait pas pu choisir le bureau derrière lequel il s'asseyait, elle ne choisirait pas non plus la cuisine dans laquelle elle cuisinerait. Elle ne devait rien y voir de personnel ; les décors de plateaux, comme les bureaux, étaient choisis en fonction de recherches appropriées et du budget. Mais chaque fois qu'il avançait cet argument, elle hochait la tête comme si elle comprenait, puis disait : « Oui, mais. » Et ils recommençaient. Même chose pour le texte. Il lui avait dit que son travail était de *motiver* le public, pas de l'ennuyer. Mais avec toutes ses digressions chimiques fatigantes, elle était *si* ennuyeuse. C'est pourquoi il avait décidé qu'il était enfin temps de filmer en direct en présence d'un public. Parce qu'il savait que de vraies personnes assises à six mètres de distance lui apprendraient instantanément à quel point être ennuyeuse serait périlleux pour elle.

« Bienvenue à notre première émission avec un public présent dans le studio », dit Elizabeth.

Jusqu'ici tout allait bien.

« Tous les après-midi, du lundi au vendredi, nous préparerons le dîner ensemble. »

Exactement ce qu'il avait écrit.

« En commençant par le dîner de ce soir : fricassée d'épinards. »

Nom de Dieu ! Elle suivait vraiment les ordres.

« Mais d'abord, nous devons faire de la place sur notre plan de travail. » Il ouvrit grand les yeux en la voyant ramasser une petite pelote de fil marron et la jeter dans le public.

Non, non, non, supplia-t-il en silence. Le caméraman lui jeta un coup d'œil inquiet tandis que le public éclatait d'un rire nerveux.

« Quelqu'un a besoin d'élastiques ? » demanda-t-elle en les brandissant. Plusieurs mains se levèrent, avant qu'elle ne les lance aussi dans le public.

Sidéré, il s'agrippa aux accoudoirs de son fauteuil pliant en toile.

« J'aime avoir de la place pour travailler. Ça renforce l'idée que le travail que vous et moi allons faire est important. Et aujourd'hui, j'ai beaucoup à faire et j'aurais besoin que vous m'aidiez à avoir plus de place. Quelqu'un aurait-il l'utilité d'une boîte à biscuits ? »

Walter, horrifié, vit presque toutes les mains se lever et, avant même qu'il ne s'en rende compte, les gens s'égaillèrent sur le plateau tandis qu'Elizabeth les encourageait à prendre ce qu'ils voulaient. En moins d'une minute, tous les objets avaient disparu, même les peintures murales. La seule chose qui restait était la fenêtre en trompe l'œil et la grande horloge.

« Bien, dit-elle d'un ton sérieux alors que le public retournait à sa place. C'est parti. »

Walter se racla la gorge. L'une des premières règles de la télévision, outre devoir divertir, est de prétendre que, quoi qu'il arrive, tout était prévu. On forme les présentateurs pour que rien ne les déconcerte, et c'est ce à quoi Walter, qui n'avait jamais été présentateur, décida de s'essayer. Il resta assis sur son fauteuil en toile et se pencha en avant, comme s'il avait orchestré lui-même cette violation totale de la conduite télévisuelle. Mais ce n'était pas le cas, bien évidemment. Et tout le monde le savait. Et chacun, à sa manière, remarqua son impuissance face à la situation : le caméraman secoua la tête, le preneur de son soupira, le décorateur, à droite du plateau, fit un doigt d'honneur à Walter. Pendant ce temps, Elizabeth était sur scène en train de hacher un énorme tas d'épinards avec le plus grand couteau qu'il avait jamais vu.

Lebensmal allait le tuer.

Il ferma les yeux pendant quelques instants, écoutant le public s'agiter : les sièges qui se déplacent, les petites toux. Au loin, il entendit Elizabeth parler du rôle du potassium et du magnésium dans l'organisme. Le texte du prompteur qu'il avait écrit pour cette étape en particulier était parmi ses préférés : *les épinards ne sont-ils pas d'une belle couleur ? Verte. Ça me rappelle le printemps*. Elle n'en avait pas tenu compte.

« ... beaucoup croient que les épinards nous rendent forts parce qu'ils contiennent presque autant de fer que la viande. En vérité, les épinards sont riches en acide oxalique, qui inhibe l'absorption du fer. Alors quand

Popeye prétend que les épinards le rendent plus fort, ne le croyez surtout pas. »

Fantastique. Maintenant elle traitait Popeye de menteur.

« Malgré tout, les épinards ont une grande valeur nutritive et nous en parlerons juste après cette pause », dit-elle en brandissant son couteau devant la caméra.

Bordel de merde ! Il ne prit même pas la peine de se lever.

« Walter, lui lança-t-elle quelques instants plus tard, en lui donnant un coup de coude. Qu'en avez-vous pensé ? J'ai suivi vos conseils. J'ai motivé le public, je l'ai fait participer. »

Il se tourna vers elle, le visage de marbre.

« J'ai fait exactement ce que vous avez dit : *divertir*. Sachant que j'avais besoin de plus d'espace sur mon plan de travail, j'ai pensé aux matchs de base-ball, à la façon dont les vendeurs lancent les petits paquets de cacahuètes à la foule, vous voyez ? Et ça a marché.

— Oui, dit-il platement. Et vous avez invité tout le monde à se servir sur le marbre – les battes, les gants, et tout ce qui traînait. »

Elle parut surprise. « Vous avez l'air en colère. »

« Trente secondes, madame Zott », prévint le caméraman.

« Non, non, répondit calmement Walter. Je ne suis pas en colère. Je suis *furieux*.

— Mais vous m'aviez parlé de divertissement.

— Et ce que vous avez fait, c'est donner des choses qui ne vous appartenaient pas.

— Mais j'avais *besoin* de place.

— Lundi, préparons-nous à mourir, rétorqua-t-il. D'abord moi, puis vous. »

Elle tourna les talons.

« Je suis donc de retour », l'entendit-il dire d'une voix irritée alors que le public applaudissait. Heureusement, il n'entendit plus grand-chose de ce qui suivit, mais c'était uniquement parce qu'il avait mal au ventre et que son cœur battait la breloque : les symptômes, espérait-il, de quelque chose de grave. Il ferma les yeux pour hâter sa mort. AVC ou crise cardiaque, l'un ou l'autre lui irait.

Il leva les yeux pour voir Elizabeth qui désignait la cuisine vide d'un grand geste du bras. « La cuisine, c'est de la chimie, disait-elle. Et la chimie, c'est la vie. Votre capacité à tout changer commence ici et maintenant. »

Mon Dieu.

Sa secrétaire se pencha vers lui et l'informa à voix basse que Lebensmal voulait le voir à la première heure le lendemain matin. Il ferma à nouveau les yeux. *Détends-toi*, se dit-il. *Respire*.

De derrière ses paupières, il vit ce qu'il aurait préféré ne pas voir. Lui, à un enterrement – *son* enterrement – et beaucoup de gens aux vêtements colorés s'agitant autour de lui. Il entendait quelqu'un – sa secrétaire ? – raconter l'histoire de sa mort. C'était une histoire ennuyeuse et elle ne lui plaisait pas, mais elle correspondait au critère de sa programmation de l'après-midi. Il écoutait attentivement, espérant qu'on parlerait de sa vie et qu'il entendrait des compliments qui lui seraient destinés mais, pour la plupart, les gens disaient des choses comme : « Alors, qu'est-ce que tu fais ce week-end ? »

Au loin, il entendit Elizabeth Zott parler de l'importance du travail. Elle était de nouveau sentencieuse, remplissant la tête des participants aux funérailles d'idées sur le respect de soi. « Prenez des risques, déclarait-elle. N'ayez pas peur d'expérimenter. »

Ne soyez pas comme Walter, voulait-elle dire.

Les gens n'étaient-ils pas censés porter du noir aux enterrements ?

« L'audace dans la cuisine se traduit par l'audace dans la vie », affirmait Zott.

Qui lui avait demandé de faire son éloge funèbre ? Phil ? Inconvenant. Et gonflé si l'on considérait que le seul risque que lui, Walter Pine, ait jamais pris, à savoir l'engager elle, s'avérait être la raison de sa mort prématurée. Prendre des risques, ne pas avoir peur d'expérimenter, mon *cul*, Zott. Qui est mort ici ?

Il continua d'entendre la voix d'Elizabeth en arrière-plan, accompagnée du *tchac ! tchac ! tchac !* insistant d'un couteau. Enfin, après une dizaine de minutes, elle conclut.

« Les enfants, mettez le couvert. Votre mère a besoin d'un moment rien que pour elle. »

En d'autres termes, assez parlé de Walter – on revient à *moi*.

Les proches du défunt applaudirent avec enthousiasme. Il était temps d'aller au bar.

Il ne se passa plus grand-chose. Malheureusement, sa mort imaginaire ressemblait beaucoup à sa vie. Il se rendit compte que « s'ennuyer à mourir » n'était peut-être pas qu'une expression.

« Monsieur Pine ? »

« Walter ? »

Il sentit une main se poser sur son épaule. « Dois-je appeler un médecin ? demanda la première voix.

— Peut-être », répondit l'autre.

Il ouvrit les yeux pour trouver Zott et Rosa à ses côtés.

« Nous pensons que vous avez dû vous évanouir, l'informa Zott.

— Vous étiez complètement affalé, ajouta Rosa.

— Votre pouls est élevé, reprit Elizabeth, ses doigts sur son poignet.

— Dois-je appeler un médecin ? demanda de nouveau Rosa.

— Walter, avez-vous mangé ? Quand avez-vous mangé pour la dernière fois ?

— Je vais *bien*, dit Walter d'une voix éraillée. Allez-vous-en. » Mais il ne se sentait pas très bien.

« Il n'a pas déjeuné, intervint Rosa. Il n'a rien pris à la cantine. Et nous savons qu'il n'a pas dîné.

— Walter, dit Elizabeth en prenant les choses en main. Emportez ça chez vous. » Elle lui fourra un grand plat entre les mains. « C'est la fricassée d'épinards que je viens de préparer. Mettez-la au four à cent quatre-vingt-dix degrés pendant quarante minutes. Vous saurez faire ?

— Non, dit-il en se redressant. Impossible. Et, de toute façon, Amanda déteste les épinards, donc encore une fois, c'est NON. » Puis, réalisant qu'il se comportait comme un enfant capricieux, il se tourna vers la coiffeuse et maquilleuse (quel était son nom, déjà ?) et s'excusa : « Je suis vraiment désolé de vous avoir inquiétée – en marmonnant un mélange de prénoms possibles – mais je vais très bien. Vous pouvez y aller, maintenant. Passez une bonne soirée. »

Pour prouver qu'il allait bien, il se leva de son fauteuil et marcha d'un pas chancelant jusqu'à son bureau, attendant d'être sûr qu'elles avaient toutes deux quitté le bâtiment avant de partir. Mais quand il arriva sur le parking, il trouva le plat d'épinards sur le capot de sa voiture. *Cuire à 190° pendant 40 minutes*, disait le petit mot qui l'accompagnait.

Lorsqu'il rentra chez lui, et seulement parce qu'il était fatigué, il enfourna ce fichu plat d'épinards, et, peu de temps après, s'assit pour dîner avec sa fille.

Trois bouchées plus tard, Amanda déclara que c'était la meilleure chose qu'elle avait jamais mangée.

27

Ma vie et moi

Mai 1960

« Les enfants, dit Mme Mudford au printemps suivant. Nous allons nous lancer dans un nouveau projet. Ça s'appelle "Ma vie et moi". »

Mad prit une grande inspiration.

« Demandez à votre mère de remplir ça. C'est un arbre généalogique. Ce qu'elle écrira sur cet arbre vous aidera à en savoir plus sur une personne très importante. Quelqu'un a une idée de qui il s'agit ? Indice : la réponse est dans *l'intitulé* de notre nouveau projet, "Ma vie et moi". »

Les enfants étaient assis en un demi-cercle irrégulier aux pieds de Mme Mudford, le menton dans les mains.

« Qui veut deviner en premier ? Oui, Tommy.

— Je peux aller aux toilettes ?

— *Pourrais-je*, Tommy. Mais, non. L'école est presque terminée. Tu pourras y aller dans un petit moment.

— Le président, dit Lena.

— *Se pourrait-il que ce soit le président ?* corrigea Mme Mudford. Et non, ce n'est pas ça, Lena.

— Se pourrait-il que ce soit Lassie ? proposa Amanda.

— Non, Amanda. C'est un arbre généalogique, pas un chenil. On parle de *gens*.

— Les gens sont des animaux, dit Madeline.

— Non, ce n'est pas vrai, Madeline, s'emporta Mme Mudford. Les gens sont des humains.

— Et Yogi l'ours[1] ? demanda un autre enfant.

— *Se pourrait-il que ce soit* Yogi l'ours ? dit Mme Mudford agacée. Mais bien sûr que non. Un arbre généalogique n'est pas rempli d'ours, et n'a absolument rien à voir avec des émissions de télévision. Nous sommes des gens !

— Mais les gens sont des animaux, insista Madeline.

— Madeline, coupa Mme Mudford d'un ton sec. Ça suffit !

— Nous sommes des animaux ? demanda Tommy à Madeline les yeux écarquillés.

— NON ! » s'écria Mme Mudford.

Mais Tommy avait déjà coincé ses doigts sous ses aisselles et s'était mis à sauter dans la classe en hurlant comme un chimpanzé. « Hi Hi ! » faisait-il en s'adressant aux autres enfants de la maternelle et, immédiatement, la moitié d'entre eux l'imitèrent. « Hi Hi Ho Ho ! Hi Hi Ho Ho ! »

« TOMMY, ARRÊTE, cria Mme Mudford. ARRÊTEZ TOUS ! À MOINS QUE VOUS NE VOULIEZ ALLER DANS LE BUREAU DU DIRECTEUR, ARRÊTEZ TOUT DE SUITE ! » Le ton sans réplique de Mudford combiné à la menace d'une autorité supérieure renvoya les enfants à leur

1. Yogi l'ours (*Yogi Bear*) est un personnage de fiction apparu pour la première fois en 1958 dans un dessin animé télévisuel. C'est un ours anthropomorphe plus malin que la moyenne de ses congénères.

position assise initiale. « BON. Comme je le disais, vous allez apprendre de nouvelles choses sur une personne très importante. Une PERSONNE, insista-t-elle en fixant Madeline. Alors, qui ça peut bien être ? »

Silence général.

« *Qui ?* » insista-t-elle.

Certains secouèrent la tête.

« Eh bien, c'est VOUS, les enfants, cria-t-elle d'une voix pleine de colère.

— Quoi ? Pourquoi ? demanda Judy un peu inquiète. Qu'est-ce que j'ai fait de mal ?

— Ne sois pas stupide, Judy, dit Mme Mudford. Pour l'amour du Ciel !

— Ma mère dit qu'elle ne donnera pas un centime de plus à l'école, interrompit Roger, un garçon à l'allure rustique.

— Qui a parlé d'argent, Roger ?! s'écria Mme Mudford.

— Je peux voir l'arbre ? demanda Madeline.

— *Pourrais-je*, tonna Mme Mudford.

— Pourrais-je voir l'arbre ? demanda Madeline.

— NON », hurla Mme Mudford en pliant la feuille en quatre, comme si par ce simple fait elle pouvait la mettre à l'abri du regard de Madeline. « Cet arbre n'est pas pour *toi*, Madeline, il est pour ta *mère*. Bon, les enfants, dit-elle en essayant de retrouver le contrôle, mettez-vous en rang. Je vais épingler cette feuille sur vos pulls. Ensuite, il sera temps de rentrer à la maison.

— Ma mère veut que vous arrêtiez d'épingler des trucs sur mes pulls, intervint Judy. Elle dit que vous faites des trous dans mes vêtements. »

Ta mère est une putain de menteuse, eut envie de dire Mme Mudford ; à la place de quoi elle déclara : « C'est bon, Judy. On va plutôt l'agrafer. »

Un par un, les enfants laissèrent Mme Mudford accrocher le mot sur leurs vêtements puis s'apprêtèrent à sortir de la classe ; et, juste après en avoir franchi le seuil, ils prirent instantanément de la vitesse comme des petits poneys qui auraient été attachés pendant des heures.

« Pas *toi*, Madeline, ordonna-t-elle. Tu restes ici. »

« Si je comprends bien, tu as dû rester après le départ des autres enfants parce que tu as dit à ta maîtresse que les gens étaient des animaux, résuma Harriet quand Mad lui expliqua pourquoi elle était en retard. Pourquoi as-tu dit une chose pareille, ma chérie ? Ce n'est pas très gentil.

— Ah bon ? s'étonna Madeline, confuse. Mais pourquoi ? Nous *sommes* des animaux. »

Harriet se demanda si Mad avait raison. Les gens étaient-ils des animaux ? Elle n'en était pas sûre. « Parfois, il est préférable de ne pas discuter. Ta maîtresse mérite ton respect, ce qui signifie être d'accord avec elle, même si tu ne l'es pas. C'est ce qu'on appelle la diplomatie.

— Je croyais que faire preuve de diplomatie signifiait être gentil.

— C'est ce que je veux dire.

— Même si elle se trompe ?

— Oui. »

Madeline se mordilla la lèvre inférieure.

« Tu fais des erreurs parfois, n'est-ce pas ? Et tu n'aimerais pas que quelqu'un te corrige devant tout le monde, pas vrai ? Mme Mudford était probablement juste embarrassée.

— Elle n'avait pas l'air embarrassée. Et ce n'est pas la première fois qu'elle nous donne de mauvaises informations. La semaine dernière, elle a dit que Dieu avait créé la Terre.

— Beaucoup de gens le croient. Il n'y a rien de mal à ça.

— Tu le crois, toi ?

— Pourquoi ne jetterions-nous pas un coup d'œil à ce mot ? s'empressa-t-elle de suggérer, en détachant le papier du pull de Madeline.

— C'est un projet d'arbre généalogique, expliqua Madeline posant bruyamment sa boîte à lunch sur le plan de travail de la cuisine. Maman doit le remplir.

— Ça ne me dit rien qui vaille », marmonna Harriet en étudiant le chêne mal dessiné, ses branches quêtant des noms de parents – vivants, disparus, morts –, l'un étant lié à l'autre par le mariage, la naissance ou la malchance. « Quelle bande de fouille-merde. Et c'est accompagné d'une citation à comparaître, pendant qu'on y est ?

— Ça devrait ? demanda Madeline stupéfaite.

— Tu sais ce que je pense ? commença Harriet en repliant la feuille. Je pense que ces arbres sont de pauvres tentatives pour faire croire à chacun qu'il est la descendance de quelqu'un d'autre. Ça s'accompagne généralement d'une intrusion dans notre vie privée. Ta mère va piquer une crise. Si j'étais toi, je ne lui donnerais pas cette feuille à remplir.

— Mais je ne connais aucune des réponses. Je ne sais rien de mon père. » Elle pensa au mot que sa mère avait laissé dans sa boîte à lunch ce matin-là. *La bibliothécaire est l'éducatrice la plus importante de l'école. Ce qu'elle ne sait pas, elle peut le trouver. Ce n'est pas une opinion, c'est un fait. N'en parle pas à Mme Mudford.*

Mais quand Madeline avait demandé à la bibliothécaire de son école si elle pouvait lui indiquer des annuaires de Cambridge, la bibliothécaire avait froncé les sourcils, puis lui avait tendu l'exemplaire du mois dernier du magazine *Highlights*[1].

« Tu sais beaucoup de choses sur ton père. Par exemple, tu sais que les parents de ton père, tes grands-parents, ont été tués par un train quand il était jeune. Et qu'il est allé vivre avec sa tante jusqu'à ce qu'elle percute un arbre en voiture. Ensuite, il a été placé dans un foyer pour garçons, un orphelinat dont j'ai oublié le nom – dans une ville qui avait une consonance féminine. Et ton père avait une sorte de marraine, bien que les marraines ne soient pas importantes dans un arbre généalogique. »

À peine Harriet eut-elle mentionné la marraine qu'elle le regretta. Elle n'était au courant de la marraine que parce qu'elle avait fouiné et, encore, il était évident qu'il ne s'agissait pas d'une vraie marraine, mais plutôt d'une bonne fée. Elle le savait parce qu'un jour, bien avant qu'il ne rencontre Elizabeth, Calvin était parti précipitamment au travail en laissant sa porte d'entrée ouverte, et Harriet, en bonne voisine, était allée la fermer.

Naturellement, parce qu'elle était du genre à toujours en faire trop, elle était d'abord entrée pour s'assurer que la maison n'avait pas été cambriolée.

1. Magazine américain pour enfants de six à douze ans. La première publication date de 1946.

Une visite complète lui avait permis de constater qu'il ne s'était absolument rien passé pendant les quarante-six secondes qui s'étaient écoulées depuis le départ de Calvin.

Cependant, une fois à l'intérieur, elle avait découvert plusieurs choses. Un, Calvin Evans était un scientifique de renom, il avait fait la une d'un magazine. Deux, c'était un plouc. Trois, il avait grandi à Sioux City dans un foyer pour garçons à l'allure miteuse et dont le nom avait des connotations religieuses. Elle n'était au courant de ce foyer que parce qu'elle avait trouvé un bout de papier dans la poubelle – un bout de papier qu'elle avait récupéré car qui ne jette jamais, accidentellement, une chose qu'il veut garder ? Selon la lettre, le foyer avait besoin d'argent. Ils avaient perdu leur principal donateur, quelqu'un qui avait autrefois veillé à ce que les garçons bénéficient « d'opportunités éducatives scientifiques et de saines activités de plein air ». Le foyer faisait désormais appel aux anciens pensionnaires. Calvin Evans pourrait-il aider ? *Dites oui ! Faites un don au foyer All Saints aujourd'hui !* Sa réponse aussi avait été jetée à la poubelle. En gros, Calvin disait : « Comment osez-vous ? Allez vous faire foutre ! Vous devriez tous être en prison. »

« C'est quoi une marraine ? demanda Madeline.

— Une amie proche de la famille ou un parent, expliqua Harriet chassant ce souvenir. Quelqu'un qui est censé s'occuper de ta vie spirituelle.

— Est-ce que j'en ai une ?

— Une marraine ?

— Une vie spirituelle.

— Je ne sais pas. Crois-tu aux choses que tu ne peux pas voir ?

— J'aime les tours de magie.

— Pas moi. Je n'aime pas être dupée.

— Mais tu crois en Dieu.

— Oui.

— Pourquoi ?

— Je crois, c'est tout. La plupart des gens y croient.

— Pas ma mère.

— Je sais », dit Harriet en essayant de cacher sa désapprobation.

Harriet pensait que c'était mal de ne pas croire en Dieu. C'était la preuve d'un manque d'humilité. Selon elle, croire en Dieu était obligatoire, comme se brosser les dents ou porter des sous-vêtements. À n'en pas douter, toutes les personnes convenables croyaient en Dieu ; même celles qui ne l'étaient pas, comme son mari, croyaient en Dieu. Dieu était la raison pour laquelle ils étaient encore mariés ; et pourquoi leur mariage était un fardeau pour elle : parce qu'il lui avait été donné par Dieu. Dieu était généreux : il s'assurait que tout le monde ait un fardeau à porter. De plus, si vous ne croyiez pas en Dieu, vous ne pouviez pas non plus croire au paradis ou à l'enfer, et Harriet voulait vraiment croire à l'enfer parce qu'elle voulait vraiment croire que M. Sloane irait en enfer. Elle se leva. « Où est ta corde ? Je pense qu'il est temps de travailler tes nœuds.

— Je les connais déjà tous, dit Mad.

— Tu peux les faire les yeux fermés ?

— Oui.

— Et tu peux aussi les faire en ayant les mains dans le dos ?

— Oui. »

Harriet faisait semblant d'encourager les hobbies bizarres de Mad qu'en vérité elle désapprouvait. L'enfant n'aimait pas les poupées Barbie ni les jeux d'osselets, mais elle s'intéressait aux nœuds marins, aux livres sur la guerre, aux catastrophes naturelles. La veille, Harriet avait entendu Madeline interroger la bibliothécaire du centre-ville sur le volcan Krakatoa : quand, d'après elle, serait-il susceptible d'entrer en éruption ? Comment préviendrait-on les habitants ? Combien de personnes, approximativement, mourraient ? avait-elle demandé.

Harriet se retourna pour regarder Madeline qui fixait l'arbre généalogique, ses grands yeux gris observant les branches vides, ses dents mâchouillant sa lèvre supérieure. Calvin avait été un gros mâchouilleur de lèvres. Ce genre de choses se transmettaient-elles génétiquement ? Elle n'en était pas sûre. Harriet avait eu quatre enfants, aucun ne ressemblait aux autres, aucun ne lui ressemblait. Et désormais ? Ils lui étaient tous devenus étrangers, chacun vivant dans une ville lointaine avec leur propre vie et leurs propres enfants. Elle avait envie de croire qu'il existait un lien solide qui la reliait à eux pour la vie, mais ce n'était pas le cas. Le lien familial nécessitait d'être constamment entretenu.

« Tu as faim ? demanda Harriet. Tu veux du fromage ? » Elle fouilla au fond du réfrigérateur tandis que Madeline sortait un livre de son cartable. *Chez les cannibales de l'Afrique centrale*, le livre de Herbert Ward.

Harriet jeta un coup d'œil par-dessus son épaule. « Chérie, ta maîtresse sait-elle que tu lis ça ?

— Non.

— Inutile de le lui dire. »

La lecture était un autre domaine sur lequel elle et Elizabeth n'étaient pas toujours d'accord. Quinze mois auparavant, Harriet avait pensé que Madeline faisait semblant de savoir lire. Les enfants aiment imiter leurs parents. Mais il était vite apparu qu'Elizabeth avait non seulement appris à lire à Madeline, mais à lire des choses très complexes : journaux, romans, et le *Popular Mechanics Magazine*.

Harriet envisagea la possibilité que l'enfant fût un génie. Son père l'avait été. Mais non. C'était juste que Mad recevait une bonne éducation, et ce, grâce à Elizabeth. Elizabeth refusait tout simplement d'accepter des limites, pas seulement pour elle, mais pour les autres. Environ un an après la mort de M. Evans, Harriet était tombée sur des notes d'Elizabeth qui semblaient suggérer qu'elle essayait d'apprendre à Six-Trente un nombre irréaliste de mots. À l'époque, Harriet avait pensé qu'il s'agissait des conséquences d'une folie passagère – ce qu'était le deuil. Mais ensuite, quand Mad eut trois ans et qu'elle avait un jour demandé si quelqu'un avait vu son yo-yo, une minute plus tard Six-Trente le lui avait apporté.

Et d'un certain point de vue, « À table ! C'est l'heure du souper » relevait aussi de l'improbable. Elizabeth commençait chaque émission en insistant sur le fait que cuisiner n'était pas facile et que les trente minutes qui suivraient seraient peut-être une torture.

La veille encore, Elizabeth avait déclaré : « La cuisine n'est pas une science exacte. La tomate que je tiens dans ma main est différente de celle que vous tenez dans la vôtre. C'est pourquoi vous devez entrer en osmose avec vos ingrédients. Faites des expériences : goûtez, touchez, sentez, regardez, écoutez, testez, évaluez. » Puis elle avait guidé les téléspectatrices à travers une description élaborée des dégradations chimiques qui, lorsqu'elles étaient provoquées par la combinaison d'ingrédients disparates dans des conditions de température spécifiques, donnaient lieu à un mélange compliqué d'interactions enzymatiques qui aboutissaient à quelque chose de bon à manger. Il était beaucoup question d'acides, de bases et d'ions hydrogène et, bizarrement, après plusieurs semaines d'écoute, Harriet avait commencé à comprendre certaines choses.

Tout au long de l'émission, Elizabeth, le visage sérieux, disait à ses téléspectatrices qu'elle croyait en elles et qu'elle savait qu'elles étaient capables et pleines de ressources, prêtes pour relever ce défi difficile. C'était une émission très étrange. Pas vraiment divertissante. Mais plutôt comparable à l'ascension d'une montagne. Un effort qui permet de se sentir bien, mais seulement une fois que c'est terminé.

Néanmoins, Madeline et elle regardaient « À table ! C'est l'heure du souper » tous les jours ensemble, en retenant leur souffle, certaines que chaque nouvel épisode serait le dernier.

Madeline avait ouvert son livre et étudiait maintenant une gravure représentant un homme rongeant le fémur d'un autre. « Est-ce que les gens ont bon goût ?

— Je ne sais pas, dit Harriet en posant quelques cubes de fromage devant elle. Je suis sûre que tout dépend de la préparation. Ta mère pourrait probablement donner un bon goût à n'importe qui. » *Sauf* pour M. Sloane, pensa-t-elle. *Parce qu'il était pourri.*

Madeline hocha la tête. « Tout le monde aime ce que maman prépare.

— Qui c'est, tout le monde ?

— Les enfants, répondit Madeline. Certains d'entre eux apportent le même déjeuner que moi, maintenant.

— Vraiment ? s'étonna Harriet. Des restes ? Du dîner de la veille ?

— Oui.

— Leurs mères regardent l'émission de ta mère ?

— Je suppose.

— *Vraiment* ?

— *Oui* », souligna Madeline comme si Harriet était lente à la comprenette.

Harriet avait supposé que « À table ! C'est l'heure du souper » avait très peu de téléspectatrices, et Elizabeth l'avait confirmé en confiant que sa période d'essai de six mois était presque terminée ; six mois au cours desquels elle n'avait cessé de batailler. Elle était presque certaine que le contrat ne serait pas renouvelé.

« Mais vous pourriez sûrement trouver un compromis, non ? » avait demandé Harriet, en essayant de ne pas paraître désespérée. Elle adorait regarder Elizabeth à la télé. « Essayez peut-être de sourire.

— Sourire ? s'était étonnée Elizabeth. Les chirurgiens sourient-ils pendant les appendicectomies ? Non. Vous voudriez qu'ils le fassent ? Non. La cuisine, comme la chirurgie, demande de la concentration. De toute façon, Phil Lebensmal veut que je fasse comme si les femmes auxquelles je m'adresse étaient des idiotes. Je refuse de faire ça, Harriet, je ne perpétuerai pas le mythe selon lequel les femmes sont inaptes. S'ils ne renouvellent pas mon contrat, tant pis. Je ferai autre chose. »

Mais rien qui ne soit aussi bien payé, pensa Harriet. Grâce à l'argent de la télévision, Elizabeth avait tenu parole : elle la payait, maintenant. C'était le tout premier salaire qu'elle recevait et elle n'arrivait pas à croire à quel point elle se sentait puissante.

« Vous savez que je suis d'accord, avait concédé Harriet en prenant des précautions, mais peut-être pourriez-vous prétendre faire ce qu'ils veulent. Vous savez, jouer le jeu. »

Elizabeth avait pris un air perplexe. « Jouer le jeu ?

— Oui. Vous êtes intelligente, ce qui peut déstabiliser M. Pine, ou ce fameux M. Lebensmal. Vous savez comment sont les hommes. »

Elizabeth avait réfléchi à ce que venait de dire Harriet. Non, elle ne savait pas comment étaient les hommes. À l'exception de Calvin, de John, son frère mort, du Dr Mason et peut-être de Walter Pine ; on aurait dit qu'elle faisait ressortir le pire chez les hommes. Ils voulaient soit la contrôler, la toucher, la dominer, la faire taire, la corriger, soit lui donner des ordres. Elle ne comprenait pas pourquoi ils ne pouvaient pas la traiter comme un être humain, une personne qu'on respecte instinctivement, jusqu'à ce qu'on découvre qu'elle a enterré plusieurs corps dans le jardin.

Harriet était sa seule véritable amie, et si elles étaient d'accord sur la plupart des choses, sur ce point-là, elles ne l'étaient pas. Selon Harriet, les hommes appartenaient à un monde à part de celui des femmes. Ils avaient besoin d'être dorlotés, avaient des ego fragiles, étaient incapables d'accepter que les femmes puissent être plus intelligentes ou compétentes qu'eux. « Harriet, c'est ridicule, soutenait Elizabeth. Les hommes et les femmes sont tous deux des êtres humains. Et en tant qu'êtres humains, nous sommes des sous-produits de notre éducation, des victimes de nos systèmes éducatifs médiocres, et nous choisissons nos comportements. En bref, la réduction des femmes à quelque chose de *moins* que les hommes, et l'élévation des hommes à quelque chose de *plus* que les femmes, n'est pas biologique : c'est culturel. Et ça commence avec deux mots : rose et bleu. À partir de là, tout part en vrille. »

En parlant de systèmes éducatifs peu reluisants, la semaine passée, elle avait été de nouveau convoquée dans la classe de Mudford pour discuter d'un problème connexe : apparemment, Madeline refusait de participer à des activités de petite fille, comme jouer à la poupée.

« Madeline veut faire des choses qui conviennent mieux aux petits garçons, avait dit Mudford. Ce n'est pas bien. Manifestement, vous pensez que la place d'une femme est à la maison, avec votre – elle avait toussoté – *émission de télévision*. Alors parlez-lui. Cette semaine, elle voulait faire partie de la patrouille de sécurité.

— En quoi est-ce un problème ?

— Parce que seuls les garçons font partie de la patrouille de sécurité. Les garçons protègent les filles. Parce qu'ils sont plus forts.

— Mais Madeline est la plus grande des élèves de votre classe.

— Ce qui est un autre problème. À cause de sa taille, les garçons se sentent mal. »

« Alors non, Harriet, avait dit Elizabeth sèchement, revenant au sujet qui les occupait. *Je ne vais pas jouer le jeu.* »

Harriet se curait un peu de saleté restée sous un ongle pendant qu'Elizabeth s'en prenait aux femmes qui acceptaient leur rôle de subordonnées comme si elles y étaient prédestinées, comme si elles croyaient que leur corps plus petit était la preuve biologique que leur cerveau était plus petit, comme si elles étaient naturellement inférieures, mais de façon charmante. Pire encore, expliquait Elizabeth, beaucoup de ces femmes transmettaient ces notions à leurs enfants, en utilisant des phrases comme « Les garçons resteront toujours des garçons » ou « Vous savez comment sont les filles ».

« Qu'est-ce qui ne tourne pas rond chez les femmes ? demandait Elizabeth. Pourquoi adhèrent-elles à ces stéréotypes culturels ? Pire encore, pourquoi les perpétuent-elles ? Ne connaissent-elles pas le rôle dominant des femmes dans les tribus cachées de l'Amazonie ? Les livres de Margaret Mead sont-ils épuisés ? » Elle ne s'était arrêtée que lorsque Harriet s'était levée, signifiant qu'elle ne souhaitait pas être soumise à un autre long discours.

« Harriet ? *Harriet*, répéta Madeline. Tu m'écoutes ? Harriet, que lui est-il arrivé ? Elle est morte, elle aussi ?

— Qui est mort ? » demanda distraitement Harriet, en pensant qu'elle n'avait jamais lu Margaret Mead. Était-ce elle qui avait écrit *Autant en emporte le vent* ?

« La marraine.

— Oh, elle ? Je n'en ai aucune idée. Et de toute façon, elle – ou il – n'était pas à proprement parler une marraine.

— Mais tu as dit…

— C'était plutôt une *bonne fée*, quelqu'un qui donnait de l'argent au foyer dans lequel a grandi ton père. Une *bonne fée*. Et elle – c'était peut-être un homme, d'ailleurs –, il *ou* elle en donnait à tout le monde dans le foyer. Pas seulement à ton père.

— Qui était-ce ?

— Je n'en ai aucune idée. Est-ce important ? Une bonne fée est juste un autre mot pour philanthrope. Une personne riche qui donne de l'argent à de bonnes causes – comme Andrew Carnegie et ses bibliothèques. Même s'il est bon que tu saches que la philanthropie donne droit à une réduction d'impôts, et que ce n'est donc pas complètement désintéressé. Tu as d'autres devoirs, Mad ? À part ce fichu arbre ?

— Peut-être que je pourrais écrire une lettre au foyer où a grandi papa et demander qui était le parrain. Et je pourrais alors mettre ce nom sur l'arbre – peut-être comme un gland. Pas comme une branche entière ni rien de ce genre.

— Non. Il n'y a pas de glands sur les arbres généalogiques. De plus, les bonnes fées – les philanthropes – sont des personnes discrètes. Le foyer ne te dira jamais qui a versé tout cet argent. Par ailleurs, on ne parle jamais de parrain fée. La bonne fée est toujours une femme.

— À cause du crime organisé ? » demanda Madeline.

Harriet soupira bruyamment, dans un mélange d'étonnement et d'agacement. « *Le fait est* que les parrains et marraines fées n'apparaissent pas dans les arbres généalogiques. D'abord parce qu'ils ne sont pas du même sang, ensuite parce que ce sont des personnes discrètes. Ils doivent l'être, sinon tout le monde leur demanderait de l'argent.

— Mais c'est mal de garder des secrets.

— Pas toujours.

— Est-ce que tu as des secrets ?

— Non, mentit Harriet.

— Tu crois que ma mère en a ?

— Non », répondit Harriet cette fois en toute sincérité. Elle aurait d'ailleurs aimé qu'Elizabeth *garde* quelques secrets – ou au moins certaines opinions – pour elle. « Bon, remplissons cet arbre avec n'importe quels noms. Ta maîtresse ne verra jamais la différence et on pourra regarder l'émission de ta mère.

— Tu veux que je *mente* ?

— Mad, dit Harriet irritée. J'ai parlé de mentir ?

— Les fées n'ont pas de sang ?

— Bien sûr que si, les fées ont du sang ! » s'écria Harriet. Elle posa une main sur son front. « Laissons ça de côté pour le moment. Va jouer dehors.

— Mais…

— Va lancer la balle pour Six-Trente.

— Je dois aussi apporter une photo, Harriet, ajouta Madeline. Quelque chose avec toute la famille. »

De sous la table, Six-Trente posa sa tête sur le genou cagneux de Madeline.

« *Toute* la famille, insista Madeline. Ce qui veut dire une photo avec mon père dessus.

— Non, pas forcément. »

Six-Trente se leva et se dirigea vers la chambre d'Elizabeth.

« Si tu ne veux pas lancer la balle pour Six-Trente, va à la bibliothèque avec lui. Tu as dépassé la date à laquelle tu devais rendre les livres que tu as empruntés. Tu as juste assez de temps avant l'émission de ta mère.

— Je n'en ai pas envie.

— Eh bien parfois on doit faire des choses qu'on n'a pas envie de faire.

— Que fais-tu que tu n'as pas envie de faire, toi ? »

Harriet ferma les yeux. Elle pensa à M. Sloane.

28

Saints

« Madeline, dit la bibliothécaire. Qu'est-ce que je peux faire pour toi, aujourd'hui ?

— J'ai besoin de trouver une adresse dans l'Iowa.

— Suis-moi. »

Elle conduisit Madeline à travers le dédale de la bibliothèque municipale, s'arrêtant brièvement pour réprimander un lecteur qui cornait des pages dans l'intention de marquer certains passages, et un autre qui avait allongé ses jambes sur une chaise. « C'est la bibliothèque Carnegie, murmura-t-elle à voix basse, en colère. Je peux vous en exclure à vie. »

« Par ici, Madeline, dit-elle en la guidant vers une étagère remplie d'annuaires téléphoniques. Tu as dit Iowa, c'est ça ? » Elle tendit la main et attrapa trois gros volumes. « Une ville en particulier ?

— Je cherche un foyer pour garçons, expliqua Madeline, mais avec un nom de fille. C'est tout ce que je sais.

— Il va nous falloir plus d'informations, répondit la bibliothécaire. L'Iowa, c'est grand.

— Je parierais sur Sioux City, intervint une voix derrière elles.

— Sioux n'est pas un nom de fille, rétorqua la bibliothécaire en se retournant. C'est un nom indien. Oh, révérend, bonjour. Je suis désolée, j'ai oublié de chercher le livre que vous vouliez. Je m'en occupe tout de suite.

— Mais on pourrait le confondre avec un nom de fille, n'est-ce pas ? poursuivit l'homme à la robe noire. Sue contre Sioux ? Un enfant pourrait facilement se méprendre.

— Pas cette enfant », dit la bibliothécaire.

« Je n'ai rien trouvé, déplora Madeline quinze minutes plus tard alors que son doigt descendait le long de la colonne F. Pas de foyer pour garçons. »

Le révérend intervint : « Oh, parfois ces endroits portent un nom de saint, j'aurais dû le mentionner.

— Pourquoi ?

— Parce que les gens qui s'occupent des enfants des autres sont des saints.

— Pourquoi ?

— Parce que s'occuper des enfants, c'est difficile. »

Madeline leva les yeux au ciel.

« Essaie Saint-Vincent, lui conseilla-t-il en passant un doigt juste sous son col clérical pour laisser passer un peu d'air.

— Qu'est-ce que vous lisez ? demanda Madeline en feuilletant les pages S de l'annuaire.

— Des trucs religieux. Je suis pasteur.

— Non, je voulais dire l'autre truc, *ça*, indiqua-t-elle en désignant un magazine qu'il avait glissé entre les pages des *Écritures*.

— Oh, répondit-il embarrassé. C'est juste pour m'amuser.

— Magazine *Mad*, lut-elle à voix haute, en le tirant de sa cachette.

— C'est de l'humour, expliqua le révérend en reprenant prestement le magazine des mains de Madeline.

— Je peux le voir ?

— Je ne pense pas que ta mère approuverait.

— Parce qu'il y a des photos de nus ?

— Non ! s'offusqua-t-il. Non, non, ce n'est pas ça. C'est juste que parfois j'ai besoin de rire. Mon travail n'est pas très drôle.

— Pourquoi ? »

Le révérend hésita. « Parce que Dieu n'est pas très drôle, je suppose. Pourquoi cherches-tu un foyer pour garçons ?

— C'est là que mon père a grandi. Je fais un arbre généalogique.

— Je vois, dit-il en souriant. Tiens par exemple ! Faire un arbre généalogique, ça peut être amusant.

— C'est contestable.

— *Contestable* ?

— Ça veut dire discutable.

— En effet, reconnut-il, surpris. Je peux te poser une question ? Quel âge as-tu ?

— Je ne suis pas autorisée à donner des informations privées.

— Oh, fit-il en rougissant. Bien sûr que non. C'est mieux pour toi. »

Madeline mâchouilla le bout de sa gomme.

« Quoi qu'il en soit, reprit-il, c'est amusant d'apprendre à connaître ses ancêtres, n'est-ce pas ? Je pense que oui. Qu'est-ce que tu as trouvé jusqu'à présent ?

— Eh bien… du côté de ma mère, son père est en prison pour avoir brûlé des gens, sa mère est au Brésil à cause des impôts, et son frère est mort », répondit Mad en balançant ses jambes sous la table.

Le révérend resta sans voix.

« Je n'ai encore rien trouvé du côté de mon père. Mais je pense que les gens du foyer pour garçons sont un peu comme sa famille.

— Dans quel sens ?

— Parce qu'ils ont pris soin de lui. »

Le révérend se frotta la nuque. D'après son expérience, ces foyers étaient peuplés de pédophiles.

« Vous avez dit que c'étaient des *saints* », lui rappela-t-elle.

Il soupira intérieurement. Le problème, quand on était pasteur, c'est qu'il fallait mentir plusieurs fois par jour. En effet, les gens avaient besoin d'être constamment rassurés sur le fait que tout allait bien ou que tout allait s'arranger, plutôt que d'être confrontés à l'évidence de la réalité, à savoir que les choses allaient mal et allaient empirer. La semaine précédente, par exemple, il avait célébré un enterrement ; l'un de ses fidèles était mort d'un cancer du poumon. Le message qu'il avait alors adressé à la famille, dont tous les membres fumaient comme des pompiers, était que l'homme était mort non parce qu'il fumait quatre paquets par jour mais parce que Dieu avait besoin de lui. La famille, soulagée, l'avait remercié pour ses sages paroles.

« Mais pourquoi écrire à ce foyer ? demanda-t-il. Pourquoi ne pas simplement demander à ton père ?

— Parce qu'il est mort, lui aussi. » Elle soupira.

« Mon Dieu ! s'exclama le révérend en secouant la tête. Je suis vraiment désolé.

— Merci, répondit Madeline avec un air sérieux. Certaines personnes pensent que l'on ne peut pas regretter ce que l'on n'a jamais eu, mais moi je pense que si. Et vous ?

— Absolument », reconnut-il en se tripotant la nuque jusqu'à ce qu'il repère la petite mèche de cheveux un peu trop longue. Avec un ami à qui il avait rendu visite à Liverpool, ils étaient allés voir un tout nouveau groupe musical appelé les Beatles. Ils étaient anglais et étaient coiffés avec une frange. À l'époque, il était presque inédit pour un homme d'avoir une frange, mais il avait découvert qu'il aimait leur look presque autant qu'il aimait leur musique, et, depuis, il avait gardé une mèche plus longue.

« Qu'est-ce que vous cherchez là-dedans ? lui demanda-t-elle en désignant son livre.

— De l'inspiration, répondit-il. Quelque chose pour secouer les esprits pour le sermon de dimanche prochain.

— Et les bonnes fées ? demanda-t-elle.

— Les bonnes fées…

— Le foyer de mon père avait une bonne fée. Elle donnait de l'argent au foyer.

— Oui, je vois : un donateur. Le foyer peut en avoir eu plusieurs. Il faut beaucoup d'argent pour entretenir ce genre d'endroits.

— Non. Je veux vraiment dire une bonne fée. Je pense qu'il faut être un peu magique pour donner de l'argent à des gens qu'on ne connaît même pas. »

Surpris, le révérend tressaillit. « C'est vrai, admit-il.

— Mais Harriet dit qu'il est préférable de gagner un salaire. Elle n'aime pas la magie.

— Qui est Harriet ?

— Ma voisine. Elle est catholique. Elle ne peut pas divorcer. Harriet pense que je devrais remplir l'arbre généalogique de bric et de broc, avec n'importe quels noms, mais je ne veux pas. Ça me donne l'impression que quelque chose ne va pas dans ma famille.

— Eh bien, avança prudemment le révérend, pensant en effet que quelque chose n'avait pas l'air d'aller dans la famille de cette enfant, Harriet veut probablement dire que certaines choses sont privées.

— Vous voulez dire secrètes.

— Non, privées. Par exemple, je t'ai demandé quel âge tu avais et tu as répondu à juste titre que c'était une information privée. Ce n'est pas un secret, c'est juste que tu ne me connais pas assez bien pour me le dire. Mais un secret est quelque chose que nous gardons parce que si quelqu'un le connaissait, il y aurait de fortes chances pour qu'il l'utilise contre nous ou pour nous humilier. Les secrets impliquent généralement des choses dont on a honte.

— Est-ce que vous avez des secrets ?

— Oui, admit-il. Et toi ?

— Moi aussi, répondit-elle.

— Je suis presque sûr que tout le monde en a, ajouta-t-il. Surtout ceux qui disent qu'ils n'en ont pas. Il n'y a pas moyen de traverser la vie sans être embarrassé par quelque chose ou sans avoir honte de ce quelque chose. »

Madeline hocha la tête.

Le révérend poursuivit : « De toute façon, les gens pensent qu'ils en savent plus sur eux-mêmes grâce à ces branches idiotes remplies de noms de personnes qu'ils n'ont jamais rencontrées. Par exemple, je connais quelqu'un qui est très fier d'être un descendant direct de Galilée, et un autre qui peut faire remonter ses origines jusqu'au *Mayflower*. Tous deux parlent de leurs lignées comme s'ils avaient un pedigree, mais ce n'est pas le cas. Nos proches ne peuvent pas nous rendre importants ou intelligents. Ils ne peuvent pas faire de nous ce que *nous sommes.*

— Qu'est-ce qui fait que je suis *moi*, alors ?

— Ce que tu choisis de faire. La manière dont tu vis ta vie.

— Mais beaucoup de gens n'ont pas la possibilité de choisir comment ils vont vivre. Par exemple les esclaves.

— Certes, dit le révérend contrarié par tant de bon sens. C'est vrai, aussi. »

Ils restèrent assis en silence pendant un moment, Madeline suivant des doigt les lignes des pages de l'annuaire téléphonique, le révérend réfléchissant à l'achat d'une guitare. « Quoi qu'il en soit, ajouta-t-il. Je pense que les arbres généalogiques ne sont pas une façon très intelligente de comprendre ses origines. »

Madeline leva les yeux vers lui. « Il y a une minute, vous avez dit que ce serait amusant d'apprendre à connaître ses ancêtres.

— Oui, avoua-t-il, mais je mentais. » Ce qui les fit rire tous les deux. À l'autre bout de la salle, la bibliothécaire leva la tête en guise d'avertissement.

« Je suis le révérend Wakely, chuchota-t-il en s'excusant d'un signe auprès de la bibliothécaire renfrognée. De la First Presbyterian Church.

— Mad Zott, dit Madeline. Mad, comme votre magazine.

— Eh bien, Mad, dit-il à voix basse, pensant que « Mad » devait être plus ou moins français. Si tu ne trouves rien sous le nom de Saint-Vincent, essaie Saint-Elmo. Ou… attends, essaye All Saints. C'est comme ça qu'on appelle les endroits où l'on n'a pas réussi à choisir un seul saint.

— *All Saints*, dit-elle, en passant aux A. *All*, *All*, *All*. Attendez. J'ai trouvé : *All Saints Boys Home* ! » Son excitation fut de courte durée. « Mais il n'y a pas d'adresse. Juste un numéro de téléphone.

— C'est un problème ?

— Ma mère dit qu'on ne passe un appel longue distance que si quelqu'un est mort.

— Eh bien, peut-être que je pourrais appeler pour toi depuis mon bureau. Je dois tout le temps faire des appels longue distance. Je pourrais prétendre aider un membre de ma congrégation.

— Vous mentiriez à nouveau. Vous faites ça souvent ?

— Ce serait un *pieux* mensonge, Mad », lança-t-il légèrement agacé. Personne ne comprendrait donc jamais les contradictions de son travail ? « Ou bien, dit-il, sur un ton plus caustique, tu pourrais suivre le conseil de Harriet et remplir l'arbre avec n'importe quels noms, ce qui n'est pas une si mauvaise idée. Parce que bien souvent, le passé n'appartient qu'au passé.

— Pourquoi ?

— Parce que le passé est le seul endroit qui a un sens.

— Mais mon père n'appartient pas au passé. C'est toujours mon père.

— Bien sûr, acquiesça le révérend plus gentiment. Pour ce qui est d'appeler All Saints, ils pourraient se sentir plus à l'aise en parlant avec moi parce que moi aussi je suis un ecclésiastique. Comme tu te sens probablement plus à l'aise pour parler des choses de l'école avec les enfants de l'école. »

Madeline eut l'air surprise. Elle ne s'était jamais sentie à l'aise pour parler aux enfants de l'école.

« Ou bien… je sais, proposa-t-il ne souhaitant plus être impliqué dans toute cette histoire. Demande à ta mère d'appeler. C'était son mari, je suis sûr qu'ils vous aideront. Ils pourraient avoir besoin d'un justificatif de mariage avant d'être prêts à lui donner des informations importantes – un livret de famille, quelque chose comme ça – mais ça devrait être assez facile. »

Madeline se figea.

« En y réfléchissant bien, décida-t-elle en écrivant rapidement deux mots sur un bout de papier, je préfère vous donner le nom de mon père. » Puis elle ajouta son numéro de téléphone et le lui tendit. « Quand pourrez-vous appeler ? »

Le pasteur jeta un coup d'œil au nom.

« *Calvin Evans* ? » lut-il, en sursautant sur sa chaise tant il fut surpris.

Quand il était à la Harvard Divinity School, Wakely avait suivi un cours de chimie. Son but : apprendre comment le camp ennemi expliquait la Création pour pouvoir en réfuter les arguments. Toutefois, au bout d'un an, il s'était retrouvé en eau profonde. Grâce à sa compréhension nouvellement acquise des atomes, de la matière, des éléments et des molécules, il avait alors eu du mal à croire que Dieu avait créé quoi que ce soit. Ni le paradis ni la Terre. Pas même la pizza.

Pour lui qui était pasteur, perpétuant une tradition familiale vieille de cinq générations, c'était un énorme problème, d'autant qu'il fréquentait l'une des plus prestigieuses écoles de théologie au monde. Il ne s'agissait pas seulement des attentes familiales, mais aussi de la science elle-même. Elle insistait sur quelque chose qu'il rencontrerait rarement dans son futur métier : les preuves. Et au milieu de ces preuves, il y avait un jeune homme. Son nom était Calvin Evans.

Evans était venu à Harvard pour participer à un panel composé de chercheurs en ARN, et Wakely, n'ayant rien de mieux à faire un samedi soir, y avait assisté. Evans, qui était de loin le plus jeune du groupe, n'avait pratiquement rien dit. Les autres avaient beaucoup parlé des liaisons chimiques ; comment elles se forment, se brisent, se reforment à la suite de ce qu'on appelle une « collision efficace ». Pour être honnête, toutes ces discussions étaient ennuyeuses. Pourtant, l'un des participants avait continué à discourir d'une voix monocorde pour expliquer qu'un changement réel ne pouvait se produire que sous l'effet de l'énergie cinétique. C'est alors que quelqu'un dans le public avait demandé un exemple de collision inefficace – quelque chose qui manquait d'énergie cinétique et ne changeait jamais, mais qui avait quand même un effet important. Evans s'était penché sur son micro. « La religion », avait-il répondu. Avant de se lever et de partir.

Cette déclaration sur la religion l'avait obnubilé et il avait décidé d'écrire à Evans pour le lui dire. À sa grande surprise, Evans lui avait répondu, et il avait répondu à sa réponse, puis Evans lui avait de nouveau répondu, et ainsi de suite. Même s'ils n'étaient pas d'accord, il était clair qu'ils s'appréciaient. C'est pourquoi une fois les écueils de la religion et de la science franchis, leurs lettres étaient devenues personnelles. C'est ainsi qu'ils avaient découvert qu'ils avaient non seulement le même âge, mais deux autres choses en commun : une passion proche du fanatisme pour les sports nautiques (Calvin était rameur, lui était surfeur) et une obsession pour le temps ensoleillé. En outre, aucun des deux n'avait de petite amie. De plus, ils n'appréciaient ni l'un ni l'autre les études supérieures. Et aucun des deux n'avait la moindre certitude quant à ce que la vie leur réserverait après l'obtention de leur diplôme.

Mais Wakely avait tout gâché en mentionnant qu'il suivait les traces de son père. Et il s'était demandé si tel était le cas pour Evans. En réponse, Calvin avait répondu, en lettres majuscules, qu'il détestait son père et espérait qu'il fût mort.

Wakely avait été choqué. Il était évident qu'Evans avait été gravement blessé par son père ; et, connaissant Evans, sa haine devait être fondée sur ce qui était le plus éloigné de toute sensibilité : des preuves.

Il avait commencé à rédiger une réponse à plusieurs reprises, mais n'avait pas su quoi dire. Lui. Le pasteur. Le type qui écrivait une thèse de théologie intitulée *Le Besoin de consolation dans la société moderne*. Il n'avait pas trouvé les mots.

Leur amitié par correspondance avait pris fin.

Juste après l'obtention de son diplôme, son père était mort brutalement. Il était alors retourné à Commons pour les funérailles et avait décidé d'y rester. Il avait trouvé un petit logement près de la plage, avait repris la congrégation de son père, et avait sorti sa planche de surf.

Il était là depuis plusieurs années quand il avait finalement appris qu'Evans était aussi à Commons. Il n'arrivait pas à y croire. Quelles étaient les probabilités ? Mais avant qu'il n'ait eu le courage de renouer avec son célèbre ami, Evans avait été tué dans un curieux accident.

L'information s'était répandue : il fallait quelqu'un pour célébrer les funérailles du scientifique. Wakely s'était porté volontaire. Il s'était senti obligé de rendre hommage à l'une des rares personnes qu'il avait admirées et d'aider de quelque manière que ce fût à guider l'esprit d'Evans vers un lieu de paix. De plus, il était curieux. Qui serait là ? Qui pleurerait la perte de cet homme brillant ?

La réponse : une femme et un chien.

« Au cas où ça aiderait, ajouta Madeline, dites-leur que mon père pratiquait l'aviron. »

Wakely marqua une pause, se souvenant du cercueil extra-long.

Il essaya de se souvenir exactement de ce qu'il avait dit à la jeune femme qui se tenait au bord de la tombe : *Toutes mes condoléances ?* Probablement. Il avait prévu de lui parler après le service, mais avant même qu'il eût terminé la prière de clôture, elle était partie, le chien sur ses talons. Il s'était dit qu'il irait la voir, mais il ne connaissait ni son nom ni son adresse, et même s'il n'aurait pas été bien difficile de se renseigner, il n'avait pas cherché à le faire. Il y avait quelque chose en elle qui lui avait donné à penser que parler de l'âme d'Evans n'aurait fait qu'aggraver les choses.

Après le service, et pendant des mois, il n'avait pas pu se sortir de la tête la brièveté de la vie d'Evans. Il y avait si peu de gens qui accomplissaient des choses importantes dans le monde, qui faisaient des découvertes qui changeaient les choses. Evans s'était glissé entre les fissures de l'inconnu et avait exploré l'univers d'une manière que la théologie évitait complètement. Et pendant une très courte période, il avait eu l'impression d'en faire partie.

Mais c'était avant ; avant maintenant. Et désormais, il était pasteur, il n'avait pas besoin de la science. Ce dont il avait *vraiment* besoin, c'était de moyens plus inventifs pour dire à ses ouailles d'agir convenablement, d'arrêter d'être méchantes les unes envers les autres, de bien se comporter. Donc, malgré ses doutes, il était devenu révérend, mais sans pour autant cesser de penser au remarquable Evans. Et, en cet instant, il y avait cette enfant qui prétendait être la fille de cet homme remarquable. Dieu agissait vraiment de façon mystérieuse.

« Juste pour être clair, demanda-t-il, nous parlons bien de Calvin Evans ? L'homme qui a été tué dans un accident de voiture il y a environ cinq ans ?

— C'était une laisse, mais oui.

— Bien. Mais c'est étrange, je trouve. Calvin Evans n'avait pas d'enfants. En fait, il n'était pas... » Il hésita.

« Quoi ?

— Rien », s'empressa-t-il d'ajouter. De toute évidence, la petite fille était illégitime, en plus de tout le reste. « Et ça, qu'est-ce que c'est ? demanda-t-il en désignant une coupure de journal jaunie qui dépassait de son cahier. Une autre partie de ton devoir ?

— Je dois apporter une photo de famille », dit-elle en récupérant la coupure de journal encore humide de bave de chien. Elle la lui tendit avec précaution, comme on le ferait pour un trésor irremplaçable. « C'est la seule sur laquelle nous sommes tous présents. »

Il la déplia soigneusement. C'était un article sur les funérailles de Calvin Evans, avec une photo de la même femme et du chien ; même de dos, leur chagrin, dévastateur, était évident tandis qu'ils regardaient la terre engloutir le cercueil qu'il avait lui-même béni. Il se sentit d'humeur dépressive.

« Bon sang, Mad, en quoi est-ce une photo de famille ?

— Eh bien, c'est ma mère, expliqua Madeline en montrant le dos d'Elizabeth, et Six-Trente, ajouta-t-elle en pointant le chien du doigt. Et je suis à l'intérieur de ma mère, juste là, précisa-t-elle en montrant à nouveau Elizabeth, et mon père est dans la boîte. »

Wakely avait passé les sept dernières années de sa vie à consoler les gens, mais il y avait quelque chose dans la façon dont cette enfant parlait si simplement de son deuil qui l'anéantissait.

« Mad, j'ai besoin que tu comprennes quelque chose », dit-il en remarquant, avec stupeur, que ses propres mains étaient visibles sur la photo. « Les familles ne sont pas censées s'adapter à des arbres. Peut-être parce que les gens ne font pas partie du règne végétal – nous faisons partie du règne animal.

— Exactement ! s'exclama Madeline. C'est *exactement* ce que j'ai essayé de dire à Mme Mudford.

— Si nous étions des arbres, ajouta-t-il, s'inquiétant du chagrin que cette enfant allait endurer en expliquant ses origines, nous serions peut-être un peu plus sages. Pour vivre plus longtemps et tout ça. »

Puis il réalisa que Calvin Evans n'avait pas eu une vie très longue et qu'il venait de sous-entendre que c'était probablement parce qu'il n'avait pas été très intelligent. Honnêtement, il était un très mauvais pasteur – le pire qui soit.

Madeline sembla considérer cette réponse, puis se pencha par-dessus la table. « Wakely, dit-elle à voix basse, je dois aller surveiller ma mère maintenant, mais je me demandais… pouvez-vous garder un secret ?

— Oui », répondit-il, en se demandant ce qu'elle voulait dire par « surveiller » sa mère. Sa mère était-elle malade ?

Elle le regarda attentivement comme si elle essayait de déterminer s'il mentait encore, puis se leva de sa chaise, vint le rejoindre pour s'asseoir à côté de lui et lui murmura quelque chose à l'oreille avec une telle détermination que ses yeux s'écarquillèrent d'étonnement. Avant qu'il ne puisse s'en empêcher, il mit sa main autour de l'oreille de Mad et fit la même chose. Puis ils se regardèrent, surpris.

« Ce n'est pas si mal, Wakely, dit Madeline. Vraiment. »

Quant à lui, il ne sut quoi répondre à ce qu'elle lui avait confié.

29

Liaisons

« Je m'appelle Elizabeth Zott, et je vous présente "À table ! C'est l'heure du souper". »

Les mains sur les hanches, les lèvres peintes en rouge brique, ses épais cheveux coiffés en un simple chignon banane fixé avec un crayon 2H, Elizabeth releva la tête et regarda la caméra.

« Pour aujourd'hui, un projet excitant, dit-elle. Nous allons étudier trois catégories différentes de liaisons chimiques : ionique, covalente et hydrogène. Pourquoi étudier ces liaisons ? Pour que vous saisissiez le fondement même de la vie. En plus, vos pâtes à gâteau vont lever plus facilement. »

Dans tous les foyers de Californie du Sud, les femmes sortirent papier et crayons.

« Le terme "ionique" s'applique aux liaisons chimiques du type "les contraires s'attirent" », expliqua Elizabeth en s'éloignant de son plan de travail pour commencer à dessiner sur une feuille accrochée à un chevalet. « Par exemple, disons que vous avez rédigé votre thèse de doctorat sur l'économie du marché libre, mais que votre mari rechape des pneus pour gagner sa vie. Vous vous aimez, mais il n'a probablement pas envie d'entendre parler de la théorie de la main invisible d'Adam

Smith. Et qui peut le blâmer, car vous savez que la main invisible est une saloperie libertaire. »

Elle regarda l'assistance pendant que plusieurs personnes griffonnaient des notes, dont « main invisible = saloperie libertaire ».

« Le fait est que vous et votre mari êtes complètement différents et pourtant vous gardez entre vous un lien très fort. C'est très bien. C'est aussi ionique. » Elle fit une pause, et souleva la feuille de papier par-dessus le chevalet pour révéler une nouvelle feuille vierge.

« À moins que votre mariage soit plutôt un lien covalent, suggéra-t-elle en dessinant une nouvelle formule développée. Et si c'est le cas, vous avez de la chance, car ça signifie que vous avez tous les deux des forces qui, lorsqu'elles sont combinées, créent quelque chose de mieux. Par exemple, lorsque l'hydrogène et l'oxygène se combinent, qu'obtenons-nous ? De l'eau – ou H_2O comme on l'appelle plus communément. À bien des égards, le lien covalent n'est pas sans rappeler une fête qui sera encore plus réussie grâce à la tarte que vous aurez préparée et au vin que votre époux aura apporté. À moins que vous n'aimiez pas les fêtes – comme moi –, auquel cas, vous pouvez aussi considérer la liaison covalente comme un petit pays européen, la Suisse par exemple. » *Les Alpes*, écrivit-elle rapidement sur le chevalet, + *une économie forte = un pays où tout le monde a envie de vivre*.

Dans un salon de La Jolla, en Californie, trois enfants se disputaient un camion-benne, dont l'essieu cassé se trouvait juste à côté d'une pile de linge à repasser aussi haute qu'un gratte-ciel et qui menaçait de s'effondrer sur un petit bout femme, des bigoudis sur la tête, un carnet de notes entre les mains. *Suisse*, écrivit-elle. *Déménager.*

« Ce qui nous amène à la troisième liaison, poursuivit Elizabeth en désignant le schéma d'un autre ensemble de molécules, la liaison hydrogène, la plus fragile et la plus délicate de toutes. Je l'appelle la liaison "coup de foudre", car les deux parties sont attirées l'une vers l'autre uniquement à cause d'informations visuelles : vous aimez son sourire, il aime vos cheveux. Mais ensuite vous discutez et découvrez que c'est un partisan nazi et qu'il pense que les femmes se plaignent trop. *Pouf !* Juste comme ça, le lien délicat est rompu. C'est la liaison hydrogène pour vous, mesdames – un rappel chimique pour dire que si les choses semblent trop belles pour être vraies, c'est probablement que c'est le cas. »

Elle retourna à son plan de travail, troqua le marqueur contre un couteau et, en un geste digne d'un coup de hache à la Paul Bunyan[1], elle coupa un gros oignon jaune en deux. « Ce soir, nous préparons une tourte au poulet, annonça-t-elle. C'est parti. »

« Tu vois ? s'exclama une femme de Santa Monica, en se tournant vers sa fille maussade de dix-sept ans, aux yeux soulignés d'un trait de mascara si épais qu'il faisait penser à une piste d'atterrissage d'avion. Qu'est-ce que je t'ai dit ? Ta liaison avec ce garçon n'est rien d'autre que de l'hydrogène. Quand vas-tu te réveiller et sentir les ions ?

— Oh non, tu recommences avec ça...

— Tu pourrais aller à l'université. Tu pourrais devenir quelqu'un !

1. Paul Bunyan est une figure légendaire du folklore américain. Il est représenté habituellement comme un bûcheron géant.

— Il m'aime !

— Il t'empêche d'avancer dans la vie ! »

« La suite dans quelques instants », annonça Elizabeth alors que le caméraman faisait le signe de lancement d'une pause publicitaire.

Assis dans son fauteuil en toile, Walter Pine était effondré. Après avoir négocié dans des conditions particulièrement humiliantes pour lui, il avait réussi à convaincre Phil Lebensmal de prolonger le contrat de Zott de six mois, mais à condition que le sexy soit de la partie et la science sur la touche. Phil avait prévenu que leurs jours à la télévision, à lui et Elizabeth, étaient comptés. Selon lui, la chaîne avait reçu de nombreuses plaintes. Et ce jour-là, Walter avait abordé le sujet avec Elizabeth juste avant l'émission. « Nous allons devoir effectuer quelques changements », avait-il expliqué.

Elizabeth avait écouté, hochant la tête pensivement, comme si elle considérait avec attention chaque proposition. « Non », avait-elle conclu.

Et comme si ce n'était pas suffisant, Amanda avait un devoir stupide à faire : remplir un arbre généalogique qui exigeait une photo de famille récente *avec* maman, même si maman n'était plus là depuis longtemps. Pire encore, un arbre généalogique était destiné à souligner la relation biologique entre lui et son enfant, un lien qui, en l'occurrence n'existait pas et n'existerait jamais. Il avait bien sûr l'intention d'avouer la vérité à Amanda, et vite : lui dire que sa mère, démissionnaire et minable, ne reviendrait jamais et que, techniquement, elle et lui n'avaient aucun lien de parenté. Les enfants adoptés avaient le droit de savoir. Mais il attendait le bon moment : le quarantième anniversaire de sa fille.

« Walter, dit Elizabeth en quittant le plateau. Avez-vous eu des nouvelles de vos assureurs ? Comme vous le savez, l'émission de demain est consacrée à la combustion, et bien que je continue à croire qu'il n'y a pas vraiment de danger, je... Walter... » Elle agita la main devant le visage de Walter. « Walter ?

— Soixante secondes, Zott, l'avertit le caméraman.

— Ça ne ferait pas de mal d'avoir quelques extincteurs supplémentaires sous la main. Encore une fois, je préférerais le modèle qui a pour agent extincteur l'azote aux nouveaux modèles à eau et à mousse, mais ce n'est que mon opinion ; je suis sûre que l'un ou l'autre fera l'affaire. Walter ? Est-ce que vous m'écoutez ? Répondez. » Elle fronça les sourcils, puis retourna sur le plateau. « Je vous verrai à la prochaine pause. »

Alors qu'elle s'éloignait, Walter la regarda monter les marches, son pantalon bleu – elle portait un *pantalon* – ceinturé haut sur la taille. Elle se prenait pour qui ? Katharine Hepburn ? Lebensmal aurait pété les plombs. Il se retourna et fit signe à la maquilleuse.

« Oui, monsieur Pine ? interrogea Rosa, les mains pleines de petites éponges. Vous avez besoin de quelque chose ? Au fait, le visage de Zott était parfait. Sa peau ne brille pas. »

Il soupira. « Elle ne brille *jamais*, s'étonna-t-il. Et bien que ces spots à eux seuls puissent faire griller un steak en trente secondes, elle ne transpire jamais. Comment est-ce possible ?

— C'est inhabituel », admit Rosa.

Il entendit Elizabeth annoncer : « Et nous sommes de retour. »

« Je t'en prie, sois normale », murmura Walter.

« Bon, je suis sûre que vous avez profité de notre courte pause pour émincer vos carottes, le céleri et les oignons en petites unités disparates, créant ainsi la surface nécessaire pour faciliter l'absorption de l'assaisonnement, ainsi que pour raccourcir le temps de cuisson. Les choses ressemblent à ça, dit-elle en inclinant une sauteuse vers la caméra. Et maintenant, saupoudrez d'une quantité généreuse de chlorure de sodium… »

« Ça la tuerait de dire *sel* ? marmonna Walter entre ses dents. *Ça la tuerait, vraiment ?*

— Ça me plaît qu'elle utilise des mots scientifiques, avança Rosa. Ça me fait me sentir… je ne sais pas… capable.

— Capable ? demanda-t-il. *Capable* ? Mais qu'en est-il de l'envie de se sentir mince et belle ? Et c'est quoi ce *pantalon* ? D'où ça sort ?

— Est-ce que vous allez bien ? demanda Rosa. Je peux vous apporter quelque chose ?

— Oui, du cyanure. »

Plusieurs minutes s'écoulèrent pendant lesquelles Elizabeth guida les téléspectatrices à travers la composition chimique de divers autres ingrédients, expliquant, à mesure qu'elle les ajoutait à la préparation, quelles liaisons chimiques se créaient.

« Voilà, déclara-t-elle en inclinant de nouveau la sauteuse vers la caméra. Et maintenant, qu'avons-nous obtenu ? Un mélange, qui est une combinaison de deux ou plusieurs substances pures, dans lequel chaque substance conserve ses propriétés chimiques individuelles. Dans le cas de notre tourte au poulet, remarquez comment les carottes, les pois, les oignons et le céleri sont mélangés tout en restant des entités distinctes. Pensez-y. Une tourte au poulet réussie est comme une société qui fonctionne à un niveau très efficace. Appelez ça la Suède. Ici, chaque légume a sa place. Aucun produit ne prend le pas sur un autre. Et lorsque vous ajoutez les épices – ail, thym, poivre et chlorure de sodium – vous créez une saveur qui non seulement met en valeur la texture de chaque substance mais en contrebalance l'acidité. Résultat ? Des garderies subventionnées. Même si je suis certaine que la Suède a aussi ses problèmes. » Son regard glissa sur une fiche du caméraman. « Nous serons de retour après la présentation des spots d'identité visuelle de la chaîne. »

« Qu'est-ce que c'était que *ça* ? s'exclama Walter, suffocant. Qu'est-ce qu'elle a dit ?

— Elle a parlé de garderies subventionnées, dit Rosa en lui épongeant le front. On devrait faire voter ça. » Elle se pencha et vit la veine qui battait sur le front de Walter. « Et si j'allais vous chercher de l'acide acétylsalicylique ? Ça va…

— Qu'est-ce que *vous*, vous venez dire ? grogna-t-il en repoussant l'éponge.

— Des garderies subventionnées.

— Non, l'autre…

— Acide acétylsalicylique ?

— De l'*aspirine*, corrigea-t-il d'une voix rauque. Ici à KCTV, on appelle ça de l'aspirine. L'aspirine Bayer. Vous voulez savoir pourquoi ? Parce que Bayer est l'un de nos sponsors. Les gens qui paient nos factures. Ça vous dit quelque chose ? Dites-le. *Aspirine*.

— Aspirine. Je reviens tout de suite.

— Walter ? » La voix d'Elizabeth surgit brusquement d'en haut, le faisant sursauter.

« Bon sang, Elizabeth ! dit-il. Faut-il vraiment que vous vous approchiez de moi en douce ?

— Je ne m'approchais pas en douce. Vous aviez les yeux fermés.

— Je *réfléchissais*.

— Aux extincteurs ? Moi aussi. Disons trois. Deux suffiront, mais trois devraient permettre d'écarter tout risque de tragédie… avec un taux de certitude de quatre-vingt-dix-neuf pour cent.

— Mon Dieu, marmonna-t-il en frissonnant et en essuyant ses paumes humides sur son pantalon. Est-ce un cauchemar ? Pourquoi je ne peux pas me réveiller ?

— Vous vous interrogez sur les un pour cent restant, affirma Elizabeth. Eh bien, c'est inutile. Ce pourcentage minuscule correspond principalement aux catastrophes naturelles et dépend de la main de Dieu – tremblements de terre, tsunamis – des choses que nous ne pouvons pas anticiper parce que la science n'y peut rien. » Elle fit une pause, rajustant sa ceinture. « Walter, ne trouvez-vous pas intéressant que les gens parlent de "la main de Dieu" pour évoquer les catastrophes naturelles ? Si l'on considère que la plupart des gens veulent croire que Dieu est une histoire d'agneaux, d'amour et de bébés dans des crèches, ce même être soi-disant bienveillant frappe donc des innocents ici et là, ce qui est le symptôme d'un problème de gestion de la colère, peut-être même d'une psychose maniaco-dépressive. Dans un service psychiatrique, un patient tel que lui serait soumis à une thérapie par électrochocs. Ce que d'ailleurs je n'approuve pas. L'efficacité de la thérapie par électrochocs reste largement non prouvée. Mais n'est-il pas intéressant que la main de Dieu et les électrochocs aient tant en commun ? En termes de violence, de cruauté…

— Soixante secondes, Zott.

— … des pratiques impitoyables, barbares…

— Bon sang, Elizabeth, je vous en prie !

— Bref, disons trois. Toutes les femmes devraient savoir comment éteindre un incendie. Nous commencerons par la technique de l'étouffement du feu et si ça ne marche pas, nous passerons à l'azote.

— Quarante secondes, Zott.

— Et c'est quoi ce pantalon ? fit remarquer Walter, les mâchoires si serrées que les mots sortaient à peine.

— Que voulez-vous dire ?

— Vous savez très bien ce que je veux dire.

— Ça vous plaît ? Oui, j'imagine, vous en portez tout le temps. Et je comprends pourquoi : ils sont très confortables. Ne vous inquiétez pas, j'ai l'intention de vous en accorder tout le crédit.

— Non ! Elizabeth, je n'ai *jamais*…

— Voici votre aspirine, monsieur Pine, l'interrompit Rosa, qui réapparut ses côtés. Et Zott… laissez-moi jeter un coup d'œil à votre – bien, bien –, tournez votre visage dans l'autre sens maintenant – bien – étonnant, vraiment. C'est bon, vous pouvez y aller.

— Zott, dans dix secondes, lui rappela le caméraman.

— Walter, vous êtes malade ?

— Vous avez vu le projet d'arbre généalogique ? demanda Walter à voix basse.

— Huit secondes, Zott.

— Vous êtes tout pâle, Walter.

— L'*arbre*, eut-il du mal à prononcer.

— Libre ? Mais je croyais que vous aviez dit que je n'étais pas libre de donner ce que je voulais ? »

Elizabeth remonta sur le plateau et se tourna vers la caméra en disant : « Et nous sommes de retour. »

« Je ne sais pas ce que vous pensez m'avoir donné, dit Walter à Rosa, mais ça ne fait aucun effet.

— Ça prend du temps.

— *Que je n'ai pas*, rétorqua-t-il. Passez-moi le flacon.

— Vous avez déjà pris la dose maximum.

— Vraiment ? dit-il sèchement en secouant le flacon. Alors expliquez-moi pourquoi il en reste autant là-dedans. »

« Maintenant, disait Elizabeth, versez votre version de la Suède dans la configuration de molécules d'amidon, de lipides et de protéines que vous avez élaborée plus tôt – votre pâte à tarte –, celle dont les liaisons chimiques ont été activées par la molécule d'eau, H_2O, et grâce à laquelle vous avez créé le mariage parfait entre stabilité et structure. » Elle marqua une pause, ses mains maintenant enfarinées désignant une pâte à tarte recouverte de légumes et de poulet.

« Stabilité et structure, répéta-t-elle en regardant le public présent dans le studio. La chimie est inséparable de la vie. Par définition, la chimie, *c'est* la vie. Mais comme votre tourte, la vie nécessite une base solide. Dans votre maison, c'est vous, la base. C'est une énorme responsabilité, le travail le plus sous-estimé au monde et qui, pourtant, assure la cohésion de l'ensemble. »

Plusieurs femmes dans le public hochèrent vigoureusement la tête.

« Prenez maintenant un moment pour admirer votre expérience, poursuivit Elizabeth. Vous avez utilisé l'élégance de la liaison chimique pour obtenir une croûte qui abritera et rehaussera la saveur de vos ingrédients. Une fois de plus, considérez votre garniture, puis demandez-vous : que veut la Suède ? De l'acide citrique ? Peut-être. Du chlorure de sodium ? Probablement. Rectifiez. Quand vous êtes satisfaite, posez votre deuxième pâte sur le dessus comme une couverture, en serrant les bords pour créer un joint. Puis faites quelques petites entailles pour donner de l'évent. L'objectif de l'évent est de procurer à la molécule d'eau l'espace dont elle a besoin pour se transformer en vapeur et s'échapper. Sans cet évent, votre tourte se transforme en mont Vésuve. Pour protéger votre famille d'une mort certaine, faites toujours des entailles. »

Elle prit un couteau et fit trois courtes entailles sur le dessus. « Voilà, annonça-t-elle. Maintenant, mettez-la dans votre four à cent quatre-vingt-dix degrés Celsius. Faites cuire pendant environ quarante-cinq minutes. » Elle regarda l'horloge.

« Il nous reste un peu de temps. Je pourrais peut-être répondre à une question du public. » Elle regarda le caméraman, qui fit glisser un doigt sur sa gorge comme pour la trancher. *NON, NON, NON*, articula-t-il silencieusement.

« Bonjour », lança-t-elle en désignant une femme au premier rang, lunettes perchées en haut d'une coiffure raidie par la laque, ses jambes épaisses protégées par des bas de contention.

« Je suis Mme George Fillis de Kernville, se présenta nerveusement la femme en se levant, et j'ai trente-huit ans. Je voulais juste vous dire à quel point j'apprécie votre émission. Je… je n'arrive pas à croire tout ce que j'ai appris. Je sais que je ne suis pas une lumière, poursuivit-elle le visage rose de honte, c'est ce que mon mari dit toujours… et pourtant, la semaine dernière, lorsque vous avez expliqué que l'osmose était le mouvement d'un solvant moins concentré à travers une membrane semi-perméable vers un autre solvant plus concentré, je me suis demandé si… eh bien…

— Continuez.

— Eh bien, si mon œdème à la jambe ne serait pas un sous-produit d'une conductivité hydraulique défectueuse combinée à un coefficient de réflexion osmotique irrégulier des protéines plasmatiques. Qu'en pensez-vous ?

— Un diagnostic très détaillé, madame Fillis ! Quelle est votre spécialité médicale ?

— Oh non, bredouilla la femme, je ne suis pas médecin. Je ne suis rien d'autre que femme au foyer.

— Il n'y a pas une femme au monde qui ne soit *rien d'autre* que femme au foyer. Que faites-vous d'autre ?

— Rien. J'ai quelques passe-temps. J'aime lire les revues médicales.

— Intéressant. Quoi d'autre ?

— Je couds.

— Des vêtements ?

— Des corps.

— Vous refermez des plaies ?

— Oui. J'ai cinq garçons. Ils sont toujours en train de se déchirer quelque chose.

— Et quand vous aviez leur âge, vous vous imaginiez devenir…

— Une épouse et une mère aimante.

— Non, sérieusement…

— Chirurgienne, pour opérer à cœur ouvert », lâcha cette femme avant de pouvoir s'arrêter.

La pièce se remplit d'un épais silence. Une opération à cœur ouvert ? Pendant un moment, il sembla que le monde entier attendait le rire qui devait suivre. Mais c'est alors qu'un applaudissement inattendu se fit entendre dans le public, immédiatement suivi d'un autre, puis d'un autre, puis de dix autres, puis de vingt autres et, bientôt, tout le monde se leva et quelqu'un cria : « Docteur Fillis, cardio-chirurgienne. » Cri qui fut suivi d'un tonnerre d'applaudissements.

« Non, non, s'écria la femme pour couvrir le bruit. Je plaisantais. Je ne peux pas vraiment faire ça. De toute façon, c'est trop tard.

— Il n'est jamais trop tard, insista Elizabeth.

— Mais je n'ai pas pu. Je ne peux pas.

— Pourquoi ?

— Parce que c'est difficile.

— Et élever cinq garçons, ce n'est pas difficile ? »

La femme essuya du bout des doigts la sueur qui perlait sur son front. « Mais par où quelqu'un comme moi pourrait-il commencer ?

— La bibliothèque municipale, conseilla Elizabeth. Ensuite, il y a les examens d'admission à l'école de médecine, l'école et l'internat. »

La femme sembla soudain se rendre compte qu'Elizabeth la prenait au sérieux. « Vous pensez *vraiment* que je pourrais le faire ? demanda-t-elle la voix tremblante.

— Quel est le poids moléculaire du chlorure de baryum ?

— 208,23.

— Vous allez vous en tirer.

— Mais mon mari…

— A de la chance. Au fait, c'est le Jour de la Gratuité, madame Fillis, improvisa Elizabeth, une chose que mon producteur vient d'inventer. En guise de soutien à votre audacieux projet, vous emporterez ma tourte au poulet. Venez la chercher. »

Au milieu d'une salve d'applaudissements, Elizabeth tendit la tourte recouverte d'une feuille d'aluminium à une madame Fillis qui arborait désormais un air décidé. « Nous devons officiellement rendre l'antenne, annonça Elizabeth. Mais j'espère que vous nous rejoindrez demain pour explorer le monde des incendies de cuisine. »

Puis elle regarda directement dans l'objectif de la caméra et, presque comme si elle les devinait, son regard se planta droit dans les visages étonnés des cinq enfants de Mme George Fillis, affalés devant la télévision à Kernville, les yeux écarquillés, bouche bée, comme s'ils venaient de voir leur mère pour la toute première fois.

« Les garçons, mettez le couvert, ordonna Elizabeth. Votre mère a besoin d'un moment rien que pour elle. »

30

99 pour cent

« Mad, commença prudemment Elizabeth une semaine plus tard, Mme Mudford m'a appelée au studio aujourd'hui. Ça te dit quelque chose, une photo de famille inappropriée ? »

Madeline s'intéressa soudain à une croûte sur son genou.

« Et attaché à cette photo, il y avait un arbre généalogique, continua Elizabeth d'une voix douce. Sur lequel tu prétends être une descendante directe de – elle marqua une pause, consultant une liste – Néfertiti, Sojourner Truth[1] et Amelia Earhart[2]. Alors ? »

Madeline releva la tête, feignant l'innocence. « Pas vraiment.

— Et dans l'arbre, il y a un gland qui s'appelle "La bonne fée".

— Euh…

---

1. Sojourner Truth, est le nom que s'est donné en 1843 une abolitionniste afro-américaine et une militante pour le droit de vote des femmes, née de parents esclaves.

2. Amelia Mary Earhart, connue également sous le nom de Lady Lindy, née en 1897 et disparue dans l'océan Pacifique le 2 juillet 1937, était une aviatrice américaine.

— Et en bas, quelqu'un a écrit : "Les humains sont des animaux." Souligné trois fois. Et ça dit aussi : "À l'intérieur, les humains sont génétiquement identiques à quatre-vingt-dix-neuf pour cent." »

Madeline leva les yeux au plafond.

« Quatre-vingt-dix-neuf pour cent ? répéta Elizabeth.

— Quoi ? fit Madeline.

— C'est inexact.

— Mais…

— En science, il est crucial d'être précis.

— Mais…

— Le fait est que ça peut aller jusqu'à quatre-vingt-dix-neuf virgule neuf pour cent. Quatre-vingt-dix-neuf *virgule neuf.* » Puis elle s'arrêta et serra sa fille dans ses bras. « C'est ma faute, ma chérie. À l'exception de pi, nous n'avons pas encore abordé les nombres décimaux.

— Désolée de vous déranger, lança Harriet en entrant par la porte de derrière. Des messages téléphoniques. J'ai oublié de laisser un mot. » Elle déposa une liste devant Elizabeth et s'apprêta à repartir.

« Harriet, dit Elizabeth en parcourant la liste. C'est qui, celui-là ? Le révérend de la First Presbyterian Church ? »

Madeline eut la chair de poule.

« Ça ressemblait à l'un de ces appels qui racolent pour les églises. Il voulait parler à Mad. Il a probablement utilisé une mauvaise liste de noms. Quoi qu'il en soit, je voulais m'assurer que vous verriez ce message-là, dit-elle en tapotant la liste. Le *LA Times*.

— Ils ont aussi appelé au travail, remarqua Elizabeth. Ils veulent une interview.

— Une interview !

— Tu vas encore être dans le journal ? » demanda Mad, inquiète. On y avait déjà parlé à deux reprises de sa famille : une fois quand son père était mort, et une autre quand sa pierre tombale avait été abîmée par une balle perdue. Pas terrible comme bilan.

« Non, Mad, la rassura Elizabeth. La personne qui veut m'interviewer n'est même pas un journaliste scientifique ; il écrit pour la rubrique des femmes. Il m'a dit qu'il n'avait pas envie de parler de chimie, juste de la préparation du dîner. Il est clair qu'il ne comprend pas qu'on ne peut pas séparer les deux. Et je le soupçonne aussi de vouloir poser des questions sur notre famille, même si ça ne le regarde pas.

— Pourquoi pas ? demanda Madeline. Qu'est-ce qui *cloche* dans notre famille ? »

Sous la table, Six-Trente leva la tête. Il détestait que Mad pensât qu'il pouvait y avoir quelque chose qui n'allait pas dans leur famille. Quant à Néfertiti et aux autres, ce n'était pas seulement un vœu pieux de Mad – en soi, c'était exact : tous les humains partageaient un ancêtre commun. Comment Mudford pouvait-elle ne pas le savoir ? Il était un chien et même lui le savait. Au fait, et au cas où quelqu'un serait intéressé, il venait d'apprendre un nouveau mot : « journal intime ». C'est un truc dans lequel on écrit des vacheries sur sa famille et ses amis en espérant qu'ils ne les voient jamais. Avec « journal intime », il connaissait désormais six cent quarante-huit mots.

— À demain matin, dit Harriet en claquant la porte derrière elle.

— Qu'est-ce qui cloche dans notre famille, maman ? demanda de nouveau Madeline.

— Rien, répondit Elizabeth sèchement en débarrassant la table. Six-Trente, aide-moi avec l'extracteur de fumée. Je veux essayer de laver la vaisselle en utilisant une vapeur d'hydrocarbure.

— Parle-moi de papa.

— Je t'ai tout dit, ma chérie, dit Elizabeth, le visage soudain animé d'une lueur d'affection. C'était un homme brillant, honnête et aimant. Un rameur d'exception et un chimiste de talent. Il était grand et avait les yeux gris, comme toi, et il avait de très grandes mains. Ses parents sont morts dans une collision malheureuse avec un train, et sa tante est rentrée dans un arbre. Il est allé vivre dans un foyer pour garçons, où… » Elle marqua une pause, sa robe à carreaux bleus et blancs se balançant sur ses mollets tandis qu'elle reconsidérait son expérience du lavage de vaisselle. « Rends-moi service, Mad, et mets ce masque à oxygène. Et Six-Trente, laisse-moi t'aider avec tes lunettes de protection. Voilà, dit-elle en ajustant les sangles de chacun. Bref, ton père est allé à Cambridge où il…

— Oyer çons, tenta Mad à travers le masque.

— On en a déjà parlé, chérie. Je ne sais pas grand-chose sur ce foyer pour garçons. Ton père n'aimait pas en parler. C'était privé.

— Ivé ? Ou se-ret ? articula péniblement Madeline.

— Privé, insista sa mère. Parfois, de mauvaises choses arrivent. C'est une réalité de la vie. En ce qui concerne le foyer pour garçons, ton père n'en parlait jamais parce que je pense qu'il savait que s'attarder sur le sujet ne changerait rien. Il a été élevé sans famille, sans parents sur lesquels compter, sans la protection et l'amour auxquels tout enfant a droit. Mais il a persévéré. Souvent, la meilleure façon de faire face au mal, dit-elle en prenant son crayon, c'est de le retourner, de l'utiliser comme une force, de refuser de le laisser vous modeler. De le *combattre*. »

La façon dont elle prononça ce mot, à l'instar d'un guerrier, inquiéta Madeline. « Est-ce que de mauvaises choses te sont arrivées à toi aussi, maman ? tenta de demander Madeline. À part la mort de papa ? » Mais l'expérience du lavage de vaisselle battait son plein, et sa question se perdit dans le cocon du masque et la sonnerie du téléphone.

« Oui, Walter, dit Elizabeth quelques minutes plus tard.

— J'espère que je ne vous dérange pas…

— Pas du tout, assura-t-elle malgré un bourdonnement inhabituel en bruit de fond. En quoi puis-je vous aider ?

— Eh bien, j'appelais pour deux choses. La première est le devoir sur l'arbre généalogique. Je me demandais juste si…

— Oui, confirma-t-elle. On est dans le pétrin.

— Nous aussi, annonça-t-il d'une voix misérable. Mudford a eu l'air de savoir que les noms que j'ai mis sur les branches étaient complètement inventés. C'est ce que vous avez fait, vous aussi ?

— Non. Mad a fait une erreur de calcul. »

Il réfléchit, n'ayant pas compris.

« Je dois voir Mudford demain, poursuivit-elle. Au fait, je ne sais pas si vous êtes au courant, mais les deux filles ont été réaffectées dans sa classe à la rentrée. Elle enseigne en première année, et quand je dis "enseigne", je suis bien sûr ironique. J'ai déjà déposé une plainte.

— Seigneur, soupira Walter.

— Quelle est l'autre chose dont vous vouliez me parler, Walter ?

— C'est Phil. Il est, euh… il n'est pas… content.

— Moi non plus. Comment a-t-il pu devenir producteur exécutif ? Il ne sait pas diriger, manque de vision et de manières. La façon dont il traite les femmes de la chaîne est une honte.

— Eh bien…, dit Walter en repensant à la scène qui s'était déroulée quelques semaines auparavant quand, lors d'une discussion au sujet d'Elizabeth, Lebensmal lui avait craché dessus. Je reconnais qu'il a ce qu'on appelle du caractère.

— Ça n'a rien à voir avec son caractère, Walter. Il s'agit d'avilissement. Je vais déposer une plainte auprès du conseil d'administration. »

Walter secoua la tête. *Encore des plaintes.* « Elizabeth, Phil *appartient* au conseil d'administration.

— Justement, quelqu'un doit être mis au courant de son comportement.

— Vous savez sûrement maintenant que le monde est rempli de Phil, soupira Walter. Notre meilleure chance de nous en sortir est d'essayer de trouver un terrain d'entente. Tirer le meilleur parti d'une mauvaise situation. Pourquoi ne pouvez-vous pas faire ça ? »

Elle essaya de trouver une bonne raison de tirer le meilleur parti de Phil Lebensmal. Non… c'était impossible.

« Écoutez, j'ai une idée, continua-t-il. Phil a fait la cour à un nouveau sponsor potentiel, un fabricant de soupe. Il veut que vous utilisiez la soupe au cours de l'émission, dans la préparation d'un plat. Faites ça, attirez un gros sponsor et je pense qu'il nous laissera un peu de répit.

— Un fabricant de soupe ? Je ne travaille qu'avec des produits frais.

— Pouvez-vous au moins *essayer* de trouver un compromis avec moi ? la supplia-t-il. C'est juste une boîte de soupe, une seule. Pensez aux autres, à tous les gens qui travaillent sur l'émission. Nous avons tous des familles à nourrir, Elizabeth ; nous avons tous besoin de garder notre emploi. »

À l'autre bout du fil, le silence se fit, comme si elle pesait ses mots. « J'aimerais rencontrer Phil. Pour mettre les choses au point.

— *Non*, s'exclama Walter, d'une voix ferme. Pas ça. Jamais. »

Elle souffla, agacée. « Bien. Aujourd'hui, nous sommes lundi. Apportez la boîte jeudi. Je verrai ce que je peux faire. »

Au fil de la semaine, la situation empira. Le lendemain, le mardi, ce qu'avaient révélé les arbres généalogiques, donnés par Mudford au titre de devoirs, devint le sujet de conversation de toute l'école : Madeline était née hors mariage ; Amanda n'avait pas de mère ; le père de Tommy Dixon était alcoolique. Aucun des enfants ne s'en soucia, mais Mudford, ses yeux méchants humides d'excitation, dévora ces informations tel un virus affamé, puis les donna en pâture aux autres mères, qui les répandirent dans toute l'école comme du glaçage sur un gâteau.

Le mercredi, quelqu'un glissa subrepticement une feuille de papier avec la liste de la rémunération de chaque employé de KCTV sous la porte de la loge d'Elizabeth. Elizabeth regarda les chiffres. Elle gagnait un tiers de ce que gagnait le journaliste sportif. Un type qui était à l'antenne moins de trois minutes par jour et dont la seule compétence consistait à lire les scores. Pire : apparemment il existait ce qu'on appelait une « participation aux bénéfices », à laquelle seuls les employés masculins avaient droit.

Mais ce fut la tête de Harriet quand elle arriva le jeudi matin qui mit Elizabeth en colère.

Elle venait juste de déposer un mot dans la boîte à lunch de Madeline – *La matière ne peut être ni créée ni détruite, mais elle peut être réorganisée. En d'autres termes, ne t'assieds pas à côté de Tommy Dixon* –, quand Harriet s'assit à la table de la cuisine-laboratoire et, bien que le jour fût à peine levé, ne retira pas ses lunettes de soleil.

« Harriet ? » interrogea Elizabeth, instantanément alarmée.

D'une voix qui se voulait désinvolte, Harriet expliqua que, la veille au soir, M. Sloane avait été patraque. Elle avait jeté certains de ses magazines porno, les Dodgers avaient perdu, et il n'approuvait pas la façon dont leur voisine avait encouragé cette femme à devenir cardio-chirurgienne. Il lui avait alors lancé une bouteille de bière vide à la tête et elle était tombée en arrière, comme une cible dans un stand de tir.

« J'appelle la police, dit Elizabeth en prenant le téléphone.

— Non, dit Harriet en posant sa main sur le bras d'Elizabeth. Ils ne feront rien et je refuse de lui donner cette satisfaction. De plus, je l'ai frappé en retour avec mon sac à main.

— Je vais aller le trouver de ce pas, rugit Elizabeth. Il doit comprendre que ce genre de comportement ne sera pas toléré. » Elle se leva. « Je prends ma batte de base-ball avec moi.

— Non. Si vous l'attaquez, la police s'en prendra à vous, pas à lui. »

Elizabeth réfléchit. Harriet avait raison. Sa mâchoire se crispa et elle ressentit cette même colère, trop familière, éprouvée lors de sa première rencontre avec la police, des années plus tôt. *Pas de déclaration pour exprimer vos regrets, alors ?* Elle leva la main et chercha son crayon.

« Je peux me défendre toute seule. Il ne me fait pas peur, Elizabeth. Il me dégoûte. C'est là toute la différence. »

Elizabeth connaissait parfaitement ce sentiment. Elle se pencha pour étreindre Harriet. Malgré leur amitié, les deux femmes se touchaient rarement. « Il n'y a rien que je ne ferais pas pour vous, dit Elizabeth en la serrant contre elle. Vous le *savez*, n'est-ce pas ? »

Harriet, surprise, leva des yeux remplis de larmes vers Elizabeth. « Eh bien, moi aussi. Pareil. » Puis elle se ressaisit. « Ça va aller, promit-elle en s'essuyant les joues. Laissez tomber. »

Mais Elizabeth n'était pas du genre à laisser tomber. Lorsqu'elle sortit de chez elle cinq minutes plus tard, elle avait déjà élaboré un plan.

« Chères téléspectatrices, bonjour, dit Elizabeth trois heures plus tard. Ravie de vous retrouver. Vous voyez ça ? » Elle tendit une boîte de soupe en direction de la caméra. « C'est un vrai gain de temps. »

Depuis son fauteuil en toile, Walter, surpris mais reconnaissant, lâcha un soupir de soulagement. Elle utilisait la boîte de soupe !

« C'est parce qu'elle est pleine de produits chimiques, déclara-t-elle en la jetant dans une poubelle où elle atterrit avec un bruit métallique. Donnez-en suffisamment à vos proches et ils finiront par mourir, ce qui vous fera gagner beaucoup de temps puisque vous n'aurez plus à les nourrir. »

Le caméraman, confus, se retourna pour regarder Walter. Ce dernier jeta alors un coup d'œil à sa montre comme s'il avait oublié un rendez-vous important, puis il se leva et sortit, fonçant directement au parking, où il monta dans sa voiture pour rentrer chez lui.

« Heureusement, il existe des moyens beaucoup plus rapides de tuer vos proches, poursuivit Elizabeth en se dirigeant vers son chevalet, où était exposée une sélection de dessins de champignons. Et les champignons sont un excellent point de départ pour aborder ce sujet. Si j'étais vous, j'opterais pour l'*Amanite phalloïde*, dit-elle en tapotant l'un des dessins, également connu sous le nom de l'Ange de la mort. Non seulement son poison résiste à une chaleur élevée, ce qui en fait un ingrédient de choix pour un plat d'apparence bénigne, mais il ressemble beaucoup à son cousin non toxique, le Volvaire. Donc, si quelqu'un meurt et qu'il y a une enquête, vous pouvez facilement jouer la ménagère muette et plaider l'erreur au moment de la cueillette. »

Phil Lebensmal leva les yeux de son bureau en direction de l'un des écrans de télévision qui tapissaient les murs de la pièce. Que venait-elle de dire ?

« Ce qu'il y a de bien avec les champignons vénéneux, poursuivit-elle, c'est la facilité avec laquelle ils se cuisinent sous des formes différentes. Si ce n'est pas dans un ragoût, pourquoi ne pas essayer un champignon farci ? Quelque chose que vous pouvez partager avec votre voisin d'à côté, celui qui fait tout pour rendre la vie de son épouse misérable. Il a déjà un pied dans la tombe. Pourquoi ne pas l'aider à y sauter à pieds joints ? »

À ce moment-là, quelqu'un dans le public laissa échapper un rire inattendu et applaudit. Pendant ce temps, la caméra réussit également à capturer plusieurs paires de mains écrivant soigneusement les mots *Amanite phalloïde*.

« Bien évidemment, je plaisante en parlant de l'empoisonnement de vos proches, reprit Elizabeth. Je suis sûre que vos maris et vos enfants sont tous des êtres humains merveilleux qui n'ont de cesse de dire à quel point ils apprécient votre travail. Ou que, si vous travaillez en dehors de la maison, improbable éventualité, votre patron, à l'esprit équitable, veille à ce que vous soyez payée au même salaire que votre homologue masculin. » Cette déclaration suscita encore plus de rires et d'applaudissements qui durèrent jusqu'à ce qu'elle rejoigne son plan de travail. « C'est la soirée brocoli-*champignons*, dit-elle en levant un panier de champignons de Paris. C'est parti. »

Il est juste de préciser que, ce soir-là, personne en Californie ne toucha à son dîner.

« Zott, l'interpella Rosa la maquilleuse, en sortant. Lebensmal veut vous voir à sept heures ce soir.

— Sept heures ? » Elizabeth pâlit. « De toute évidence, cet homme n'a pas d'enfants. Au fait, vous avez vu Walter ? Je crois qu'il est en colère contre moi.

— Il est parti tôt. Écoutez, je pense que vous ne devriez pas aller voir Lebensmal toute seule. Je vais venir avec vous.

— Tout va bien, Rosa.

— Vous devriez peut-être d'abord appeler Walter. Il ne laisse jamais aucune d'entre nous voir Lebensmal seule.

— Je sais. Ne vous inquiétez pas. »

Rosa hésita, et jeta un coup d'œil à l'horloge.

« Rentrez chez vous, Rosa. Ce n'est pas si grave.

— Appelez au moins Walter avant, insista Rosa. Prévenez-le. » Elle se retourna pour rassembler ses affaires. « Au fait, j'ai adoré l'émission de ce soir. C'était très drôle. »

Elizabeth leva les sourcils en guise d'interrogation. « Drôle ? »

Quelques minutes avant sept heures ce soir-là, après avoir rédigé ses notes pour l'émission du lendemain, Elizabeth hissa son grand sac sur son épaule et traversa les couloirs vides de KCTV jusqu'au bureau de Lebensmal. Elle frappa deux fois, puis entra. « Vous vouliez me voir, Phil ? »

Lebensmal était assis derrière un énorme bureau couvert de piles de papiers et de restes de nourriture ; l'air dans la pièce était vicié par la fumée de cigarette. Quatre énormes téléviseurs rediffusaient bruyamment d'anciennes émissions dans un noir et blanc fantomatique. Un poste rediffusait un feuilleton, un autre, l'émission de Jack LaLanne, un autre encore, une émission pour enfants, et le quatrième, « À table ! C'est l'heure du souper ». Elle n'avait jamais regardé l'émission auparavant, elle n'avait donc jamais fait l'expérience d'entendre sa voix filtrée par un hautparleur. C'était horrible.

« Il était temps », s'agaça Lebensmal, en écrasant une cigarette dans un bol décoratif en verre taillé. Il désigna un fauteuil pour signifier à Elizabeth qu'elle devait s'asseoir, puis se leva en direction de la porte pour la verrouiller.

« On m'a dit sept heures, fit remarquer Elizabeth.

— Je vous ai demandé quelque chose ? » répondit-il sèchement pour la remettre à sa place.

Sa voix lui parvint sur la gauche tandis qu'elle expliquait l'interaction entre la chaleur et le fructose. Elle pencha sa tête vers l'écran de télévision. Avait-elle obtenu le bon pH ? Oui, c'était le cas.

« Savez-vous qui je suis ? » demanda Phil à l'autre bout de la pièce. Mais les téléviseurs qui hurlaient brouillèrent ses mots.

« Est-ce que je sais pour… les *kiwis* ?

— *J'ai dit*, cria-t-il cette fois en retournant à son bureau, *savez-vous qui je suis ?*

— Vous êtes Phil LEBENSMAL, répondit Elizabeth en élevant la voix. Vous permettez que j'éteigne les téléviseurs ? C'est difficile de s'entendre.

— Ne vous moquez pas de moi ! gronda-t-il. Quand je dis "savez-vous qui je suis", je veux dire *savez-vous qui je suis* ? »

Pendant un moment, elle eut l'air confuse. « Encore une fois, vous êtes Phil Lebensmal. Mais si vous voulez, nous pouvons revérifier votre identité sur votre permis de conduire. »

Les yeux de Lebensmal s'étrécirent.

« On se penche en avant ! » criait Jack LaLanne.

« Et maintenant, on danse ! » lançait un clown en riant.

« Je ne t'ai jamais aimé », avouait une infirmière.

« pH acide », s'entendit-elle dire.

« Je suis *Monsieur* Lebensmal, producteur exécutif de…

— Je suis désolée, Phil, dit-elle en désignant le haut-parleur le plus proche d'elle, mais je ne peux vraiment pas… » Elle tendit la main vers le bouton de réglage du volume.

« NE TOUCHEZ PAS À MES TÉLÉVISEURS », hurla-t-il.

Il se leva, ramassa une pile de classeurs et traversa la pièce, se plantant devant elle, les jambes écartées, tel un trépied.

« Vous savez ce que c'est ? dit-il en brandissant les classeurs.

— Des classeurs.

— Ne faites pas la maligne avec moi. Ce sont des questionnaires de téléspectatrices de « À table ! C'est l'heure du souper ». Les chiffres de la publicité. L'audimat, l'échelle de Nielsen.

— Vraiment ? J'aimerais beaucoup jeter un… » Mais avant qu'elle puisse y jeter un coup d'œil, il les fit disparaître.

« Comme si vous saviez interpréter les résultats, dit-il sèchement. Comme si vous aviez la *moindre* idée de ce que tout ça signifie. » Il tapa les classeurs contre sa cuisse, puis retourna à son bureau. « Toutes ces conneries durent depuis bien trop longtemps. Walter n'a pas réussi à vous mettre au pas, mais moi j'y parviendrai. Si vous voulez garder votre travail, vous porterez les vêtements que j'aurai choisis, vous préparerez les cocktails que j'aime et vous cuisinerez en utilisant des mots normaux. Vous allez aussi… »

Il s'arrêta au milieu de sa phrase, décontenancé par la réaction d'Elizabeth – ou plus exactement, son absence de réaction. C'était la façon dont elle était assise dans son fauteuil. Comme un parent qui attend que son enfant termine sa crise de colère.

« Tout bien réfléchi, cracha-t-il impulsivement, vous êtes virée ! » Et comme elle ne réagissait toujours pas, il se leva, marcha en direction des quatre téléviseurs pour les éteindre, cassant deux boutons au passage. « TOUT LE MONDE EST VIRÉ ! hurla-t-il. Vous, Pine, et tous ceux qui ont joué un rôle dans tout ça, même minime, en vous aidant et en encourageant vos conneries. Vous êtes tous VIRÉS ! » Respirant difficilement, il retourna à son bureau et se laissa tomber dans son fauteuil, attendant d'elle les deux seules réactions qui pouvaient ou devaient inévitablement suivre : des pleurs ou des excuses, de préférence les deux.

Elizabeth hocha la tête, dans la pièce désormais silencieuse, en lissant le devant de son pantalon. « Vous me virez, ainsi que toutes les autres personnes associées à l'émission à cause de l'épisode du champignon vénéneux de ce soir…

— C'est *exact*, souligna-t-il, incapable de cacher sa surprise en voyant que sa menace ne l'avait pas impressionnée. Tout le monde est viré et c'est à cause de *vous*. Des gens ont perdu leur emploi. Tout ça à cause de vous. *Bravo.* » Il se rassit et attendit qu'elle se mette à ramper.

« Si je comprends bien, rétorqua-t-elle, je suis virée parce que je ne porte pas les vêtements que vous avez choisis et que je ne souris pas à votre caméra, mais aussi parce que je ne sais pas qui vous êtes. Et, pour enfoncer le clou, vous renvoyez toutes les personnes associées à mon émission, même si ces personnes travaillent également sur quatre ou cinq autres émissions pour lesquelles elles feront soudain défaut. Ce qui signifie que ces autres émissions seront également affectées au point de ne pas pouvoir être diffusées. »

Contrarié par sa logique évidente, Phil se crispa. « Je peux faire en sorte que ces postes soient pourvus en vingt-quatre heures, fanfaronna-t-il en claquant des doigts. Voire moins.

— Et c'est votre dernier mot, malgré le succès de l'émission ?

— *Oui*, c'est mon dernier mot. Et, *non*, l'émission n'est pas un succès, c'est ça le problème. » Il reprit les classeurs et les agita. « Les plaintes vous concernant, vous et vos opinions… votre *science*, affluent tous les jours. Nos sponsors menacent de se retirer. Ce fabricant de soupe… voudra probablement nous poursuivre en justice.

— Les sponsors, fulmina-t-elle tapotant ensemble le bout de ses doigts, comme si elle était heureuse qu'il y fasse allusion. J'avais l'intention de vous en parler. Des comprimés contre les reflux acides ? De l'aspirine ? De tels produits laissent entendre que les dîners de l'émission ne vont pas être correctement digérés.

— Parce qu'ils ne le sont pas », rétorqua Phil. Il avait déjà avalé plus de dix comprimés d'antiacide au cours des deux dernières heures et ses boyaux étaient encore en ébullition.

« En ce qui concerne les plaintes, reconnut-elle, nous en avons eu quelques-unes. Mais elles ne sont rien comparées aux lettres de soutien. Ce à quoi je ne m'attendais pas, d'ailleurs. J'ai l'habitude de ne pas me sentir à ma place, Phil, mais je commence à penser que c'est grâce à ça que l'émission marche.

— *L'émission ne marche pas*, insista-t-il. C'est un désastre ! » Mais qu'était-il donc en train de se passer ? Pourquoi continuait-elle à parler comme si elle n'était pas virée ?

« Ne pas se sentir à sa place est un sentiment horrible, poursuivit-elle, imperturbable. Les humains veulent naturellement s'intégrer – c'est une réaction biologique. Mais notre société nous fait sentir que nous ne sommes jamais assez bien pour en faire partie. Vous voyez ce que je veux dire, Phil ? Parce que nous nous mesurons à des critères inutiles de sexe, de race, de religion, de politique, d'école. Et même de taille et de poids…

— *Quoi ?*

— En revanche, « À table ! C'est l'heure du souper » se concentre sur nos points communs, nos alchimies. Ainsi, même si nos téléspectatrices peuvent se retrouver enfermées dans un comportement sociétal acquis – par exemple, le vieux truc du genre "les hommes sont comme ci, les femmes sont comme ça" –, l'émission les encourage à penser au-delà de cette simplification culturelle. À penser de manière sensée. Comme un scientifique. »

Phil recula dans son fauteuil, peu habitué à cette sensation d'avoir perdu.

« C'est pour ça que vous voulez me virer. Parce que vous avez envie d'une émission qui renforce les normes sociétales. Qui limite les capacités d'un individu. Je comprends parfaitement. »

Le sang montait à la tête de Phil, ses tempes battaient. Les mains tremblantes, il prit un paquet de Marlboro, et alluma une cigarette. Pendant un moment, tout fut calme alors qu'il inspirait profondément, le bout rougeoyant de la cigarette émettant un tout petit crépitement, comme un feu de camp de poupée. En expirant, il observa le visage d'Elizabeth. Il se leva brusquement, son corps vibrant de frustration, et se dirigea vers une crédence couverte d'impressionnantes bouteilles de whisky ambré et de bourbon. Il en prit une, en versa une sérieuse rasade dans un verre à shot aux parois épaisses jusqu'à ce que le liquide menace de déborder. Il but son verre d'un trait, tête renversée, avant de s'en servir un autre, puis se retourna pour la regarder droit dans les yeux. « Il y a une hiérarchie à respecter ici, dit-il. Et il est temps que vous appreniez comment ça marche. »

À son tour, elle le regarda, perplexe. « Je tiens à dire officiellement que Walter Pine n'a pas ménagé ses efforts pour que je suive vos suggestions. Et ce, bien que lui aussi pense que l'émission pourrait et *devrait* être améliorée. Il ne devrait donc pas être puni pour ce que j'ai fait. C'est un homme bien, un employé loyal. »

À la mention de Walter, Lebensmal posa son verre et tira une nouvelle bouffée de sa cigarette. Il n'aimait pas ceux qui remettaient en cause son autorité, mais il ne pouvait et ne voulait pas tolérer qu'une femme le fasse. Sa veste de costume à rayures entrouverte à la taille, il la fixa, puis commença à défaire lentement sa ceinture. « J'aurais probablement dû faire ça dès le début, dit-il, en sortant la ceinture de ses passants. Établir les règles de base. Mais dans votre cas, considérons que ça fait partie de votre entretien de licenciement. »

Elizabeth appuya ses avant-bras sur les accoudoirs de son fauteuil. D'une voix posée, elle dit : « Je vous conseille de ne pas vous approcher davantage, Phil. »

Il la regarda méchamment. « Vous n'avez vraiment pas l'air de savoir qui commande ici, n'est-ce pas ? Mais vous allez le comprendre. » Puis il baissa les yeux, réussissant à libérer le bouton et à défaire son pantalon. En le retirant, il trébucha vers elle, ses parties génitales se balançant mollement à quelques centimètres du visage d'Elizabeth.

Elle secoua la tête, étonnée. Elle n'avait aucune idée de la raison pour laquelle les hommes croyaient que les femmes trouvaient les organes génitaux masculins impressionnants ou effrayants. Elle se pencha pour fouiller dans son sac.

« Je sais qui je suis ! cria-t-il. La question est : pour qui vous prenez-vous, *putain* ?

— Je suis Elizabeth Zott », affirma-t-elle calmement, en sortant un couteau de cuisine de trente-cinq centimètres fraîchement aiguisé. Mais elle ne fut pas certaine qu'il l'eût bien entendue. Il venait de tomber raide.

31

De bons vœux de rétablissement

C'était une crise cardiaque. Certes, il ne s'agissait pas d'un infarctus foudroyant mais, en 1960, la plupart des gens ne survivaient pas à une crise cardiaque, quelle qu'en soit la gravité. L'homme avait de la chance d'être en vie. Les médecins déclarèrent qu'il serait hospitalisé pendant trois semaines, et qu'il devrait rester alité à la maison pendant au moins un an. Travailler était hors de question.

« C'est *vous* qui avez appelé l'ambulance ? s'étonna Walter d'une voix étranglée. Vous étiez *là* ? » Walter apprit la nouvelle le lendemain de l'accident.

« Oui, répondit Elizabeth.

— Et il était… quoi ? Par terre ? Une main crispée sur son cœur ? En train d'étouffer ?

— Pas exactement.

— Alors *quoi* ? » demanda Walter, en écartant les bras en signe de frustration alors qu'Elizabeth et la maquilleuse échangeaient des regards. « *Que s'est-il passé ?*

— Il est peut-être préférable que je revienne plus tard », glissa rapidement Rosa en rangeant sa trousse de maquillage. Avant de partir, elle donna une petite tape sur l'épaule d'Elizabeth. « Toujours un honneur, Zott. Un grand honneur. »

Walter observait ces échanges, les sourcils levés en signe de panique. « Vous avez sauvé la vie de Phil, dit-il nerveusement lorsque la porte se referma, j'ai bien compris. Mais que s'est-il passé exactement ? Ne laissez rien de côté, commencez d'abord par m'expliquer pourquoi vous étiez dans son bureau. Après sept heures du soir. C'est à n'y rien comprendre. Racontez-moi tout. Sans omettre aucun détail. »

Elizabeth fit pivoter son fauteuil pour faire face à Walter. Elle attrapa son crayon 2H, le retira de son chignon et le fixa derrière son oreille gauche, puis s'empara de sa tasse de café et en but une gorgée. « Il m'a convoquée pour un entretien, expliqua-t-elle. En disant que ça ne pouvait pas attendre.

— Un *entretien* ? s'exclama-t-il, horrifié. Mais j'ai toujours dit… vous savez, nous en avons parlé… que vous ne deviez jamais rencontrer Phil seule. Ce n'est pas que je ne vous crois pas capable de vous débrouiller toute seule ; c'est juste que je suis votre producteur et je pense qu'il est toujours préférable que… » Il sortit un mouchoir de sa poche pour s'éponger le front. « Elizabeth, poursuivit-il en baissant la voix. Entre vous et moi, Phil Lebensmal n'est pas un homme bien. Vous voyez ce que je veux dire ? Il n'est pas digne de confiance. Il a une façon de régler les problèmes qui…

— Il m'a virée. »

Walter blêmit.

« Et vous aussi.

— *Mon Dieu !*

— Il a viré tous ceux qui travaillent sur l'émission.

— Non !

— Il a dit que vous n'aviez pas réussi à me mettre au pas. »

Le visage de Walter prit la couleur de la cendre. « Vous devez comprendre, protesta-t-il en serrant son mouchoir. Vous savez ce que je pense de Phil, vous savez que je ne suis pas d'accord avec tout ce qu'il dit. Est-ce que j'ai voulu vous mettre au pas ? Ne me faites pas rire. Vous ai-je forcé à porter ces tenues ridicules ? Pas une seule fois. Est-ce que je vous ai suppliée de lire les textes enjoués du prompteur ? Eh bien oui, mais seulement parce que c'est moi qui les avais écrits. » Il lança ses bras en l'air en un geste d'impuissance. « Écoutez, Phil m'avait donné deux semaines. Deux semaines pour trouver un moyen approprié de lui prouver que votre façon scandaleuse de faire les choses fonctionne réellement… que vous recevez de plus en plus de courrier de fans, et d'appels, que la liste d'attente pour assister en direct à votre émission est plus longue que pour toutes les autres émissions réunies, et que, pour ces seules raisons, vous devriez rester. Mais vous savez que je ne peux pas débarquer ici et dire : “Phil, vous avez tort et elle a raison.” C'est du suicide. Non. Négocier avec Phil signifie flatter son ego, arrondir les angles, dire ce qu'il veut entendre. Vous *savez* ce que je veux dire. Quand vous avez tendu cette boîte de soupe en direction de la caméra, j'ai pensé qu'on avait réussi. Jusqu'à ce que vous déclariez en public que c'était du poison.

— Parce que c'en est.

— Écoutez, trancha Walter. Je vis dans le monde réel, et, dans ce monde, on dit et on fait des choses afin de garder notre travail, aussi stupide soit-il. Avez-vous la moindre idée de toutes les conneries que j'ai endurées l'année dernière ? Et vous êtes au courant, non ? Nos sponsors sont sur le point de nous lâcher.

— C'est ce que Phil vous a dit ?

— Oui. Mais sachez que peu importe le nombre de lettres chaleureuses que *vous* recevez, car si les sponsors disent : “On déteste Zott”, c’est fini. Et d’après ce que Phil a compris, ils vous détestent. » Il remit son mouchoir dans sa poche, puis se leva et remplit d’eau un gobelet, attendant le glouglou de la bonbonne, un son désagréable qui lui rappelait toujours son ulcère. « Écoutez, dit-il, une main sur son estomac. Nous devrions garder ça pour nous jusqu’à ce que je puisse trouver une solution. Combien de personnes sont au courant ? Juste vous et moi, non ?

— Je l’ai dit à tous ceux qui participent à l’émission.

— *Non !*

— Je pense que l’on peut affirmer que tout le monde ici est au courant maintenant.

— *Non !* répéta-t-il, en se tapant le front d’une main. Bon sang, Elizabeth, à quoi pensiez-vous ? Vous ne savez donc pas comment ça se passe quand on se fait virer ? Pour commencer : ne jamais dire la vérité à personne. Prétendre avoir gagné à la loterie, avoir hérité d’un ranch dans le Wyoming, avoir reçu une énorme offre de New York, ce genre de choses. Ensuite : boire à l’excès jusqu’à enfin savoir quoi faire. Mon Dieu. C’est comme si vous n’étiez pas habituée aux méthodes tribales de la télévision ! »

Elizabeth avala une autre gorgée de café. « Vous voulez savoir ce qui s’est vraiment passé, oui ou non ?

— Quoi ? Ce n’est pas tout ? demanda-t-il inquiet. Quoi ? Il va aussi saisir nos voitures de fonction, c’est ça ? »

Elle le regarda droit dans les yeux, son front normalement lisse se plissant légèrement. Alors, l’attention de Walter, qui ne pensait plus qu’à lui, se tourna soudain vers elle. Il se sentit mal à l'aise. Il avait complètement mis de côté le point le plus important de l'entretien d'Elizabeth avec Phil. Elle avait été seule avec lui.

« Racontez-moi, la pressa-t-il avec la sensation qu'il allait vomir. Je vous en prie, racontez-moi tout. »

Est-ce que la plupart des hommes étaient comme Phil ? De l'avis de Walter, non. Mais la plupart des hommes, y compris lui-même, *faisaient*-ils quelque chose pour s'opposer aux hommes comme Phil ? Non. Bien sûr, on pourrait en avoir honte et parler de lâcheté mais, honnêtement, *que pouvait*-on faire en réalité ? On ne se battait pas avec un homme comme Phil. Pour éviter des conséquences de ce genre, on faisait simplement ce qu'on vous disait de faire. Tout le monde le savait et tout le monde obéissait. Mais Elizabeth n'était pas tout le monde. Il porta une main tremblante à son front, détestant chaque os de son corps mou. « A-t-il tenté quelque chose ? Avez-vous dû le repousser ? » demanda-t-il d'une voix étouffée.

Elle se redressa sur sa chaise, la lumière du miroir de sa coiffeuse lui conférant une aura supplémentaire d'âme courageuse. Il étudia son visage avec crainte, pensant que c'était probablement ce à quoi ressemblait Jeanne d'Arc sur le bûcher juste avant qu'on n'ait craqué l'allumette.

« Il a essayé.

— Mon Dieu ! s'écria Walter en écrasant d'une main son gobelet. Mon Dieu, non !

— Walter, détendez-vous. Il n'a pas réussi. »

Walter hésita. « Grâce à une crise cardiaque, conclut-il soulagé. Bien sûr ! Quelle étrange coïncidence. Une crise cardiaque. Remercions le Seigneur ! »

Elle le regarda d'un air perplexe, puis fouilla dans son sac, le même sac qu'elle avait avec elle dans le bureau de Phil la veille au soir.

« Je ne crois pas qu'il faille remercier le Seigneur », dit-elle en sortant de son sac le couteau de cuisine de trente-cinq centimètres parfaitement aiguisé.

Il sursauta. Comme la plupart des cuisiniers, Elizabeth insistait pour utiliser ses propres couteaux. Elle les apportait chaque matin et les ramenait chez elle chaque soir. Tout le monde le savait. Tout le monde sauf Phil.

« Je ne l'ai pas touché, expliqua-t-elle. Il s'est tout de suite effondré en voyant ça.

— Mon Dieu…, murmura Walter.

— J'ai appelé une ambulance, mais vous savez comment est la circulation en fin de journée. Ça prend une éternité. Alors, pendant que j'attendais, j'ai fait bon usage de mon temps. Tenez. Jetez un coup d'œil. » Elle lui tendit les classeurs que Lebensmal lui avait montrés. « Proposition de syndication, dit-elle alors qu'il était visiblement surpris par le contenu de ces mêmes classeurs. Saviez-vous que notre émission est diffusée dans l'État de New York depuis déjà trois mois ? Il y a aussi de nouvelles offres intéressantes de la part de sponsors. Malgré ce que Phil vous a dit, les sponsors se bousculent pour participer à notre émission. Comme eux », dit-elle en tapant sur une publicité pour la compagnie de disques RCA Victor.

Walter gardait les yeux baissés, fixant la pile de classeurs. Il fit signe à Elizabeth de lui tendre sa tasse de café, et l'avala d'un trait.

« Désolé, réussit-il finalement à dire. C'est juste que tout ça me dépasse. »

Elle jeta un coup d'œil impatient à l'horloge murale.

« Je n'arrive pas à croire que nous sommes virés, poursuivit-il. On tient une émission qui a du succès et *nous sommes virés* ? »

Elizabeth le regarda, inquiète. « Non, Walter, fit-elle doucement. *Nous ne sommes pas virés.* C'est nous qui sommes aux commandes, désormais. »

Quatre jours plus tard, Walter était assis derrière l'ancien bureau de Phil. Les cendriers et le tapis persan avaient disparu, et l'avalanche d'appels faisait chauffer les touches du téléphone.

« Walter, faites tout simplement les changements qui vous paraissent nécessaires », lui suggéra Elizabeth en lui rappelant qu'il était désormais le producteur exécutif par intérim. Et comme il rechignait devant cette responsabilité, elle avait simplifié la description du poste. « Faites ce que vous savez être juste, Walter. Ce n'est pas si difficile, si ? Puis dites aux autres de faire pareil. »

Ce n'était pas aussi facile qu'elle le laissait entendre ; les deux seuls moyens de diriger qu'il connaissait étaient l'intimidation et la manipulation car c'est ainsi qu'il avait toujours été dirigé. Mais elle semblait croire – mon Dieu, elle était si naïve ! – que les employés étaient plus productifs quand ils se sentaient respectés.

« Arrêtez de vous agiter, Walter, lui intima-t-elle alors qu'ils attendaient devant l'école élémentaire Woody, convoqués une fois de plus par Mudford. Prenez les choses en main. Agissez. Dans le doute, faites semblant de savoir. »

Faire semblant. C'était *possible*. En quelques jours, il avait conclu une série d'accords, et l'émission « À table ! C'est l'heure du souper » était diffusée partout aux États-Unis de la côte Ouest à la côte Est. Puis il avait négocié avec de nouveaux sponsors, ce qui permettrait de doubler les bénéfices de KCTV. Enfin, avant qu'il ne puisse se dégonfler, il avait convoqué l'ensemble de la chaîne pour informer tout le monde de l'état cardiovasculaire de Phil et du rôle d'Elizabeth qui lui avait sauvé la vie, et pour expliquer que, malgré cet « incident », il espérait vraiment que tout le monde aurait toujours envie de travailler à KCTV. De toutes ces informations, ce fut la mention de la crise cardiaque de Phil qui suscita le plus d'applaudissements.

« J'ai demandé à notre graphiste de dessiner cette carte de vœux de bon rétablissement », annonça-t-il en montrant une carte gigantesque sur laquelle figurait une caricature de Phil en train de marquer un essai transformé. Mais au lieu de tenir un ballon de football, Phil tenait son cœur entre ses mains, ce qui, quand Walter y pensa, n'était peut-être pas la meilleure idée. « Je vous en prie, prenez le temps de signer de votre nom. Et ajoutez-y un mot personnel si vous le souhaitez. »

Plus tard ce jour-là, lorsque la carte lui fut remise pour qu'il la signe, il jeta un coup d'œil aux petits mots. La plupart étaient les classiques « Bon rétablissement », mais quelques-uns étaient un peu moins banals.

Va te faire foutre, Lebensmal.

Moi, je n'aurais pas appelé d'ambulance.

Va mourir. Cette fois, il reconnut l'écriture : celle d'une secrétaire de Phil.

Même s'il savait qu'il ne pouvait pas être le seul à détester le patron, il n'avait eu aucune idée du nombre de ceux qui le détestaient aussi. C'était une reconnaissance, bien sûr, mais aussi un déchirement. Parce qu'en tant que producteur, il avait fait partie de l'équipe de direction de Phil : ce qui signifiait qu'il était responsable de l'avancement de Phil tout en ayant ignoré ceux qui en payaient finalement le prix. Il prit un stylo et, pour la quatrième fois de la journée, suivit le conseil, plein de bon sens, d'Elizabeth Zott : faire ce qui était juste.

PUISSES-TU NE JAMAIS TE RÉTABLIR, écrivit-il en grosses lettres en plein milieu de la carte. Puis il la fourra dans une immense enveloppe qu'il déposa dans la bannette d'envoi de courrier, et se fit une promesse solennelle. Les choses devaient changer. À commencer par lui-même.

32

Saignant

« Maman est au courant ? » demanda Mad alors que Harriet la pressait de monter dans sa Chrysler. La nouvelle année scolaire était bien entamée et, comme prévu, elle avait de nouveau Mudford comme maîtresse. C'est pourquoi Harriet pensait qu'elle pouvait manquer un jour d'école. Ou même vingt d'ailleurs.

« Mon Dieu, non ! s'exclama Harriet en ajustant le rétroviseur. Si elle savait, est-ce que tu crois vraiment que ce serait possible ?

— Mais elle va être furieuse, non ?

— Seulement si elle s'en rend compte.

— Tu as bien imité sa signature, la félicita Mad en examinant le mot que Harriet avait écrit pour qu'elle puisse s'absenter de l'école. Sauf le E et le Z.

— Eh bien, dit Harriet agacée, j'ai de la chance que l'école n'emploie pas de graphologue, n'est-ce pas ?

— Oui, en effet, convint Mad.

— Je t'explique, poursuivit Harriet en ignorant cette remarque. On fait la queue comme tout le monde et, une fois à l'intérieur, on fonce tout droit jusqu'au dernier rang. Personne ne va jamais au dernier rang. C'est là qu'il faut s'asseoir parce que si quelque chose tourne mal, nous serons juste à côté de la sortie de secours.

— Mais la sortie de secours ne doit être utilisée *qu'en cas d'urgence*, rappela Mad.

— Oui, mais si ta mère nous repère, ce sera une urgence.

— Mais les portes seront sécurisées.

— Oui, et c'est un autre bon point. Si on doit sortir rapidement, le bruit la distraira.

— Tu es sûre que c'est une bonne idée, Harriet ? insista Mad. Maman dit qu'un studio de télévision n'est pas un lieu sûr.

— C'est absurde.

— Elle dit que c'est…

— Mad, il n'y a pas de danger. C'est un lieu d'apprentissage. Ta mère enseigne la cuisine à la télé, n'est-ce pas ?

— Elle enseigne la chimie, la corrigea Madeline.

— Quel genre de danger pourrait-on rencontrer ? »

Madeline regarda par la vitre de la portière. « Excès de radioactivité », dit-elle.

Harriet soupira bruyamment. L'enfant était en train de devenir comme sa mère. Normalement, ce processus se déclenchait plus tard, mais Mad était en avance sur son âge. Elle pensa à l'enfant devenue adulte. *Je t'avais prévenue. Comme si je ne te l'avais pas déjà dit cent fois*, crierait-elle à sa propre enfant. *Ne jamais laisser un bec Bunsen sans surveillance !*

« On est arrivées, s'exclama soudain Mad alors que le parking du studio était en vue. KCTV ! Oh mon Dieu ! » Puis elle se décomposa : « Harriet, regarde la file d'attente.

— Merde alors ! » jura Harriet en apercevant la masse humaine qui faisait tout le tour du parking. Il y avait des centaines de personnes, surtout des femmes dont les sacs à main pesaient lourdement sur des avant-bras en sueur, mais aussi quelques dizaines d'hommes, qui tenaient négligemment leurs vestes jetées par-dessus l'épaule. Tout le monde utilisait un éventail de fortune – cartes routières, chapeaux, journaux.

« Ils sont tous là pour l'émission de maman ? demanda Madeline stupéfaite.

— Non, ma chérie, on enregistre beaucoup d'émissions ici.

— Excusez-moi, madame », lança un gardien de parking faisant signe à Harriet de s'arrêter. Il se pencha du côté de Madeline. « Vous n'avez pas vu le panneau ? Le parking est plein.

— Très bien. Je dois me garer où, dans ce cas ?

— Vous êtes ici pour “À table ! C'est l'heure du souper” ?

— Oui.

— Je suis désolé, mais vous ne pourrez pas entrer, dit-il en désignant la longue file d'attente. Les gens que vous voyez là, eh bien, la plupart d'entre eux attendent pour rien. Beaucoup font la queue dès quatre heures du matin. Et la plupart du public a déjà été sélectionnée.

— Quoi ? s'écria Harriet. J'étais loin de m'en douter.

— L'émission est très populaire. »

Harriet hésita. « Mais j'ai fait manquer l'école à cette enfant rien que pour ça.

— Désolé, grand-mère. » Puis il se pencha un peu plus par la vitre de la portière arrière. « Désolé pour toi aussi, petite. Je renvoie beaucoup de gens tous les jours. Ce n'est pas un travail amusant, croyez-moi. Les gens me crient dessus tout le temps.

— Ça ne plairait pas à ma mère, assura Mad. Elle n'aime pas que quelqu'un crie sur quelqu'un d'autre.

— Ta mère a l'air gentille, dit l'homme. Mais pouvez-vous avancer ? J'ai beaucoup d'autres personnes à renvoyer.

— D'accord, acquiesça Mad. Mais en attendant, pouvez-vous me rendre un petit service ? Vous voulez bien écrire votre nom dans mon cahier ? Je dirai à ma mère combien votre travail est difficile.

— *Mad*, la tança Harriet.

— Tu veux mon autographe ? rigola-t-il. Eh bien, c'est une première. » Et, avant qu'Harriet ne puisse l'arrêter, il prit le cahier de Mad et écrivit *Seymour Browne*, en prenant soin d'utiliser les lignes qui montraient de quelle taille devaient être les grandes et les petites lettres. Puis il referma le cahier, et les deux mots sur la couverture le firent sursauter comme s'il avait reçu une décharge électrique.

« Madeline *Zott* ? » lut-il à voix haute, incrédule.

Le studio était sombre et frais, avec des câbles épais qui couraient d'un bout à l'autre et d'énormes caméras de chaque côté, chacune prête à pivoter et à enregistrer ce que les lumières éclairaient d'en haut.

« Nous y voilà, déclara la secrétaire de Walter Pine en guidant Madeline et Harriet vers deux sièges soudainement vacants au premier rang. Les meilleures places.

— En fait, dit Harriet, vous permettez ? Nous préférerions nous asseoir à l'arrière.

— Oh mon Dieu, non, dit la secrétaire. Monsieur Pine me tuerait.

— Quelqu'un va mourir de toute façon, murmura Harriet.

— J'aime bien ces places-là, dit Madeline en s'asseyant.

— Voir une émission en direct est très différent de la regarder à la maison, expliqua la secrétaire. Vous ne vous contentez plus de voir l'émission, vous en faites partie. Et les lumières : ça change tout. Je vous le garantis, c'est ici qu'il faut s'asseoir.

— C'est juste que nous ne voulons pas distraire Elizabeth Zott, protesta Harriet en une dernière tentative. Nous ne voulons pas la déstabiliser.

— Zott, déstabilisée ? » La secrétaire se mit à rire. « C'est drôle. De toute façon, elle ne peut pas voir le public. L'éclairage du plateau l'aveugle.

— Vous êtes *sûre* ? demanda Harriet.

— Aussi sûre que la mort et les impôts.

— Tout le monde meurt, fit remarquer Mad. Mais tout le monde ne paie pas ses impôts.

— En voilà une petite chose précoce », s'agaça soudainement la secrétaire. Mais avant que Madeline ne puisse avancer quelques statistiques sur l'évasion fiscale, le quartet se lança dans l'interprétation du jingle de « À table ! C'est l'heure du souper » et la secrétaire disparut dans le néant. Sur sa gauche, Madeline observa Walter Pine qui s'installait dans un fauteuil au dossier en toile. Il lui fit un signe de tête, puis une caméra avança sur le plateau pour prendre ses marques, et un homme portant des écouteurs leva le pouce. Alors que le jingle prenait fin, une silhouette familière se dirigea vers le plateau tel un président, la tête haute, la posture droite, les cheveux scintillants sous les lumières vives.

Madeline avait déjà vu sa mère sous des milliers d'angles différents : le matin à la première heure, tard le soir, penchée sur un bec Bunsen, regardant dans un microscope, affrontant Mme Mudford, fronçant les sourcils dans le miroir d'un poudrier, ou encore à la sortie de la douche, et aussi quand elle la prenait dans ses bras. Mais elle n'avait jamais vu sa mère comme ça – jamais. *Maman !* pensa-t-elle, son cœur se gonflant de fierté. *Maman !*

« Bonsoir. Je m'appelle Elizabeth Zott, et je vous présente “À table ! C'est l'heure du souper”. »

La secrétaire avait raison. Les lumières révélaient des choses que le noir et blanc granuleux de l'écran à la maison ne pouvait montrer.

« C'est la soirée steak, annonça Elizabeth. Ce qui signifie que nous allons explorer la composition chimique de la viande, en nous concentrant spécifiquement sur la différence entre “l'eau liée” et “l'eau libre” car, et ça peut vous surprendre, expliqua-t-elle en prenant un bon morceau d'aloyau, la viande est composée d'environ soixante-douze pour cent d'eau. »

« Comme la laitue », chuchota Harriet.

« Ce qui est différent de la laitue, déclara Elizabeth, qui contient beaucoup plus d'eau, jusqu'à quatre-vingt-seize pour cent. Pourquoi l'eau est-elle importante ? Parce que c'est la molécule la plus répandue dans notre corps : soixante pour cent de notre composition. Alors que notre corps peut se passer de nourriture pendant trois semaines, sans eau, nous sommes morts au bout de trois jours. Quatre jours, grand maximum. »

Un murmure angoissé s'échappa du public.

« C'est pourquoi, ajouta Elizabeth, quand vous pensez à donner du carburant à votre corps, pensez d'abord à l'eau. Mais maintenant, revenons à la viande. » Elle prit un grand couteau bien aiguisé et, tout en montrant comment découper un morceau de viande, se lança dans l'analyse des vitamines contenues dans un steak, expliquant non seulement ce que le corps faisait avec le fer, le zinc et les vitamines B, mais aussi pourquoi les protéines étaient essentielles à la croissance. Elle expliqua ensuite quel pourcentage de l'eau contenue dans le tissu musculaire existait sous forme de molécules libres, en terminant par des définitions de l'eau libre et de l'eau liée qui lui semblaient manifestement passionnantes.

Tout au long de son explication, le public du studio resta captivé – pas de toux, pas de chuchotement, pas de jambes qui se décroisent et se recroisent. Le seul bruit perceptible était le grattement occasionnel d'un stylo sur du papier quand les gens prenaient des notes.

« C'est l'heure des spots d'identité visuelle de la chaîne, dit Elizabeth, répondant au signal du caméraman. Restez avec nous, d'accord ? » Puis elle posa le couteau et quitta le plateau, s'arrêtant brièvement pendant que la maquilleuse passait une éponge sur son front et réarrangeait quelques cheveux échappés de sa coiffure.

Madeline se retourna pour observer le public. Tout le monde restait assis nerveusement, impatient de voir Elizabeth Zott réapparaître. Elle ressentit une petite pointe de jalousie. Elle réalisa soudain qu'elle devait partager sa mère avec beaucoup d'autres personnes. Ce qui lui déplut.

« Après avoir frotté votre steak avec une gousse d'ail fraîche coupée en deux, détailla Elizabeth quelques minutes plus tard, saupoudrez les deux côtés de la viande de chlorure de sodium et de pipérine. Puis, lorsque vous voyez que le beurre commence à mousser – elle désigna une poêle en fonte chaude –, placez le steak dans la poêle. Mais attendez bien que le beurre commence à mousser. La mousse indique que l'eau contenue dans le beurre a bouilli et s'est évaporée. C'est essentiel. Car maintenant le steak peut cuire dans les lipides plutôt que d'absorber l'H_2O. »

Alors que le steak grésillait dans la poêle, elle sortit une enveloppe de la poche de son tablier. « Pendant que ça cuit, je voulais partager avec vous tous une lettre que j'ai reçue de Nanette Harrison qui vit à Long Beach. Nanette écrit : "Chère madame Zott, je suis végétarienne. Ça n'a rien à voir avec la religion ; c'est juste que je pense que c'est désagréable de manger des êtres vivants. Mon mari dit que le corps a besoin de viande et que je suis stupide, mais je déteste penser qu'un animal a sacrifié sa vie pour moi. Jésus a fait ça et regardez ce qui lui est arrivé. Sincèrement vôtre, Mme Nanette Harrison, Long Beach, Californie."

» Nanette, vous avez soulevé un point intéressant, commenta Elizabeth. Ce que nous mangeons a des conséquences sur les autres êtres vivants. Cependant, les plantes sont aussi des êtres vivants, et pourtant nous considérons rarement qu'elles sont *toujours* vivantes, même lorsque nous les coupons en morceaux, les écrasons avec nos molaires, les faisons descendre dans notre œsophage, puis les digérons dans nos estomacs remplis d'acide chlorhydrique. En bref, je vous félicite, Nanette. Vous pensez avant de manger. Mais ne vous méprenez pas, on prend toujours une vie pour nourrir la sienne. Il est impossible de faire autrement. Quant à Jésus, pas de commentaire. » Elle se retourna et, en retirant le steak de la poêle qui dégoulinait d'un jus couleur rouge sang, elle fixa la caméra droit dans l'objectif. « Et maintenant, un mot de notre sponsor. »

Harriet et Madeline se regardèrent, les yeux écarquillés de stupéfaction. « Je me demande parfois *comment* cette émission peut être populaire, chuchota Harriet.

— Excusez-moi, mesdames. » La secrétaire était de retour. « M. Pine demande si vous pouvez lui accorder quelques minutes. » Elle formula cette requête comme une question bien que ce ne fût pas le cas. « Vous voulez bien me suivre ? » Elle les éloigna du plateau et les guida à travers un couloir jusqu'au bureau de Walter Pine qui faisait les cent pas. Quatre télévisions étaient alignées contre le mur, toutes diffusant « À table ! C'est l'heure du souper ».

« Bonsoir, Madeline, dit-il. Je suis ravi de te voir, mais aussi surpris. Tu ne devrais pas être à l'école ? »

Mad inclina la tête. « Bonjour, monsieur Pine. » Elle désigna Harriet de la main. « Et voici Harriet. C'était son idée. Elle a falsifié un mot d'absence. »

Harriet lui lança un regard agacé.

« Walter Pine, se présenta Walter en prenant la main de Harriet. Enfin. Très heureux de vous rencontrer, Harriet… Sloane, c'est ça ? On m'a dit beaucoup de bien de vous. Mais, ajouta-t-il en baissant la voix, qu'est-ce qui vous est passé par la tête ? Si elle découvre que vous êtes ici…

— Je sais, dit Harriet. Pour info, nous avions demandé des places au fond.

— Amanda voulait venir aussi, dit Mad, mais Harriet ne voulait pas aggraver son cas. Écrire un faux est un crime certes, mais un enlèvement d'enfant…

— Comme c'est gentil de votre part, madame Sloane, l'interrompit-il en s'adressant à Harriet. Bien que, pour que vous le sachiez toutes les deux, si ça ne dépendait que de moi, vous seriez toujours les bienvenues. Mais ce n'est pas moi qui décide. Ta mère, dit-il en se tournant vers Madeline, essaie seulement de te protéger.

— De la radioactivité ? »

Il hésita. « Tu es une petite fille très intelligente, Madeline, alors si je te dis que ta mère essaie de te protéger de la célébrité, je suis sûr que tu comprendras ce que je veux dire.

— Non.

— Ça signifie qu'elle veut protéger ta vie privée. Te protéger de tout ce que les gens disent et pensent d'elle – de quelqu'un qui est en vue. Quelqu'un de célèbre.

— À quel point ma mère *est*-elle célèbre ?

— Depuis la syndication, elle est un peu plus connue. Parce que, désormais, les gens de Chicago, Boston et Denver peuvent aussi voir ta maman à la télévision. »

« Hachez le romarin avec le couteau le mieux aiguisé que vous ayez, indiquait Elizabeth d'une voix calme qui s'entendait comme un bruit de fond dans le bureau. Vous éviterez ainsi d'abîmer la plante et de provoquer une fuite excessive d'électrolyte. »

« Pourquoi ce n'est pas bien d'être célèbre ? demanda Madeline.

— Je n'ai pas dit que ce n'était pas bien, déclara Walter. C'est juste que ça amène des surprises et qu'elles ne sont pas toutes bonnes. Parfois, les gens ont envie de croire qu'ils connaissent quelqu'un de célèbre comme ta maman à un niveau personnel. Ça leur permet de se sentir importants. Mais pour ce faire, ils doivent inventer des histoires sur ta maman, et toutes les histoires ne sont pas toujours de belles histoires. Ta maman essaie juste de s'assurer que personne n'invente d'histoire sur toi.

— Les gens inventent des histoires sur ma mère ? » demanda Madeline, inquiète. Ce devait être à cause des lumières – elles faisaient paraître sa mère invincible. C'est ce que le public avait besoin de voir : une femme qui exigeait le respect et l'obtenait, même si sa mère avait des problèmes comme tout le monde. Mad supposa que c'était un peu comme quand elle prétendait qu'elle ne savait pas très bien lire. On fait ce qu'on peut pour s'en sortir.

« Ne t'inquiète pas, la rassura Walter en posant sa main sur l'épaule osseuse de Mad. S'il y a une personne qui peut faire face, c'est bien ta mère. Très peu de gens tenteront de s'attaquer à Elizabeth Zott. Tout ce qu'elle essaie de faire, c'est de s'assurer qu'ils ne chercheront pas à profiter de toi. Tu comprends ? Ça vaut aussi pour vous, madame Sloane, dit-il en se tournant vers Harriet. Vous passez plus de temps avec Elizabeth que la plupart des gens ; je suis sûr que vos amis aimeraient vous entendre tout leur raconter.

— Je n'ai pas beaucoup d'amis, l'informa Harriet. Et même si j'en avais, je ne suis pas assez bête pour tout raconter.

— Maligne, reconnut Walter. Je n'ai pas beaucoup d'amis non plus. »

En fait, songea-t-il, il n'en avait qu'une : Elizabeth Zott. Et elle n'était pas qu'une amie, c'était sa meilleure amie. Il ne le lui avait jamais dit, mais c'était vrai. Oui, il y avait beaucoup de gens qui disaient qu'un homme et une femme ne pouvaient pas vraiment être amis. Ils avaient tort. Elizabeth et lui discutaient de tout, de choses intimes – de la mort, du sexe et des enfants. De plus, ils se soutenaient mutuellement, comme le font les amis, et riaient même ensemble, comme des amis. Certes, Elizabeth ne riait pas beaucoup. D'ailleurs, malgré la popularité croissante de l'émission, elle semblait plus déprimée que jamais.

« Alors, reprit Walter, pourquoi ne pas te sortir d'ici avant que ta mère nous voie et que nous grillions tous dans l'acide gastrique.

— Mais pourquoi pensez-vous que ma mère est si populaire ? demanda Madeline, n'ayant pas envie d'avoir à la partager.

— Parce qu'elle dit exactement ce qu'elle pense, répondit Walter. Ce qui est très rare. Mais aussi parce que les plats qu'elle prépare sont très, très bons. Et parce que tout le monde semble vouloir apprendre la chimie. Bizarrement.

— Mais pourquoi dire ce que l'on pense est-il si rare ?

— Parce qu'il faut en payer le prix, expliqua Harriet.

— Et ça peut coûter cher », approuva Walter.

Depuis l'une des télévisions installées dans un coin, Elizabeth dit : « Il semble que nous ayons le temps aujourd'hui pour répondre à une question du public. Oui… Vous là, dans la robe lavande. »

Une femme se leva, arborant un sourire radieux. « Oui, bonjour, je m'appelle Edna Flattistein et je suis de China Lake. Je veux juste dire que j'adore l'émission, et j'ai particulièrement aimé quand vous avez insisté sur ce qu'on doit à la nourriture. Je me demandais donc si vous aviez un bénédicité préféré que vous récitez avant chaque repas, pour remercier notre Seigneur et Sauveur pour sa générosité ! Je serais ravie de l'entendre ! Merci ! »

Elizabeth mit sa main en visière devant ses yeux comme pour mieux voir Edna.

« Bonjour, Edna, dit-elle, et merci pour votre question. La réponse est non. Je n'ai pas de bénédicité préféré. En fait, je ne dis aucune prière avant les repas. »

Debout dans le bureau, Walter et Harriet blêmirent tous les deux.

« Je t'en prie, chuchota Walter. Ne dis rien de plus. »

« Parce que je suis athée », déclara Elizabeth sans ambages.

« La voilà qui souffle[1]… » murmura Harriet.

« En d'autres termes, je ne crois pas en Dieu », ajouta Elizabeth tandis que le public tout entier sursautait.

« Attendez. C'est rare ? demanda Madeline. Ne pas croire en Dieu est une de ces choses *rares* ? »

« Mais je crois en ceux qui nous permettent de nous nourrir, poursuivit Elizabeth. Les agriculteurs, les cueilleurs, les routiers, les manutentionnaires dans les épiceries. Mais surtout, je crois en vous, Edna. Parce que vous avez préparé le repas qui nourrit votre famille. Grâce à vous, une nouvelle génération s'épanouit. Grâce à vous, d'autres peuvent vivre. »

Elle marqua une pause, vérifiant l'heure, puis se tourna directement vers la caméra. « Nous avons épuisé le temps qui nous était imparti aujourd'hui. J'espère que vous me rejoindrez demain pour explorer le monde fascinant de la température et de ses effets sur les saveurs. » Puis elle pencha légèrement la tête sur la gauche, comme si elle se demandait si

1. « La voilà qui souffle, la voilà qui souffle », extrait de *Moby Dick* de Herman Melville quand apparaît le cachalot blanc, juste avant qu'il soit attaqué.

elle n'était pas allée trop loin. « Les enfants, mettez le couvert, dit-elle avec une détermination accrue. Votre mère a besoin d'un moment rien que pour elle. »

Et à peine quelques secondes plus tard, le téléphone de Walter commença à sonner sans arrêt.

33

La foi

En 1960, les gens ne pouvaient présenter une émission de télévision et dire qu'ils ne croyaient pas en Dieu sans penser aux conséquences. Pour preuve, le téléphone de Walter ne cessa de recevoir des messages de menaces de la part de sponsors et de téléspectateurs qui voulaient qu'Elizabeth Zott soit virée, emprisonnée et/ou lapidée. Ces menaces provenaient de personnes prétendant être des enfants de Dieu – le même Dieu qui prêchait la tolérance et le pardon.

« Bon sang, Elizabeth, dit Walter, qui avait discrètement fait sortir Harriet et Madeline par la porte latérale dix minutes plus tôt. Il est parfois préférable de taire certaines choses ! » Ils étaient assis dans la loge d'Elizabeth, son tablier à carreaux jaunes toujours fermement noué autour de sa taille étroite. « Tu as le droit de croire ce que tu veux, mais tu ne dois pas imposer ta croyance aux autres, surtout pas sur une chaîne de télévision nationale.

— En quoi ai-je imposé ma croyance aux autres ? demanda-t-elle, surprise.

— Tu sais très bien ce que je veux dire.

— Edna Flattistein m'a posé une question directe et j'y ai répondu. Je suis heureuse qu'elle pense pouvoir exprimer sa croyance en Dieu et je respecte son droit de le faire. Mais je devrais bénéficier de la même générosité. Beaucoup de gens ne croient pas en Dieu. Certains croient à l'astrologie ou aux cartes de tarot. Harriet croit qu'en soufflant sur les dés, on obtient de meilleurs résultats au Yam's[1].

— Je pense que nous savons tous les deux, dit Walter en serrant les dents, que Dieu est un peu différent du Yam's.

— Je suis d'accord, acquiesça Elizabeth. Jouer au Yam's est amusant.

— On va le payer, prévient Walter.

— Allez, Walter, dit-elle. Garde la foi. »

La foi… C'était censé être le domaine d'expertise du révérend Wakely, mais ce jour-là il avait du mal à la trouver. Après avoir passé des heures à consoler une ouaille pleurnicharde qui blâmait tout le monde pour tout, il était retourné à son bureau, désireux d'être seul. Mais il y trouva sa dactylo à temps partiel, Mlle Frask, qui tapait péniblement trente mots par minute sur sa machine à écrire, les yeux rivés sur l'écran de télévision.

Il entendit une femme à l'air vaguement familier, un crayon dépassant de derrière sa tête, dire : « Regardez bien cette tomate. Vous pouvez ne pas croire que vous avez quelque chose en commun avec ce fruit, mais vous vous trompez. De l'ADN. Jusqu'à soixante pour cent. Maintenant, tournez la tête et regardez la personne à côté de vous. Est-ce qu'elle vous semble

1. Le Yam's est un jeu de société traditionnel de hasard raisonné. Le but est d'enchaîner les combinaisons à l'aide de cinq dés pour remporter un maximum de points.

familière ? Peut-être, peut-être pas. Pourtant, vous avez en commun quatre-vingt-dix-neuf virgule neuf pour cent de votre ADN, comme c'est le cas pour tous les autres êtres humains sur terre. » Elle posa la tomate et brandit une photo de Rosa Parks. « C'est pourquoi je soutiens nos leaders du mouvement des droits civiques, y compris la très courageuse Rosa Parks. La discrimination fondée sur la couleur de la peau n'est pas seulement scientifiquement ridicule, c'est aussi un signe de profonde ignorance. »

« Mademoiselle Frask ? appela Wakely.

— Attendez, révérend, lança-t-elle en levant un doigt. C'est presque fini. Voici votre sermon. » Elle retira une feuille du rouleau de la machine à écrire.

« On pourrait penser que les ignorants étaient une espèce en voie d'extinction, poursuivit Elizabeth. Mais Darwin a négligé le fait que les ignorants oublient rarement de manger. »

« Qu'est-ce que c'est ?

— L'émission " À table ! C'est l'heure du souper ". Vous n'en avez jamais entendu parler ? »

« J'ai le temps de répondre à une question, dit Elizabeth. Oui, vous…

— Bonjour, mon nom est Francine Luftson et je viens de San Diego ! Je veux juste dire que je suis l'une de vos admiratrices, même si vous ne croyez pas en Dieu ! Et je me demandais simplement : quel régime amaigrissant recommanderiez-vous ? Je sais que je dois perdre du poids, mais je ne veux pas avoir faim. Je prends donc des pilules amaigrissantes tous les jours. Merci de m'avoir donné la parole !

— Merci, Francine, dit Elizabeth. En vous voyant, je peux d'ores et déjà affirmer que vous n'êtes pas en surpoids. Par conséquent, je suppose que vous avez été indûment influencée par l'image, qui nous est imposée, de ces femmes trop minces qui remplissent maintenant nos magazines, détruisant votre moral et rabaissant votre estime de soi. Au lieu de faire des régimes et de prendre des pilules… »

Elle fit une pause. « Vous permettez ? Combien de personnes dans ce public prennent des pilules amaigrissantes ? »

Quelques mains nerveuses se levèrent.

Elizabeth attendit.

Dès lors, presque toutes les mains se levèrent.

« Arrêtez de prendre ces pilules, déclara-t-elle sur un ton comminatoire. Ce sont des amphétamines. Elles peuvent mener à la psychose.

— Mais je n'aime pas faire du sport, protesta Francine.

— Peut-être que vous n'avez pas trouvé celui qui vous convient ?

— Je regarde l'émission de Jack LaLanne. »

À la mention du nom de Jack, Elizabeth ferma les yeux. « Et l'aviron ? suggéra-t-elle, soudainement fatiguée.

— L'aviron ?

— *L'aviron*, répéta-t-elle en ouvrant les yeux. C'est une forme brutale de récréation conçue pour tester chaque muscle de votre corps et de votre esprit. Ça se passe avant l'aube, trop souvent sous la pluie. Il en résulte des callosités épaisses aux mains. Ça développe les bras, la poitrine et les cuisses. Des côtes fêlées, des mains cloquées. Les rameurs se demandent parfois pourquoi ils rament.

— Fichtre, dit Francine, inquiète. L'aviron… Mais ça paraît horrible ! »

Elizabeth eut l'air confuse. « Ce que je veux dire, c'est que l'aviron évite d'avoir recours à un régime et à des pilules amaigrissantes. C'est bon aussi pour votre âme.

— Mais je pensais que vous ne croyiez pas aux âmes. »

Elizabeth soupira. Elle ferma de nouveau les yeux. Calvin. *Es-tu en train de dire que les femmes ne peuvent pas ramer ?*

« J'ai travaillé avec elle, dit Frask, en éteignant la télévision. À Hastings, jusqu'à ce qu'on se fasse virer toutes les deux. Sérieusement, vous n'avez jamais entendu parler d'elle ? Elizabeth Zott. Son émission est diffusée dans tout le pays.

— C'est une rameuse, elle aussi ? demanda Wakely, étonné.

— Qu'est-ce que vous voulez dire par "elle aussi" ? demanda Frask. Vous connaissez d'autres rameurs ? »

« Mad, dit Wakely en regardant l'énorme chien que Madeline avait amené avec elle au parc, pourquoi ne m'as-tu pas dit que ta mère passait à la télévision ?

— Je pensais que vous le saviez. Tout le monde le sait. Surtout depuis qu'elle a dit qu'elle ne croyait pas en Dieu.

— C'est normal de ne pas croire en Dieu, dit Wakely. C'est l'une des choses possibles quand nous disons que nous sommes dans un pays libre. Les gens sont libres de croire ce qu'ils veulent, tant que leurs croyances ne nuisent pas aux autres. De plus, il se trouve que je pense que la science est une forme de religion. »

Madeline leva un sourcil.

« Qui est-ce, au fait ? demanda Wakely en tendant la main pour que le chien la renifle.

— Six-Trente », répondit-elle alors que deux femmes passaient en discutant bruyamment.

« Corrige-moi si je me trompe, Sheila, disait l'une des deux femmes. Mais n'a-t-elle pas expliqué que la fonte nécessite zéro virgule un calorie de chaleur pour augmenter la température d'un seul gramme de masse atomique d'un degré Celsius ?

— C'est ça, Elaine, répondit l'autre. C'est pourquoi j'achète une nouvelle poêle en fonte. »

« Je me souviens de lui maintenant, poursuivit Wakely une fois que les femmes eurent disparu. Sur votre photo de famille. Quel beau chien. »

Six-Trente renifla la paume du révérend. *Un homme bien.*

« Quoi qu'il en soit, je parie que tu penses que j'ai oublié tout ça, ça fait si longtemps. Mais j'ai finalement donné suite à nos recherches concernant All Saints. En fait, j'ai appelé plusieurs fois après notre première conversation, mais l'évêque n'était jamais là. Aujourd'hui, j'ai réussi à joindre sa secrétaire et elle m'a dit qu'il n'y avait aucune trace d'un Calvin Evans là-bas. On dirait qu'on s'est trompé de foyer.

— Non, assura Madeline. C'est le bon. J'en suis sûre.

— Mad, je doute qu'une secrétaire d'église mente.

— Wakely. Tout le monde ment. »

34

All Saints

« Comment ça s'appelle déjà ? All Saints ? » répéta l'évêque sous le choc. Nous étions en 1933, et bien qu'il ait espéré une nouvelle affectation dans une paroisse riche et imbibée de scotch, il avait obtenu la direction d'un orphelinat miteux, au milieu de l'Iowa, où plus d'une centaine de garçons d'âges différents, entraînés pour devenir de futurs criminels, lui rappelleraient que la prochaine fois qu'il se moquerait d'un archevêque, il serait préférable de ne pas le faire ouvertement.

« All Saints, dit l'archevêque. Cet endroit a besoin de discipline. Tout comme vous.

— En vérité, je n'ai pas les compétences nécessaires pour m'occuper des enfants, rétorqua-t-il. Les veuves, les prostituées, c'est là que je me distingue vraiment. Et pour Chicago ?

— En plus de la discipline, poursuivit l'archevêque, ignorant sa question, les caisses ont besoin d'y être renflouées. Une partie de votre travail là-bas sera d'assurer un financement à long terme. Occupez-vous-en et peut-être que je trouverai quelque chose de mieux pour vous dans un avenir proche. »

Mais l'avenir sembla toujours plus lointain. En 1937, l'évêque n'avait toujours pas résolu le problème de trésorerie du foyer. La seule chose productive qu'il avait accomplie ? Réduire les dix pages de « Je déteste cet endroit », qui énuméraient les raisons de sa colère, à quelques lignes qui soulignaient les cinq problèmes auxquels il restait confronté : des prêtres de troisième ordre, des féculents pour toute nourriture, de la moisissure, des pédophiles, et un flot constant de garçons considérés comme trop indisciplinés ou trop affamés pour faire partie d'une famille normale. C'étaient les enfants dont personne ne voulait, et l'évêque le comprenait parfaitement car lui non plus n'en voulait pas.

Il s'était débrouillé avec les moyens habituels dont disposait une institution catholique : vente de liqueurs, signets bibliques, mendicité, flagornerie. Mais ce dont l'orphelinat avait vraiment besoin était exactement ce que l'archevêque avait suggéré : une donation. Toutefois, les bienfaiteurs sont le plus souvent enclins à donner à un orphelinat ce qui manque : des chaires universitaires, des bourses d'études, des monuments commémoratifs. En ce qui concernait All Saints, peu importe combien de fois l'évêque avait essayé d'obtenir une donation, les donateurs potentiels avaient très vite identifié ce qui faisait réellement, et cruellement, défaut à All Saints, et ne voyaient aucune raison d'y investir des fonds. « Des bourses d'études ? » se moquaient-ils. Ce lieu n'était pas vraiment une école, de même qu'une prison n'est pas vraiment un lieu de réinsertion – personne n'essaie d'y entrer. Financer une chaire ? Même problème – le foyer n'avait pas de départements d'études, et encore moins de chaires de département à pourvoir. Des monuments commémoratifs ? Leurs pupilles étaient trop jeunes pour mourir et, de toute façon, qui voulait commémorer l'existence d'enfants que tout le monde essayait d'oublier ?

Quatre ans plus tard, il était donc toujours là, coincé au milieu des champs de maïs avec une bande d'enfants en perdition. Il semblait évident qu'aucune prière ne pourrait changer cette situation. Pour passer le temps, il classait parfois les garçons en fonction du plus grand nombre de problèmes qu'ils posaient ; mais même cette tâche n'était qu'une perte de temps, car c'était toujours le même gamin qui se retrouvait en tête de liste. Calvin Evans.

« Ce pasteur a encore appelé de Californie au sujet de Calvin Evans, dit la secrétaire à l'évêque aux cheveux désormais blancs, en déposant des dossiers sur son bureau. J'avais pourtant fait ce que vous m'aviez demandé. Je lui ai dit que j'avais vérifié les registres et que personne de ce nom n'était jamais venu ici.

— Mon Dieu. Pourquoi ne peut-il pas nous laisser tranquilles ? s'impatienta l'évêque, en écartant les dossiers. Les protestants. Ils ne savent jamais quand s'arrêter !

— Qui était Calvin Evans, d'ailleurs ? demanda-t-elle avec curiosité. Un prêtre ?

— Non », répondit l'évêque en repensant au garçon qui était la raison pour laquelle il était *toujours* dans l'Iowa des décennies plus tard. « Une malédiction. »

La secrétaire partie, l'évêque secoua la tête, se rappelant combien de fois Calvin s'était trouvé dans son bureau, coupable d'une énième infraction – après avoir brisé une fenêtre, volé un livre, ou affligé d'un œil au beurre noir un prêtre qui essayait seulement de l'aimer. Des couples bien intentionnés venaient parfois au foyer pour adopter l'un des garçons, mais personne ne s'était jamais intéressé à Calvin. Comment leur en vouloir ?

Jusqu'au jour où un homme nommé Wilson avait surgi de nulle part. Il avait dit qu'il était de la Fondation Parker, un fonds catholique plein aux as. Quand l'évêque avait entendu dire que quelqu'un de la Fondation Parker était dans les murs, il avait été certain que son heure était enfin arrivée. Son cœur avait battu la chamade en imaginant l'importance du don que ce Wilson pourrait proposer. Il écouterait l'offre puis, d'une manière digne, insisterait pour avoir plus.

« Bonjour, monseigneur, l'avait salué M. Wilson, comme s'il n'avait pas de temps à perdre. Je cherche un jeune garçon de dix ans, probablement grand, aux cheveux blonds. » Il avait poursuivi en expliquant que ce garçon avait perdu ses parents les plus proches suite à une série d'accidents environ quatre ans auparavant. Il avait des raisons de croire que le garçon était là, à All Saints. L'un des membres encore vivants de sa famille voulait le retrouver. « Le garçon s'appelle Calvin Evans », avait-il précisé en jetant un coup d'œil à sa montre comme s'il avait un autre rendez-vous à honorer. « Si un garçon de cette description est ici, j'aimerais le rencontrer. En fait, j'ai l'intention de le ramener avec moi. »

L'évêque, les lèvres entrouvertes en signe de déception, avait fixé Wilson. Entre le moment où il avait appris que l'homme riche était dans les murs et leur poignée de main, il avait déjà préparé un discours.

« Est-ce que tout va bien ? avait demandé M. Wilson. Je déteste presser les gens, mais j'ai un vol dans deux heures. »

Pas une seule allusion à une quelconque donation. L'évêque voyait déjà Chicago disparaître au loin. Il avait jeté un long coup d'œil à Wilson. L'homme était grand et arrogant. Tout comme Calvin.

« Je peux peut-être aller faire un tour parmi les garçons. Voir si je ne peux pas moi-même le reconnaître. »

L'évêque s'était tourné vers la fenêtre. Le matin même, il avait surpris Calvin en train de se laver les mains dans les fonts baptismaux. « Il n'y a rien de sacré dans cette eau, lui avait expliqué Calvin. Elle vient directement du robinet. »

Mais même s'il était impatient de se débarrasser de Calvin, son plus gros problème – l'argent – demeurait. Il avait regardé la douzaine de pierres tombales affaissées qui jonchaient la cour. *In memoriam*, disaient-elles.

« Monseigneur ? » Wilson s'était levé. Sa sacoche déjà à la main.

L'évêque n'avait pas répondu. Il n'aimait pas cet homme, ni ses vêtements de luxe, ni qu'il soit arrivé sans rendez-vous. Il était évêque, pour l'amour de Dieu – où était le respect ? Il s'était raclé la gorge, essayant de gagner du temps en regardant les pierres tombales de tous les évêques persécutés qui l'avaient précédé. Il ne pouvait pas laisser la Fondation Parker et la promesse de fonds sans fond leur échapper.

Il s'était alors tourné vers Wilson. « J'ai une terrible nouvelle à vous annoncer. Calvin Evans est mort. »

« Au fait, si ce pasteur ennuyeux rappelle ici, continua le vieil évêque en donnant des instructions à sa secrétaire qui débarrassait sa tasse de café, dites-lui que je suis mort. Ou bien, attendez. Non, dites-lui, ajouta-t-il les mains jointes, que vous avez appris qu'il y avait eu un Calvin Evans dans un autre foyer, quelque part, je ne sais pas, à Poughkeepsie ? Mais l'endroit a brûlé et tous les dossiers ont été détruits.

— Vous voulez que je mente ? s'inquiéta-t-elle.

— Vous ne mentirez pas. Pas vraiment. Des bâtiments sont tout le temps détruits par des incendies. Presque personne ne prend les normes de construction au sérieux.

— Mais…

— Faites ce que je vous dis, ordonna l'évêque. Ce pasteur nous fait perdre notre temps. Notre principale préoccupation est la collecte de fonds, vous vous souvenez ? De l'argent pour nos enfants qui *vivent* et *respirent*. Si on vous appelle pour vous donner de l'argent, je suis partant. Mais cette histoire de Calvin Evans, c'est absurde, et ça ne mène à rien. »

Wilson avait eu l'air d'avoir mal entendu. « Que… que venez-vous de dire ?

— Calvin est mort récemment d'une pneumonie, avait répondu simplement l'évêque. Un choc terrible. Il était très apprécié ici. » En racontant son histoire, il avait mentionné les bonnes manières de Calvin, et expliqué qu'il était premier de sa classe de catéchisme, et qu'il adorait le maïs. Plus il donnait de détails, plus Wilson se raidissait. Encouragé par le succès de son histoire, l'évêque était allé dans un meuble à classeurs pour récupérer une photo. « Nous utilisons toujours celle-là pour son fonds commémoratif », avait-il dit en montrant un cliché noir et blanc de Calvin, les mains sur les hanches, le torse penché en avant, la bouche grande ouverte comme s'il réprimandait quelqu'un.

« J'adore cette photo. Pour moi, elle représente parfaitement Calvin tel qu'il était. »

Wilson avait gardé les yeux rivés sur l'image, silencieux. L'évêque attendait qu'il demande une sorte de preuve. Mais non, il semblait être en état de choc, comme endeuillé.

Il s'était soudain demandé si ce M. Wilson n'était pas ce soi-disant parent perdu de vue depuis longtemps. Une chose correspondait : la taille. Calvin était-il son neveu ? Ou non… *son fils* ? Mon Dieu. Si c'était le cas, l'homme n'avait aucune idée des problèmes qu'il lui épargnait. Il s'était éclairci la gorge et avait laissé passer quelques minutes afin que Wilson digère la triste nouvelle.

« Bien sûr, nous aimerions doter le fonds commémoratif, avait fini par dire Wilson d'une voix hésitante. La Fondation Parker voudra honorer la mémoire de ce jeune garçon. » Il avait soupiré et donné l'impression de se vider de tout son air tel un ballon se dégonflant, puis avait sorti un chéquier de sa sacoche.

« Bien sûr, avait répété l'évêque avec sympathie. Le fonds commémoratif Calvin Evans. Un hommage spécial pour un garçon spécial.

— Je vous recontacterai pour vous expliquer comment nous allons apporter notre contribution, monseigneur, avait ajouté Wilson en bredouillant. Mais en attendant, veuillez accepter ce chèque au nom de la Fondation Parker. Nous vous remercions pour tout ce que vous… avez fait. »

L'évêque avait pris le chèque en s'efforçant de ne pas en regarder le montant, mais une fois que Wilson avait été parti, il avait posé le bout de papier à plat sur son bureau. Une belle somme d'argent. Et encore plus à venir, grâce à son idée de créer un fonds commémoratif pour quelqu'un qui n'était même pas encore mort. Il s'était adossé à sa chaise et avait croisé ses mains sur sa poitrine. Si quelqu'un avait besoin d'une nouvelle preuve de l'existence de Dieu, il n'aurait pas eu besoin de chercher plus loin. All Saints : l'endroit où Dieu aidait réellement ceux qui s'aidaient eux-mêmes.

Après avoir quitté Madeline dans le parc, Wakely retourna à son bureau et décrocha le téléphone à contrecœur. La seule raison pour laquelle il appelait All Saints encore une fois était de prouver à Mad qu'elle avait tort. Tout le monde ne mentait pas. Mais ironie du sort, il devait pour cela lui-même mentir.

« Bonjour, commença-t-il en prenant un accent britannique lorsqu'il entendit la voix familière de la secrétaire. J'aimerais parler à quelqu'un de votre service de gestion des dons. J'ai pour projet de faire une donation importante.

— Oh ! fit la secrétaire d'une voix claire. Laissez-moi vous passer directement notre évêque. »

« Je crois savoir que vous souhaitez faire une donation, dit le vieil évêque à Wakely quelques instants plus tard.

— C'est exact, mentit Wakely. Mon saint ministère est dédié aux enfants, développa-t-il en visualisant le visage de Mad. En particulier les orphelins. »

Mais Calvin Evans était-il un orphelin ? se demanda Wakely. Quand ils s'écrivaient, Calvin avait clairement indiqué qu'il avait, en effet, un parent vivant. JE DÉTESTE MON PÈRE, J'ESPÈRE QU'IL EST MORT. Wakely pouvait encore voir les lettres tapées en majuscules.

« Pour être encore plus précis, je cherche l'endroit où Calvin Evans a grandi.

— Calvin Evans ? Je suis désolé, mais ce nom ne me dit rien. »

À l'autre bout de la ligne, Wakely marqua une pause. L'homme mentait. Mais quelles étaient les probabilités pour que deux hommes d'église se mentent en même temps ?

« Eh bien, c'est dommage, déplora Wakely. Parce que cette donation est réservée au foyer où Calvin Evans a passé sa jeunesse. Je suis sûr que vous faites un travail merveilleux, mais vous savez comment peuvent être les donateurs. Bornés. »

L'évêque pressa ses paupières du bout des doigts. *Oui, il savait comment pouvaient être les donateurs.* La Fondation Parker avait fait de sa vie un enfer ; d'abord avec les livres de sciences et cette connerie d'aviron, puis avec leur réaction disproportionnée lorsqu'ils avaient découvert que leur donation honorait la vie de quelqu'un qui n'était pas techniquement… mort. Et comment l'avaient-ils su ? Parce que ce bon vieux Calvin avait réussi à ressusciter et à apparaître sur la couverture d'un magazine appelé *Chemistry Today*. Et environ deux secondes plus tard, une femme nommée Avery Parker était au téléphone pour le menacer d'une centaine de procès différents.

Qui était Avery Parker ? La Parker derrière la Fondation Parker.

L'évêque ne lui avait jamais parlé auparavant ; il n'avait jamais eu affaire qu'à Wilson, dont il avait compris qu'il était le représentant et l'avocat d'Avery Parker. Mais en y repensant, il s'était souvenu d'une signature peu soignée qui figurait à côté de celle de

Wilson sur tous les documents de donation des quinze dernières années.

« Vous avez menti à la fondation Parker ? avait-elle crié au téléphone. Vous avez prétendu que Calvin Evans était mort d'une pneumonie à l'âge de dix ans juste pour obtenir une donation ? »

Et il avait pensé : *Madame, vous n'avez pas idée à quel point la situation est affreuse dans l'Iowa.*

« Madame Parker, avait-il répondu d'une voix apaisante. Je comprends que vous soyez bouleversée. Mais je vous jure que le Calvin Evans qui était ici est *bel et bien* mort. Le Calvin Evans sur cette couverture de magazine a le même nom, rien de plus. C'est un nom très commun.

— Non, avait-elle insisté. C'est Calvin. Je l'ai immédiatement reconnu.

— Vous aviez donc déjà rencontré Calvin ? »

Elle avait hésité. « Eh bien. Non.

— Je vois », avait-il rétorqué, sur un ton qui laissait clairement entendre qu'elle était ridicule.

Elle avait résilié la donation dans les cinq secondes qui avaient suivi.

« Notre métier est difficile, n'est-ce pas révérend ? tenta l'évêque. Les donateurs sont de vraies anguilles. Mais je dois être honnête – nous pourrions vraiment utiliser votre donation à bon escient. Même si ce Calvin Evans n'a pas grandi ici, nous avons d'autres garçons qui sont tout aussi méritants.

— Je n'en doute pas, en convint Wakely. Mais j'ai les mains liées. Je ne peux faire cette donation – ai-je mentionné qu'il s'agit de cinquante mille dollars ? – qu'au foyer où…

— *Attendez*, coupa l'évêque, le cœur battant la chamade à l'évocation d'une telle somme. Essayez de comprendre : c'est une question de confidentialité. Nous ne parlons pas de nos garçons à titre individuel. Même si ce garçon avait séjourné ici, nous ne sommes pas autorisés à le dire.

— Bien sûr, dit Wakely. Mais quand même… »

L'évêque jeta un coup d'œil à l'horloge. C'était presque l'heure de son émission préférée, « À table ! C'est l'heure du souper ». « Bon, *attendez* », s'écria-t-il d'une voix forte, ne voulant rater ni une donation ni son émission. « Vous m'avez vraiment forcé la main sur ce coup-là. Entre vous et moi, et ces quatre murs, oui, *c'est ici* que Calvin Evans a grandi.

— Réellement ? dit Wakely en se redressant sur sa chaise. Vous avez des preuves ?

— *Bien sûr*, j'ai des preuves, affirma l'évêque, offusqué, en passant le bout de ses doigts sur toutes les rides que Calvin avait creusées au fil des ans. Hébergerions-nous le fonds commémoratif Calvin Evans s'il n'avait pas grandi ici ? »

Wakely fut décontenancé. « Pardon ?

— Le fonds commémoratif Calvin Evans. Nous l'avons créé il y a des années en l'honneur de ce garçon qui est devenu un jeune chimiste d'exception. Toute bibliothèque décente aura des documents fiscaux prouvant son existence. Mais la Fondation Parker – qui a financé ce fonds commémoratif – a insisté pour que nous n'en fassions jamais la publicité, et vous pouvez probablement deviner pourquoi. Ce n'est pas comme s'ils pouvaient se permettre de financer chaque foyer qui a perdu un enfant.

— Perdu un enfant ? s'étonna Wakely. Mais Evans était adulte quand il est mort.

— O-oui-oui, balbutia l'évêque. C'est exact. C'est juste que nous faisons toujours référence à nos anciens pensionnaires comme à des enfants. Parce que c'est comme ça que nous les avons le mieux connus, quand ils étaient enfants. Calvin Evans était un enfant merveilleux. Vif comme l'éclair. Très grand. Maintenant parlons de cette donation. »

Quelques jours plus tard, Wakely retrouvait Madeline dans le parc. « J'ai une bonne et une mauvaise nouvelle. Tu avais raison. Ton père était à All Saints. » Il lui raconta ensuite ce que l'évêque lui avait dit : que Calvin Evans avait été un « enfant merveilleux » et « vif comme l'éclair ». « Ils ont même un fonds commémoratif Calvin Evans, ajouta-t-il. J'ai pu le vérifier. Ils ont reçu des dons pendant près de quinze ans de la part d'une société appelée La Fondation Parker. »

Elle fronça les sourcils. « Ils n'en reçoivent plus ?

— La fondation a cessé de verser des dons depuis un bon moment. Ça arrive parfois. Les priorités changent.

— Mais..., Wakely, mon père est mort il y a six ans.

— Et alors ?

— Alors pourquoi la fondation Parker aurait-elle financé un mémorial pendant quinze ans ? Alors que – elle fit un rapide calcul sur ses doigts – pendant les neuf premières années, il n'était pas encore mort ?

— Oh », s'exclama Wakely. Il n'avait pas remarqué que les dates ne collaient pas. « Eh bien, à l'époque, ce n'était probablement pas vraiment un fonds commémoratif, Mad. Peut-être plus un fonds honorifique. L'évêque a dit que c'était en l'*honneur* de ton père.

— Et s'ils ont ce fonds, pourquoi ne l'ont-ils pas dit la première fois que vous avez appelé ?

— Question de confidentialité », répondit-il, répétant ce que l'évêque lui avait dit. C'était au moins une raison valable. « Quoi qu'il en soit, écoute la suite. J'ai fait des recherches sur la Fondation Parker et j'ai découvert qu'elle est dirigée par un certain M. Wilson. Il vit à Boston. » Il la regarda avec impatience. « Wilson, répéta-t-il. Autrement connu sous le nom de bonne fée, le gland du chêne, ajouté à ton arbre généalogique. » Il se laissa aller contre le dossier du banc, attendant une réaction positive. Mais comme l'enfant ne disait rien, il ajouta : « Wilson semble être un honnête homme.

— Il n'a pas l'air très bien informé, fit remarquer Mad en examinant l'une de ses croûtes. Comme s'il n'avait jamais lu *Oliver Twist*. »

Mad n'avait pas tort. Mais quand même, Wakely avait consacré beaucoup de temps à ces recherches et il s'attendait à ce qu'elle soit un peu plus enthousiaste. Ou tout au moins reconnaissante. Mais pourquoi l'aurait-elle été ? Personne n'avait jamais exprimé la moindre gratitude à l'égard de son travail. Il descendait à la mine tous les jours, réconfortant les gens, partageant leurs épreuves et tribulations, et tout ce qu'il s'entendait répondre était toujours la même vieille rengaine : « Pourquoi Dieu me punit-il ? » Mon Dieu. Comment pourrait-il le savoir ?

« Bref, conclut-il en essayant de ne pas paraître déprimé. Voilà l'histoire. »

Madeline croisa les bras en signe de déception. « Wakely, demanda-t-elle. C'était censé être la bonne ou la mauvaise nouvelle ?

— C'était la *bonne* nouvelle », rétorqua-t-il sèchement. Il avait très peu d'expérience avec les enfants et il commençait à penser qu'il en avait assez.

« La mauvaise nouvelle, c'est que si j'ai une adresse pour Wilson à la Fondation Parker, ce n'est qu'une boîte postale.

— Et quel est le problème ?

— Les riches utilisent des boîtes postales pour se protéger des indésirables. C'est comme une poubelle pour le courrier. » Il plongea la main dans sa sacoche et, après avoir fouillé un peu, en sortit un bout de papier. Il le lui tendit : « C'est le numéro de la boîte. Mais je t'en prie, Mad, ne te fais pas d'illusions.

— Je ne me fais plus d'illusions, expliqua Mad en étudiant l'adresse. J'ai la foi. »

Il la regarda, surpris. « Eh bien, c'est un drôle de mot venant de toi.

— Comment ça ?

— Parce que… eh bien, tu sais. La religion est basée sur la foi.

— Mais… vous, vous comprenez bien que la foi n'est pas basée sur la religion. N'est-ce pas ? » avança-t-elle prudemment, pour ne pas l'embarrasser davantage.

35

L'odeur de l'échec

Le lundi matin à quatre heures et demie, Elizabeth quitta sa maison comme elle le faisait habituellement, dans le noir, avec des vêtements chauds, pour rejoindre le hangar à bateaux. Mais en arrivant sur le parking normalement vide, elle remarqua que presque toutes les places étaient déjà occupées. Et une autre chose inhabituelle. Des femmes. Beaucoup de femmes. Marchant péniblement vers le hangar, dans le noir.

« Oh mon Dieu », murmura-t-elle en rabattant sa capuche sur sa tête et en se glissant parmi la foule, espérant trouver le Dr Mason à temps pour lui expliquer. Mais il était trop tard. Il était assis à une longue table et distribuait des formulaires d'inscription. Il leva les yeux vers elle, sans sourire.

« Zott.

— Vous vous demandez peut-être de quoi il s'agit, risqua-t-elle à voix basse.

— Pas vraiment.

— Je pense savoir ce qui s'est passé, expliqua Elizabeth. L'une de mes téléspectatrices m'a demandé un conseil pour perdre du poids, et je lui ai suggéré de commencer à faire du sport. J'ai peut-être évoqué l'aviron.

— Peut-être.

— C'est possible. »

Une femme se tourna vers son amie. « Ce qui me plaît déjà dans l'aviron, déclara-t-elle en montrant une photo de huit hommes dans une coque de bateau, c'est que tout se fait assis. »

« Voyez si ça vous rafraîchit la mémoire, dit Mason en tendant un stylo à la femme suivante dans la file d'attente. D'abord, vous avez décrit l'aviron comme la pire forme de punition, puis vous avez suggéré que les femmes à travers tout le pays s'y mettent.

— Bon. Mais je ne pense pas que c'est *exactement* ce que j'ai dit…

— Si. Je le sais parce que j'ai vu votre émission pendant que j'attendais qu'une patiente se dilate. Ma femme aussi. Elle ne la rate pour rien au monde.

— Je suis désolée, Mason, vraiment. Je ne m'attendais pas à…

— Vraiment ? rétorqua-t-il abruptement. Il y a deux semaines, une de mes patientes a refusé de pousser jusqu'à ce que vous ayez fini d'expliquer la réaction de Maillard. »

Elle releva la tête, surprise, puis après avoir réfléchi, enchaîna : « Eh bien, c'est une réaction compliquée.

— J'essaie de vous joindre par téléphone à ce sujet depuis vendredi », répondit-il sèchement.

Elizabeth tressaillit. En effet, il avait appelé au studio et à la maison mais, submergée par ses obligations, elle avait négligé de le rappeler.

« Je suis désolée. J'ai été tellement occupée.

— J'aurais eu besoin de votre aide pour organiser tout ça.

— Oui.

— De toute évidence, nous n'irons *pas* ramer aujourd'hui.

— Encore une fois, désolée.

— Vous savez ce qui me tue vraiment ? s'exaspéra-t-il en faisant un geste vers une femme qui s'agitait dans tous les sens. Ça fait des années que j'essaie de convaincre ma femme de pratiquer l'aviron. Comme vous le savez, je crois que les femmes ont un seuil de tolérance à la douleur plus élevé que les hommes. Pourtant, rien de ce que j'ai pu dire n'a réussi à la convaincre. Mais il a suffi d'un mot d'Elizabeth Zott… »

La femme qui s'agitait dans tous les sens se calma pour lever le pouce à l'adresse d'Elizabeth.

« … pour qu'elle s'empresse de venir jusqu'ici.

— Oh, je vois, dit lentement Elizabeth en faisant un petit signe de tête approbateur à cette femme. Donc, en fait, vous êtes heureux.

— Je…

— Donc ce que vous essayez de me dire c'est : *Merci*, Elizabeth.

— *Non.*

— Tout le plaisir est pour moi, docteur Mason.

— *Non.* »

Elle jeta un nouveau coup d'œil à cette femme. « Votre épouse est en train de s'installer sur l'ergomètre.

— Oh mon Dieu ! s'exclama Mason. Betsy, *non*, pas ça ! »

La même chose se produisit dans d'autres clubs d'aviron partout à travers le pays. Des femmes se présentèrent, et certains clubs les encouragèrent à s'inscrire. Ce qui ne signifie pas que tous les clubs le firent.

Ou que toutes celles qui avaient regardé l'émission d'Elizabeth avaient aimé ce qu'elle avait raconté.

« Impie », pouvait-on lire griffonné à la hâte sur une pancarte à l'effigie d'Elizabeth et brandie par une femme à l'air méchant juste devant les studios de KCTV.

C'était le second parking sur lequel Elizabeth se garait ce matin-là et, comme le premier, il était beaucoup plus rempli que d'habitude.

« Des manifestants, constata Walter en la rattrapant. C'est pour ça qu'on ne dit pas certaines choses à la télé, Elizabeth, lui rappela-t-il. C'est pourquoi on garde ses opinions pour *soi-même*.

— Walter, la protestation pacifique est une forme d'expression à ne pas négliger.

— Vous appelez ça une forme d'expression ? ricanna-t-il alors que quelqu'un criait "ALLEZ BRÛLER EN ENFER" !

— Ils cherchent à attirer l'attention, dit-elle comme si elle parlait d'expérience personnelle. Ils finiront par se lasser. »

Pourtant, il s'inquiétait. Elle recevait des menaces de mort. Il avait partagé cette information avec la police et la sécurité du studio ; il avait même appelé Harriet Sloane pour lui en parler. Mais il n'en avait rien dit à Elizabeth car il savait qu'elle voudrait prendre elle-même les choses en main. De plus, la police avait été très rassurante au sujet des menaces. « Une bande de cinglés inoffensifs », avaient-ils dit.

À l'autre bout de la ville, quelques heures plus tard, dans le salon des Zott, Six-Trente s'inquiétait lui aussi. À la fin de l'émission d'Elizabeth le vendredi précédent, il avait remarqué que tout le monde n'applaudissait pas. Et dans l'émission de ce jour-là, ce fut encore le cas. Une femme, une seule, et donc facile à repérer, n'applaudit pas.

Inquiet, il attendit que la créature et Harriet soient occupées dans le laboratoire, puis il se glissa par la porte de derrière, traversa quatre pâtés de maisons en courant en direction du sud, puis deux en direction de l'ouest, jusqu'à ce qu'il soit posté près de la bretelle d'accès de l'autoroute. Quand un camion-plateau ralentit pour rejoindre une file de voitures qui s'engageaient sur l'autoroute, il sauta à l'arrière.

De toute évidence, il savait comment trouver KCTV. Quiconque a lu *L'Incroyable Voyage*[1] comprendra à quel point il n'est pas incroyable que les chiens puissent retrouver à peu près tout. Il avait l'habitude de s'émerveiller devant l'histoire de l'aiguille dans la botte de foin qu'Elizabeth lui avait lue un jour – s'émerveiller, car en quoi était-ce si difficile de trouver une aiguille dans une botte de foin ? Il était impossible de ne pas repérer l'odeur, à haute teneur en carbone, du fer.

En bref, arriver à KCTV n'était pas difficile. En revanche, y entrer l'était.

Alors qu'il errait sur le parking, se frayant un chemin entre les voitures, leurs ailerons arrière et les ornements de capot scintillant dans le soleil exceptionnellement chaud, il chercha une entrée.

« Hé, le toutou, là-bas ! » héla un gros homme en uniforme bleu foncé. Il semblait monter la garde

1. *The Incredible Journey*, livre pour la jeunesse de Sheila Burnford : l'incroyable périple à travers les forêts canadiennes de trois animaux (deux chiens, un chat) pour retrouver leurs maîtres partis en voyage.

devant une porte qu'on devinait stratégique. « Où tu vas comme ça ? »

Six-Trente aurait aimé expliquer qu'il voulait *entrer* et que, comme cet homme en uniforme, lui aussi faisait partie du service de sécurité. Mais puisque expliquer ce qu'il faisait là était hors de question, il opta pour jouer la comédie – le langage même de la télévision.

« Oh mon Dieu », s'inquiéta l'homme alors que Six-Trente s'écroulait d'une manière très convaincante. « Tiens bon, mon garçon, je vais chercher de l'aide ! » Il tapa sur la porte jusqu'à ce que quelqu'un ouvre, puis il prit Six-Trente dans ses bras et l'emporta à l'intérieur du bâtiment climatisé. Une minute plus tard, Six-Trente buvait de l'eau dans l'un des saladiers d'Elizabeth.

On peut dire ce que l'on veut de la race humaine, mais sa capacité à faire preuve de bonté est ce qui – de l'avis de Six-Trente – la place au sommet de toutes les espèces.

« Six-Trente ? »

Elizabeth !

Il courut vers elle comme un chien venant de succomber à un vrai coup de chaud n'aurait jamais réussi à le faire.

« Qu'est-ce que… » commença l'homme en uniforme bleu, face à cette guérison miraculeuse.

« Comment es-tu entré ici, Six-Trente ? s'exclama Elizabeth en jetant ses bras autour du cou du chien. Comment as-tu fait pour arriver jusqu'à moi ? C'est mon chien, Seymour, dit-elle à l'homme en uniforme bleu. C'est Six-Trente.

— Il est cinq heures et demie de l'après-midi, madame, mais il fait toujours aussi chaud dehors. Le chien s'est évanoui, alors je l'ai amené jusqu'ici.

— Merci, Seymour. Je vous revaudrai ça. Il a dû courir jusqu'ici, ajouta-t-elle incrédule. Quatorze kilomètres.

— À moins qu'il ne soit venu avec votre fille, suggéra Seymour. Et la grand-mère, dans la Chrysler. Comme elles l'ont fait il y a quelques mois.

— Attendez, dit Elizabeth en relevant la tête, sourcils froncés. *Quoi ?* »

« Je peux tout t'expliquer », se hâta Walter en levant les mains comme pour parer à une éventuelle attaque.

Elizabeth avait depuis longtemps fait comprendre que Madeline ne devait jamais venir au studio. Il ne savait d'ailleurs pas pourquoi ; Amanda y venait tout le temps. Mais chaque fois qu'Elizabeth en parlait, il hochait la tête comme s'il comprenait et approuvait, même s'il ne comprenait pas et qu'il s'en fichait complètement.

« Elle avait un devoir à faire pour l'école, mentit-il. “Décris ton parent au travail”. » Il ne savait pas pourquoi il avait envie d'inventer un alibi pour Harriet Sloane, mais il lui sembla que c'était la chose à faire. « Tu étais occupée, ajouta-t-il. Tu avais probablement oublié. »

Elizabeth tressaillit. Peut-être avait-elle oublié, en effet. Mason ne lui avait-il pas fait exactement la même remarque le matin même ? « C'est juste que je ne veux pas que ma fille me considère comme une personnalité de la télévision, expliqua-t-elle en remontant une manche. « Je ne veux pas qu'elle pense que je… tu sais… que je me donne en spectacle. » Elle revit son père en pensée, et son visage se ferma.

« Rassure-toi, dit Walter sèchement. Personne ne pensera jamais que tu te donnes en spectacle. »

Elle se pencha vers lui et le remercia avec le plus grand sérieux.

La secrétaire de Walter entra avec une grosse pile de courrier. « Monsieur Pine, j'ai mis le courrier à traiter en urgence sur le dessus, dit-elle. Et je ne suis pas sûre que vous soyez au courant, mais il y a un gros chien dans le couloir.

— Un quoi… ?

— C'est le mien, s'empressa d'expliquer Elizabeth. C'est Six-Trente. C'est grâce à lui que je suis au courant de la visite de Mad pour "Décris ton parent au travail". Seymour m'a dit… »

En entendant son nom, Six-Trente se leva et entra dans le bureau, reniflant autour de lui. *Walter Pine. Souffre d'une faible estime de soi.*

Les yeux écarquillés, Walter s'enfonça dans son fauteuil. Le chien était énorme. Il prit une courte inspiration, puis reporta son attention sur sa pile de courrier, n'écoutant qu'à moitié Elizabeth qui, intarissable, expliquait ce que le chien savait faire – probablement s'asseoir, ne plus bouger, aller chercher et ramener quelque chose, ou Dieu sait quoi encore. Les gens qui ont des chiens sont toujours si ridiculement fiers, prêts à se vanter, quand il s'agit des aptitudes de leur animal. Mais ce discours sans fin lui donna le temps nécessaire pour réfléchir au moment où il pourrait appeler Harriet Sloane et la mettre au courant de son mensonge afin qu'elle soit raccord dans ses explications.

« Qu'en penses-tu ? Ça te tenterait d'essayer quelque chose de nouveau ? lui demandait Elizabeth. Est-ce que ça pourrait marcher ?

— Pourquoi pas ? répondit-il d'un air entendu, tout en n'ayant aucune idée de ce qu'il venait d'accepter.

— Formidable ! se réjouit-elle. Alors on commence demain ?

— Ça a l'air super ! » hasarda-t-il.

« Bonsoir, dit Elizabeth le lendemain. Je m'appelle Elizabeth Zott et je vous présente "À table ! C'est l'heure du souper". Et aujourd'hui, je suis accompagnée de mon chien, Six-Trente. Dis bonsoir à tout le monde, Six-Trente. » Six-Trente pencha la tête, et le public rit et applaudit. Walter, qui n'avait été informé que dix minutes plus tôt que non seulement il y avait de nouveau un chien dans le studio mais que le coiffeur avait coupé sa frange de poils pour permettre une prise de vue en gros plan, s'enfonça dans son siège en toile et se promit d'arrêter de mentir.

Quand Six-Trente fit partie de l'émission depuis plusieurs mois déjà, il parut presque inconcevable qu'il n'ait pas été là depuis le début. Tout le monde l'adorait. Il avait même commencé à recevoir son propre courrier de fans.

Le seul qui n'était pas ravi de sa présence sur le plateau était Walter. Six-Trente supposa que c'était parce que Walter n'était pas un « homme à chiens » – un concept qu'il avait du mal à comprendre.

Alors que Six-Trente entendait le caméraman dire : « Trente secondes avant l'ouverture des portes, Zott », il réfléchit à de nouveaux moyens de rentrer dans les bonnes grâces de Walter. La semaine précédente, il avait déposé une balle à ses pieds, l'invitant à jouer. Il n'aimait pourtant pas jouer à « va chercher », il trouvait ça futile. Il s'était avéré que Walter aussi.

Quelqu'un cria finalement : « C'est bon, laissez-les entrer », tandis que les portes s'ouvraient et que les spectateurs reconnaissants, s'extasiant sur tout, trouvaient leurs places, certains pointant du doigt la grande horloge dont les aiguilles étaient toujours réglées sur la position de six heures, de la même manière que les touristes pointaient du doigt le mont Rushmore. « On y est, disaient-ils. C'est la fameuse l'horloge.

— Et le chien est là ! s'exclamait presque tout le monde. Regardez, c'est Six-Trente ! »

Il ne comprenait pas pourquoi Elizabeth n'aimait pas être une star. Lui adorait ça.

« La peau de la pomme de terre, affirmait Elizabeth dix minutes plus tard, est composée de cellules subérisées qui forment la composante externe du périderme du tubercule. Elles constituent la stratégie de protection de la pomme de terre… »

Il se tenait aux côtés d'Elizabeth comme un agent des services secrets, scrutant le public.

« … prouvant que même les tubercules comprennent que la meilleure défense est une bonne attaque. »

Le public était captivé, ce qui permettait d'inventorier tous les visages.

« La peau de la pomme de terre regorge de glycoalcaloïdes, poursuivit Elizabeth, des toxines si indestructibles qu'elles peuvent facilement survivre à la cuisson et à la friture. Et pourtant, j'utilise toujours la peau, non seulement parce qu'elle est riche en fibres, mais aussi parce qu'elle me rappelle quotidiennement que dans la pomme de terre, comme dans la vie, le danger est partout. La meilleure stratégie est de ne pas craindre le danger, mais de ne pas l'ignorer. Pour ensuite, ajouta-t-elle en prenant un couteau, y faire face. » La caméra fit un zoom sur elle alors qu'elle excavait de manière experte un œil de pomme de terre germé. « Toujours éliminer les germes de pommes de terre et les taches vertes, recommanda-t-elle, en creusant une autre pomme de terre. C'est là que se cache la plus forte concentration de glycoalcaloïdes. »

Six-Trente observait attentivement le public, à la recherche d'un visage en particulier. Ah, elle était là ! Celle qui n'applaudissait pas.

Elizabeth annonça que c'était l'heure des spots d'identité visuelle de la chaîne, puis elle quitta le plateau. D'habitude, il la suivait mais, ce jour-là, il descendit dans le public, suscitant instantanément quelques applaudissements enthousiastes accompagnés de « Par ici, mon garçon ! ». Walter avait insisté pour qu'il n'en fit jamais rien – les gens pourraient avoir peur ou être allergiques – mais Six-Trente passa outre parce qu'il savait qu'il était important d'être proche du public, et aussi parce qu'il voulait se rapprocher de celle qui n'applaudissait pas.

Elle était assise au bout du quatrième rang, le visage figé dans la désapprobation, les lèvres pincées. Il connaissait ce genre de personne. Alors que d'autres dans la même rangée se penchaient pour le caresser, il scruta la femme telle une machine à rayons X. Elle était crispée, et paraissait hostile. À vrai dire, il avait un peu pitié d'elle. Personne ne devient aussi méchant sans avoir été soi-même victime de la méchanceté.

La femme aux lèvres fines se tourna pour le regarder, le visage fermé. Elle plongea une main prudente dans son grand sac et en sortit une cigarette, qu'elle tapota deux fois contre sa cuisse.

Une fumeuse. Il avait compris. Il était bien connu que les humains pensaient être l'espèce la plus intelligente sur terre, et pourtant ils étaient les seuls animaux à inhaler volontairement des substances cancérigènes. Il commença à s'éloigner, puis s'arrêta, ayant détecté une odeur qui recouvrait celle de la nicotine. Une odeur à peine perceptible, mais familière. Il renifla à nouveau alors que le quatuor de « À table ! C'est l'heure du souper » se lançait dans l'interprétation du générique annonçant : « Elle est de retour ! » Il jeta un nouveau coup d'œil sur celle qui n'applaudissait pas. Et quand elle porta la cigarette à ses lèvres, sa main tremblait.

Il leva le nez en l'air. De la *nitroglycérine* ? *Pas possible*.

Elizabeth, de retour sur le plateau, disait : « Remplissez une grande casserole avec de l'H_2O, puis prenez vos pommes de terre… »

Il renifla à nouveau. *Nitroglycérine. Quand elle est mal contrôlée, elle fait un bruit terrifiant, comme un feu d'artifice, ou* – il avala de travers, en pensant à Calvin – *une pétarade*.

« … et mettez-les à cuire à feu vif dans une casserole. »

Trouve-la, bon sang. Il pouvait encore entendre le maître-chien de Camp Pendleton lui dire d'une voix insistante : *Trouve cette putain de bombe !*

« L'amidon de la pomme de terre, un long hydrate de carbone composé des molécules amylose et amylopectine… »

Nitroglycérine. L'odeur de l'échec.

« … quand l'amidon commence à se décomposer… »

Une odeur qui émanait du sac de la femme qui n'applaudissait pas.

À Camp Pendleton, le chien devait seulement localiser la bombe, pas la désamorcer – c'était le travail du maître-chien. Mais de temps en temps, certains frimeurs – les bergers allemands – s'en occupaient.

Alors, bien qu'il fasse frais dans le studio, Six-Trente commença à respirer avec difficulté. Il essaya d'avancer, mais ses pattes flageolaient. Il s'arrêta. Tout ce qu'il avait à faire, se dit-il, c'était de jouer au jeu qu'il aimait le moins – « va chercher » –, tout en neutralisant l'odeur qu'il détestait le plus, celle de la nitroglycérine. L'idée même lui donnait la nausée.

« Bon sang, qu'est-ce que c'est que ça ? » s'exclama Seymour Browne en voyant un sac à main, la poignée humide, posé sur sa table juste derrière la porte. « Une dame dans le public doit être morte d'inquiétude. » Il ouvrit le sac pour chercher une pièce d'identité mais, une fois le sac ouvert, il prit une grande inspiration et attrapa le téléphone.

« Maintenant, croisez les bras », suggéra un journaliste à Seymour en mettant une nouvelle ampoule de flash dans son appareil photo. « Ayez l'air d'un dur. »

C'était incroyable, mais il s'agissait de ce même journaliste, celui du cimetière. Essayant toujours d'améliorer ses chances professionnelles, il avait récemment installé une radio de police illégale dans sa voiture et, ce jour-là, ses manigances avaient finalement payé : quelqu'un avait trouvé une petite bombe dans un sac à main de femme aux studios de KCTV.

Il prit des notes pendant que Seymour expliquait que le sac était simplement apparu sur sa table ; il n'avait aucune idée de comment il était arrivé là. Il l'avait ouvert pour y chercher une pièce d'identité mais, à la place, il avait trouvé des tracts, décrivant Elizabeth Zott comme une communiste impie, et deux bâtons de dynamite reliés par des fils si fragiles que l'ensemble ressemblait à un jouet cassé.

« Mais pourquoi diable quelqu'un voudrait-il faire sauter KCTV ? demanda le journaliste. Vous produisez essentiellement des programmes de l'après-midi, n'est-ce pas ? Des feuilletons, des spectacles de clowns, non ?

— Nous programmons toutes sortes d'émissions, dit Seymour en passant une main tremblante sur le sommet de sa tête. Mais depuis que l'une de nos animatrices a mentionné qu'elle ne croyait pas en Dieu, nous avons des ennuis.

— Quoi ? dit le journaliste, incrédule. *Qui* ne croit pas en Dieu ? De quel genre d'émission parlons-nous ?

— Seymour... Seymour ! » appela Walter Pine, accompagné d'un officier de police, en se frayant un chemin à travers un petit groupe d'employés inquiets. « Seymour, Dieu merci, vous allez bien. Après ce que vous avez fait... vous avez risqué votre vie !

— Je vais bien, monsieur Pine, dit Seymour. Et je n'ai rien fait. Vraiment.

— En fait, monsieur Browne, dit l'officier de police, consultant ses notes, ce n'est pas rien. Nous avons cette femme dans nos radars depuis un moment.

C'est une maccarthyste pure et dure, une vraie cinglée. Elle a avoué qu'elle envoie des menaces de mort depuis des mois maintenant. » Il ferma son carnet. « Je suppose qu'elle était fatiguée d'être ignorée. »

« *Des menaces de mort ?* » Le journaliste se réveilla. « Donc c'est… quoi… une émission d'information ? Politique ? Un débat ?

— Une émission de cuisine, soupira Walter.

— Si vous n'aviez pas mis la main sur ce sac, monsieur Browne, cette journée aurait pu se terminer très différemment. Comment avez-vous fait, d'ailleurs ? insista l'officier de police. Comment avez-vous récupéré le sac sans qu'elle s'en aperçoive ?

— C'est ce que je m'évertue à expliquer à tout le monde. Je *n'ai rien fait*, répéta Seymour. Je l'ai trouvé posé sur ma table.

— Vous êtes trop modeste, dit Walter, en lui tapant dans le dos.

— La marque d'un vrai héros, acquiesça le policier.

— Mon rédacteur en chef va adorer », jubila le journaliste.

Plus loin, Six-Trente était allongé dans un coin et regardait tous ces hommes, épuisé.

« Encore quelques photos et ça devrait… » Du coin de l'œil, le reporter aperçut Six-Trente. « Hé, s'exclama-t-il. Mais, je connais ce chien… Oui, je le connais.

— Tout le monde connaît ce chien, dit Seymour. Il est dans l'émission. »

Le journaliste regarda Walter, déconcerté. « Je pensais que vous aviez parlé d'une émission de cuisine.

— C'est bien ça.

— Un chien dans une émission de cuisine ? Que fait le chien exactement ? »

Walter hésita : « Rien », admit-il. Mais à peine eut-il répondu qu'il se sentit soudain terriblement mal à l'aise.

À l'autre bout de la pièce, les yeux de Six-Trente croisèrent les siens. Il n'aimait pas beaucoup les chiens, mais même Walter pouvait le voir : le clebs était effondré.

36

Le magazine *Life* : une mise à mort

« *Grande nouvelle !* » annonça Walter une semaine plus tard, tout tremblant d'excitation alors qu'il rejoignait Elizabeth, Harriet, Madeline et Amanda à table. C'était devenu un événement régulier – le dîner du dimanche soir dans le laboratoire d'Elizabeth. « Le magazine *Life* a appelé aujourd'hui. Ils veulent faire un reportage à la une du prochain numéro.

— Ça ne m'intéresse pas, dit Elizabeth.

— Mais c'est *Life* !

— Ils veulent des détails sur ma vie privée, des choses qui ne regardent personne. Je sais comment ça marche.

— Écoute, insista Walter. Nous avons vraiment besoin de ça. Les menaces de mort sont terminées, mais afficher une image positive ne nous ferait pas de mal.

— Non.

— Tu as refusé tous les magazines, Elizabeth. Tu ne peux pas continuer à faire ça.

— Je serais heureuse de parler avec un journaliste de *Chemistry Today*.

— Très bien, dit-il en levant les yeux au ciel. Formidable. Pas exactement notre cible, mais comme je suis prêt à tout je les ai appelés.

— Et ? demanda-t-elle avec impatience.

— Ils ont dit que ça ne les intéressait pas d'interviewer une femme qui cuisine à la télé. »

Elizabeth se leva et sortit.

« Aidez-moi, Harriet, supplia Walter après dîner alors qu'ils étaient assis sur le porche à l'arrière de la maison.

— Vous n'auriez pas dû parler de “cuisine à la télé”.

— Je sais, je sais. Mais elle n'aurait pas dû dire au monde entier qu'elle ne croyait pas en Dieu. On ne pourra jamais faire oublier ça. »

La porte moustiquaire s'ouvrit. « Harriet ? les interrompit Amanda. Tu viens jouer avec nous ?

— Tout à l'heure, dit Harriet en posant un bras autour des épaules de la petite fille. Pourquoi toi et Mad ne construiriez-vous pas d'abord un château fort ? Ensuite, je viendrai.

— Amanda vous aime beaucoup, Harriet », dit Walter à voix basse alors que sa fille retournait en courant à l'intérieur. Il réussit à s'empêcher d'ajouter : *Et moi aussi*. Au cours des derniers mois, ses visites répétées chez les Zott lui avaient permis de voir Harriet souvent. Chaque fois qu'il repartait, il se surprenait à penser à elle pendant des heures. Elle était mariée, certes – un mariage malheureux selon Elizabeth –, et alors ? Elle n'avait toujours pas montré d'intérêt pour lui, certes, mais qui pourrait la blâmer ? Il avait cinquante-cinq ans, devenait chauve, n'était pas brillant dans son travail et était père d'une petite fille qui n'était même pas son enfant, biologiquement parlant. S'il existait un manuel intitulé *Tout ce qu'il y a de moins désirable chez les hommes*, il en ferait la couverture.

« Vraiment ? » s'étonna Harriet devenant écarlate sous le coup du compliment. Elle arrangea sa robe, tirant sur l'ourlet pour tenter de cacher ses chevilles épaisses. « Je vais discuter de tout ça avec Elizabeth, promit-elle. Mais vous devriez d'abord parler au journaliste. Dites-lui d'éviter les questions personnelles. Surtout celles qui concernent Calvin Evans. Qu'il reste focalisé sur Elizabeth, sur ce qu'*elle* a accompli… »

L'interview fut fixée à la semaine suivante. Le reporter, Franklin Roth, qui avait reçu de nombreux prix, était connu pour sa capacité à gagner la confiance des stars les plus récalcitrantes. Lorsqu'il prit place au milieu du public de « À table ! C'est l'heure du souper », Elizabeth était déjà sur le plateau en train de découper un gros tas de légumes verts. « Beaucoup de gens croient que les protéines proviennent de la viande, des œufs et du poisson, rappela-t-elle, mais les protéines proviennent aussi des végétaux, et les végétaux sont ce que mangent les animaux les plus grands et les plus forts. » Elle brandit un numéro du magazine *National Geographic* consacré aux éléphants, puis expliqua, avec force détails, le processus métabolique du plus grand animal terrestre du monde, en demandant à la caméra de zoomer sur une photo des excréments de l'éléphant.

« Vous pouvez d'ailleurs voir les fibres », dit-elle en tapotant la photo.

Roth avait regardé l'émission plusieurs fois et l'avait trouvée étrangement divertissante, mais ce jour-là, en tant que spectateur, il constata que le public, composé à quatre-vingt-dix-huit pour cent de femmes, faisait tout autant partie de l'aventure que Zott. Tout le monde semblait être venu armé d'un carnet et d'un crayon ; quelques-unes des femmes présentes dans la salle avaient même des manuels de chimie. Tout le monde était très attentif, comme on est censé l'être dans les amphithéâtres des universités ou dans les églises – mais où c'était rarement le cas.

Pendant l'une des pauses publicitaires, il se tourna vers la femme assise à côté de lui. « Si je peux me permettre, dit-il poliment en montrant sa carte de presse, qu'est-ce que vous aimez dans cette émission ?

— Être prise au sérieux.

— Et les recettes ? »

Elle lui jeta regard incrédule. « Parfois, répondit-elle lentement, je pense que si un homme devait passer une journée à être femme en Amérique, il ne réussirait pas à survivre au-delà de midi. »

La femme de l'autre côté lui tapota un genou : « Préparez-vous à une révolution. »

Après l'émission, il se rendit dans les coulisses, où Zott lui serra la main et où son chien, Six-Trente, le renifla comme un policier au cours d'une fouille. Après de brèves présentations, elle les invita, lui et son photographe, à entrer dans sa loge, où elle parla de l'émission – ou plutôt de la chimie à laquelle elle avait fait référence pendant l'émission. Il l'écouta poliment, puis fit un commentaire à propos de son pantalon, qu'il qualifia de tenue audacieuse. Elle le regarda avec surprise, puis le félicita à son tour d'avoir lui aussi fait ce choix audacieux. Le ton sur lequel elle le dit n'était pas anodin.

Alors que le photographe s'éloignait discrètement, le journaliste changea de sujet et parla de sa coiffure. Cette fois, elle le regarda froidement.

Le photographe jeta un coup d'œil à Roth, inquiet. Il avait été chargé de prendre au moins une photo d'Elizabeth Zott souriante. *Fais quelque chose*, fit-il comprendre par geste à Roth. *Dis quelque chose de drôle*.

« Puis-je vous demander de me parler de ce crayon dans vos cheveux ? tenta Roth.

— Bien sûr, dit-elle. C'est un crayon 2H. Le "2H" indique la dureté de la mine, bien que les crayons ne contiennent pas de mine. Ils contiennent du graphite, une variété allotropique du carbone.

— Non, je voulais dire pourquoi un…

— Un crayon au lieu d'un stylo ? Parce que, contrairement à l'encre, le graphite est effaçable. Les gens font des erreurs, monsieur Roth. Un crayon permet d'effacer une erreur et de passer à autre chose. Les scientifiques s'attendent à l'erreur et, de ce fait, acceptent l'échec », dit-elle en jetant un regard désapprobateur au stylo du journaliste.

Le photographe leva les yeux au ciel.

« Écoutez, déclara soudain Roth en refermant son carnet de notes. J'avais cru que vous aviez accepté cette interview, mais je vois bien qu'elle vous a été imposée. Je n'interviewe jamais personne contre son gré ; je m'excuse sincèrement d'avoir été intrusif. » Puis il se tourna vers le photographe et indiqua la sortie d'un signe de tête. Ils étaient à mi-chemin sur le parking quand Seymour Browne les arrêta. « Zott vous demande de l'attendre ici », annonça-t-il.

Cinq minutes plus tard, Roth se retrouva assis à côté d'Elizabeth Zott sur le siège avant de sa vieille Plymouth bleue, le chien et le photographe relégués à l'arrière.

« Il ne mord pas, n'est-ce pas ? demanda le photographe en se collant contre la vitre.

— Tous les chiens ont la capacité de mordre, dit-elle par-dessus son épaule. Tout comme les humains sont capables de faire du mal. L'astuce est d'agir de manière raisonnable pour que faire le mal ne soit plus nécessaire.

— C'était un *oui* ? » demanda-t-il. Mais ils s'engageaient déjà sur l'autoroute et sa question fut couverte par le bruit du moteur tandis qu'Elizabeth accélérait.

« Où allons-nous ? demanda Roth.

— À mon labo. »

Mais lorsqu'ils s'arrêtèrent devant un petit bungalow dans un quartier vétuste quoique bien entretenu, il pensa avoir mal entendu.

« Je crains que ce soit moi qui vous doive des excuses, dit-elle à Roth en les faisant entrer. Ma centrifugeuse est en panne. Mais je peux encore faire du café. »

Elle se mit au travail pendant que le photographe prenait des photos, avec Roth stupéfait, en admiration devant ce qui avait dû être une cuisine. L'endroit ressemblait à un croisement entre une salle d'opération et une zone à risques biologiques.

« La panne était due à une charge déséquilibrée », précisa-t-elle. Elle ajouta quelques explications sur la séparation des fluides en fonction de la densité, en désignant un grand récipient argenté. Une centrifugeuse ? Il n'en avait aucune idée. Il rouvrit son carnet de notes. Elle posa une assiette de biscuits devant lui.

« Ce sont des aldéhydes cinnamiques », précisa-t-elle.

Il se retourna et vit le chien qui le regardait.

« Six-Trente est un nom inhabituel pour un chien, fit-il remarquer. Qu'est-ce que ça signifie ?

— *Signifie* ? » Elle se tourna vers lui en allumant un bec Bunsen, fronçant les sourcils comme si, une fois de plus, elle ne comprenait pas pourquoi il insistait pour lui poser des questions aussi simplistes. Elle lui fournit alors une description détaillée des Babyloniens, qui s'étaient appuyés sur un système sexagésimal – comptant par soixantièmes, expliqua-t-elle – à la fois pour les mathématiques et l'astronomie. « J'espère que ça rend les choses plus claires », déclara-t-elle.

Pendant ce temps, le photographe, qu'elle avait invité à jeter un coup d'œil autour de lui, s'interrogeait sur l'engin qui trônait au milieu du salon. « L'ergomètre ? dit-elle. C'est une machine à ramer. Je pratique l'aviron. Comme beaucoup d'autres femmes. »

Roth posa son carnet de notes sur la table du laboratoire et la suivit dans la pièce d'à côté, où elle fit une démonstration d'aviron. « Un erg est une unité de mesure d'énergie », expliqua-t-elle en faisant des mouvements de va-et-vient fastidieux, sous l'objectif du photographe. « Il faut beaucoup d'ergs pour ramer. » Puis elle se leva et le photographe prit plusieurs photos de ses mains calleuses avant qu'ils ne retournent tous au laboratoire, où Roth découvrit le chien en train de baver sur ses notes.

Ce fut ainsi que se déroula l'entretien : ennuyeux, du début à la fin. Il continua à poser ses questions auxquelles elle répondit – poliment, consciencieusement, scientifiquement. En d'autres termes, il n'avait récolté aucune info.

Elle posa une tasse de café devant lui. Il n'était pas vraiment un buveur de café – trop amer à son goût – mais elle s'était donné tant de mal pour le préparer : flacons, tubes, pipettes, vapeurs, que, pour être poli, il en but une gorgée. Puis il en but une autre.

« C'est vraiment du café ? demanda-t-il impressionné.

— Vous aimeriez peut-être voir comment Six-Trente m'aide dans le laboratoire », lui proposa-t-elle. Elle installa des lunettes de protection sur la tête du chien, puis expliqua son domaine de recherche – l'abiogenèse, comme elle l'appela – et l'épela : a-b-i-o, avant d'attraper son carnet de notes et de l'écrire en lettres capitales. Pendant ce temps, le photographe mitraillait Six-Trente en train d'appuyer sur un bouton qui soulevait et abaissait l'extracteur de fumée.

« Je voulais vous faire venir ici, déclara-t-elle à Roth, parce que j'aimerais que vos lecteurs comprennent que je ne suis pas vraiment une animatrice d'émission de cuisine. Je suis chimiste. Pendant un certain temps, j'ai essayé de résoudre l'un des plus grands mystères chimiques de notre temps. »

Elle poursuivit en expliquant l'abiogenèse, son excitation devenant évidente alors qu'elle utilisait des descriptions précises pour en brosser un tableau complet. Il se rendit compte qu'elle était très douée pour expliquer, qu'elle avait le don de rendre passionnants même les concepts les plus ennuyeux. Il prit des notes détaillées tandis qu'elle s'affairait et montrait du doigt divers objets dans son laboratoire, partageant de temps en temps avec lui les résultats de ses tests et leurs interprétations. Elle s'excusa une fois de plus pour le dysfonctionnement de la centrifugeuse, expliquant qu'il était hors de question d'installer un cyclotron à la maison, laissant entendre que les lois de zonage actuelles de la ville l'avaient empêchée d'installer une sorte d'appareil radioactif. « Les politiciens ne rendent pas les choses faciles, n'est-ce pas ? Ceci étant, l'origine de la vie : c'est ce que je cherchais.

— Mais plus maintenant ? demanda-t-il.

— Non, plus maintenant », confirma-t-elle.

Roth se tortilla sur son tabouret. La science ne l'avait jamais intéressé le moins du monde – les gens, c'était son truc. Mais avec Elizabeth Zott, savoir qui elle était plutôt que ce qu'elle faisait était impossible. Il se doutait qu'il y avait un moyen d'y parvenir, mais Walter Pine l'avait explicitement averti de ne pas s'engager dans cette voie, sinon l'entretien se terminerait mal. Néanmoins, Roth décida de tenter le coup. « Parlez-moi de Calvin Evans », dit-il.

À la simple mention du nom de Calvin, Elizabeth se retourna, ses yeux exprimant une grande déception. Elle lança un long regard à Roth, le genre de regard adressé à quelqu'un qui n'a pas tenu sa promesse. « Vous êtes donc plus intéressé par le travail de Calvin que par le mien », affirma-t-elle sèchement.

Le photographe secoua la tête en direction de Roth et soupira comme pour dire « bien joué, abruti ». Il mit le capuchon sur son objectif en signe de capitulation. « Je t'attends dehors », lança-t-il, dégoûté.

« Ce n'est pas son travail qui m'intéresse, dit Roth. Je voulais en savoir plus sur votre relation avec Evans.

— En quoi cela vous regarde-t-il ? »

Une fois de plus, il sentit le regard du chien posé sur lui. *J'ai repéré et mémorisé l'emplacement de ta carotide.*

« C'est juste qu'on parle beaucoup de ce qui s'est passé entre vous deux.

— Des rumeurs.

— J'ai cru comprendre qu'il venait d'un milieu aisé – l'aviron, Cambridge – et que vous étiez, il vérifia ses notes, diplômée d'UCLA. Toutefois, je vois que vous n'étiez pas étudiante en troisième cycle là-bas. Où êtes-vous allée ? J'ai aussi appris que vous aviez été renvoyée de Hastings.

— Vous avez vérifié mes références.

— Ça fait partie de mon travail.

— Vous avez donc aussi vérifié celles de Calvin.

— En fait, non. Ce n'était pas vraiment nécessaire. Il était si célèbre que… »

Elle pencha la tête de telle manière qu'elle l'inquiéta.

« Mademoiselle Zott, corrigea-t-il. Vous aussi, vous êtes très célèbre…

— La célébrité ne m'intéresse pas. »

Roth la mit en garde : « Ne laissez pas les gens raconter votre histoire à votre place, mademoiselle Zott. Ils ont tendance à déformer la vérité.

— Les journalistes aussi », trancha-t-elle en s'installant sur le tabouret à côté du sien. Pendant un moment, elle sembla sur le point de coopérer, puis se ravisa et reporta son attention sur le mur devant elle.

Ils restèrent assis en silence pendant un long moment, suffisamment pour que le café refroidisse et que même le tic-tac de sa Timex perde de son enthousiasme. Dehors, un klaxon retentit et une femme cria : « Comme si je ne vous l'avais pas déjà dit cent fois. »

S'il est un truisme en journalisme, c'est bien le suivant : ce n'est que lorsque le journaliste cesse de poser des questions que le sujet commence à parler. Roth le savait, mais ce n'était pas la raison pour laquelle il s'était tu. C'était plutôt parce qu'il se détestait. On lui avait dit de ne pas franchir cette ligne et il l'avait fait quand même. Il avait gagné sa confiance, puis l'avait piétinée. Il voulait s'excuser mais, en tant qu'écrivain, il savait déjà que les mots ne seraient guère efficaces. Pour de vraies excuses, ils le sont rarement.

Soudain, une sirène retentit et elle sursauta.

Elle se pencha en avant et rouvrit le carnet de Roth. « Vous voulez savoir ce qui s'est passé entre Calvin et moi ? » demanda-t-elle sèchement. Et elle commença à lui dire la seule chose que personne ne devrait jamais dire à un journaliste : la vérité toute nue. Embarrassé, il ne sut vraiment pas quoi en faire.

37

Tirage épuisé

« Elizabeth Zott est, sans aucun doute aujourd'hui, la personne la plus influente et la plus intelligente du paysage audiovisuel », écrivit-il installé sur le siège 21C de l'avion qui le ramenait à New York. Il fit une pause, et commanda un autre scotch et de l'eau en regardant par le hublot. Il était un bon écrivain et un bon journaliste, et la combinaison des deux, associée à une bonne dose d'alcool, laissait à penser qu'il trouverait quelque chose à raconter ; du moins, il l'espérait. L'histoire n'était pas heureuse, ce qui, dans son domaine, était généralement une bonne chose. Mais dans ce cas, et avec cette femme…

Il tambourina du bout des doigts sur la tablette devant lui. En règle générale, les journalistes ne veulent jamais se trouver ailleurs qu'au centre : impartiaux et imperméables aux émotions. Mais il était là, penchant d'un côté ; plus précisément, de *son* côté *à elle*, ne voulant absolument pas voir l'histoire sous un autre angle. Roth se déplaça sur son siège et avala son verre d'un trait.

Merde alors ! Il avait interviewé beaucoup d'autres personnes de l'entourage de Zott – Walter Pine, Harriet Sloane, quelques chercheurs de Hastings, tous les membres de l'équipe de « À table ! C'est l'heure du souper ». Il avait même pu approcher l'enfant, Madeline, qui s'était égarée dans le laboratoire en lisant – avait-il bien vu… *Le Bruit et la Fureur*. Mais il ne lui avait rien demandé parce que non seulement il avait senti que ce serait déplacé, mais aussi parce que le chien était intervenu physiquement. Alors qu'Elizabeth s'occupait d'une petite coupure sur la jambe de Madeline, Six-Trente s'était tourné vers lui et avait montré les dents.

Mais peu importe ce que les autres avaient dit, seuls ses mots à elle lui resteraient en tête pour le restant de ses jours.

« Calvin et moi étions des âmes sœurs », avait-elle commencé.

Elle avait poursuivi, en décrivant les sentiments qu'elle éprouvait pour cet homme maladroit et lunatique avec une intensité qui l'avait pris au dépourvu. « Vous n'avez pas besoin de comprendre la chimie à un niveau avancé pour apprécier la rareté de notre situation, avait-elle déclaré. Calvin et moi n'avons pas simplement accroché, nous sommes entrés en collision. Littéralement, en fait, dans le hall d'un théâtre. Il m'a vomi dessus. Vous êtes familier avec la théorie du big bang, n'est-ce pas ? »

Elle avait ensuite parlé de leur histoire d'amour en utilisant des mots comme « expansion », « densité », « chaleur », expliquant, en insistant, que leur passion était sous-tendue par le respect mutuel des compétences de chacun. « Savez-vous à quel point c'est extraordinaire ? avait-elle dit. Qu'un homme considère le travail de la femme qu'il aime avec autant de sérieux que le sien ? »

Il avait pris une grande inspiration.

« Il est évident que je suis chimiste, monsieur Roth, avait-elle rappelé, ce qui, à première vue, expliquerait pourquoi Calvin s'est intéressé à mes recherches. Mais j'ai travaillé avec beaucoup d'autres chimistes et pas un seul d'entre eux n'a cru que j'étais à ma place. À l'exception de Calvin et d'un autre homme. » Son regard s'assombrit. « L'autre étant le Dr Donatti, directeur du département de chimie à Hastings. Non seulement il savait que j'étais à ma place, mais il était également au courant que j'étais sur le point de faire une découverte cruciale. La vérité, c'est qu'il a volé les résultats de mes recherches. Il les a publiés et a fait croire qu'il s'agissait de son propre travail. »

Roth avait ouvert grand les yeux.

« J'ai démissionné le jour même.

— Pourquoi ne pas l'avoir dit à la revue ? s'était-il étonné. Pourquoi ne pas avoir demandé que votre travail soit reconnu ? »

Elizabeth avait alors regardé Roth comme s'il vivait sur une autre planète. « Je suppose que vous plaisantez. »

Il s'était senti honteux. Mais bien sûr… Qui allait croire une femme plutôt que son chef de département ? S'il était honnête, il n'était même pas sûr que lui-même y aurait cru.

« Je suis tombée amoureuse de Calvin parce qu'il était intelligent et gentil, mais aussi parce qu'il était le tout premier homme à me prendre au sérieux. Imaginez si tous les hommes prenaient les femmes au sérieux. L'éducation changerait. Le marché du travail serait révolutionné. Les conseillers conjugaux feraient faillite. Vous voyez où je veux en venir ? »

Il voyait, mais n'en avait pas vraiment envie. Sa femme l'avait récemment quitté, disant qu'il ne respectait ni son travail de femme au foyer ni son travail de mère. Mais être une femme au foyer et une mère n'était pas vraiment un travail, n'est-ce pas ? Plutôt un rôle. Quoi qu'il en fût, elle était partie.

« C'est pourquoi j'ai voulu utiliser " À table ! C'est l'heure du souper " pour enseigner la chimie. Parce que lorsque les femmes comprennent la chimie, elles commencent à comprendre comment les choses fonctionnent. »

Roth avait eu l'air confus.

« Je fais référence aux atomes et aux molécules, Roth, avait-elle expliqué. Les vraies règles qui régissent le monde physique. Lorsque les femmes comprennent ces concepts de base, elles peuvent commencer à voir les fausses limites qui ont été créées pour elles.

— Vous voulez dire par les hommes.

— J'entends par là des politiques culturelles et religieuses artificielles qui placent les hommes dans le rôle hautement contre-nature du leadership unisexe. Même une compréhension élémentaire de la chimie révèle le danger d'une approche aussi déséquilibrée.

— En effet…, avait-il reconnu, se rendant compte qu'il n'avait jamais vu les choses de cette façon auparavant, je suis d'accord pour dire que la société laisse beaucoup à désirer, mais quand il s'agit de religion, j'ai tendance à penser qu'elle nous rend humbles – et nous apprend notre place dans le monde.

— Vraiment ? avait rétorqué Elizabeth, surprise. Je pense que ça nous permet de nous tirer d'affaire. Je pense que ça nous fait croire que rien n'est vraiment de notre faute, que quelque chose ou quelqu'un d'autre tire les ficelles, et qu'en fin de compte, nous ne sommes pas responsables de la façon dont vont les choses, et que pour les améliorer, nous devons prier. Mais la vérité est que nous sommes en grande partie responsables du mal dans le monde. Et nous avons le pouvoir de le réparer.

— Mais vous ne suggérez sûrement pas que les humains peuvent réparer l'univers.

— Je parle de *nous* réparer, monsieur Roth – de réparer nos erreurs. La nature fonctionne sur un plan intellectuel plus élevé. Nous pouvons apprendre davantage, nous pouvons aller plus loin mais, pour y parvenir, nous devons ouvrir les portes. Trop de brillants esprits sont tenus à l'écart de la recherche scientifique à cause de préjugés ignorants, de notions telles que le sexe et la race. Ça me rend furieuse et ça devrait vous rendre furieux vous aussi. La science a de gros problèmes à résoudre : famine, maladie, extinction. Et ceux qui ferment délibérément la porte aux autres en utilisant des notions culturelles désuètes et intéressées ne sont pas seulement malhonnêtes, ils sont sciemment paresseux. L'Institut de recherche Hastings en est rempli. »

Roth avait arrêté d'écrire. Les propos d'Elizabeth résonnaient en lui. Il travaillait pour un magazine réputé, mais son nouveau rédacteur en chef venait du *Hollywood Reporter* – un torchon – et lui, Roth, récompensé par le prix Pulitzer, rendait désormais des comptes à quelqu'un qui qualifiait les nouvelles de « buzz », qui insistait pour que le « linge sale » fasse partie intégrante de chaque histoire. *Le journalisme est une entreprise à but lucratif !* lui rappelait toujours son patron. *Les gens veulent du sordide !*

« Je suis athée, monsieur Roth, avait-elle déclaré en soupirant. En fait, je suis humaniste. Mais je dois avouer que certains jours, l'espèce humaine me rend malade. »

Elle s'était levée, avait récupéré leurs tasses et les avaient posées près du panneau sur lequel on lisait « Douche oculaire ». Il avait alors cru clairement comprendre que leur entretien était terminé, mais elle s'était de nouveau tournée vers lui.

« Quant à mon diplôme de troisième cycle, je n'en ai pas, et je n'ai jamais prétendu en avoir un. Mon entrée dans le programme d'études supérieures de Meyers était basée uniquement sur l'auto-apprentissage. En parlant de Meyers, avait-elle dit d'une voix dure, alors qu'elle retirait le crayon de ses cheveux. Il y a une chose que vous devriez savoir. » Puis elle lui avait raconté toute l'histoire, expliquant qu'elle avait dû quitter UCLA parce que lorsque les hommes violaient les femmes, ils préféraient que les femmes n'en disent rien.

Roth avait dégluti difficilement.

« En ce qui concerne mes origines, c'est mon frère qui m'a élevée, avait-elle continué. Il m'a appris à lire, il m'a fait découvrir les merveilles de la bibliothèque, il a essayé de me protéger de la dévotion de mes parents pour l'argent. Le jour où nous avons trouvé John pendu aux poutres de la grange, mon père n'a même pas attendu que la police arrive. Il ne voulait pas être en retard pour se donner en spectacle. » Son père, lui avait-elle expliqué, était un showman de l'apocalypse qui purgeait actuellement une peine de prison de vingt-cinq ans fermes pour avoir tué trois personnes alors qu'il accomplissait un miracle, le véritable miracle étant qu'il n'en avait pas tué davantage. Quant à sa mère, elle ne l'avait pas vue depuis plus de douze ans. Partie pour de bon au Brésil avec une nouvelle famille. Éviter les impôts s'avère être un vrai choix de vie.

« Mais je pense que l'enfance de Calvin remporte la palme. » Elle avait poursuivi son récit en expliquant la mort des parents de Calvin, puis de sa tante, ce qui l'avait fait atterrir dans un foyer catholique pour garçons, où il avait subi des abus de la part des prêtres jusqu'à ce qu'il soit assez grand pour pouvoir y mettre fin. Elle avait trouvé son vieux journal intime enfoui au fin fond des boîtes qu'elle et Frask avaient volées. Bien que son gribouillage enfantin fût souvent impossible à déchiffrer, on y lisait sa souffrance.

Ce qu'elle n'avait pas dit à Roth, c'était qu'elle avait découvert la source de la rancune permanente de Calvin dans son journal. *Je suis ici alors que je ne devrais pas l'être*, avait-il écrit, comme s'il sous-entendait qu'il y avait une alternative. *Et je ne pardonnerai jamais à cet homme-là. Jamais. Pas tant que je vivrai.* Après avoir lu sa correspondance avec Wakely, elle avait finalement compris qu'il s'agissait de ce père dont il avait espéré qu'il fût mort. Celui qu'il avait promis de haïr jusqu'au dernier jour de sa vie. Une promesse qu'il avait tenue.

Roth avait gardé les yeux rivés à la table. Il avait eu une éducation normale – deux parents, pas de suicides, pas de meurtres, pas même un seul geste déplacé de la part du prêtre de sa paroisse. Et pourtant, il trouvait encore beaucoup de raisons de se plaindre. Qu'est-ce qui n'allait pas chez lui ? Tout comme les gens ont la mauvaise habitude d'ignorer les problèmes et les tragédies des autres, ils ont aussi la mauvaise habitude de ne pas apprécier ce qu'ils ont – ou avaient. Sa femme lui manquait.

« Quant à la mort de Calvin, j'en suis responsable à cent pour cent », avait-elle déclaré. Il avait pâli lorsqu'elle avait continué à décrire l'accident, la laisse et les sirènes, et expliqué que, pour cette raison, elle ne retiendrait plus jamais personne. Selon elle, sa mort avait engendré une série d'autres échecs : prise de court par le vol de Donatti, elle avait abandonné ses recherches ; déterminée à aider sa fille à s'intégrer, elle l'avait inscrite dans une école où elle ne s'intégrait pas ; et, pire encore, elle était devenue la personne qu'elle désirait le moins être, elle se donnait en spectacle comme son père. Oh… et en plus, elle avait provoqué une crise cardiaque, qui avait envoyé Phil Lebensmal à l'hôpital. « Bien que je ne considère pas ce dernier point comme un échec », avait-elle ajouté.

« De quoi avez-vous parlé ? avait demandé le photographe sur le chemin de l'aéroport. J'ai raté quelque chose ?

— Rien du tout », avait menti Roth.

Avant de monter dans le taxi, Roth avait déjà décidé de ne pas révéler ce qu'il avait appris. Il allait écrire son article dans les délais impartis, mais il improviserait, sans rien dire de ce qu'il savait. Il écrirait beaucoup, mais ne dirait rien. Il parlerait d'elle, mais sans rien dévoiler. En d'autres termes, il se contenterait de respecter les délais ce qui, dans le journalisme, était suffisant.

Malgré ce que vous dira Elizabeth Zott, « À table ! C'est l'heure du souper » n'est pas seulement une initiation à la chimie, écrivit-il ce jour-là dans l'avion. *C'est une leçon de vie de trente minutes, cinq jours par semaine. Et non sur ce que nous sommes ou ce dont nous sommes faits, mais plutôt sur ce que nous sommes capables de devenir.*

Au lieu de livrer des informations d'ordre privé, il rédigea une description de deux mille mots de l'abiogenèse, suivie d'un long paragraphe de cinq cents mots sur la façon dont l'éléphant métabolise sa nourriture.

« Ce n'est pas une histoire ! s'écria son nouvel éditeur après avoir lu le premier jet. Où est le sordide chez Zott ?

— Il n'y en a pas », déclara Roth.

Deux mois plus tard, on retrouvait Elizabeth en couverture du magazine *Life*, les bras croisés sur la poitrine, le visage sombre, une photo accompagnée du titre : « Pourquoi nous mangerons tout ce qu'elle nous prépare. » L'article de six pages était illustré par quinze photos d'Elizabeth en action : sur le plateau de l'émission, sur son ergomètre, avec la maquilleuse, caressant Six-Trente, en réunion avec Walter Pine, rajustant sa coiffure. L'article s'ouvrait sur la citation de Roth selon laquelle elle était la personne la plus intelligente du paysage audiovisuel de l'époque, sauf que le rédacteur en chef avait remplacé l'adjectif « intelligent » par « séduisant ». Venait ensuite une brève description des plus grands succès de son émission : l'épisode de l'extincteur, l'épisode du champignon vénéneux, celui du « Je ne crois pas en Dieu », et d'autres encore. Et enfin, l'article se terminait par le commentaire de Roth : cette émission était une leçon de vie. Mais le reste ?

« C'est l'ange de la mort. » C'est ce qu'avait écrit un jeune journaliste aux dents longues citant le père de Zott après lui avoir rendu visite à la prison de Sing Sing. « La progéniture du diable. Et elle est arrogante. »

Le jeune journaliste avait également réussi à obtenir une citation du Dr Meyers d'UCLA, dans laquelle il décrivait Zott comme une « étudiante terne plus intéressée par les hommes que par les molécules » avant d'ajouter qu'elle était loin d'être aussi belle en vrai qu'à la télévision.

« Qui ? avait demandé Donatti quand le jeune reporter avait évoqué les antécédents professionnels de Zott. Zott ? Oh attendez, vous voulez dire Succulente Lizzie ? Nous la qualifions tous de Succulente, un adjectif qu'elle utilisait volontiers. « N'est-ce pas exquis ? C'était une excellente laborantine – c'est un poste que nous donnons aux personnes qui veulent faire des recherches scientifiques mais qui n'en ont pas les capacités intellectuelles. » Il avait souri, illustrant son point de vue en montrant l'ancienne blouse de laboratoire d'Elizabeth, qui portait toujours ses initiales, E. Z.

La dernière citation était celle de Mme Mudford. « La place des femmes est au foyer, et qu'Elizabeth Zott ne soit pas femme au foyer s'est révélé perturbateur pour le bien-être de son enfant. Elle exagérait souvent les capacités intellectuelles de sa fille – le premier signe d'un parent prétentieux. Naturellement, lorsque Madeline était mon élève, j'ai travaillé très dur pour contrer cet effet. » La citation de Mudford était accompagnée, entre autres choses, d'une copie de l'arbre généalogique de Madeline. *Des mensonges ! Regardez-moi ça*, avait commenté Mudford en haut de la feuille.

De tout ce que contenait l'article, ce fut l'arbre généalogique qui fit le plus de mal. Parce que

Madeline y avait non seulement inscrit Walter comme parent – les lecteurs avaient immédiatement supposé qu'Elizabeth couchait avec son producteur – mais elle y avait également ajouté un petit dessin d'un grand-père vêtu de la tenue à rayures des prisonniers, d'une grand-mère mangeant des tamales au Brésil, d'un gros chien lisant *Old Yeller*[1], d'un gland étiqueté « La bonne fée », d'une femme nommée Harriet empoisonnant son mari, de la pierre tombale d'un père décédé, d'un enfant avec une corde autour du cou, ainsi que quelques vagues liens avec Néfertiti, Sojourner Truth et Amelia Earhart.

Le tirage du magazine fut épuisé en moins de vingt-quatre heures.

---

1. *Old Yeller* est un roman pour enfants de 1956 écrit par Fred Gipson et illustré par Carl Burger. Il a reçu un prix en 1957. Le titre est tiré du nom du chien jaune qui est au centre de l'histoire du livre.

38

Brownies

Juillet 1961

Certains disent qu'il n'y a pas de mauvaise publicité et, dans ce cas, ils eurent raison. Le taux d'audience de « À table ! C'est l'heure du souper » battit tous les records.

« Elizabeth, dit Walter alors qu'elle était assise face à lui dans son bureau le visage figé. Je sais que tu es bouleversée par cet article, nous le sommes tous. Mais voyons le bon côté des choses. Les nouveaux annonceurs font la queue en masse. Plusieurs fabricants nous supplient de pouvoir créer de toutes nouvelles lignes de produits à ton nom. Des casseroles, des couteaux, toutes sortes de choses ! »

Elle pinça les lèvres, une expression synonyme de problèmes à venir, il le savait.

« Mattel a même envoyé les spécifications techniques d'un kit de chimie pour fille.

— Un kit de chimie ? » Elle émergea de sa torpeur.

« Garde à l'esprit que ce ne sont que des notes d'intention, dit-il prudemment, en lui tendant une proposition. Je suis sûr que certaines choses peuvent…

— “Les filles ! lut-elle à voix haute. Fabriquez votre propre parfum… en utilisant la science !” Mon Dieu, Walter ! Et la boîte est rose ? Appelle ces gens tout de suite. Je veux leur dire où ils peuvent se le mettre, leur flacon en plastique.

— Elizabeth, l’arrêta-t-il sur un ton qui se voulait apaisant, nous n’avons pas à dire oui à tout, mais il y a ici un certain potentiel pour une sécurité financière à vie. Pas seulement pour nous, mais pour nos filles. Nous devons penser aux autres.

— Penser n’a rien à voir là-dedans, Walter, c’est du marketing.

— Monsieur Pine, intervint une secrétaire, M. Roth sur la ligne deux de votre téléphone.

— Ne réponds pas à cet appel », le prévint Elizabeth, dont le visage portait encore la trace de la calomnie dont elle était victime.

« Bonsoir, dit Elizabeth quelques semaines plus tard, je m’appelle Elizabeth Zott, et je vous présente “À table ! C’est l’heure du souper”. »

Une planche à découper, avec un large choix de légumes regroupés en un éblouissant éventail de couleurs, était posée devant elle. « La vedette de l’émission de ce soir sera l’aubergine, comme on l’appelle partout dans le monde, annonça-t-elle en prenant un gros légume violacé. L’aubergine est très nutritive, mais elle peut être amère en raison de ses composés phénoliques. Pour supprimer cette amertume… » Elle s’arrêta brusquement, retournant le légume entre ses mains comme si elle n’en était pas satisfaite. « Laissez-moi reformuler tout ça. Pour se prémunir contre la *tendance* à l’amertume de l’aubergine… »

Elle s'arrêta de nouveau et soupira bruyamment. Puis elle mit l'aubergine de côté.

« Laissez tomber. La vie est déjà bien assez amère comme ça. » Elle se retourna pour ouvrir un placard derrière elle, et elle en sortit tous les nouveaux ingrédients qu'il contenait. « Changement de programme, annonça-t-elle. On va faire des brownies. »

Madeline était allongée sur le ventre devant la télévision, les jambes en l'air croisées derrière elle. « On dirait qu'on va encore avoir des brownies, Harriet. Ça fait cinq jours de suite. »

« Je fais des brownies les jours où ça va mal, avoua Elizabeth. Je ne vais pas prétendre que le saccharose est un ingrédient essentiel nécessaire à notre bien-être mais, personnellement, je me sens mieux quand j'en mange. C'est parti. »

« Mad », dit Harriet couvrant la voix d'Elizabeth alors qu'elle retouchait son rouge à lèvres et se recoiffait. « Je dois m'absenter un moment, d'accord ? N'ouvre la porte à personne, ne réponds pas au téléphone, et ne sors pas de la maison. Je serai de retour avant que ta mère arrive. C'est compris ? Mad ? Tu m'entends ?

— Quoi ?

— À tout à l'heure. » La porte se referma derrière elle.

« Les brownies sont meilleurs lorsqu'ils sont préparés à partir d'une poudre de cacao d'excellente qualité ou de chocolat à cuire non sucré, poursuivit Elizabeth. En ce qui me concerne, je préfère le cacao hollandais. Il contient un niveau élevé de polyphénols qui, comme vous le savez, sont des agents réducteurs qui protègent le corps contre l'oxydation… »

Madeline resta rivée à l'écran pendant que sa mère mélangeait la poudre de cacao avec le beurre et le sucre fondus, fouettant la préparation à l'aide d'une cuillère en bois avec une telle vigueur qu'on aurait pu craindre que le saladier se casse. Quand le magazine *Life* était sorti dans les kiosques, elle avait été si fière. Sa mère en une ! Mais avant qu'elle ne puisse le lire, Elizabeth avait mis tous ses exemplaires – et ceux de Harriet aussi – dans un sac poubelle et jeté le gros sac lourd sur le trottoir. « Tu *ne dois pas* lire ce tissu de mensonges, avait-elle ordonné à Madeline. Tu as compris ? En aucun cas. »

Madeline avait acquiescé. Mais le lendemain, elle s'était rendue directement à la bibliothèque et avait lu l'article d'une traite, son doigt guidant ses yeux le long des colonnes. « Non, s'était-elle étranglée. Non, non, non. » Des larmes avaient coulé sur une photo de sa mère en train de se coiffer comme si c'était ce qu'elle faisait toute la journée. « Ma mère est une scientifique. Une chimiste. »

Elle reporta son attention sur l'écran de la télévision, où sa mère hachait des noix. « Les noix contiennent un taux inhabituellement élevé de vitamine E sous forme de gamma-tocophérol qui, c'est prouvé, protège le cœur », expliquait Elizabeth. Pour autant, à la façon dont elle continuait à les hacher, il était évident que les noix n'allaient pas servir à grand-chose pour réparer les dommages que son cœur avait subis.

On sonna soudain, et Mad sursauta. Harriet ne la laissait jamais répondre à la porte, mais Harriet n'était pas là. Elle jeta un coup d'œil par la fenêtre, s'attendant à voir un inconnu, et elle fut surprise de découvrir le révérend Wakely.

« Mad, s'exclama le révérend Wakely quand elle ouvrit la porte. J'étais si inquiet. »

À la télévision, Elizabeth Zott expliquait comment l'air était porté par les surfaces rugueuses des cristaux de sucre, puis enrobé d'un film gras, créant ainsi une mousse. « Lorsque j'ajouterai les œufs, détailla-t-elle, leurs protéines empêcheront les bulles d'air enrobées de gras de se dégonfler sous l'effet de la chaleur. » Elle posa le bol. « Nous reviendrons après les spots d'identité visuelle de la chaîne. »

« J'espère que ça ne te dérange pas que je sois passé, dit Wakely. Je pensais te trouver à la maison pendant l'émission de ta mère. Est-ce qu'elle prépare vraiment des brownies pour le dîner ?

— Elle a passé une mauvaise journée.

— Cet article du magazine *Life*... je ne peux qu'imaginer... Où est ta baby-sitter ?

— Harriet sera de retour dans un moment. » Elle hésita, sachant que c'était probablement une mauvaise idée. « Wakely. Vous voulez rester pour le dîner ? »

Il réfléchit. Si les mauvais jours dictaient les menus, il mangerait des brownies à tous les repas jusqu'à son dernier souffle. « Je ne veux sûrement pas m'imposer, Mad. Je voulais juste m'assurer que tu allais bien. Je me sens mal de ne pas avoir été capable de t'aider davantage avec cet arbre généalogique, même si je suis fier de ce que tu as fait. Tu as dépeint ta famille à grands traits, en toute honnêteté. La famille est le résultat de bien d'autres choses que la seule biologie.

— Je sais. »

Il jeta un coup d'œil à la petite pièce encombrée de livres, ses yeux scrutant l'ergomètre. « La voilà, s'émerveilla-t-il. La machine à ramer. Je l'ai vue dans le magazine. Ton père était très adroit.

— Ma *mère* est très adroite, affirma-t-elle. C'est elle qui a transformé notre cuisine en un… » Mais avant qu'elle ait pu lui montrer le laboratoire, Elizabeth annonçait son retour sur le plateau. « Une des choses que j'aime dans la cuisine, expliquait-elle en ajoutant la farine à sa préparation, c'est son utilité inhérente. Lorsque nous préparons un repas, nous ne créons pas seulement quelque chose de bon à manger – nous créons ce qui fournit de l'énergie à nos cellules, ce qui nous maintient en vie. C'est très différent de ce que créent les autres. Par exemple – elle marqua une pause, puis regarda la caméra droit dans l'objectif en plissant les yeux – les magazines. »

« Ta pauvre mère », déplora Wakely en secouant la tête.

La porte de derrière s'ouvrit à la volée.

« Harriet ? appela Mad.

— Non chérie, c'est moi. » La voix était fatiguée. « Je suis rentrée tôt. »

Wakely se figea. « Ta mère ? »

Il n'était pas préparé à rencontrer Elizabeth Zott. C'était déjà assez d'être dans la maison où Calvin Evans avait vécu, mais de rencontrer soudainement la femme qu'il n'avait pas réussi à consoler aux funérailles d'Evans… La célèbre animatrice athée de la télévision… La personne qui avait récemment fait la couverture de *Life*… Non. Il devait partir immédiatement ; sur-le-champ, avant qu'elle ne voie un homme adulte seul avec sa fille dans une maison vide. Mon Dieu ! Que lui était-il passé par la tête ? Rien n'aurait pu paraître pire.

« Au revoir », murmura-t-il en s'adressant à Mad, se tournant vers la porte d'entrée. Mais avant qu'il ne puisse sortir, Six-Trente apparut, se mettant à trotter à ses côtés.

Wakely !

« Mad ? » appela Elizabeth en déposant ses sacs dans le laboratoire avant d'entrer dans le salon. « Où es… » Elle s'arrêta. « Oh. » Elle fronça les sourcils, surprise de voir un homme portant l'habit ecclésiastique saisir la poignée de sa porte d'entrée.

« Salut, maman, dit Madeline, sur un ton qui se voulait désinvolte. Je te présente Wakely. C'est l'un de mes amis.

— *Révérend* Wakely, indiqua celui-ci en lâchant à contrecœur la poignée de porte pour tendre la main à Elizabeth. First Presbyterian Church. Je suis vraiment désolé de vous déranger, madame Zott, dit-il à la hâte. Vraiment, vraiment désolé. Je suis sûr que vous êtes fatiguée après cette longue journée de travail. Madeline et moi nous sommes rencontrés à la bibliothèque il y a quelque temps et, elle a raison, nous sommes devenus amis, nous… J'allais partir.

— Wakely m'a aidée avec l'arbre généalogique.

— Un devoir affreux, ajouta-t-il. Complètement débile. Je suis absolument contre les devoirs qui s'immiscent dans les affaires familiales privées… mais, non, je n'ai été d'aucune utilité. J'aurais aimé pouvoir l'aider mieux. Calvin Evans a eu une grande influence dans ma vie… Son travail… eh bien, ça peut paraître étrange vu le domaine qui est le mien, mais j'étais un admirateur, un fan, même. En fait, Evans et moi étions… » Il marqua une pause. « Encore une fois, je suis vraiment désolé, toutes mes condoléances, je suis sûr que ça n'a pas été… »

Wakely s'entendait parler, les mots se déversant comme une rivière en crue. Plus il bafouillait, plus Elizabeth Zott le regardait d'un air qui l'effrayait.

« Où est Harriet ? demanda-t-elle en se tournant vers Madeline.

— Partie faire des courses. »

À la télévision, Elizabeth Zott disait : « J'ai le temps de répondre à une ou deux questions.

— Vous êtes vraiment chimiste ? demandait quelqu'un. Parce que le magazine *Life* a dit...

— Oui, je suis chimiste, aboyait-elle en réponse. Est-ce que quelqu'un a une vraie question ? »

Dans son salon, Elizabeth eut l'air paniquée. « Éteins ça tout de suite », dit-elle à Mad. Mais avant que sa fille n'ait pu obéir, une femme dans le public du studio demandait : « Est-il vrai que votre fille est illégitime ? »

Wakely fit deux pas en direction de la télévision et l'éteignit lui-même d'un geste brusque. « Ne fais pas attention à ça, Mad, dit-il. Le monde est rempli d'ignorance. » Puis il jeta un coup d'œil autour de lui comme s'il voulait s'assurer qu'il n'avait rien oublié et s'excusa : « Je suis vraiment désolé de vous avoir dérangée. » Mais alors qu'il s'emparait de nouveau de la poignée de la porte d'entrée, Elizabeth Zott posa une main sur sa manche.

« Révérend Wakely, le retint-elle de la voix la plus triste qu'il ait jamais entendue. Nous nous sommes déjà rencontrés. »

« Vous ne me l'aviez jamais dit, fit remarquer Madeline en prenant un deuxième brownie. Pourquoi vous ne m'avez pas dit que vous étiez à l'enterrement de mon père ?

— Parce que je n'étais qu'un figurant, c'est tout, répondit Wakely. J'admirais beaucoup ton père, mais ça ne veut pas dire que je le connaissais. Je voulais aider – je voulais trouver les bons mots pour aider ta mère à surmonter sa perte, mais j'ai échoué. Je n'avais jamais rencontré ton père, tu vois, mais j'avais l'impression de le comprendre. Ce qui semble probablement présomptueux, reconnut-il, se tournant vers Elizabeth. Je suis désolé. »

Pendant tout le dîner, Elizabeth était plus ou moins restée silencieuse, mais la confession de Wakely sembla la toucher, d'une manière lointaine. Elle hocha la tête.

« Mad, expliqua-t-elle. Illégitime signifie que tu es une enfant née hors mariage. Ça veut dire que ton père et moi n'étions pas mariés.

— Je sais ce que ça veut dire, répondit Mad. Mais je ne comprends pas pourquoi on en fait toute une histoire.

— Seuls les idiots en font toute une histoire, intervint Wakely. J'ai affaire à des idiots toute la journée, je sais de quoi je parle. En tant que pasteur, j'avais espéré mettre un frein à ce type d'ignorance et faire en sorte que les gens comprennent qu'ils font le mal inutilement… Quoi qu'il en soit, ta mère a tout à fait raison quand elle dit dans l'article qui la cite que notre société s'appuie largement sur des mythes, que notre culture, notre religion et notre politique déforment la vérité. L'illégitimité n'est qu'un de ces mythes. Ne fais pas attention à ceux qui s'en servent. »

Elizabeth le regarda, surprise. « Ça n'a pas été cité dans l'article de *Life*.

— Qu'est-ce qui n'a pas été cité ?

— La partie sur le mythe. La déformation de la vérité. »

Ce fut au tour de Wakely d'avoir l'air surpris. « Non, pas dans *Life*. Mais dans le nouvel… » Il regarda Mad, comme s'il venait de se rappeler pourquoi il était passé. « Oh, mon Dieu. » Il se pencha pour récupérer dans sa sacoche une enveloppe en papier kraft non cachetée qu'il posa devant Elizabeth. Sur cette enveloppe trois mots étaient écrits : *Elizabeth Zott. CONFIDENTIEL.*

« Maman, dit rapidement Mad. M. Roth est venu il y a quelques jours. Je n'ai pas ouvert la porte parce que je ne suis pas censée le faire, mais aussi parce que c'était Roth, et Harriet a dit que Roth était l'ennemi public numéro un. » Elle fit une pause, baissa la tête. « J'ai lu son article dans *Life*, avoua-t-elle. Je sais que tu m'avais dit de ne pas le faire, mais je l'ai fait et c'était affreux. De plus, je ne sais pas comment Roth s'est procuré mon arbre généalogique, mais il l'a fait et c'est ma faute, et… » Des larmes coulèrent sur ses joues.

« Mon cœur, dit Elizabeth, d'une voix douce alors qu'elle attirait l'enfant sur ses genoux. Non, bien sûr que non, ce n'est pas ta faute ; rien de tout ça n'est ta faute. Tu n'as rien fait de mal.

— Oh si, j'ai fait quelque chose, hoqueta Mad alors que sa mère lui caressait les cheveux. Ça, dit-elle en désignant l'enveloppe en papier kraft que Wakely avait posée sur la table, ça vient de Roth. Il l'a laissée sur le pas de la porte et je l'ai ouverte. Et même si ça disait “confidentiel”, j'en ai lu le contenu. Et puis je l'ai apportée à Wakely.

— Mais Mad, pourquoi as-tu voulu… ? » Elle s'interrompit et regarda Wakely, inquiète. « Attendez. Vous l'avez lu, vous aussi ?

— Je n'étais pas là quand Mad est passée, expliqua Wakely, mais ma secrétaire oui et elle m'a dit que Mad était bouleversée. Donc je l'avoue, j'ai lu l'article moi aussi. Ainsi que ma secrétaire. C'est assez…

— Mon Dieu ! explosa Elizabeth. Qu'est-ce qui ne tourne pas rond chez vous ? Est-ce que le mot "confidentiel" ne veut plus rien dire ? » Elle attrapa l'enveloppe d'un geste vif.

— Mais Mad, protesta Wakely ignorant l'ire d'Elizabeth, pourquoi ce document t'a-t-il autant contrariée ? Au moins, M. Roth essaie d'arranger les choses. Au moins, il a écrit la vérité.

— Qu'est-ce que vous entendez par *vérité* ? demanda Elizabeth. Cet homme est incapable de… » Mais à l'instant où elle ouvrit l'enveloppe et en retira le contenu, elle s'interrompit de nouveau. Le nouvel article avait pour titre : « Pourquoi leurs cerveaux importent. »

C'était une maquette d'un article pas encore publié. Le titre était illustré d'une photo d'Elizabeth dans son laboratoire, un Six-Trente à lunettes à ses côtés, tous deux entourés d'un groupe d'autres femmes scientifiques du monde entier photographiées dans leurs laboratoires. Le sous-titre était « Les préjugés de la science et ce que ces femmes font pour y remédier ».

Une note était attachée à l'article par un trombone.

Désolé, Zott. Ai quitté Life. *J'essaie toujours de dire la vérité, même si personne ne veut l'entendre. Jusqu'à présent, mon article a été refusé par une dizaine de publications scientifiques. Je pars couvrir une histoire en cours dans un endroit appelé Viêtnam. Bien à vous, F. R.*

Elizabeth lut le nouvel article en retenant son souffle. Tout était là : ses objectifs, ses expériences. Et ces autres femmes et leur travail ; elle se sentit fortifiée par leurs batailles, inspirée par leurs progrès.

Mais Madeline, elle, pleurait.

« Mon cœur. Je ne comprends pas. Pourquoi cet article t'a-t-il autant bouleversée ? s'inquiéta Elizabeth. M. Roth a fait du bon travail. C'est un bon article. Je ne suis pas en colère contre toi, je suis contente que tu l'aies lu. Il a écrit quelque chose de vrai sur moi et ces autres femmes et j'espère vraiment que cet article sera publié. Quelque part. » Elle jeta de nouveau un coup d'œil à la note que lui avait adressée Roth. Refusé par des magazines scientifiques une dizaine de fois déjà. Tiens donc.

« Je sais, répondit Madeline s'essuyant le nez d'un geste de la main, mais c'est pour ça que je suis triste, maman. Parce que ta place est dans un laboratoire. Mais au lieu de ça, tu prépares le dîner à la télé et… et… et c'est à cause de moi.

— Non, dit Elizabeth avec douceur. Ce n'est pas vrai. Tous les parents doivent gagner leur vie. C'est ça, être adulte.

— Mais si tu ne travailles pas dans un laboratoire c'est à cause de moi…

— Encore une fois, ce n'est pas vrai…

— Si, c'est vrai. La secrétaire de Wakely me l'a dit. »

Elizabeth resta bouche bée.

« Bon sang, dit Wakely se couvrant le visage de ses mains.

— Quoi ? tonna Elizabeth. Qui est votre secrétaire ?

— Je pense que vous la connaissez.

— Écoute-moi, Mad, articula fermement Elizabeth. Écoute-moi très attentivement. Je suis toujours chimiste. Chimiste à la télévision.

— Non, soupira Mad avec tristesse. Tu ne l'es pas. »

39

Chers messieurs

Revenons à l'avant-veille, au moment où Mlle Frask était sur sa lancée. Habituellement, elle pouvait désormais taper environ cent quarante-cinq mots par minute, ce qui était rapide, mais le record du monde était de deux cent seize mots par minute et, ce jour-là, Mlle Frask, qui avait avalé trois pilules amaigrissantes avec du café, avait le sentiment qu'elle pourrait le battre. Mais alors qu'elle entrait dans la dernière ligne droite, ses doigts martelant les touches, un chronomètre posé juste à côté de la machine à écrire, elle entendit deux mots inattendus.

« Excusez-moi.

— Nom d'une pipe en bois ! » s'écria-t-elle en sursautant. Elle s'était levée de sa chaise et avait tourné la tête vers la gauche pour voir une enfant maigrichonne serrant contre elle une enveloppe en papier kraft.

« Salut, dit l'enfant.

— Merde alors, c'est quoi ce cirque ! s'exclama Frask.

— Madame, vous tapez vite. »

Frask pressa sa main sur son cœur comme pour l'empêcher de s'échapper. « M-merci, réussit-elle à répondre.

— Vos pupilles sont dilatées.

— Pa-pardon ?

— Wakely est-il là ? »

Frask se rassit, le cœur en fibrillation, alors que l'enfant se penchait sur le bureau pour scruter la feuille glissée dans la machine à écrire.

« Vous *permettez* ? s'agaça Frask.

— Je suis en train de calculer », expliqua la gosse. Puis elle recula stupéfaite. « Waouh ! Vous n'êtes pas loin du record détenu par Stella Pajunas[1].

— Comment savez-vous qui est Stella…

— La dactylo la plus rapide du monde. Deux cent seize mots par… »

Frask écarquilla les yeux de surprise.

« … mais je vous ai interrompue et on doit donc prendre ça en compte…

— Qui êtes-vous ? insista Frask.

— Madame… vous transpirez. »

Frask porta la main à son front humide.

« Vous êtes à cent quatre-vingts mots par minute. Si l'on arrondit.

— Comment tu t'appelles ?

— Mad », répondit la gosse.

Frask observa les lèvres gonflées et violacées de l'enfant, ses longs bras maladroits. « Evans ? » ajouta-t-elle sans réfléchir.

Elles se regardèrent, toutes deux également surprises.

« Ta mère, ton père et moi avons travaillé ensemble, expliqua Frask à Mad devant une assiette de biscuits

1. Stella Pajunas est devenue célèbre en 1946 après avoir battu le record du monde du nombre de mots tapés à la minute.

de régime. « À Hastings. J'étais au service du personnel et ta mère et ton père étaient tous deux au département de chimie. Ton père était très célèbre, je suis sûre que tu le sais. Et maintenant, ta mère l'est aussi.

— À cause du magazine *Life*, dit l'enfant en baissant la tête.

— Non, répliqua fermement Frask. En dépit du magazine *Life*.

— Comment était mon père ? demanda Mad en prenant une petite bouchée de biscuit.

— Il… » Frask hésita. Elle réalisa qu'elle n'avait aucune idée de ce qu'il avait été. « Il était fou amoureux de ta mère. »

Le visage de Madeline s'illumina. « Vraiment ?

— Et ta mère, poursuivit-elle pour la première fois sans jalousie, était folle amoureuse de lui.

— Quoi d'autre ? demanda Mad avec impatience.

— Ils étaient très heureux ensemble. Si heureux, qu'avant de mourir ton père a laissé un cadeau à ta mère. Tu sais quel était ce cadeau ? » Elle fit un geste du menton en direction de Mad. « Toi. »

Madeline leva légèrement les yeux au ciel. C'était le genre de choses que les adultes disaient quand ils essayaient de dissimuler quelque chose de moins reluisant. Elle avait une fois entendu Wakely dire à une bibliothécaire que bien que sa cousine Joyce fût tombée raide morte au milieu du supermarché, une main crispée sur son cœur, Joyce n'avait pas souffert. Vraiment ? Quelqu'un avait posé la question à Joyce ?

« Et ensuite, que s'est-il passé ? »

Que s'était-il passé ? pensa Frask. *Eh bien, j'ai répandu des rumeurs perfides sur ta mère, ce qui a été la cause de son licenciement, lui-même cause directe d'un dénuement financier, ce qui l'a poussée à finalement revenir à Hastings, ce qui a amené ta mère à me crier dessus dans les toilettes des femmes, ce qui nous a amenées à découvrir que nous avions toutes deux été agressées sexuellement, ce qui nous avait empêchées d'obtenir nos doctorats, ce qui nous avait obligées à accepter des emplois insatisfaisants dans une entreprise dirigée par une poignée de connards incompétents. Voilà ce qui s'était passé.*

Au lieu de quoi, elle mentit : « Ta mère a décidé que ce serait plus amusant de rester à la maison et d'attendre l'accouchement. »

Madeline reposa son biscuit. C'était reparti. Les adultes et leur relation tumultueuse avec la vérité.

« Je ne vois pas comment ça pourrait être amusant, s'étonna Mad.

— Qu'est-ce que tu veux dire ?

— Elle n'était pas triste ? »

Frask détourna le regard.

« Quand je suis triste, je ne veux pas être seule, ajouta Mad.

— Un biscuit ? demanda Frask sans enthousiasme.

— Seule à la maison, continua Madeline. Sans papa. Sans travail. Sans amis. »

Frask s'intéressa soudain à une publication religieuse appelée *Notre pain quotidien*.

« Que s'est-il vraiment passé ? insista Mad.

— Elle a été *virée*, répondit Frask, sans penser à l'effet que ses mots pourraient avoir. Virée parce qu'elle était enceinte de *toi*. »

Madeline s'effondra alors, comme si on lui avait tiré une balle dans le dos.

« Encore une fois, ce n'est pas ta faute, répéta Frask pour rassurer l'enfant qui sanglotait depuis dix minutes. Vraiment. Tu n'imagines pas à quel point ces gens à Hastings étaient intolérants, leur étroitesse d'esprit. Des abrutis complets. » Frask, se rappelant qu'elle avait été l'une de ces abrutis, mangea le reste des biscuits, tandis que Mad, malgré son souffle court, lui faisait remarquer que les biscuits contenaient de la tartrazine, un colorant alimentaire qui n'était pas étranger au mauvais fonctionnement du foie et des reins.

« De toute façon, continua Frask, tu ne vois pas les choses comme elles sont. Ta mère n'a pas quitté Hastings à cause de toi. Elle en est partie *grâce* à toi. Et puis elle a pris la très mauvaise décision d'y retourner, mais c'est une autre histoire. »

Madeline poussa un soupir. « Je dois y aller », dit-elle en se mouchant tout en regardant l'heure. « Désolée d'avoir gâché votre test de dactylographie. Vous pouvez donner ça à Wakely ? » demanda-t-elle en tendant l'enveloppe non cachetée marquée *Elizabeth Zott :* CONFIDENTIEL.

« Je la lui donnerai », promit Frask en la serrant dans ses bras. Mais dès que la porte se fut refermée derrière elle, elle ignora les instructions de l'enfant et ouvrit l'enveloppe. « Nom de Dieu, fulmina-t-elle en lisant l'article de Roth. Zott est vraiment quelqu'un. »

« *Messieurs*, tapa-t-elle férocement, s'adressant aux rédacteurs du magazine *Life* trente secondes plus tard. J'ai lu votre ridicule article sur Elizabeth Zott qui a fait la une et je pense que votre journaliste devrait être viré. Je connais Elizabeth Zott – j'ai travaillé avec Elizabeth Zott – et je sais, de façon certaine, que tout ce qui est dit dans cet article est un tissu de mensonges. Je travaillais aussi avec le Dr Donatti. Je sais ce qu'il a fait à Hastings et j'ai les documents qui le prouvent. »

Elle continua en énumérant les travaux de recherche d'Elizabeth en tant que chimiste – dont elle n'avait d'ailleurs découvert la plupart qu'après avoir lu le nouvel article de Roth –, tout en soulignant les injustices auxquelles Zott avait été confrontée à Hastings. « Donatti s'est réapproprié l'argent destiné à financer les recherches de Zott, écrivit-elle, puis il l'a licenciée sans raison. Je le sais, avoua-t-elle, parce que j'y ai contribué – un péché que j'essaie actuellement d'expier en tapant des sermons pour gagner ma vie. » Puis elle poursuivit en expliquant comment, plus tard, Donatti avait non seulement volé les résultats des travaux de recherche de Zott, mais avait aussi menti à d'importants investisseurs. Elle termina en affirmant que même si elle savait que le magazine *Life* n'aurait jamais le courage de publier son courrier, elle sentait qu'elle devait malgré tout l'écrire.

Le courrier avait été publié dans le numéro suivant.

« Elizabeth, lisez ça ! » s'exclama Harriet avec enthousiasme, ayant entre les mains le dernier numéro du magazine *Life*. « Des femmes de tout le pays ont écrit au magazine pour protester. C'est une rébellion – tout le monde se range à vos côtés. Il y a même une lettre de quelqu'un qui prétend avoir travaillé avec vous à Hastings.

— Ça ne m'intéresse pas. »

Après avoir rangé les petits mots qu'elle écrivait chaque jour pour Madeline dans sa boîte à lunch, Elizabeth ferma le couvercle, puis feignit de s'affairer autour d'un bec Bunsen. Ces dernières semaines, elle avait fait de son mieux pour garder la tête haute. Ignorer l'article, s'était-elle dit. Continuer à vivre. C'était la stratégie qui lui avait permis de surmonter un suicide, une agression sexuelle, des mensonges, un vol et un deuil atroce ; elle y parviendrait de nouveau. Sauf que c'était impossible. Cette fois, elle avait beau relever la tête aussi haut que possible, l'article fallacieux de *Life* l'avait anéantie. Les dommages étaient permanents, comme si elle était marquée au fer rouge. Elle ne pourrait jamais s'en débarrasser.

Harriet commença à lire à voix haute des extraits du courrier des lectrices. « Si ce n'était pas pour Elizabeth Zott…

— Harriet, j'ai dit que ça ne m'intéressait *pas* », rétorqua sèchement Elizabeth. À quoi bon ? Sa vie était finie.

« Mais… et cet article non publié de Roth ? demanda Harriet, ignorant le ton d'Elizabeth. L'article scientifique ? Je ne savais pas qu'il y avait d'autres femmes scientifiques – à part vous et Curie, je veux dire. Je l'ai lu en entier, deux fois. Je l'ai trouvé fascinant. Ce qui n'est pas rien, parce que vous savez… moi et la science…

— Il a déjà été refusé par une dizaine de magazines scientifiques, dit Elizabeth d'une voix éteinte. Le rôle des femmes dans la science n'est pas un sujet qui intéresse les gens. » Elle attrapa ses clés de voiture. « Je vais dire au revoir à Mad, et puis je file.

— Faites-moi une faveur, voulez-vous ? Essayez de ne pas la réveiller cette fois.

— Harriet. L'ai-je déjà réveillée une seule fois ? »

Après avoir entendu Elizabeth sortir la Plymouth en marche arrière dans l'allée, Harriet ouvrit la boîte à lunch de Madeline, curieuse de lire les mots de sagesse qu'Elizabeth avait écrits ce jour-là. *Ce n'est pas ton imagination*, disait la note sur le dessus. *La plupart des gens sont horribles*.

Harriet pressa l'une de ses tempes du bout des doigts, inquiète. Elle déambulait dans le laboratoire, essuyant le plan de travail, et se rendit compte, comme jamais auparavant, du poids de la dépression dont souffrait Elizabeth. Les cahiers dont elle se servait habituellement pour noter le résultat de ses recherches et dont les pages étaient restées vierges, les fournitures de chimie non utilisées, les crayons non taillés. Maudit soit le magazine *Life*, pensa-t-elle. Malgré son nom, le magazine avait volé la vie d'Elizabeth – y avait mis fin – en grande partie à cause des citations fallacieuses de personnes comme Donatti et Meyers.

« Oh ma chérie, s'empressa Harriet quand Mad apparut dans l'embrasure de la porte. Ta mère t'a réveillée ?

— Aujourd'hui est un autre jour. »

Elles s'assirent ensemble et mangèrent les muffins qu'Elizabeth avait préparés avant de partir.

« Harriet, commença Mad. Maman m'inquiète vraiment.

— Oui, Mad. Elle se sent très mal. Mais elle se remettra vite. Tu verras.

— Tu en es sûre ? »

Harriet regarda ailleurs. Non, elle n'en était pas sûre. Elle n'avait jamais été moins sûre de quoi que ce soit de toute sa vie. Tout le monde avait un point de rupture ; elle craignait qu'Elizabeth ait finalement atteint le sien.

Elle se concentra sur le dernier numéro du *Ladies' Home Journal*. Elle balaya des yeux certains titres d'article : « Pouvez-vous faire confiance à votre coiffeur ? » ou encore « L'année du chemisier ».

Soupirant, elle prit un autre muffin. C'était elle qui avait convaincu Elizabeth d'accorder une interview au magazine *Life*. Si quelqu'un était à blâmer, c'était bien elle.

Elles restèrent assises en silence pendant que Mad sortait un muffin de sa petite caissette et que Harriet se remémorait les mots d'Elizabeth déclarant qu'un article sur le rôle des femmes dans la science n'intéressait personne. Des propos qui sonnaient juste. Mais était-ce bien vrai ?

Elle pencha la tête, réfléchissant. « Attends une seconde, Mad, dit-elle lentement alors qu'une idée lui venait à l'esprit. Attends juste une fichue seconde. »

40

Normal

« Je pense beaucoup à la mort, avoua Elizabeth à Wakely par une froide soirée de novembre.

— Moi aussi », répondit-il.

Ils étaient assis ensemble sur le porche à l'arrière de la maison, parlant à voix basse. Madeline était à l'intérieur et regardait la télévision.

« Je ne pense pas que ce soit normal.

— Peut-être pas, convint-il. Mais je ne suis pas sûr de savoir ce qu'est la normalité. La science reconnaît-elle la normalité ? Comment définiriez-vous la normalité ? demanda-t-il.

— Eh bien, je suppose qu'on peut qualifier de normal ce qui correspond à la moyenne.

— Je n'en suis pas si sûr. La normalité n'est pas comme le temps ; on ne peut pas s'attendre à ce qu'elle soit normale. On ne peut même pas créer de la normalité. Pour autant que je sache, la normalité n'existe peut-être pas. »

Elle lui jeta un regard en coin. « Des mots étranges venant de quelqu'un qui trouve la Bible normale.

— Pas du tout, répondit-il. Je peux dire sans me tromper qu'il n'y a pas un seul événement normal dans la Bible. C'est probablement l'une des raisons pour lesquelles les histoires qu'elle raconte sont si populaires. Qui voudrait croire que la vie est exactement comme elle semble être ? »

Elle le regarda avec curiosité. « Mais vous croyez à ces histoires. Vous les prêchez.

— Je crois en certaines choses, corrigea-t-il. Surtout ce qui nous permet de ne pas perdre espoir, de ne pas céder aux ténèbres. Quant au mot “prêcher”, je préfère “raconter”. De toute façon, ce que je crois n'est pas pertinent. Ce que je crois, c'est que si vous vous sentez mort, vous croyez que vous êtes mort. Mais vous n'êtes pas mort. Vous êtes bien vivant. Et ça vous met dans une position difficile.

— Qu'est-ce que vous racontez ?

— Vous m'avez parfaitement compris.

— Vous êtes un drôle de pasteur.

— Non, je suis un très mauvais pasteur », la reprit-il.

Elle hésita. « J'ai un aveu à vous faire, Wakely. J'ai lu vos lettres. Celles que vous vous êtes écrites avec Calvin. Je suis sûre qu'elles étaient d'ordre privé mais elles se trouvaient dans ses affaires et je les ai lues. Il y a de ça quelques années. »

Wakely se tourna vers elle. « Evans les a *gardées* ? » Soudain, son vieil ami lui manqua.

« Je ne sais pas si vous le savez, mais c'est à cause de vous qu'il a accepté le poste à Hastings.

— Quoi ?

— Vous lui avez dit que c'était à Commons que la météo était la plus clémente.

— J'ai dit ça ?

— Vous savez l'importance que la météo avait pour Calvin. Il aurait pu aller dans un million d'autres endroits et gagner beaucoup plus d'argent, mais il est venu ici, à Commons. “Le meilleur climat au monde”. Je crois que c’est comme ça que vous l’avez formulé. »

Wakely sentit le poids de son conseil désinvolte l’accabler. À cause de ce qu’il avait dit, Evans était venu à Commons, puis était mort à Commons. « Mais c’est vrai. Après la dissipation du brouillard matinal, quand la journée est déjà bien avancée, il fait beau, confirma-t-il, comme s’il lui devait des explications. Je ne peux pas croire qu’il a déménagé ici pour ramer au soleil. Il n’y a pas de soleil le matin, pas quand les rameurs rament.

— Je sais et vous n’avez pas besoin de me raconter tout ça.

— Je suis responsable, s’exclama-t-il horrifié, endossant pleinement le rôle qu’il croyait avoir joué dans la mort prématurée de Calvin. C’est entièrement de ma faute.

— Non, non. » Elizabeth soupira. « C’est moi qui ai acheté la laisse. »

Ils restèrent assis tous les deux en écoutant Madeline chanter les paroles du générique de l’émission qui passait à la télé en fond sonore. *Un cheval est un cheval, bien sûr, bien sûr, et personne ne peut parler à un cheval, bien sûr, sauf si le cheval est le célèbre Mister Ed*[1] *!*

Tout à coup, Wakely se rappela le secret que Madeline lui avait chuchoté à l’oreille ce jour-là à la bibliothèque. *Mon chien connaît neuf cent*

1. Paroles du générique du feuilleton américain *Mister Ed* (1961-1966) dont la vedette est un cheval qui parle. Le feuilleton est une adaptation d’une série de nouvelles pour enfants écrites par Walter R. Brooks.

quatre-vingt-un mots. Il avait été surpris. Pourquoi une enfant comme Madeline, obsédée par la vérité, aurait-elle choisi de partager un mensonge aussi évident ?

Quant à lui, que lui avait-il dit ? C'était pire. *Je ne crois pas en Dieu.*

Elizabeth ferma brièvement les yeux, puis se racla la gorge : « J'avais un frère, Wakely, dit-elle comme si elle confessait un péché. Il est mort, lui aussi. »

Wakely fronça les sourcils. « Un frère ? Je suis vraiment désolé. C'était quand ? Que s'est-il passé ?

— C'était il y a très longtemps. J'avais dix ans. Il s'est pendu.

— Mon *Dieu* », murmura Wakely la voix tremblante. Il se souvint soudain de l'arbre généalogique de Madeline. Tout en bas, elle avait dessiné un enfant avec une corde autour du cou.

« Moi-même, j'ai failli mourir une fois, poursuivit-elle. J'ai sauté dans une carrière pleine d'eau. Je ne savais pas nager. Je ne sais toujours pas.

— Quoi ?

— Mon frère a sauté juste après moi. Il a réussi à me ramener sur la rive.

— Je vois, commenta Wakely, démêlant lentement le sentiment de culpabilité qu'éprouvait Elizabeth. Votre frère vous a sauvé, et vous pensez donc que vous auriez dû être capable de le sauver vous aussi. C'est ça ? »

Elle se tourna vers lui, le regard vide.

« Elizabeth, vous ne saviez pas nager, c'est pourquoi il a sauté après vous. Vous devez comprendre que le suicide n'obéit pas au même ressort. C'est beaucoup plus compliqué.

— Wakely. Lui non plus ne savait pas nager. »

Ils cessèrent de parler, Wakely désespéré de ne pas savoir quoi dire, Elizabeth déprimée parce qu'elle ne savait pas quoi faire. Six-Trente poussa la porte moustiquaire et vint se presser contre Elizabeth.

« Vous ne vous êtes jamais pardonnée, dit finalement Wakely. Mais c'est lui que vous devez pardonner. Ce que vous devez faire, c'est accepter. »

Elle laissa échapper un soupir triste, comme un pneu qui se dégonfle lentement.

« Vous êtes scientifique. Votre travail consiste à remettre les choses en question, à chercher des réponses. Mais parfois – et je le sais pertinemment – il n'y en a tout simplement pas. Vous connaissez cette prière qui commence par "Dieu, accorde-moi la sérénité d'accepter les choses que je ne peux pas changer" ? »

Elle fronça les sourcils.

« Ce n'est certainement pas de votre faute. »

Elle le regarda d'un air interrogateur.

« La chimie est synonyme de transformation, de changement, et le changement est au cœur de votre système de croyances. Ce qui est bien, car c'est ce dont nous avons besoin : de plus de gens qui refusent d'accepter le *statu quo*, qui n'ont pas peur d'affronter l'inacceptable. Mais parfois l'inacceptable – le suicide de votre frère, la mort de Calvin – est immuable, Elizabeth. Les choses arrivent. C'est comme ça.

— Parfois, je comprends pourquoi mon frère est parti, déclara-t-elle calmement. Mais après tout ce qui s'est passé, j'ai parfois l'impression de vouloir partir, moi aussi.

— Je comprends, la rassura Wakely en pensant aux dégâts causés par l'article du magazine *Life*.

Croyez-moi. Mais votre problème n'est pas vraiment de vouloir partir. Ce n'est pas partir que vous souhaitez. »

Elle se tourna de nouveau vers lui, confuse.

« Vous souhaitez *revenir en arrière*. »

41

Se remotiver

« Bonsoir, dit Elizabeth. Je m'appelle Elizabeth Zott, et je vous présente “À table ! C'est l'heure du souper”. »

Installé dans son fauteuil en toile, Walter Pine ferma les yeux et repensa au jour de leur rencontre.

Elle était passée en trombe devant ses secrétaires dans sa blouse blanche, les cheveux tirés en arrière, la voix claire. Il se souvint avoir été époustouflé par elle. Oui, elle était attirante, mais ce n'était que maintenant qu'il réalisait que son apparence n'avait pas été la cause de sa stupéfaction. Non, c'était son assurance, la certitude de savoir qui elle était. Elle semait cette assurance autour d'elle comme une graine jusqu'à ce qu'elle prenne racine chez les autres.

« Je commence aujourd'hui par une annonce importante, déclara-t-elle. Je vais quitter l'émission, avec effet immédiat. »

Un souffle d'incrédulité balaya le public. « Quoi ? Qu'est-ce qu'elle a dit ?

— Je présente “À table ! C'est l'heure du souper” pour la dernière fois », confirma-t-elle.

Dans un ranch de Riverside, une femme laissa tomber un carton d'œufs. « Vous n'êtes pas sérieuse ! cria quelqu'un au troisième rang.

— Je suis toujours sérieuse », répliqua Elizabeth.

Tous dans le studio éprouvèrent un sentiment de désarroi.

Prise au dépourvu, Elizabeth se retourna pour regarder Walter. Il lui répondit par un signe de tête destiné à l'encourager. Ce fut tout ce qu'il put faire sans lui-même s'effondrer.

Elle était arrivée chez lui la veille au soir, sans s'être annoncée. Et quand elle avait sonné à la porte, il avait failli ne pas répondre car il était en train de prendre du bon temps. Mais lorsqu'il avait regardé par le judas et vu la voiture d'Elizabeth garée sur le trottoir avec Mad endormie sur le siège arrière et Six-Trente calé derrière le volant comme un conducteur en fuite, il avait ouvert la porte, profondément inquiet.

Le cœur battant la chamade, il s'était exclamé : « Elizabeth, qu'est-ce qui ne va pas, que s'est-il passé ?

— C'est Elizabeth ? avait lancé une voix inquiète juste derrière lui. Mon Dieu, qu'est-ce que c'est ? C'est Mad ? Elle est blessée ?

— *Harriet* ? » s'était écriée Elizabeth qui, sous l'effet de la surprise, avait reculé d'un pas.

Tous trois restèrent silencieux quelques minutes, comme dans une pièce de théâtre quand personne ne se souvient de la réplique suivante. Finalement, Walter réussit à dire : « Nous essayions de rester discrets aussi longtemps que possible », et Harriet lâcha : « Jusqu'à ce que mon divorce soit prononcé », tandis que Walter lui attrapait la main. Elizabeth poussa alors un cri de surprise, qui fit sursauter Six-Trente, qui appuya accidentellement sur le klaxon – à plusieurs reprises – et réveilla ainsi Madeline, Amanda, et enfin tous les voisins qui avaient fait l'erreur de se coucher tôt.

Elizabeth restait figée sur le seuil : « Je ne me suis jamais doutée de rien, répétait-elle. Comment ai-je pu ne pas me rendre compte ? Suis-je si aveugle ? »

Harriet et Walter se regardèrent comme pour confirmer, *eh bien, oui*.

« Nous te raconterons toute l'histoire une autre fois, dit Walter. Mais pourquoi es-tu ici ? Il est neuf heures du soir. » Elizabeth avait débarqué sans avoir été invitée, ce qu'elle n'avait jamais fait auparavant. « Qu'est-ce qui ne va pas ?

— Tout va bien, les rassura Elizabeth. Mais en repensant à ce qui m'amène ici, je suis embarrassée. Ce que vous, vous m'annoncez est si réjouissant. Quant à moi…

— Quoi ? *Quoi ?*

— En fait, s'empressa-t-elle d'ajouter, comme si elle venait seulement de comprendre pourquoi elle était là, ce que j'ai à vous annoncer est finalement tout aussi réjouissant. »

Walter agita ses mains en un geste impatient pour l'inciter à poursuivre.

« J'ai… J'ai décidé de quitter l'émission.

— Quoi ?

— Dès demain, ajouta-t-elle.

— Non ! s'exclama Harriet.

— Je démissionne », répéta-t-elle.

Le ton de sa voix laissait clairement entendre que même si sa décision était soudaine, elle ne reviendrait pas dessus. Toute discussion serait vaine ; il était inutile de soulever la question triviale de son contrat ou d'un destin non accompli ou encore de savoir comment Walter allait remplir ce créneau horaire des programmes de l'après-midi. La décision d'Elizabeth était irrévocable, il le savait et il se mit à pleurer.

Harriet, elle aussi, avait reconnu le ton sur lequel Elizabeth avait annoncé sa décision. Alors, fière comme une mère fait semblant de l'être lorsque son enfant lui annonce qu'elle a décidé de consacrer sa vie à un projet qui rapporterait peu, elle se mit à pleurer elle aussi. Elle prit Walter et Elizabeth dans ses bras.

« J'ai beaucoup aimé présenter l'émission “À table ! C'est l'heure du souper”, mais j'ai décidé de me consacrer de nouveau à la recherche scientifique, dit-elle. Et j'aimerais profiter de cette occasion pour vous remercier toutes et tous, non seulement pour avoir suivi l'émission, poursuivit-elle en élevant la voix pour se faire entendre par-dessus le brouhaha, mais aussi pour votre amitié. Nous avons accompli beaucoup de choses ensemble ces deux dernières années. Des centaines de repas. Vous vous rendez compte ? Mais nous avons fait plus que préparer le souper tous les soirs, mesdames. Nous avons aussi influé sur le cours de l'histoire. »

Elle recula d'un pas, surprise par la réaction du public qui manifestait bruyamment son approbation.

« AVANT QUE JE PARTE, cria-t-elle, JE PENSAIS QUE VOUS SERIEZ INTÉRESSÉS D'APPRENDRE… » Elle leva les mains pour faire taire le public. « Est-ce que quelqu'un se souvient d'une certaine Mme George Fillis, la femme qui a eu l'audace de nous dire qu'elle voulait devenir cardio-chirurgienne ? » Elle fouilla dans la poche de son tablier et en sortit une lettre.

« Elle m'a envoyé de ses nouvelles. Mme Fillis a non seulement terminé ses études de médecine en un temps record, mais elle a également été acceptée à la fac de médecine. Félicitations, Mme George… non, je suis désolée… Mme Marjorie Fillis. Nous n'avons jamais douté de vous une seule seconde. »

Cette nouvelle galvanisa immédiatement le public et Elizabeth, qui ne s'était jamais départie de son sérieux, imagina le docteur Fillis au bloc en train d'opérer et ne put s'empêcher de sourire.

« Mais, et je suis sûre que Marjorie serait d'accord, ajouta Elizabeth en élevant de nouveau la voix, le plus dur n'a pas été de reprendre des études, mais plutôt d'avoir eu le courage d'en prendre la décision. » Elle se rendit à son chevalet, un marqueur à la main. LA CHIMIE EST SYNONYME DE CHANGEMENT, écrivit-elle.

« Chaque fois que vous commencez à douter de vous-même, déclara-t-elle en se tournant vers le public, chaque fois que vous avez peur, souvenez-vous-en. Le courage est à l'origine du changement, et le changement est ce pour quoi nous sommes chimiquement conçus. Alors quand vous vous réveillerez demain, faites-vous la promesse de ne plus vous empêcher de faire ce que vous voulez. Ne souscrivez plus aux opinions des autres sur ce que vous pouvez, ou non, faire. Et ne permettez plus à quiconque de vous enfermer dans de vaines catégories de sexe, race, statut économique ou encore de religion. Ne laissez pas vos talents en sommeil, mesdames. Bâtissez votre propre avenir. Quand vous rentrerez chez vous aujourd'hui, demandez-vous ce que *vous* vous allez changer. Et puis allez-y, foncez. »

À travers tout le pays, des femmes bondirent de leur canapé et tapèrent sur la table de leur cuisine, manifestant à la fois leur enthousiasme, suscité par les propos d'Elizabeth, et leur chagrin de la voir partir.

« Avant de PARTIR, cria-t-elle par-dessus le brouhaha, je voudrais remercier une AMIE très chère. Son nom est HARRIET SLOANE. »

Assise dans le salon d'Elizabeth, Harriet resta bouche bée.

« Harriet, souffla Mad. Tu es célèbre ! »

« Comme vous le savez, poursuivit Elizabeth, en faisant de nouveau taire le public d'un geste, j'ai toujours terminé cette émission en disant à vos enfants de mettre le couvert pour que vous puissiez avoir un moment rien que pour vous. Avoir "un moment rien que pour moi", c'est le conseil que m'a donné Harriet Sloane le premier jour où je l'ai rencontrée, et c'est ce conseil qui a entraîné ma décision d'arrêter de présenter l'émission "À table ! C'est l'heure du souper". C'est Harriet qui m'a dit de profiter de ce moment pour me reconnecter à mes propres besoins, pour identifier mes vraies envies, qui j'étais, pour me remotiver. Et grâce à Harriet, j'ai fini par le faire. »

« Sainte Mère de Dieu, s'exclama Harriet en blêmissant.

— Aïe, Pine va *te tuer* », dit Mad.

« Merci, Harriet. Merci à vous toutes et tous, poursuivit Elizabeth en adressant un signe de tête au public. Et donc, pour la dernière fois, j'aimerais demander à vos enfants de mettre le couvert. Ensuite, je demanderai à chacune d'entre vous de prendre un moment pour vous remotiver. Mettez-vous au défi, mesdames. Utilisez les lois de la chimie et changez le *statu quo*. »

Le public se leva de nouveau en applaudissant à tout rompre. Mais, alors qu'Elizabeth se retournait déjà pour partir, il devint évident que les spectateurs ne quitteraient pas la salle sans une dernière recommandation. Ne sachant comment procéder, elle se tourna vers Walter. Il fit un geste de la main, comme s'il avait une idée, puis griffonna quelque chose sur une fiche de prompteur qu'il lui tendit pour qu'elle puisse la lire. Elle acquiesça, puis s'adressa à la caméra.

« Cette émission conclut donc votre initiation à la chimie, annonça-t-elle. Les cours sont terminés. »

42

Personnel

Janvier 1962

Tout le monde pensait – Harriet, Walter, Wakely, Mason et Elizabeth elle-même – qu'elle croulerait sous les offres d'emploi. Universités, laboratoires de recherche, peut-être même les instituts américains de la santé. Bien que sa vie eût été caricaturée dans le magazine *Life*, elle avait été une personnalité en vue, une femme que la télévision avait rendue célèbre.

Mais ce ne fut pas le cas. En fait, rien ne se produisit. Non seulement elle ne reçut aucun appel, mais son curriculum vitae avec le détail de ses centres d'intérêt en matière de recherches scientifiques resta ignoré. Malgré sa popularité, la communauté scientifique continuait d'entretenir de gros doutes quant à ses références académiques. Les Dr Meyers et Donatti – des chimistes très importants – avaient été cités dans le magazine *Life* pour affirmer qu'elle n'était pas vraiment scientifique. Il n'en avait pas fallu plus.

Et ce fut ainsi qu'elle découvrit l'autre truisme de la célébrité : son obsolescence programmée. La seule

Elizabeth Zott qui suscitait un intérêt était celle qui avait porté un tablier.

« Vous pourriez toujours reprendre l'émission », suggéra Harriet alors qu'Elizabeth, les bras chargés de livres, revenait de la bibliothèque avec Six-Trente. « Vous savez que Walter ne demande que ça. Il vous remettrait en selle aujourd'hui-même si vous le souhaitiez.

— Je sais, répondit Elizabeth en posant les livres, mais je ne peux pas. Au moins, les rediffusions marchent bien. Du café ? demanda-t-elle en allumant un bec Bunsen.

— Je n'ai pas le temps. J'ai rendez-vous avec mon avocat. Mais attendez, dit Harriet en sortant des petits mots de la poche de son tablier. Le Dr Mason veut vous parler des nouvelles tenues pour l'équipe féminine et – tenez-vous bien – Hastings a appelé. J'ai failli raccrocher. Vous vous rendez compte ? *Hastings.* Ils ont un sacré culot d'appeler ici.

— Qui était-ce ? » demanda Elizabeth s'efforçant de ne pas paraître inquiète. Depuis deux ans et demi, elle s'attendait à ce que quelqu'un à Hastings remarque la disparition des boîtes de Calvin.

« La cheffe du personnel. Mais ne vous inquiétez pas. Je lui ai dit d'aller au diable.

— La cheffe ? »

Harriet passa les messages en revue. « C'est ça. Une certaine Mlle Frask.

— Frask n'est pas à Hastings, expliqua Elizabeth, soulagée. Elle a été virée il y a des années. Elle tape des sermons pour Wakely.

— Intéressant, commenta Harriet. Eh bien, elle prétend être cheffe du personnel à Hastings. »

Elizabeth fronça les sourcils. « Elle aime plaisanter. »

Dès que la voiture de Harriet eut disparu dans l'allée, Elizabeth se versa une tasse de café et décrocha le téléphone.

« Bureau de mademoiselle Frask. Mlle Finch à l'appareil, lui répondit-on.

— Le *bureau* de Mlle Frask !? se moqua Elizabeth.

— Pardon ? »

Elizabeth hésita. « Je suis désolée, mais qui êtes-vous ?

— Et *vous*, qui êtes-vous ?

— D'accord, d'accord, temporisa Elizabeth. Je vais jouer le jeu. Elizabeth Zott veut parler à mademoiselle Frask.

— Elizabeth Zott..., répéta la personne à l'autre bout de la ligne. Elle est bien bonne.

— Il y a un problème ? » demanda Elizabeth.

Ce fut le ton qu'elle employa. La femme à l'autre bout du fil la reconnut immédiatement. « Oh, souffla-t-elle. C'est *vraiment* vous. Veuillez m'excuser, mademoiselle Zott. Je vous admire tellement. C'est un honneur de vous parler. Ne quittez pas, s'il vous plaît. »

« Zott, il était temps, putain !

— Bonjour, Frask. Cheffe du personnel à Hastings ? Wakely sait-il que vous faites des canulars téléphoniques ?

— Trois choses, Zott, rétorqua Frask. Un : j'ai adoré l'article. J'ai toujours su que je vous reverrais un jour en couverture d'un magazine. Mais là... Un coup de génie. Si tu veux parler à Dieu, adresse-toi à ses saints.

— Quoi ?

— Deux : j'adore votre gouvernante...

— Harriet n'est pas une gouvernante...

— … à la seconde où je lui ai dit que j'appelais de Hastings, elle m'a dit d'aller me faire foutre. J'ai adoré.

— Frask…

— Troisièmement : j'ai besoin que vous veniez au plus vite, c'est-à-dire aujourd'hui, et dans l'heure si possible. Vous vous souvenez du riche investisseur ? Il est de retour.

— Frask, soupira Elizabeth, vous savez que j'apprécie toujours une bonne blague mais… »

Frask l'interrompit en riant. « *Vous* ? Aimer les blagues ? C'est supposé être une blague ? Non, Zott, écoutez. Je suis de retour à Hastings, en fait je suis aux premières loges. Votre investisseur a vu la lettre que j'ai écrite au magazine *Life* et m'a contactée. Je vous raconterai les détails plus tard, je n'ai pas le temps maintenant. Je fais le ménage. Mon Dieu, j'adore faire le ménage ! Pouvez-vous venir, oui ou non ? Ah, et je n'arrive pas à croire que je vous demande ça, mais vous pouvez amener votre foutu chien ? L'investisseur aimerait le rencontrer. »

Harriet franchit la porte du cabinet d'avocats Hanson & Hanson, les mains tremblantes. Ces trente dernières années, elle avait confessé au prêtre de sa paroisse que son mari buvait et jurait, qu'il n'allait jamais à la messe, qu'il la traitait comme son esclave, qu'il l'insultait. Et, pendant ces trente dernières années, le prêtre l'avait écoutée en hochant la tête, puis lui avait expliqué que si le divorce était hors de question, il lui restait encore pas mal d'options. Par exemple, elle pouvait prier pour trouver des moyens de devenir une meilleure épouse, ou elle pouvait se remettre en question et essayer de comprendre pourquoi elle le contrariait, ou encore essayer de faire plus attention à son apparence.

C'était la raison pour laquelle elle s'était abonnée à tout un tas de magazines féminins : parce qu'ils étaient censés faire office de bibles du développement personnel et qu'ils lui prodigueraient de bons conseils. Mais malgré tout, les choses entre elle et M. Sloane ne s'étaient jamais améliorées. Pire encore, ces conseils s'étaient parfois retournés contre elle, comme la fois où elle s'était fait faire une permanente qui, selon le magazine, aurait dû inciter M. Sloane à lui prêter attention : au lieu de quoi il n'avait cessé de se plaindre, évoquant l'odeur épouvantable qui émanait de ses cheveux. Cependant, Elizabeth Zott était entrée dans sa vie. Harriet avait alors finalement compris que ce dont elle avait besoin, ce n'était pas de nouveaux vêtements ni d'une nouvelle coiffure. Mais plus vraisemblablement de travailler. Pour ces mêmes magazines.

En effet : y avait-il quelqu'un au monde qui en savait plus qu'elle sur ces publications ? C'était peu probable. Et pour le prouver, elle savait exactement par où commencer. Avec l'article encore non publié de Roth.

D'après Harriet, Roth avait commis l'erreur classique de ne pas savoir où placer son article : il avait supposé que seuls les magazines scientifiques seraient intéressés par un article sur le rôle des femmes dans la science. Harriet savait que c'était faux. Elle l'avait donc appelé, prête à exposer son cas, mais un répondeur lui avait annoncé que Roth était toujours au... comment déjà ? Au Viêtnam. Elle avait donc soumis son article sans sa permission. Et pourquoi pas ? S'il était accepté, il la remercierait, et s'il ne l'était pas,

Roth ne serait pas en plus mauvaise posture qu'il ne l'était déjà.

Elle était donc allée au bureau de poste pour peser son courrier, y avait ajouté une enveloppe timbrée à son adresse pour s'assurer d'une réponse rapide, puis avait récité trois Ave Maria, s'était signée deux fois, avait pris une profonde inspiration et déposé le paquet dans la fente de la boîte aux lettres.

Après deux semaines sans réponse, elle avait ressenti un pincement au cœur. Après quatre mois, ce silence s'apparenta à un rejet et lui fit l'effet d'une brûlure. Puis elle avait essayé d'affronter la réalité. Peut-être ne connaissait-elle pas les magazines aussi bien qu'elle le pensait. Peut-être que personne ne voulait de Harriet et de l'article de Roth, tout comme personne ne voulait d'Elizabeth et de son abiogenèse.

À moins que M. Sloane, mécontent du nouveau bonheur de Harriet, ait décidé de la punir. Il pourrait avoir jeté le courrier qu'elle aurait dû recevoir.

« Mademoiselle Zott, s'exclama la réceptionniste de Hastings, se pâmant presque, dès qu'elle vit Elizabeth entrer dans le hall. Je vais faire savoir à Mlle Frask que vous êtes ici. » Elle brancha un câble à une prise du standard téléphonique. « *Elle est là !* » annonça-t-elle d'une voix excitée à quelqu'un à l'autre bout de la ligne. « Vous permettez ? » Elle tendit un exemplaire du *Voyage du Beagle* de Charles Darwin à Elizabeth. « Je viens de commencer les cours du soir.

— Avec plaisir, dit Elizabeth en signant la couverture. Bravo pour les cours du soir.

— C'est grâce à vous, mademoiselle Zott, répliqua la jeune femme avec sérieux. Aussi, si ce n'est pas trop vous demander, pourriez-vous également me dédicacer mon magazine ?

— Non, répondit Elizabeth. *Life* est mort pour moi.

— Oh, excusez-moi, dit la jeune femme. Je ne lis pas *Life*. Non, il s'agit du dernier magazine qui parle de vous. » Elle lui tendit une publication épaisse à la couverture luxueuse.

Elizabeth baissa les yeux, choquée de se voir en une.

« Pourquoi leur esprit compte », pouvait-on lire sur la couverture de *Vogue*.

Alors qu'elles longeaient le couloir, le bruit de leurs talons contrastant fortement avec les sons étouffés des générateurs et des ventilateurs du circuit de refroidissement, Frask informa Elizabeth que la rencontre aurait lieu dans ce qui avait été le laboratoire de Calvin.

« Pourquoi *là* ? demanda Elizabeth.

— Le gros bonnet a insisté. »

« C'est un plaisir, mademoiselle Zott », la salua Wilson en se levant pour l'accueillir. Il tendit la main tandis qu'Elizabeth le toisait : cheveux gris soigneusement coiffés, yeux couleur sauge, costume de laine à rayures. Six-Trente le renifla soigneusement, puis se tourna vers Elizabeth. *Rien à signaler*.

« Je voulais vous rencontrer depuis très longtemps, poursuivit Wilson. Nous vous remercions d'avoir accepté de venir au pied levé.

— Nous ? s'étonna Elizabeth.

— Il parle de moi », expliqua une femme d'une cinquantaine d'années qui sortit de la réserve des fournitures du laboratoire avec un carnet de notes. On voyait que l'âge avait terni la blondeur de ses cheveux. Comme Wilson, elle portait également un costume, mais le sien était bleu vif et, malgré le soin apporté à la confection, semblait moins strict, grâce à une broche en forme de marguerite épinglée à son revers. « Avery Parker, se présenta-t-elle nerveusement, en saisissant la main d'Elizabeth. Je suis ravie de vous rencontrer. »

Six-Trente, ayant terminé son enquête sur Wilson, alla renifler Parker. Il commença par sa jambe. « Bonjour, Six-Trente. » Elle se pencha et pressa la tête du chien contre sa cuisse. Il inspira une bouffée exploratoire, puis recula, surpris. « Il sent probablement l'odeur de mon chien, expliqua-t-elle en le ramenant vers elle. Bingo est l'un de tes fans, précisa-t-elle en le regardant. Il a adoré ton travail au cours de l'émission. »

Un être humain d'une grande intelligence.

« Il nous faudra un inventaire complet de chaque laboratoire, dit-elle en se tournant vers Frask. Et nous devons également savoir ce dont vous pourriez avoir besoin pour vos recherches, mademoiselle Zott, ajouta-t-elle avec une touche de déférence. Vos recherches ici à Hastings, je veux dire.

— Pour continuer votre travail sur l'abiogenèse, précisa Wilson. Lors de votre dernière émission, vous avez annoncé votre intention de vous consacrer de nouveau à vos recherches. Pourquoi pas ici ? avons-nous pensé. »

Elizabeth eut l'air de réfléchir. « Pour de très nombreuses raisons. »

La dernière fois qu'elle s'était trouvée dans cette pièce, Frask avait été là aussi, mais pour l'informer que les affaires de Calvin avaient disparu, que Six-Trente devait dégager et que Madeline était en route.

Elle regarda le tableau noir déprimant rempli de l'écriture de quelqu'un d'autre que Calvin, puis se tourna vers Wilson. Elle le vit installé sur le vieux tabouret de Calvin, et tout dans son maintien respirait l'élégance.

« Je ne veux vraiment pas vous faire perdre votre temps, déclara Elizabeth, mais je ne me vois pas revenir à Hastings. Pour des raisons personnelles.

— Je comprends parfaitement, acquiesça Avery Parker. Après tout ce qui s'est passé ici, qui pourrait vous en vouloir. Mais j'aimerais avoir une chance de vous faire changer d'avis. »

Elizabeth embrassa le laboratoire du regard, et ses yeux se posèrent sur l'une des anciennes pancartes de Calvin qui interdisait l'entrée des lieux.

« Je suis désolée. Vous allez gaspiller votre salive. »

Avery Parker jeta un coup d'œil à Wilson, qui à son tour jeta un coup d'œil à Frask.

« Et si j'allais vous préparer du café, proposa Frask en se levant d'un bond. Pendant ce temps-là, la Fondation Parker pourra vous mettre au courant de certains de leurs projets. » Mais avant qu'elle ait traversé la moitié de la pièce, la porte du laboratoire s'ouvrit.

« Wilson ! s'exclama Donatti comme s'il saluait un ami perdu de vue depuis longtemps. J'ai entendu dire que vous étiez en ville. » Il se précipita la main tendue comme un vendeur empressé. « J'ai tout laissé tomber et je suis venu directement. Officiellement, je suis toujours en vacances, mais… » Il s'interrompit brusquement, surpris de voir un visage familier. « Mademoiselle Frask ? Qu'est-ce que vous… » Puis il tourna la tête vers une femme plus âgée, à l'air peu amène, avec un carnet de notes à la main. Et juste derrière elle se tenait – *nom de Dieu !* – Elizabeth Zott.

« Bonjour, docteur Donatti, dit Avery en tendant sa main juste au moment où il laissa tomber la sienne. C'est bien de pouvoir enfin mettre un visage sur votre nom.

— Je suis désolé, mais vous êtes… ? répliqua-t-il avec condescendance, tout en essayant d'éviter de regarder Zott comme on évite une éclipse solaire.

— Je suis Avery Parker », répondit-elle en retirant sa main. Et comme il continuait à avoir l'air confus, elle ajouta : « Parker. Comme la Fondation Parker. »

Paniqué, il resta sans voix.

« Je suis désolée d'apprendre que nous avons interrompu vos vacances, docteur Donatti, poursuivit-elle. Mais la bonne nouvelle est que vous allez désormais avoir beaucoup de temps libre. »

Donatti secoua la tête, puis se tourna de nouveau vers Wilson. « Comme je l'ai dit, si j'avais su que vous veniez…

— Mais nous ne voulions pas que vous sachiez que nous venions, expliqua Wilson d'une voix affable. Nous voulions vous surprendre. Plus exactement, je suppose que c'est ce qu'on appelle un coup bas.

— Ex-excusez-moi ?

— Un coup bas, répéta Wilson. Vous savez. Comme vous l'avez fait en détournant les fonds de la Fondation Parker. Ou ce que vous avez fait à Mlle Zott – ou devrais-je dire M. Zott ? – quand vous avez volé les résultats de son travail. »

À l'autre bout de la pièce, Elizabeth leva les sourcils en signe de surprise.

« Attendez voir, se défendit Donatti en pointant un doigt en direction de Zott. Je ne sais pas ce que cette femme vous a dit, mais je peux vous assurer… » Il s'interrompit brusquement. « Et *vous*, qu'est-ce que vous foutez ici ? demanda-t-il en s'adressant à Frask. Après les mensonges ridicules que vous avez racontés dans votre courrier au magazine *Life* ? Mon avocat veut vous poursuivre en justice. » Il s'adressa de nouveau à Wilson. « Vous n'êtes probablement pas au courant, Wilson, mais nous avons viré Frask il y a des années. Et elle a une dent contre nous.

— En effet, convint Wilson. Une dent plus qu'aiguisée.

— Exactement, acquiesça Donatti.

— Je le sais, rétorqua Wilson. Parce que je suis son avocat. »

Les yeux de Donatti s'ouvrirent grand.

« Donatti, intervint Avery Parker fouillant dans un sac pour en sortir un document d'une page. Je déteste être impolie, mais le temps nous est compté. Tout ce dont nous avons besoin c'est d'une simple signature et vous serez libre de partir. » Elle lui tendit le document sobrement intitulé : « Lettre de licenciement. »

Donatti, interloqué, fixait la feuille tandis que Wilson expliquait que la Fondation Parker avait récemment acquis une part majoritaire dans Hastings. C'était la lettre de Frask dans le magazine *Life*, expliqua Wilson, qui les avait incités à y regarder de plus près – bla, bla, bla – malversation – bla, bla, bla – et à vouloir racheter l'institut – Donatti avait du mal à écouter. *N'était-ce pas l'ancien laboratoire de Calvin Evans ?* Il entendit Wilson parler d'une voix qui lui parut lointaine « d'administration peu rigoureuse », de « résultats de tests truqués », de « plagiat ». Mon Dieu, il avait besoin de boire un verre.

« Nous procédons à quelques coupes dans le personnel, déclara Frask.

— Comment ça, *nous* ? réagit Donatti.

— *Je* fais des coupes, rétorqua Frask.

— Vous n'êtes qu'une *secrétaire*, soupira Donatti, comme s'il était fatigué de cette mascarade. Une secrétaire qui a été virée, faut-il vous le rappeler ?

— Frask est notre nouvelle cheffe du personnel, l'informa Wilson. Nous lui avons demandé de trouver un nouveau directeur pour le département de chimie.

— Mais *je* suis le directeur du département de chimie, lui rappela Donatti.

— Nous avons décidé de proposer ce poste à quelqu'un d'autre », déclara Avery Parker. Elle fit un signe de tête à Elizabeth.

Elizabeth, surprise, tressaillit.

« Hors de *question* ! tonna Donatti.

— Je ne posais pas vraiment la question, rétorqua Avery Parker, tenant négligemment la lettre de licenciement du bout des doigts. Mais pour le formuler autrement, nous voudrions que votre poste revienne à quelqu'un qui connaît vraiment votre travail. » Pour la deuxième fois, elle inclina la tête en direction d'Elizabeth.

Tous les regards se tournèrent alors vers celle-ci, qui ne sembla pas le remarquer. Elle avait les yeux fixés sur Donatti. Les mains sur les hanches, elle s'approcha de lui, et ses yeux s'étrécirent comme si elle se penchait sur un microscope. Un silence. Puis elle recula comme si elle en avait vu assez.

« Désolée, Donatti, conclut-elle en lui tendant un stylo. Vous n'êtes pas assez intelligent. »

43

Mort-né

« Très peu de gens me surprennent, madame Parker, affirma Elizabeth en regardant Frask raccompagner Donatti. Mais vous, oui. »

Avery Parker hocha la tête. « Bien. L'offre est sincère. Nous espérons que vous accepterez. Et, au fait, c'est *mademoiselle* Parker. Je ne suis pas mariée. En vérité, ajouta-t-elle, je n'ai jamais été mariée.

— Moi non plus, dit Elizabeth.

— Oui, dit Avery Parker, sa voix baissant d'une octave. Je suis au courant. »

Elizabeth nota le changement de timbre et en fut immédiatement agacée. À cause du magazine *Life*, le monde entier avait appris que Madeline était née hors mariage et, pour cette raison, elle savait que les gens baisseraient la voix chaque fois qu'ils lui en parleraient.

« Je ne suis pas sûre que vous sachiez grand-chose sur la Fondation Parker, commença Wilson qui marchait de long en large dans le laboratoire, s'arrêtant brièvement pour lire un descriptif sur un classeur.

— Je sais que vous êtes avant tout dédiés à la recherche scientifique, dit Elizabeth en se tournant vers lui. Mais qu'à l'origine, vous souteniez des institutions caritatives catholiques. Des églises, des chorales, des orphelinats… » Elle s'interrompit brusquement, prenant soudain conscience du poids de ce dernier mot. Elle observa Wilson plus attentivement.

« Oui, nos fondateurs étaient dévoués aux causes catholiques ; cependant, notre mission est entièrement laïque. Nous voulons essayer de trouver les personnes les plus compétentes qui travaillent sur les questions cruciales du moment. » Il écarta le classeur d'un geste montrant que son contenu ne correspondait pas à ce critère. « Il y a sept ans, quand nous avons soutenu financièrement vos recherches, vous travailliez justement sur l'une d'entre elles : l'abiogenèse. Que vous le sachiez ou non, mademoiselle Zott, vous êtes la raison pour laquelle nous sommes venus à Hastings la première fois. Vous et Calvin Evans. »

À la mention du nom de Calvin, elle sentit sa poitrine se serrer.

« C'est étrange ce qui s'est passé avec Evans, n'est-ce pas ? dit Wilson. Personne ne semble avoir la moindre idée de ce qu'est devenu son travail. »

Ses mots désinvoltes la frappèrent de plein fouet. Elle tira à elle un tabouret pour s'asseoir, suivant des yeux Wilson qui fouillait le laboratoire comme un archéologue, examinant chaque recoin, furetant à droite et à gauche comme s'il s'attendait à y faire une trouvaille inattendue.

« Je sais que vous avez déjà exprimé clairement votre point de vue, poursuivit-il, mais j'ai pensé que savoir que nous prévoyons de moderniser une grande partie de l'équipement vous intéresserait. » Il désigna une étagère où un appareil de distillation obsolète était inutilisé. Quand il leva le bras, un bouton de manchette nacré apparut de dessous la manche de sa veste.

« Comme ça, par exemple. On dirait que cette chose n'a pas été utilisée depuis des années. »

Mais Elizabeth ne réagit pas. Elle s'était statufiée.

À l'âge de dix ans, Calvin avait écrit quelques lignes sur un grand homme à l'air riche, avec des boutons de manchette nacrés, qui était arrivé à l'orphelinat dans une limousine. Il avait alors semblé penser que c'était grâce à cet homme que le foyer avait reçu de nouveaux livres de sciences. Mais au lieu de se réjouir de ce matériau de lecture, Calvin avait été dévasté. *Je suis ici alors que je ne devrais pas l'être*, avait-il griffonné. *Et je ne pardonnerai jamais cet homme-là. Jamais. Pas tant que je vivrai.*

« Monsieur Wilson, dit-elle d'une voix cassante. Vous dites que votre fondation ne finance que des projets séculiers. Est-ce que l'éducation en fait partie ?

— L'éducation ? Oui, bien sûr, répondit Wilson. Nous soutenons plusieurs universités…

— Non, je veux dire, avez-vous déjà fourni des manuels scolaires à une école…

— À l'occasion, mais…

— Et à un orphelinat ? »

Wilson s'arrêta net, surpris. Il se tourna vers Parker.

Dans son esprit, Elizabeth revit la lettre que Calvin avait écrite à Wakely. JE DÉTESTE MON PÈRE. J'ESPÈRE QU'IL EST MORT.

« Un foyer catholique pour garçons », précisa-t-elle.

De nouveau, Wilson se tourna vers Parker.

« À Sioux City, Iowa. »

Un silence épais s'installa entre eux, interrompu seulement par le souffle soudain d'un ventilateur.

Elizabeth gardait les yeux fixés sur Wilson, le visage fermé.

Soudain, tout devenait clair : le poste qu'ils lui proposaient était une ruse. Ils étaient là pour une raison et une seule : s'approprier le travail de Calvin.

Les boîtes. Ils étaient certainement au courant. Peut-être que Frask leur en avait parlé ; peut-être qu'ils en avaient fait l'hypothèse. En tout cas, Wilson et Parker avaient acheté Hastings ; légalement, le travail de Calvin leur appartenait. Ils la couvraient de louanges et de promesses, espérant pouvoir ainsi faire sortir les boîtes du bois. Et si cette manœuvre échouait, il leur resterait une dernière carte à jouer.

Calvin Evans avait un parent biologique encore vivant.

« Wilson, commença Parker d'une voix tremblante. Vous permettez ? J'aimerais parler à Mlle Zott seule.

— *Non*, intervint Elizabeth sèchement. J'ai des questions à vous poser, je veux connaître la vérité… »

Parker regarda Wilson, le visage défait. « C'est bon, Wilson. Je vous rejoins dans quelques minutes. »

Quand la porte se referma sur Wilson, Elizabeth se tourna vers Avery Parker. « Je *sais* ce qui est en train de se jouer. Je sais pourquoi vous m'avez demandé de venir ici aujourd'hui.

— Nous vous avons fait venir ici pour vous offrir un poste de chercheuse, dit Parker. C'était notre seule intention. Nous sommes des admirateurs de longue date de votre travail. »

Elizabeth chercha sur le visage de la femme des signes de duperie. « Écoutez, reprit-elle d'une voix plus calme. Je n'ai pas de problème avec vous.

C'est Wilson. Depuis combien de temps le connaissez-vous ?

— Nous travaillons ensemble depuis près de trente ans. Je dirais donc que je le connais très bien.

— A-t-il des enfants ? »

Avery Parker jeta un regard interrogateur à Elizabeth. « Je ne comprends pas en quoi ça vous regarde. Mais non.

— Vous en êtes *sûre* ?

— Évidemment que j'en suis sûre. C'est mon avocat – c'est *ma* fondation, mademoiselle Zott, mais c'est lui qui en est le visage.

— Et pourquoi ? » insista Elizabeth.

Avery Parker la regarda, sans sourciller. « Je suis étonnée que vous ayez à le demander. J'ai peut-être des ressources considérables, mais comme la plupart des femmes dans le monde, j'ai les mains liées. Je ne peux même pas faire un chèque sans la signature de Wilson.

— Comment est-ce possible ? C'est la Fondation *Parker*, fit remarquer Elizabeth. Pas la fondation Wilson. »

Parker ricana. « Oui, une fondation dont j'ai hérité à la seule condition que mon mari prenne toutes les décisions financières. Comme à l'époque je n'étais pas mariée, le conseil a nommé Wilson comme administrateur. Et dans la mesure où je ne suis toujours pas mariée, c'est Wilson qui continue de tenir les rênes. Vous n'êtes pas la seule à avoir livré une bataille perdue d'avance, mademoiselle Zott, ajouta-t-elle en se levant et en rajustant sa veste de tailleur. Même si j'ai de la chance, car Wilson est un homme bien. »

Avery Parker tourna les talons et, alors qu'Elizabeth posait une autre question, elle l'ignora. *À quoi avait-elle pensé ?* Pour Elizabeth Zott, un retour à Hastings n'était pas envisageable et, au vu de l'acuité de ses questions sur Wilson – sans parler de tous les *autres* problèmes –, peut-être était-ce préférable. Préoccupée, Avery effleura sa broche bon marché en forme de marguerite du bout des doigts. Quelle femme stupide elle avait été. Acheter Hastings, venir ici, rencontrer Zott. Oui, elle avait toujours été fascinée par Zott et ses recherches, elle avait rêvé de devenir elle-même scientifique. Au lieu de quoi elle avait été élevée pour être une chose et une seule : charmante. Malheureusement, selon ses parents et l'Église catholique, elle avait échoué dans ce domaine aussi.

« Mademoiselle *Parker*…, insista Elizabeth.

— Mademoiselle *Zott*, répondit Avery sur le même ton. J'ai fait une erreur. Vous ne voulez pas revenir à Hastings. J'en prends note. Je ne vais pas vous supplier. »

Elizabeth prit une courte inspiration.

« J'ai passé mon temps à supplier, poursuivit Parker. J'en ai marre. »

Elizabeth chassa de son visage quelques mèches folles. « Ce n'est pas moi qui vous intéresse, lança-t-elle en colère. N'est-ce pas ? Vous êtes ici seulement pour récupérer les boîtes. »

Avery pencha la tête comme si elle n'avait pas bien entendu. « Les boîtes ?

— Je vous comprends. Vous avez acheté Hastings, elles vous appartiennent. Mais cette mascarade…

— *Quelle* mascarade ?

— … Je veux savoir pour All Saints. Je pense que j'ai le droit de savoir.

— Pardon ? Vous avez le droit ? Laissez-moi vous confier un petit secret à ce propos. Qu'est-ce qu'avoir le droit ? Les droits n'existent pas.

— Ils existent pour les riches, mademoiselle Parker, insista Elizabeth. Parlez-moi de Wilson. De Wilson et Calvin. »

Avery Parker répondit par un regard perplexe. « Wilson et Calvin ? Non, non…

— Encore une fois, je pense que j'ai le droit de savoir. »

Avery posa ses mains sur la paillasse du labo. « Je n'avais pas prévu de faire ça aujourd'hui.

— Faire quoi ?

— Je voulais d'abord apprendre à vous connaître, poursuivit Avery. Je pense que c'est *mon* droit. Je suis en droit de savoir qui vous êtes, *vous*. »

Elizabeth croisa les bras. « *Pardon ?* »

Avery prit la brosse à effacer du tableau noir. « Écoutez. Il faut… Je me dois de vous raconter une histoire.

— Les histoires ne m'intéressent pas.

— C'est l'histoire d'une jeune fille de dix-sept ans, qui est tombée amoureuse d'un jeune homme », commença Avery Parker sans se décourager. « C'est l'histoire assez classique d'une jeune fille qui est tombée enceinte et de ses parents, à qui elle a fait honte et qui l'ont envoyée dans un foyer catholique pour mères célibataires », précisa-t-elle sur un ton cassant. Elle tourna le dos à Elizabeth. « Peut-être avez-vous entendu parler de ces établissements, mademoiselle Zott. Ils sont gérés comme des prisons. Remplis de jeunes femmes dans la même situation. Elles accouchent, puis abandonnent leur bébé. On leur demande de signer un document officiel à leur arrivée et la plupart signent. Celles qui refusent sont menacées : elles devront accoucher seules, et donc risquer de mourir. Malgré cette menace, la jeune fille de dix-sept ans refusa de signer. Elle continuait à dire qu'elle avait des droits. » Parker marqua une pause, secouant la tête comme si elle n'arrivait toujours pas à croire à cette naïveté.

« Fidèles à leur parole, lorsque l'accouchement commença, ils la laissèrent dans une pièce toute seule et verrouillèrent la porte. Elle resta là, seule, à pleurer de douleur, pendant une journée entière. À un moment donné, le médecin, exaspéré par le bruit, décida qu'il en avait assez. Il entra et l'anesthésia. Quand elle revint à elle quelques heures plus tard, elle apprit la triste nouvelle. Son bébé était mort-né. Choquée, elle demanda à voir le corps, mais le médecin lui annonça qu'on s'en était déjà débarrassé.

» Dix ans plus tard, poursuivit Avery Parker en se tournant de nouveau vers Elizabeth, la mâchoire serrée, une infirmière du foyer pour mères célibataires contacte la jeune femme de vingt-sept ans. Elle réclame de l'argent en échange de la vérité. Elle lui dit que le bébé n'est pas mort, mais que, comme tous les autres, il a été adopté. La seule chose inhabituelle : les parents adoptifs de cet enfant sont morts dans un accident tragique, puis la tante de l'enfant est morte elle aussi. L'enfant a été envoyé dans un endroit appelé All Saints dans l'Iowa. »

Elizabeth se figea.

« C'était le jour, acheva Avery Parker, sa voix devenant triste, où la jeune femme a commencé sa quête pour retrouver son fils. » Elle marqua une pause. « *Mon* fils. »

Sous le choc, Elizabeth blêmit.

« Je suis la mère biologique de Calvin Evans, déclara lentement Avery Parker, ses yeux gris remplis de larmes. Et avec votre permission, mademoiselle Zott, j'aimerais beaucoup rencontrer ma petite-fille. »

44

Le gland sur l'arbre

Ce fut comme si tout l'air dans la pièce avait été aspiré. Elizabeth fixa Avery Parker, ne sachant comment réagir. Comment était-ce possible ? Le journal de Calvin racontait que sa mère biologique était morte en couches.

« Mademoiselle Parker, dit Elizabeth prudemment, comme si elle marchait sur des œufs. Beaucoup de gens ont essayé de profiter de Calvin au fil des ans. Beaucoup ont même prétendu être des membres de sa famille depuis longtemps disparus. Votre histoire est… » Elle s'interrompit. Elle repensa à toutes les lettres que Calvin avait gardées. Une Mère Triste lui avait écrit plusieurs fois. « Si vous saviez qu'il était dans ce foyer, pourquoi n'êtes-vous pas allée le chercher ?

— J'y suis allée, dit Avery Parker. Ou plutôt, j'ai envoyé Wilson. J'ai honte d'avouer que je n'ai pas eu le courage d'y aller moi-même. » Elle se leva et longea la paillasse du labo. « Comprenez-moi. Je m'étais résignée à l'idée que mon enfant était mort quand j'ai soudain appris qu'il était vivant. J'ai eu peur d'être dupée. Moi aussi j'ai été la cible d'innombrables arnaques, notamment de la part de dizaines de personnes prétendant être *mes* soi-disant parents. Alors j'ai envoyé Wilson, répéta-t-elle en regardant le sol comme si elle revivait cette décision pour la cinquantième fois. Je l'ai envoyé à All Saints tout de suite après. »

Le ventilateur d'extraction entama un nouveau cycle, et un sifflement envahit le laboratoire.

« Et…, insista Elizabeth.

— Et, continua Avery, l'évêque a informé Wilson que Calvin était… » Elle hésita.

« Était quoi ? voulut savoir Elizabeth. *Quoi ?* »

Le visage d'Avery Parker se décomposa. « Mort. »

Elizabeth se rassit, sidérée. L'orphelinat avait besoin d'argent, l'évêque y avait vu une opportunité : celle d'obtenir un fonds commémoratif. Avery Parker raconta les faits d'une traite, d'une voix monocorde, éteinte.

« Avez-vous déjà perdu un membre de votre famille ? demanda soudain Avery d'une voix blanche.

— Mon frère.

— Maladie ?

— Suicide.

— Oh mon Dieu. Donc vous savez ce que c'est que se sentir responsable de la mort de quelqu'un. »

Les mots s'ajustaient les uns aux autres, le récit d'Avery était parfaitement ficelé, comme un double nœud pour des lacets. Elizabeth se crispa : « Mais vous n'avez pas tué Calvin, dit-elle le cœur lourd.

— Non, dit Parker d'une voix malade de remords. J'ai fait bien pire. Je l'ai enterré. »

Du côté nord de la pièce, une minuterie émit un *bip* et Elizabeth, tremblante, alla l'éteindre. Quand elle se retourna, elle vit Avery Parker debout devant le tableau noir. Elle fit un geste de la tête, sur la droite, et Six-Trente se leva pour rejoindre Avery. Il pressa sa grosse tête contre sa cuisse. *Je sais ce que c'est que perdre un être cher.*

« Mes parents ont longtemps soutenu financièrement des foyers pour mères célibataires et des orphelinats, poursuit Avery en tripotant la brosse à effacer. Ils pensaient ainsi être des gens bien. Et pourtant, grâce à leur allégeance aveugle à l'Église catholique, ils ont réussi à faire de mon fils un orphelin. » Elle marqua une pause. « J'ai financé le mémorial de mon fils avant qu'il soit mort, mademoiselle Zott, dit-elle le souffle court. Je l'ai enterré deux fois. »

Elizabeth eut soudain la nausée.

« Après le retour de Wilson, poursuivit Avery, j'ai sombré dans une profonde dépression. Je n'avais jamais eu la chance de voir mon propre fils, je ne l'avais jamais tenu dans mes bras, je n'avais jamais entendu sa voix. Pire encore, je devais vivre en sachant qu'il avait souffert. Il m'avait perdue, avait perdu ses parents adoptifs, puis il avait fini dans cette décharge qu'était ce foyer pour garçons. Chacune de ces pertes a été signée, scellée et accomplie au nom de l'Église. » Elle s'interrompit brusquement, rougissant. « VOUS NE CROYEZ PAS EN DIEU POUR DES RAISONS SCIENTIFIQUES, MADEMOISELLE ZOTT ? explosa-t-elle soudain. EH BIEN MOI, JE NE CROIS PAS EN DIEU POUR DES RAISONS *PERSONNELLES*. »

Elizabeth essaya de parler mais en fut incapable.

« La seule décision que j'ai pu prendre, ajouta Avery Parker, en essayant de se ressaisir, était de m'assurer que tous les fonds commémoratifs étaient dédiés à l'enseignement des sciences. Biologie. Chimie. Physique. Le sport, aussi. Le père de Calvin

– son père biologique, je veux dire – était un athlète. Un rameur. C'est pourquoi les garçons de All Saints ont appris à ramer. En son honneur. »

Elizabeth vit Calvin en pensée. Ils étaient dans le deux de couple, son visage éclairé par le soleil matinal. Il souriait, une main sur une rame, l'autre tendue vers elle. « C'est comme ça qu'il est arrivé à Cambridge, dit-elle alors que cette vision s'estompait lentement. Avec une bourse d'aviron. »

Avery laissa tomber la brosse à effacer. « Je n'en avais pas la moindre idée. »

Les détails se mettaient donc lentement en place, mais Elizabeth continuait à se poser des questions.

« Mais… mais comment avez-vous découvert que Calvin…

— *Chemistry Today*, expliqua Parker en se glissant sur un tabouret à côté d'Elizabeth. Quand Calvin a fait la une, avec sa photo en couverture. Je me souviens encore de ce jour-là. Wilson s'est précipité dans mon bureau en brandissant le magazine. “Vous n'allez pas le croire”, a-t-il dit. J'ai pris le téléphone sur-le-champ et j'ai appelé l'évêque. Bien sûr, il a prétendu qu'il s'agissait d'une coïncidence – “Evans, c'est un nom très commun”, m'a-t-il assuré. Je savais qu'il mentait et j'étais décidée à intenter un procès, jusqu'à ce que Wilson me convainque que le scandale non seulement rejaillirait sur la fondation mais serait humiliant pour Calvin. » Elle se pencha en arrière et prit une profonde inspiration avant de continuer. « J'ai immédiatement cessé de financer l'institution. Puis j'ai écrit à Calvin, plusieurs fois. J'ai expliqué les choses du mieux que je pouvais, j'ai demandé à le rencontrer, je lui ai dit que je voulais financer ses recherches. Je ne peux qu'imaginer ce qu'il a pensé, déplora-t-elle, déprimée. Une dame qui, du jour au lendemain, lui écrivait en prétendant être sa mère. Il ne m'a jamais répondu. »

Elizabeth sortit de son état de sidération. Les lettres de la Mère Triste lui apparurent à nouveau devant les yeux, la signature au bas de chacune d'elles illuminée d'une soudaine et cruelle clarté. *Avery Parker*.

« Mais vous auriez pu organiser une rencontre. En vous rendant en Californie… »

Avery devint livide. « Écoutez. C'est une chose de partir à la recherche d'un enfant. Mais une fois que cet enfant atteint l'âge adulte, c'en est une autre. J'ai décidé d'y aller doucement. Et de lui donner le temps d'accepter la possibilité que j'existe, de faire des recherches sur ma fondation, de comprendre que je n'avais aucune raison de le duper. Je savais que ça pouvait prendre des années. Je me suis forcée à être patiente. Mais manifestement, dit-elle, vu ce qui s'est passé… » Elle fixa son regard sur une pile de cahiers. « J'ai été… trop patiente.

— Oh mon *Dieu*, souffla Elizabeth en enfouissant sa tête dans ses mains.

— Pourtant, poursuivit Parker sur un ton monocorde, j'ai suivi sa carrière. Je pensais qu'il y aurait peut-être une occasion, un moyen de l'aider. Mais il s'est avéré qu'il n'avait pas besoin de mon aide. C'est vous qui en aviez besoin.

— Mais comment saviez-vous que Calvin et moi étions…

— Ensemble ? » Un sourire mélancolique se dessina à la commissure des lèvres d'Avery. « Tout le monde ne parlait que de ça. Dès que Wilson a posé le pied à Hastings, il n'a été question que de Calvin Evans et de sa liaison scandaleuse. À mots couverts, certes. C'est l'une des raisons pour lesquelles, lorsque Wilson a dit à Donatti qu'il était là pour soutenir financièrement l'abiogenèse, Donatti a fait de son mieux pour le détourner de ce projet. La dernière chose qu'il voulait était que Calvin ou quiconque associé à Calvin réussisse. Et puis, vous étiez une femme. Donatti a supposé à juste titre que la plupart des donateurs ne soutiendraient pas financièrement les recherches d'une femme.

— Mais pourquoi vous, entre tous, avez-vous accepté ça ?

— J'ai presque honte d'avouer qu'une part en moi s'est réjouie de la position dans laquelle nous l'avons mis. Il s'est donné tellement de mal pour convaincre Wilson que vous étiez un homme. Mais Wilson *avait prévu* de vous rencontrer à l'insu de Donatti. En fait, il avait réservé un vol. Mais alors… » Sa voix s'éteignit.

« Quoi ?

— Mais alors Calvin est mort, acheva-t-elle. Et à sa disparition, votre travail a semblé cesser d'exister lui aussi. »

Ce fut comme si Elizabeth avait été giflée. « Mademoiselle Parker, j'ai été *virée*. »

Avery Parker soupira. « Je le sais maintenant, grâce à Mlle Frask. Mais à l'époque, je pensais que vous essayiez de passer à autre chose. Vous et Calvin ne vous êtes jamais mariés. J'ai supposé que les sentiments entre vous et mon fils n'étaient pas réciproques. Tout le monde disait que c'était un homme très difficile, qu'il était rancunier. Évidemment, je n'avais aucune idée que vous étiez enceinte. Dans la nécrologie du *LA Times*, vous avez dit que vous le connaissiez à peine. » Elle prit une grande inspiration. « Au fait, j'étais là. À son enterrement. »

Les yeux d'Elizabeth s'agrandirent.

« Wilson et moi étions à quelques tombes de là où vous vous trouviez. J'étais venue pour finalement l'enterrer, et pour vous parler. Mais avant que je puisse rassembler mon courage, vous étiez partie. Vous êtes partie avant même que le service ne soit terminé. » Elle laissa tomber sa tête dans ses mains et les larmes couler. « J'ai voulu croire que quelqu'un avait aimé mon fils… »

Elizabeth s'effondra sous le poids implacable du malentendu. « Mais j'*aimais* votre fils, mademoiselle Parker ! s'écria-t-elle. De tout mon cœur. Et je l'aime toujours. » Le visage défait par le chagrin, elle survola du regard le laboratoire où ils s'étaient rencontrés. « Calvin Evans a été la meilleure chose qui me soit arrivée, ajouta-t-elle d'une voix étranglée. C'était l'homme le plus brillant, le plus aimant, le plus gentil, le plus intéressant… » Elle marqua une pause. « Je ne sais pas comment l'expliquer autrement, dit-elle, et sa voix se brisa, sauf pour dire que c'était de l'ordre de la chimie entre nous. Une véritable alchimie. Et notre rencontre n'était pas un accident. »

Alors, peut-être était-ce le fait d'avoir enfin utilisé le mot « accident », mais le poids écrasant de ce qu'elle avait perdu l'anéantit et elle posa sa tête sur l'épaule d'Avery Parker et sanglota comme elle ne l'avait jamais fait auparavant.

45

Le souper de six heures

Dans le laboratoire, le temps semblait s'être arrêté. Six-Trente leva la tête, observant les deux femmes. Les bras de l'aînée entouraient Elizabeth comme un cocon protecteur, tant le chagrin de la jeune femme lui était familier. Quand bien même Six-Trente ne serait jamais chimiste, il était un chien. Et, en tant que chien, il savait reconnaître l'existence d'un lien profond qui unissait deux êtres.

« J'ai passé la majeure partie de ma vie à ne pas savoir ce qui était arrivé à mon fils, déclara Parker, serrant contre elle une Elizabeth tremblante. Je n'ai aucune idée de ce qu'était sa famille adoptive, et je n'ai jamais su si l'histoire de l'évêque était complètement fausse ou seulement partiellement vraie. Je ne sais même pas ce qui l'a amené à Hastings. La vérité, c'est que j'en sais encore très peu, dit-elle. Ou, du moins, j'en savais encore très peu jusqu'à ce que je vide la boîte postale de la fondation et que j'y trouve quelque chose d'inhabituel enfoui sous des mois de courrier indésirable. »

Elle plongea la main dans son sac et en sortit une lettre.

Elizabeth reconnut immédiatement l'écriture. Celle de Madeline.

« Votre fille a écrit à Wilson et a mentionné son projet d'arbre généalogique – celui qui a paru dans le magazine *Life*. Elle insistait sur le fait que son père avait été élevé dans un foyer pour garçons à Sioux City – d'une manière ou d'une autre, elle avait appris que Wilson avait soutenu financièrement l'établissement. Elle voulait le remercier personnellement, lui dire que la Fondation Parker était sur son arbre. J'ai d'abord pensé que c'était une lettre fantaisiste, mais les détails mentionnés étaient si justes, que je l'ai prise au sérieux. Les adoptions sont généralement tenues secrètes, mademoiselle Zott, une pratique cruelle, mais avec les informations de Madeline, un détective privé a finalement pu découvrir la vérité. Tout est ici. » Elle fouilla de nouveau dans son sac pour en retirer un épais dossier. « Regardez ça, dit Parker d'une voix forte alors qu'elle brandissait un faux certificat de son propre décès, une vengeance pour sa non-coopération au foyer des mères célibataires. C'est comme ça que tout a commencé. »

Elizabeth prit le certificat pour le parcourir des yeux. Madeline avait un jour fait référence à Wakely qui pensait que certaines choses devaient rester dans le passé car c'était le seul endroit où elles avaient un sens. Et comme souvent avec ce que disait Wakely, Elizabeth y voyait de la sagesse. Mais elle savait que Calvin aurait voulu qu'elle pose une dernière question.

« Mademoiselle Parker, demanda prudemment Elizabeth, qu'est devenu le père biologique de Calvin ? »

Avery Parker ouvrit à nouveau le dossier qu'elle avait en main et lui montra un autre certificat de décès, authentique celui-là. « Il est mort de la tuberculose, lui apprit-elle. Avant même la naissance de Calvin.

J'ai une photo. » Elle ouvrit son portefeuille et en sortit une photo vieillie.

« Mais il… » Elizabeth sursauta en voyant le jeune homme debout à côté d'une Avery beaucoup plus jeune.

« … il ressemble trait pour trait à Calvin ? Je sais. » Elle fit glisser un vieux numéro de la revue *Chemistry Today* et le plaça en vis-à-vis de la photo. Les deux femmes s'assirent côte à côte, tandis que Calvin et son père encore plus jeune les regardaient, séparés par leur histoire à chacun.

« Comment était-il ?

— Libre, sourit Avery. Il était musicien ou voulait l'être. Nous nous sommes rencontrés par accident. Il m'a renversée avec son vélo.

— Vous avez été blessée ?

— Oui. Par chance. Parce qu'il m'a alors soulevée de terre, m'a installée sur son guidon, m'a dit de m'accrocher et m'a emmenée en urgence chez un médecin. Dix points de suture plus tard, raconta-t-elle en montrant une vieille cicatrice sur son avant-bras, nous étions amoureux. Il m'a donné cette broche, ajouta-t-elle en pointant du doigt la marguerite de travers sur son revers. Et je n'ai jamais cessé de la porter. » Elle jeta un coup d'œil au laboratoire. « Je suis désolée de vous avoir donné rendez-vous ici. Avec le recul, je me rends compte de la peine que ça peut vous causer. Je m'en excuse. Je voulais juste être dans la pièce où… » Elle s'interrompit.

« Je comprends. Je comprends très bien. Et je suis heureuse que nous soyons ici ensemble. C'est ici que Calvin et moi nous sommes rencontrés pour la première fois. Juste là, dit-elle, pointant le doigt. J'avais besoin de béchers, alors j'ai volé les siens.

— Très malin, s'amusa Avery. Ce fut le coup de foudre ?

— Pas exactement, nuança Elizabeth, se rappelant comment Calvin avait demandé que son patron le rappelle. Mais nous avons fini par avoir notre propre heureux accident. Je vous en parlerai un jour.

— Je serai ravie de l'entendre. J'aurais aimé le connaître. Je pourrai peut-être le faire à travers vous. » Elle prit une inspiration, tremblante, puis s'éclaircit la gorge. « J'aimerais beaucoup faire partie de votre famille, mademoiselle Zott. J'espère que ce souhait n'est pas trop osé.

— S'il vous plaît, appelez-moi Elizabeth. Et vous faites partie de la famille, Avery. Madeline l'a compris il y a longtemps. Ce n'est pas Wilson qu'elle a mis sur l'arbre généalogique, c'est vous.

— Je ne suis pas sûre de comprendre.

— Vous êtes le gland dessiné. »

Avery, ses yeux d'un gris rempli de larmes, fixait un point éloigné dans la pièce. « La bonne fée, le gland sur l'arbre, murmura-t-elle pour elle-même. C'était *moi.* »

De l'extérieur, elles entendirent des pas, puis un coup rapide frappé à la porte du laboratoire. Wilson entra, avant de reculer d'un pas. « Je suis désolé de vous déranger, dit-il prudemment, mais je voulais m'assurer que tout était…

— Ça l'est, l'interrompit Avery Parker. Ça l'est enfin.

— Dieu merci, s'exclama-t-il en portant la main à sa poitrine. Dans ce cas, même si je déteste parler affaires maintenant, il y a beaucoup de choses qui requièrent votre attention, Avery, avant que nous partions demain.

— J'arrive.

— Vous partez déjà ? demanda Elizabeth, surprise, tandis que Wilson fermait la porte derrière lui.

— Je crains d'y être obligée, répondit Avery. Comme je l'ai souligné plus tôt, je n'avais pas vraiment l'intention de vous raconter tout ça, pas avant que nous ayons eu la chance d'apprendre à nous connaître. » Puis elle ajouta d'une voix pleine d'espoir : « Mais nous serons bientôt de retour, je vous le promets.

— Alors disons que nous vous attendrons pour souper. Nous passons à table à six heures, dit Elizabeth, qui n'avait pas envie qu'elle parte. Chez moi, dans mon laboratoire. Et nous serons tous réunis : vous, Wilson, Mad, Six-Trente, moi, Harriet, Walter. À un moment donné, vous devrez aussi rencontrer Wakely et Mason. Toute la famille, en somme. »

Avery Parker, dont le sourire n'était pas différent de celui de Calvin, se retourna et prit les mains d'Elizabeth dans les siennes. « Oui, toute la famille », répéta-t-elle.

Lorsque la porte se referma derrière eux, Elizabeth se pencha et prit la tête de Six-Trente entre ses mains. « Dis-moi. Quand l'as-tu su ? »

À deux heures quarante et une, voulut-il dire. *C'est ainsi que j'avais l'intention de l'appeler.*

Mais il se retourna pour sauter sur la paillasse opposée et attrapa un nouveau cahier. Retirant le crayon de ses cheveux, elle s'empara du cahier, et l'ouvrit à la première page.

« Abiogenèse, déclara-t-elle. C'est parti. »

REMERCIEMENTS

L'écriture est un effort solitaire, mais il faut une armée entière pour qu'un livre atterrisse enfin sur des étagères. Je tiens à remercier mon armée.

Je remercie les copains-copines de Zürich qui ont lu les premières versions de mon livre : Morgane Ghilardi, C.S. Wilde, Sherida Deeprose, Sarah Nickerson, Meredith Wadley-Suter, Alison Baillie et John Collette.

Mais aussi mes amis de chez Curtis Brown : Tracey Stewart, Anna Marie Ball, Morag Hastie, Al Wright, Debbie Richardson, Sarah Lothian, Denise Turner, Jane Lawrence, Erika Rawnsley, Garret Symth et Deborah Gasking.

Les auteurs incroyablement talentueux qui m'ont apporté un soutien sans commune mesure tout au long des trois mois au cours desquels nous avons suivi des cours d'écriture organisés par Curtis Brown : Lizzie Mary Cullen, Kausar Turabi, Matthew Cunningham, Rosie Oram, Elliot Sweeney, Yasmina Hatem, Simon Hardman Lea, Malika Browne, Melanie Stacey, Neil Daws, Michelle Garrett, Ness Lyons, Ian Shaw et Mark Sapwell, et la brillante Charlotte Mendelson, qui nous a poussés à être meilleurs.

Anna Davis pour sa grâce et ses conseils ; les infatigables Jack Hadley, Katie Smart et Jennifer Kerslake ; Lisa Babalis, qui a généreusement lu mon chapitre d'ouverture et m'a encouragée ; Sarah Harvey, Katie Harrison et Jodi Fabbri, la meilleure équipe de gestion des droits de tout l'univers ; Rosie Pierce, qui s'est occupée de tous les détails avec aplomb ; Jennifer Joel, une voix rassurante et confiante lorsque les choses se sont compliquées ; Luke Speed, qui participe probablement à une expérience scientifique visant à déterminer combien de temps une personne peut rester sans dormir ; et Anna Weguelin, qui, j'en suis sûre, ne dort jamais elle non plus.

En fait, je ne suis pas certaine que quiconque chez Curtis Brown ou ICM dorme.

Un merci spécial à Felicity Blunt de Curtis Brown. Avant de m'installer à Londres, alors que je cherchais un agent, j'ai vu une interview de Felicity et je me souviens d'avoir pensé : *Si je pouvais avoir un agent*… Et puis je l'ai eu. Merci, Felicity, pour la confiance que tu m'as accordée, ton œil attentif, ta gentillesse, ta ténacité et ton soutien indéfectible. Maintenant que le livre est terminé, sens-toi libre de jouer avec tes enfants.

Du côté de l'édition, je remercie tout particulièrement Jane Lawson et Lee Boudreaux, les éditrices les plus avisées qu'un écrivain puisse espérer, Thomas Tebbe pour son aide précieuse, Beci Kelly et Emily Mahon pour leurs couvertures accrocheuses, Timba Smits pour son génie de l'illustration, Maria Carella pour la magnifique maquette intérieure du livre, Charlotte Trumble et Cara Reilly pour avoir toujours été au top, et Amy Ryan pour son talent de correctrice. Merci également à mes préparateurs de copie, Larry Finlay et Bill Thomas ; à mes talentueux attachés de presse, Alison Barrow, Elena Hershey et Michael Goldsmith ; à la formidable direction marketing de Vicky Palmer et Todd Doughty, et aux esprits créatifs de Lilly Cox, Sophie MacVeigh, Kristin Fassler, Lauren Weber, Lindsay Mandel et Erin Merlo. Un grand merci à Ellen Feldman, l'experte en fabrication, pour sa patience et ses yeux de lynx, ainsi qu'à Lorraine Hyland. Un grand merci également à Tom Chicken, Laura Richetti, Emily Harvey, Laura Garrod, Hana Sparks, Sarah Adams et à toute l'équipe de vente. Enfin, un merci tout particulier à Madeline McIntosh dont j'ai énormément apprécié les encouragements et le soutien.

Faire des recherches en chimie est une chose, ne pas faire d'erreur en est une autre. À cet effet, je tiens à remercier tout particulièrement le Dr Mary Koto, amie de longue date, brillante biologiste et fine connaisseuse des esquimaux glacés, et le Dr Beth Mundy, incroyable chimiste et lectrice de Seattle, qui ont toutes deux gracieusement et méticuleusement vérifié les détails.

Toute mon affection et ma gratitude à l'intention de toutes mes coéquipières d'aviron de Green Lake à Seattle, et un merci tout particulier à la rameuse Donya Burns, qui a un jour insisté pour que notre équipe fatiguée « se remotive à chaque nouveau coup de rame ». Cette exhortation s'est inscrite de façon permanente dans mon cerveau et est devenue le conseil que Harriet donne à Elizabeth.

Aux autrices qui comprennent à quel point la lutte est réelle : Joannie Stangeland, poète extraordinaire ; Diane Arieff, la personne la plus hilarante de la planète ; Sue Monshaw pour avoir gardé la foi ; la foi ; et Laura Kasischke, qui ne se souvient probablement pas de moi, mais dont les conseils et les encouragements en matière d'écriture ont été très utiles tout au long du chemin. Enfin, un merci tout particulier à Susan Biskeborn, la personne la plus réconfortante, la plus calme et la plus solidaire qui soit dans le désert de l'écriture. Merci, Susan, de toujours savoir trouver les mots et quand les dire.

À certaines personnes avec qui j'aurais vraiment aimé partager cette aventure, mais sans le pouvoir : mes parents, lecteurs de toujours, et à Helen Martin, ma plus vieille et chère amie. Tu me manques, 86.

Et pour les trois personnes qui ont été là tout du long : Sophie, merci d'avoir été à l'origine de tout en m'envoyant le lien de l'agence Curtis Brown – dire que je te suis redevable est l'euphémisme de l'année. Merci également pour ton soutien indéfectible et ton humour pince-sans-rire, ta compréhension empathique du processus créatif cahoteux, tes idées sur l'édition, et ton empressement à poser et à répondre à l'éternelle question : Des biscuits ? Ou des fées ?

À Zoë : merci pour ta gentillesse les mauvais jours, et ta joie les bons jours, et aussi pour ton sens aiguisé de la typo, une obsession maniaque ; mais aussi pour toutes les photos d'Ellie qui me font toujours rire, et pour ta minutieuse sélection de mèmes, qui relève d'une collection digne d'un musée. Malgré tout ce que tu avais à faire, tu as toujours trouvé le temps de tout vérifier tout en bavardant avec moi.

Et pour David, un simple merci n'est pas suffisant, alors je l'écris en lettres capitales : MERCI. Pour être toujours prêt à lire, pour être le meilleur cuisinier, pour m'inciter à débattre de tout, et surtout pour avoir fait semblant de ne pas être inquiet quand tu as finalement découvert que je me parlais à moi-même tout au long de la journée. Jamais je n'aurais imaginé qu'un être humain ait l'étrange capacité de compter à rebours à partir de trois cents tous les sept chiffres en moins d'une minute et y prenne autant de plaisir. Je t'aime et je t'admire.

Enfin, merci à mon chien, Friday, disparu mais pas oublié, et à la très stoïque 99. Pardonnez-moi pour toutes les fois où je vous ai dit, à l'un ou l'autre : « Laissez-moi juste finir ce paragraphe et on y va. »

La traductrice tient à remercier Christiane D'Hotel, rameuse infatigable au club de Lagny-sur-Marne, qui l'a initiée au vocabulaire de l'aviron. Merci à Patrick Gourdon pour le tuyau.

TABLE DES MATIÈRES